DEMAIN, APRÈS L'ORAGE

MICHEL PEYRAMAURE

Les Dames de Marsanges

***

DEMAIN, APRÈS L'ORAGE

roman

ÉDITIONS ROBERT LAFFONT
PARIS

ISBN 2-221-06734-7

LES PERSONNAGES

FAMILLE DE MARSANGES : *Les sœurs :* Diane, Marion, Angélique, Julie. *Les frères :* Louis-Amour, François, Hyacinthe. Félix, fils de Diane et de Brival ; Florent, le domestique.

BRIVAL Jacques, député de la Corrèze à la Convention ; sa mère résidant à Tulle ; sa femme, Eulalie Dieudonné de Burel. Brival est aussi l'ami de Diane.

DÉSORMEAUX Philippe, homme de théâtre raté ; ami de Marion, à Paris.

FÉLICIEN, surnommé « Siouplaï », cabretaïre, ami de Marion.

GAILLOT Jean-Marie, sergent de l'armée républicaine, compagnon de captivité de Louis-Amour.

LACLOS Choderlos de..., auteur des *Liaisons dangereuses,* ami de Hyacinthe.

LAMAZE, Pradel de..., famille corrézienne alliée aux Marsanges par le mariage d'une fille, Virginie, à François ; émigrée en Allemagne avec le « chevalier du Diable », un des fils ; Aquilon, un autre fils, suivra un cirque pendant la Révolution.

LANGE Elise, actrice célèbre, maîtresse de Hyacinthe.

MANON, femme légère d'Ussel, ex-maîtresse du comte Ambroise de Marsanges, et ex-déesse Raison.

MONTCHAMP Adélaïde de..., maîtresse de Hyacinthe.

MOOREHEAD Milena, amie anglaise de François.

PÉNIÈRES Jean-Augustin, député de la Corrèze à la Convention ; époux de Mlle Stack ; prétendant de Marion.

SADE marquis de..., écrivain.

SAUVIAT Léonard, maire jacobin de Marsanges ; son fils, Etienne, prétendant de Marion, soldat ; sa femme, Margot.

SIMBILLE Gaspard, boulanger à Meymac, marié à Julie.

SOMBREUIL Charles de..., prétendant éconduit de Diane, émigré en Angleterre ; participe à l'expédition de Quiberon.

THOMAS, abbé, prêtre réfractaire de Meymac et agitateur royaliste.

USSEL Jean-Hyacinthe, comte d'..., révolutionnaire désabusé ; ami de Diane.

VICTOIRE, servante de Manon et amie de FLorent.

LES PERSONNAGES

1.

LA VILLE DE TOUS LES DÉSIRS

Paris : automne 1794.

— Comme vous êtes jolie, dit Pénières.

Depuis qu'ils s'étaient retrouvés à cette terrasse du Palais-Royal, il ne quittait pas des yeux ce visage rond et lisse, ces épaules nues mouchetées de petites fleurs de miel par le soleil perçant la tonnelle, ces mains brunes de paysanne qu'elle dissimulait en jouant avec son « shal ». Ces mots lui étaient venus aux lèvres avant qu'il eût réfléchi et leur banalité lui mit du rose aux joues. Il aurait aimé ajouter une phrase mieux tournée, mais se sentait paralysé comme il l'était parfois devant les femmes, lui qui pouvait sans faillir, à la tribune de la Convention, susciter des mouvements d'humeur ou d'enthousiasme. Il ajouta simplement :

— Permettez que je vous tienne compagnie.

Diane et Marion échangèrent un clin d'œil ironique et interrogateur : à laquelle des deux sœurs s'adressait ce grand dadais de Jean-Augustin ? Elles s'en doutaient un peu. Il s'assit, s'éclaircit la voix, alluma un cigare et, après les avoir consultées, commanda des punchs glacés. Une jambe allongée avec indolence sur une chaise libre, il regarda rêveusement la première bouffée s'épanouir dans une gloire de soleil.

— Peut-être attendiez-vous quelqu'un ? dit-il en glissant son pouce dans une poche de son gilet. Si je vous importune...

— Vous pouvez rester, dit Diane. Nous attendons votre collègue, Jacques Brival.

Pénières se souvenait avoir reconnu les deux sœurs dans les tribunes du public, à la Convention, une heure ou deux auparavant, au cours de cette matinée qui devait être occupée par un rapport de Brival sur la poste aux armées. Elles avaient dû filer à l'anglaise. Prolixe comme d'habitude, Brival truffait son exposé d'images excessives : les « Argus de la Poste », les « Mercures aux pieds ailés », les « Pégases de grands chemins » qui dissimulaient tant bien que mal l'insignifiance et l'insuffisance de ses arguments. La logorrhée avait duré deux bonnes heures et le député palabrait encore lorsque Pénières avait quitté son banc.

« Ce bougre de Brival, songeait Pénières en souriant, il a bien su tirer son épingle du jeu... » Fervent catholique puis adorateur de l'Etre suprême, défenseur de Robespierre puis son adversaire implacable, il surnageait à la surface des événements ; il avait traversé sans avarie la tempête de Thermidor où beaucoup d'autres Montagnards et Jacobins avaient sombré ; aujourd'hui, il plastronnait et parlait haut, sûr de son pouvoir de séduction, estimant que le peuple juge ses dirigeants davantage sur leurs propos que sur leurs actes.

Jean-Augustin Pénières était d'une autre nature : plus courageux et plus sincère. Durant le conflit pré-thermidorien entre Montagnards et Girondins, il avait pris le parti de ces derniers et soutenu, contre Brival et ses amis, ses compatriotes, les conventionnels Lidon et Chambon. Accablé par leur mort dramatique qui avait suivi une impitoyable chasse à l'homme à travers la province, il se refusait à siéger, au point que l'on murmurait qu'il « n'était connu que du caissier de l'assemblée ». En pleine Terreur, il avait osé demander publiquement que l'on enfermât ce fou de Marat à Charenton. Parfois déçu dans ses ambitions et les élans généreux de sa nature, il tournait ses regards vers son domaine de Lecou, en Corrèze, et son cabinet d'avocat, qui végétait à Tulle.

Cette terrasse du Méot, l'un des restaurants les plus courus de la capitale, lui plaisait. Il parla de sa table en termes émus :

— La cave du Méot, dit-il, est la huitième merveille du monde, et sa noix de veau un régal digne des dieux. Jadis elle était « à la Reine » ; aujourd'hui elle est « à la Directrice » sans avoir rien perdu de sa saveur.

— On dit aussi que le Café de Foy... commença Marion.

— Je le déconseille ! s'exclama Pénières. Certes, le plat est à trois sous, mais on n'y voit guère que de modestes commis aux écritures, successeurs des gloires de la Révolution qui dorment aujourd'hui au cimetière de Picpus avec leur tête sous le bras. J'aime bien aussi le Beauvilliers pour sa carte de cent dix-huit potages, le Boulanger pour ses pieds de mouton. Je pourrais vous parler aussi des Frères provençaux ou du Procope, ou encore...

Comme beaucoup de timides, il créait un écran sonore destiné à cacher son trouble derrière sa faconde. Diane et Marion, qui le connaissaient bien, ne s'y trompaient pas. Marion avala une gorgée de punch et l'interrompit :

— Votre compliment de tout à l'heure nous met dans l'embarras. Laquelle de nous deux est aussi jolie que vous le dites ? Les deux, peut-être ?

Il rougit, s'ébroua derrière la fumée de son cigare. Toutes deux étaient « séduisantes ». Marion ajouta avec une cruelle malignité :

— Si vous souhaitez faire un brin de cour à l'une de nous, il faut faire votre choix, mais, quel qu'il soit, vous allez faire une malheureuse.

— Dieu m'en garde ! bredouilla-t-il. Je...

— Alors cessez de nous jouer un mauvais vaudeville, insista Diane. Donnez-nous plutôt des nouvelles de la Corrèze, si vous en avez.

Il n'en avait pas et n'avait pas envie d'en parler. C'est à Marion que s'adressait son compliment et c'est à elle qu'il eût aimé faire « un brin de cour ». Elle avait été l'objet, ainsi que sa sœur, d'une étonnante métamorphose. Quoi de commun entre ces deux jeunes beautés auréolées de soleil et ces malheureuses dépenaillées, hâves, terrorisées, qu'il avait vues en compagnie de leur frère, Hyacinthe, au sortir de la Conciergerie, après Thermidor ? Brival les avait confiées à la Maison des Oiseaux, certain que cet asile, contrairement à quelques autres, ne serait pas pour elles une nouvelle prison ou l'antichambre du vice ; elles en étaient sorties quelques semaines après, méconnaissables. Depuis, il les avait rencontrées à diverses reprises, notamment à un repas donné par Tallien et sa compagne, Thérésia Cabarrus, ci-devant marquise de Fontenay, qu'on appelait « Notre Dame de Thermidor », pour fêter les retrouvailles des deux amants après le séjour de la belle dans les cachots de la Terreur.

Faire « un brin de cour » à Marion ? Pénières en rêvait sans parvenir à vaincre sa réserve. Ce « petit paquet de femme », aguichante, futée, capable de lire le latin aussi bien que le français, hantait ses nuits solitaires. Elle sentait un peu sa province, mais c'était un attrait de plus. On ne lui connaissait pas de liaison.

Des nouvelles de la Corrèze ? Brival était bien placé pour leur en donner.

— Notre régisseur, Florent, dit Diane, nous écrit chaque semaine, mais, à Marsanges, il est loin de tout.

Tantôt à Marsanges, tantôt à Tulle, chez sa grand-mère, Mme Brival, le petit Félix ne souffrait pas de la disette. Dans la ferme du Pradeloux où ce qui restait de la famille s'était replié à la suite de la confiscation du château par Sauviat, le maire jacobin, Florent et Angélique vivaient au jour le jour, tant bien que mal. Les moutons et leur laine se vendaient bien ; Florent approvisionnait en miel et en cire les commerçants d'Ussel grâce aux relations de Manon ; le cheval Socrate avait son content de civade. Florent avait décidé, à la saison des moissons, d'aller se louer dans des fermes de l'Auvergne...

— Les nouvelles de la Corrèze, dit Pénières en achevant son verre, ne diffèrent guère, toutes proportions gardées, de celles de Paris. On s'apprête à juger les terroristes : Jumel et Lanot, notamment. Jumel, le sinistre pitre... Lanot, la « Hyène ». Les prisons ont changé de locataires, mais ce n'est plus le « carcero duro » et le « jeûne patriotique » que vous avez connus, et il n'y a plus de guillotine sur les places. Douze exécutions en Corrèze, cela suffit ! La Terreur blanche sera moins sanglante que la précédente.

Pénières parla de l'office religieux qui, à Tulle, avait suivi l'annonce de l'exécution de Robespierre, et du bal donné par les détenus auxquels s'étaient mêlés quelques jacobins repentis. Les accusés plaidaient non coupables, prétendaient avoir agi sur ordre, n'avoir été que d'innocents protagonistes des autorités supérieures.

— Combien de temps va-t-on nous garder ? soupira Diane. Pourquoi sommes-nous encore sous surveillance ? Que fait votre Convention pour les victimes de la Terreur ?

Pénières jeta son cigare, l'écrasa du talon. Il expliqua que les libérations se faisaient avec prudence et lenteur. Passé la tempête de Thermidor, l'assemblée redoutait une contre-révolution qui risquait de plonger la nation dans une nouvelle terreur. Les émigrés revenaient en masse ; les ecclésiastiques, émergeant de leur clandestinité, poussaient à la prise d'armes et rouvraient les sanctuaires ; des provocateurs, « muscadins » et « merveilleux », arboraient la cocarde blanche et brandissaient leurs gourdins plombés au nez des jacobins... Le vent de folie qui balayait la nation réveillait des ferments de guerre civile, ranimait le conflit de Vendée, et le canon tonnait aux frontières.

— Votre dossier n'est pas facile à défendre, ajouta Pénières, mais vous avez la chance d'être à peu près libres tandis que d'autres détenus de la Terreur moisissent encore dans les cachots. Ayez confiance. Brival et moi faisons le nécessaire.

Il se leva, régla l'addition et s'inclina.

— Pardonnez-moi, dit-il. Je dois m'absenter. En cas de besoin, vous pourrez me joindre au 531, rue de la Chaise. Ma chère Marion, vous m'obligeriez en me rendant visite. Accompagnée de votre sœur, naturellement.

— Naturellement, répéta Diane, ironique. Présentez nos civilités à votre épouse.

Pénières fit la grimace et partit sans ajouter un mot.

— Touché ! s'exclama Marion. Il ne l'a pas volé...

Il faisait un temps mou d'octobre, avec de beaux éclats de soleil entre des nuages qui semblaient accrochés aux arêtes de toiture du théâtre Montansier. La pluie du petit matin avait lustré les feuillages qui commençaient à roussir et abandonné sous les galeries et les tonnelles des espaces de fraîcheur qui sentaient la campagne. Brival était en retard ; il n'en avait sans doute pas fini de courir la poste aux armées. Enfermée dans son silence, Marion semblait morose.

— Ne fais pas cette tête, dit Diane. Ignorais-tu que notre ami Pénières fût marié ? Il est vrai qu'il se montre discret sur ce chapitre. Son épouse serait une baronne rhénane, une harpie qui s'est laissé engrosser par calcul. Elle le tient serré, le harcèle jusqu'en Corrèze. Je sais par Brival qu'il lui a écrit récemment : « *Madame, si je vous retrouve à Lecou lors de mon prochain passage, je vous donne cent mille coups de pied au cul !* » Elle se nommait Stach. Agatha Stach. Tu es déçue, ma chérie ?

— Pourquoi le serais-je ? Pénières ne m'est rien. Il est laid, prétentieux, godiche sous ses grands airs, et...

— Ne te mets pas en colère. Je voulais simplement te mettre en garde contre ce don Juan de pacotille. Nous avons eu notre part d'épreuves. Je ne veux pas que tu sois malheureuse à cause d'un homme.

Le seul homme qui ait jamais tenu Marion entre ses bras, qui l'ait embrassée, dont elle ait senti le désir contre son flanc, c'était Félicien, le beau cabretaïre de Chavanac. Comment oublier cette nuit de neige sur le plateau, la danse sauvage des paysans rameutés par la contre-révolution, cette présence d'homme contre elle, qui faisait passer dans sa tête des idées folles et dans son ventre des frissons de désir ? L'eût-elle revu, elle se fût donnée à lui ; il y avait dans ce corps de vingt-cinq ans trop de désirs inassouvis pour qu'elle pût les contenir longtemps. Diane avait beau jeu de lui opposer des interdits, elle qui avait été aimée de Brival puis de Lidon. Marion devrait-elle encore longtemps se contenter de nourrir ses désirs de femme de vagues nostalgies, d'espérances que sa sœur étouffait ? Une bouffée de colère lui monta au visage.

— Je ne resterai plus sous ta coupe, dit-elle. Je ne suis pas une innocente comme Angélique ou une sauvageonne comme Julie ! J'ai le droit de vivre à ma guise et d'aimer, moi aussi.

Diane haussa les épaules. Vivre... Aimer... Dans l'entourage de Brival, des artistes, des comédiens, des hommes politiques, des fonctionnaires s'aventuraient à courtiser Marion, mais Diane s'attachait à les décourager. Plus forte, plus raisonnable que sa sœur, elle se croyait tenue de la protéger contre des illusions. Elle ne s'y résolvait pas de gaieté de cœur, consciente que Marion ne pouvait conserver jusqu'à la fin de ses jours cette virginité qui lui pesait. Elle percevait dans cette apparence d'injustice une raison immanente. Elle posa sa main sur celle de Marion.

— Cette ville, l'existence que nous y menons, dit-elle, nous sont nocives. Dès que possible nous reviendrons à Marsanges. C'est là qu'est notre destinée. Les émigrés commencent à rentrer. Les châteaux et les domaines qui n'ont pas été vendus comme biens nationaux seront réoccupés par leurs légitimes propriétaires. Nous trouverons bien à nous marier selon notre condition.

— Châtelaines du Pradeloux ! ironisa Marion. Qui voudrait de nous ?

— Notre père aurait dû se préoccuper de notre avenir, nous présenter des partis convenables. Il ne l'a pas fait, parce qu'il se refusait à croire que nous pourrions l'abandonner. Il y avait pensé pour Angélique et pour Julie ; il y répugnait pour nous. C'est peut-être pourquoi, durant les dernières années de sa vie, nous ne recevions personne et ne sortions guère de Marsanges.

Marion parut se replier sur elle-même ; elle dit âprement :

— Je te dois la vérité. J'aime Paris et je souhaite y demeurer. Revenir à Marsanges ? J'y ai renoncé. Si je trouve un parti à ma convenance, je resterai et tu partiras seule. Félix a besoin de toi. Moi, personne ne m'attend.

Evaporés les miasmes de la Conciergerie, leur séjour à la Maison des Oiseaux leur avait fait respirer un air salubre. Cet ancien couvent d'Augustines, situé rue de Sèvres, tenait son nom des immenses volières qu'un ancien propriétaire y avait installées. Diane et Marion avaient trouvé là des dames de bonne famille qui, arrachées aux griffes de Fouquier-Tinville, réapprenaient sous les tilleuls du jardin les simples gestes de la vie. Brival et Hyacinthe leur rendaient visite, leur apportant des friandises et des espérances. Les rumeurs de la ville leur parvenaient comme d'une lointaine planète, parfois avec la douceur d'un plain-chant, parfois avec la violence de la guerre, comme le jour où la poudrière de Grenelle avait explosé ou que la salpêtrière de l'Abbaye avait brûlé — « Des attentats de jacobins », disait-on. Encore secouée par les commotions de Thermidor, la ville vomissait les poisons de la Terreur et regardait avec inquiétude de petits hommes aux allures de commis occuper la place des géants disparus. A l'ère des monstres succédait celle des fonctionnaires.

A la sortie de la Maison des Oiseaux, leur période de liberté surveillée avait constitué une nouvelle épreuve. Elles ne connaissaient de la capitale que l'interminable déroulement des hautes demeures grises, le grouillement d'une populace ardente, qui les avait accompagnées jusqu'à la Conciergerie, puis l'océan de rumeurs venant battre l'antichambre de la guillotine.

Elles avaient quitté leur refuge un jour de pluie noire et tiède, dans une voiture de louage, en compagnie de Brival et de Hyacinthe. Brival avait pris la main de Diane ; Hyacinthe celle de Marion : le seul lien rassurant dans la fête étrange au cœur de laquelle elles s'enfonçaient.

La voiture les avait conduites à l'hôtel Britannique, rue Guénégaud, où, quelques années auparavant, Brival avait rencontré les Roland qui y demeuraient. L'immeuble était proche du quai de Conti et du Pont-Neuf. L'appartement était prêt à les recevoir : deux petites pièces sommairement meublées, une garde-robe comportant le strict nécessaire.

— Tant que vous ne serez pas officiellement libres, leur avait dit Hyacinthe après que Brival se fut retiré, évitez de sortir seules. Le quartier est calme, mais vous risqueriez d'être prises malgré vous dans une émeute. La police ne vous quitte pas de l'œil. Au moindre écart, elle pourrait sévir. La caution de Brival ne suffirait pas, je le crains, à vous tirer d'affaire. Tenez ! Une « mouche » nous observe, là, en face.

Il écarta le rideau. De l'autre côté de la rue un homme appuyé d'une jambe contre le mur faisait mine de lire une gazette.

— Brival... dit-il. Il n'a pas que des amis. Certains se souviennent qu'il a soutenu Robespierre avant de le conduire à la guillotine. Les gens de la réaction n'oublient pas qu'il a voté la mort du roi. Il n'a sauvé sa tête et évité la « guillotine sèche[1] » que par des palinodies. Dans cet art, il est passé maître.

Après son départ, elles avaient de nouveau écarté le rideau. La « mouche » de la police était toujours là.

1. La déportation en Guyane.

L'allure pesante, tenant en laisse un molosse noir comme la nuit, l'homme s'avance vers Hyacinthe. Pieds nus, vêtu d'un pantalon coupé aux genoux, d'une chemise échancrée, manches remontées, barbe de huit jours, cheveux en oreilles de chien, il ressemble à un paysan transformé en geôlier. « Il ne lui manque pour ressembler à un sectionnaire, songe Hyacinthe, que le bonnet rouge, la cocarde et la pique. »

— Halte-là, citoyen! s'écrie le bonhomme. Tu n'as pas vu la pancarte : « *Bien national à vendre* » ?

— Justement, répond Hyacinthe, mais je n'aime pas acheter chat en poche. A qui appartenait ce domaine ?

— Aux ci-devant époux Montchamp. Le mari a disparu, la femme doit être émigrée et le fils n'a pas donné signe de vie. On appelait ce domaine une « folie », mais « bordel » serait le mot juste. Suis-moi. Je te confie les clés de ce lupanar et tu visites à ton aise. Je fais confiance à ta bonne mine. D'ailleurs, il n'y a plus rien à voler. Excuse, j'ai mes cochons à m'occuper.

En accédant au perron, Hyacinthe sent son cœur se contracter. A chaque pas renaît un souvenir ; à chaque instant une vague de tristesse l'assaille. Ce domaine, il ne le reconnaît plus : arrachées, les haies de rosiers dont le parfum, les soirs d'été, lui faisait cortège jusqu'à la terrasse ; abattus, les cyprès et les épicéas qui servaient de refuge aux merles ; disparu, l'Amour de marbre dressé au sein d'un parterre de soucis et de pensées ; transformés en potager, les espaces de gazon où le matin, allongé sur une couverture, en compagnie d'Adélaïde, il lisait le courrier et les gazettes...

— N'oublie pas de refermer en partant, dit le gardien, et pose la clé sur la dernière marche du perron. Salut, citoyen ! Si tu es acquéreur, je pourrai continuer à m'occuper du domaine. Tu ne le regretteras pas.

L'odeur de la porcherie domine celle de la forêt proche vers laquelle il s'avance. Pauvre Fragonard !... Pauvre Laclos !... Ils ne retrouveraient que peu de leurs émotions passées. La fûtaie amputée de ses plus beaux sujets, envahie par les ronces, les pistes cavalières couvertes d'herbes folles, les clairières hérissées de souches où saigne encore une sève d'ambre... La cascade est muette ; le bassin d'eau croupie est devenu une mare aux canards. La gloriette, entourée de vieilles étoffes, est transformée en pigeonnier. De l'orangerie monte un concert de grognements.

Promenant son regard autour des bouquets de lauriers, Hyacinthe cherche l'endroit où Adélaïde et lui se sont aimés, au retour d'une promenade à cheval, un matin de mai incandescent. C'était là, sur cet espace de bruyères brunies par l'automne. C'était là et ce n'est plus là : cet espace, ce temps de plaisir se sont dissous dans un espace et dans un temps sans limites et sans retour.

Pourquoi pousser plus loin cette quête absurde ? Les images du paradis perdu, mieux vaut les chercher en soi-même, là où rien ne peut les atteindre et les dénaturer. Elles naissent d'un rien : une odeur, une caresse de l'air, une rumeur de forêt, un baiser de soleil... Il s'assied sur cet espace épargné, épicentre d'une passion qui se survit dans le souvenir. S'il garde une seule image d'Adélaïde, ce sera celle d'une peau odorante — sueur et amande — d'un sexe profond et moite, de petits seins écrasés sur une poitrine palpitante, d'une chevelure d'Ophélie mêlée aux bruyères ardentes de juillet. Un peu de sentiment autour, qui ressemble à de l'amour.

D'Adélaïde, pas de nouvelles ; elle ne répond plus à ses lettres depuis des mois, sans doute lassée de cette passion qui ne peut se perpétuer dans l'absence. Une vieille femme, déjà, sans doute ; une femme sans illusions et sans horizon.

De M. de Montchamp, ancien conseiller de Philippe-Egalité, pas de nouvelles non plus. Libéré par Thermidor, il a disparu. Sa détention lui a dérangé la tête ; sa solitude aussi, peut-être — il avait peu d'amis et son épouse elle-même lui était devenue étrangère. Hyacinthe l'a cherché dans les « petites maisons », s'est plongé sans résultat dans cet univers de cauchemar. Il n'a retrouvé de lui, entassés dans une caisse, au Palais-Royal, que les souliers de femme dont il faisait collection. Pauvre homme, pauvre fou...

« M. Gustave » ? Volatilisé. Selon Brival il a émigré en Angleterre après la dissolution de l'Ecole de Mars.

A peine a-t-il ouvert la grande porte, un sentiment complexe envahit Hyacinthe : ni émotion ni révolte ; l'impression de s'enfoncer dans un domaine où le néant est roi, où le cœur du temps a cessé de battre. Une épave en marge du jardin d'Armide. Ces pièces, plus grandes d'être vides, ces murs qui ont cessé de respirer, dépouillés de leur peau d'étoffe précieuse, ces cheminées aux trumeaux aveugles, ces parquets gris de poussière où se marque la place des tapis sont devenus le domaine du non-être, où ne s'accroche aucun souvenir. Monter jusqu'à la chambre de sa maîtresse ? Il ne s'y résout qu'après un moment d'hésitation. Dépouillées de leur moquette, les marches crient leur détresse à chaque pas.

Dans la chambre, même spectacle de désolation, de vide. La trace de ses pieds marque l'emplacement du lit. Miracle ! Le miroir est resté fixé au plafond, mais sans les tentures horizontales qui le dissimulaient et qu'un simple geste suffisait à dévoiler ; témoin de leurs ébats, il stimulait leurs ardeurs, exaltait leur plaisir — le corps d'Adélaïde, tout pétillant d'orgasmes entre ses mains... Il s'allonge à même le parquet, à l'horizontale de cet œil d'eau grisâtre. Elle lui disait, après leurs étreintes : « Qui de nous deux aime le plus l'autre ? Moi, je ne pourrais plus me passer de ta présence ni t'oublier si la vie nous sépare... » Lui aussi, il sait qu'il ne retrouvera jamais une telle intensité dans la passion charnelle. Christine de Montel, la petite chanoinesse de la Conciergerie, lui a ouvert une autre porte : celle d'un paradis séraphique, mais la porte à peine entrebâillée s'est refermée dans un chant de mort. Adieu passion ! Adieu, beaux sentiments !

Réinventer de telles passions serait illusoire : on ne recrée pas le même ciel, avec les mêmes nuages, pas plus qu'on ne se baigne deux fois dans le même fleuve. Sa vie sentimentale d'aujourd'hui n'est qu'un tissu de petits événements : élans du cœur et du corps qui lui font mesurer la qualité et l'intensité de ce qu'il a perdu.

Il redescend en s'accrochant à la rampe poussiéreuse dans le grand salon où résonnaient les voix de Laclos, de Restif, de Fragonard, de Brival. Fuir ce piège à souvenirs. Ne jamais revenir. Retrouver le mouvement et le bruit de la ville. S'y noyer.

Le bureau de la Juridiction criminelle dont le siège était au Châtelet et dans lequel, à sa sortie de prison, Hyacinthe avait trouvé un emploi de scribe, il n'y passait pas plus de trois ou quatre heures par jour. Il n'en eût pas supporté davantage, moins par paresse que par l'impression qu'il avait de perdre son temps dans la compagnie des petits commis fiers de leur belle écriture de bureau, qui passaient leur temps à des effets de manchettes sur les rapports qu'ils recopiaient avec des mines d'artistes inspirés.

Il passait une partie de ses après-midi libres à flâner, curieux du moindre événement qui agitait le peuple, regardant de la terrasse d'un bouchon passer les phaétons des nouvelles reines de la mode et de la galanterie, respirant le parfum des femmes, se mêlant aussi parfois à des groupes d'agioteurs qui spéculaient sans scrupule sur la dégringolade de l'assignat, participant, par jeu plus que par goût du profit, à des opérations en marge de la légalité, honorant un rendez-vous avec une demoiselle dont la vertu était inversement proportionnelle à ses exigences. Il évitait de se mêler aux heurts entre les derniers jacobins traqués et la jeunesse dorée brandissant le gourdin qu'elle appelait le « pouvoir exécutif ». Guère courageux de nature, il répugnait aux actes de violence et, rescapé de la guillotine, ne tenait pas à se retrouver en Guyane.

Il occupait une partie de ses loisirs à prospecter la clientèle des amateurs de tables.

On n'étouffe pas une passion par simple souci de prudence. Celle du jeu le possédait et il eût fallu lui couper les mains pour l'empêcher de manier les cartes. Au Luxembourg, il n'avait joué que pour tromper le temps. Sa première préoccupation, à peine libéré, avait été de faire, pour s'informer au mieux, la tournée des académies et des tripots. Il observait, supputait, sélectionnait. Ecartant les salles de bas étage des Halles comme les cercles huppés, il s'était résolu à ne fréquenter que des endroits où l'on jouait du numéraire et non des assignats, où l'on trouvait perruques et mentons rasés de frais.

Il engagea quelques dépenses vestimentaires, chaussa des bésicles pour l'élégance et le sérieux, orna ses poignets d'amples manchettes propres à dissimuler la tricherie et, pour se faire véhiculer, choisit les meilleurs fiacres.

L'argent était plus facile à gagner que par le passé, au temps où, avec son complice, le duc de Bouillon, il écumait les tripots et les académies. L'engouement pour le jeu tenait du délire. L'argent n'avait plus de poids ; en une soirée des fortunes s'envolaient d'une bourse dans une autre ; pris de court, un parvenu jouait sa montre, son attelage ou le château récemment acquis ; les étrangers étaient les plus faciles à berner, qui perdaient avec le sourire à condition qu'on les consolât avec une fille de petite vertu qui consommait leur ruine.

Répugnant aux associations de joueurs comme à la caution d'une de ces rabatteuses baguées de diamants et vermillonnées à outrance, Hyacinthe jouait les chasseurs solitaires. Il se donnait des airs de seigneur sombre et désabusé qui compensait des déboires sentimentaux par une chance insolente ; il jouait si bien de cette corde qu'il prit très vite une réputation de personnage à mystère dont il usait sans vergogne, à l'image du Des Grieux de l'abbé Prévost, ce personnage qui opérait à l'hôtel de Transylvanie, loué par un Hongrois, François Ragoczy.

Habile et chanceux, Hyacinthe, par prudence, s'était promis de ne filer la carte, faire volte-face ou jouer des manchettes que dans des cas d'urgence où il risquait de perdre gros. Aidé à l'occasion de complices fiables, il avait vite retrouvé la main et mis au point quelques exercices audacieux.

Excepté les heures passées au théâtre où le spectacle était dans la salle autant que sur la scène, il consacrait une partie de ses nuits à son art. Il mit au point une tenue vestimentaire consistant en un habit sombre : redingote courte (le « riding coat » des Anglais), culotte brune étroite et tendue, bottines noires à revers gris, chemise blanche à cravate verte, ni trop haute, ni trop basse, canne à pommeau de cristal, bésicles sur le front, tricorne de feutre sombre. Rien de la tenue excentrique des « muscadins » ou des « merveilleux », rien non plus de celle d'un vétéran usé par la pratique des « brelans ».

On ne tarda pas à le surnommer le « Chevalier noir » et il fut aux anges.

Sa première campagne commença favorablement. Il y gagna de quoi troquer son galetas pour un appartement modeste mais confortable. Il était trop familier du Palais-Royal pour s'en éloigner ; renonçant, par discrétion, à louer un de ces hôtels du Marais abandonnés par les émigrés, il choisit un appartement à lambris dans l'aile du Palais où se situaient les galeries de bois du « Camp des Tartares ». Il aimait à la passion le mouvement, le bruit, l'odeur de vice que dégageait ce marécage où il évoluait sur la pointe des pieds, bien qu'il y eût des relations et des habitudes. Il allait parfois vider une chope à la Caverne Flamande en compagnie de Donatien Alphonse François de Sade, qui ne sortait de prison pour atteinte aux bonnes mœurs que pour tomber sous la coupe d'aigrefins ou de filles publiques. Laclos avait disparu ; on le disait parti pour les Indes avec le titre de gouverneur des Etablissements français.

Fin octobre, peu après avoir installé Diane et Marion à l'hôtel Britannique, le « Chevalier noir » prit place avec un complice pour une partie de « whist » dans un « brelan » envahi par un groupe de parvenus vulgaires et bruyants parmi lesquels scintillait une perle rare : Elise Lange, actrice en renom de la Comédie-Française. On disait qu'elle avait le nez délicat (flatteuse erreur d'appréciation) et les yeux « velours capucin », ce qui était exact. Sa chevelure sombre frisottait sur le front, sous le turban à la grecque ; sa robe se décolletait jusqu'à la naissance des seins, qu'elle avait épanouis. Derrière elle se tenaient deux personnages qui ne la quittaient pas de l'œil : sa gouvernante, Jeannette, opulente matrone revêche, dont on disait qu'elle n'acceptait qu'un sou pour favoriser les rendez-vous galants avec sa maîtresse, et un colosse barbu, banquier de Hambourg, Hope, son protecteur du moment.

Le jeu s'engagea avec une raideur qui laissait présager une partie morne, abrupte, sans panache, ce qui plaisait assez à Hyacinthe ; il avait pour partenaire et complice un habitué des lieux, petit-maître discret et habile. Mlle Lange s'était adjoint un barbon qui sentait son ci-devant ruiné ; contrairement à la règle de silence imposée par le jeu et que Hyacinthe dut lui rappeler à plusieurs reprises, elle parlait trop et la moindre émotion se lisait sur son visage.

Pour Hyacinthe et son complice, la partie se révéla facile, ce qui les incita à donner du champ pour faire illusion et mieux préparer leur point d'orgue. La belle et son barbon perdirent deux cents louis. Hope fit la grimace : il n'avait pas cette somme sur lui.

— Monsieur, dit Elise Lange en s'adressant à Hyacinthe, je sollicite un délai pour le règlement de cette dette. Je puis vous signer une reconnaissance.

— Inutile, dit avec un magnifique détachement le « Chevalier noir ». Nous vous faisons confiance.

— Passez à mon appartement, rue Saint-Georges, dans trois jours. Hope, vous ferez le nécessaire...

Le banquier opina du menton. Comme soulevée par une vague, la comédienne se leva dans le remous des soieries et l'écume des dentelles qui, disait-on, avaient appartenu à la reine Marie-Antoinette.

— Je vous attends à trois heures de relevée, dit-elle. Soyez ponctuel.

Au jour dit, Hyacinthe se trouva devant le domicile de la comédienne. Il fut surpris de la trouver dans les transes d'un déménagement. Ce n'était partout que meubles dispersés, chaises entassées, murs et fenêtres nus, tableaux alignés au bas de l'escalier.

— Vous me voyez dans tous mes états ! dit-elle. Ma vie est un délicieux enfer, mais un enfer. Tenez, prenez ce saxe, je vous prie, et portez-le dans l'antichambre. Mais... où nous sommes-nous rencontrés ?

Hyacinthe tira de sa poche un paquet de cartes, l'ouvrit en éventail, avec une adresse consommée.

— Vous avez un vrai talent de prestidigitateur ! dit-elle avec un sourire narquois. L'exercez-vous aux tables ? L'autre soir, vous me paraissiez fort habile à jouer des manchettes.

Il protesta sans vigueur. S'il avait triché, ce n'est pas deux cents louis qu'elle aurait perdus, mais...

— Allons ! dit-elle, ne vous fâchez pas. Moi-même j'adore tricher. Une comédienne, que fait-elle d'autre ? N'oubliez pas ce saxe et revenez pour la commode.

Hyacinthe faillit se rebeller mais, s'étant piqué au jeu, il ne regretta pas d'être resté. Il prenait plaisir à voir la comédienne courir d'une pièce à l'autre, virevolter, grimper à l'étage, en redescendre en cascade en retroussant sa robe jusqu'aux genoux, apostropher les déménageurs. Elle fit un drame d'un secrétaire éraflé au passage d'une porte.

— Un Delorme, monsieur ! Ces gueux n'ont aucun soin. Prenez garde au sofa de velours cerise ! Il a les pieds fragiles.

Et ainsi de suite...

Hyacinthe avait de la peine à la suivre dans ses évolutions. Elle l'interpellait comme s'il n'eût eu d'autre utilité que de lui renvoyer l'écho de ses préoccupations. Lui adressait-il la parole ? Elle ne l'entendait pas. Il finit par donner congé au fiacre qui attendait derrière la voiture de déménagement et, retroussant les manches de sa chemise, il entra pour de bon dans le jeu.

Après le chargement des meubles, on passa aux bibelots et aux impedimenta, et l'ambiance se rasséréna. La tempête en jupon cessa son manège de derviche et, le dernier objet enlevé, s'effondra sur les marches menant à l'étage. Les mains contre ses tempes, Mlle Lange paraissait sur le point de sombrer dans une fatale consomption. Très pâle, sans une touche de fard, la bouche entrouverte, les yeux noyés de larmes, elle était moins jolie que l'autre soir, mais plus attirante. Elle resta prostrée un moment puis, relevant lentement la tête, parut surprise de voir Hyacinthe en face d'elle.

— Eh bien, dit-elle, n'en a-t-on pas fini ? Qu'attendez-vous pour rejoindre vos compagnons ? Il faut que vous ayez réaménagé avant la nuit, ne l'oubliez pas. Ne restez pas debout, empoté ! Appelez-moi plutôt un fiacre !

Il s'exécuta en souriant. Quand il vint la prévenir qu'on l'attendait, ses cils se mirent à battre.

— Mais... qui êtes-vous, et que faites-vous ici ?

Il soupira, lui rappela l'objet de sa présence. Elle lui prit les mains, les garda dans les siennes.

— Pardonnez-moi, dit-elle d'un air contrit. J'ai deux défauts entre autres : l'un est physique (je suis myope), et l'autre mental (je suis un peu folle). L'argent est dans mon secrétaire. Je vous le remettrai à notre arrivée. Car vous m'accompagnez, n'est-ce pas ?

— Je pourrai même vous aider à aménager.

— Cela ne sera pas nécessaire. Jeannette et mes domestiques s'en occupent déjà. Eh bien, en route ! Adieu, ma maison ! Que de bons souvenirs je laisse dans ces murs ! Votre mouchoir, je vous prie.

Elle se moucha, essuya ses larmes en montant dans le fiacre, jeta une adresse au cocher : l'hôtel de Salm, rive gauche, face au Palais national[1]. Installée de tout son long sur la banquette, en face de Hyacinthe, elle laissa tomber ses escarpins et murmura, les yeux clos :

— *Seigneur, il n'est pas temps que nous partions encore. La reine permettra que j'ose demander... que j'ose demander...*

— Plaît-il ?

— Je ne me souviens jamais de la suite de cette tirade. Soufflez-moi, monsieur !

Hyacinthe avoua son ignorance. Elle l'apostropha rudement.

— Comment ! Vous ne connaissez pas l'*Iphigénie,* de Racine ? Je joue cette pièce dans trois jours et j'ai l'impression d'avoir tout oublié. *Un gage à mon amour qu'il me doit accorder...*

— Ce M. Hope qui vous chaperonnait l'autre soir, est-ce ce fameux banquier de Hambourg dont la fortune, dit-on...

— Ne me parlez plus de lui, par pitié !

1. L'actuel hôtel de la Légion d'honneur.

Elle fit un geste par-dessus son épaule.

— M. Hope ? Hop ! J'en avais assez de ce sinistre personnage. Il ne dit jamais plus de trois mots à la fois et a autant d'esprit qu'une borne !

— Pourtant il est généreux ?

— Généreux, lui ? Pfff ! Il fait la grimace pour chaque louis qu'il tire de sa bourse, et il est en période de basses eaux. Je lui préférais M. de Beauregard. Lui, au moins, avait de l'esprit, à défaut de bonnes manières. Il sentait la basse extraction. Beauregard n'est d'ailleurs pas son véritable patronyme.

Au nom de Beauregard, Hyacinthe sursauta. Il n'avait pas oublié ce petit perruquier, compagnon d'une équipée de l'année précédente, lors des massacres de Septembre, à la prison des Carmes. Le brigand... Il avait fait du chemin. Il tenait le haut du pavé, roulant carrosse, entretenant des filles d'aventure et d'authentiques marquises. Par quels tours de passe-passe, quels trafics inavouables, en était-il arrivé là ? Paris regorgeait, il est vrai, de ces parvenus sortis du ruisseau, de leur boutique ou d'un cabinet de ministre, qui agiotaient à millions.

— Hope, dit Mlle Lange, est arrivé alors que j'en étais au point de licencier la moitié de mes domestiques. On m'avait huée dans *Rodogune* où, pourtant, j'ai campé une Cléopâtre meilleure que celle de la Raucourt. Beauregard me trompait. J'allais me détruire. Hope m'a secourue, m'a offert une claque à la Comédie.

— Et maintenant ?

Le nouveau protecteur de la comédienne s'appelait Leuthraud. Ce fils de vigneron avait placé un modeste pécule dans une fonderie de canons de Moulins et, spéculant sur la suppression du « maximum » et la chute de l'assignat qui, disait-on, « allait au diable », avait réalisé en quelques années une colossale fortune, accrue sans cesse par l'achat à vil prix de biens nationaux : les douze chevaux composant le fabuleux attelage du prince de Croÿ, une résidence en forêt de Sénart, une « folie » à Bagatelle, un immeuble à Paris (l'hôtel de Salm)...

— Leuthraud..., murmura Elise Lange en haussant les épaules. Ce n'est pas, vous le comprenez, le sentiment qui me pousse vers lui. Je puis bien vous le confier, outre cet hôtel de Salm où il m'a installée, il m'alloue une rente de dix mille livres par jour. Qui refuserait un tel pactole ?

Elle se redressa, regarda les immeubles luxueux de la Chaussée d'Antin que longeait le fiacre, soupira :

— Je suis ainsi faite que je ne puis garder le moindre argent. Un véritable panier percé ! Avec ce bon Leuthraud, au moins, je suis certaine que la fontaine ne tarira point. Je ferai en sorte de ne pas le laisser m'échapper, comme Beauregard.

Elle ajouta avec un air dégoûté :

— L'argent... Je le déteste et répugne à le manipuler. Cela est sale. Cela pue. Les assignats surtout, tout poisseux de misère, juste bons à allumer une flambée. Ceux qui prétendent que je suis une femme d'argent ont tort, mais une actrice se doit d'observer un train de vie en rapport avec sa renommée. Sans me flatter, la mienne est au plus haut.

Elle lui jeta brusquement :

— M'avez-vous vue dans *Athalie ?*

— Bien sûr, dit Hyacinthe en mentant. Vous y étiez superbe.

Il ajouta sans réfléchir :

— Je suis persuadé que vous êtes une nature simple et généreuse. Derrière les paravents de la renommée se cache une petite fille qui ne rêve que d'une existence modeste mais passionnée.

Il prit la main qu'elle lui tendait. Elle dit avec émotion :

— C'est vrai ! Une existence modeste mais passionnée... Hélas, monsieur, la modestie m'est interdite. Reste la passion, mais, à incarner les personnages du répertoire, on oublie que l'on est soi-même un être de chair, que l'on a un cœur. Je sens que je vieillirai sans avoir connu un véritable amour. Peut-être est-ce mieux ainsi. Je crois qu'une passion intense me tuerait ou me priverait du talent qui fait ma renommée. Il en va de même pour cette autre passion : la politique. Ma consœur, Rose Lacombe, l'égérie des jacobins, s'y est consumée. Mais... pourquoi sommes-nous arrêtés ?

Hyacinthe se pencha à la portière, interrogea le postillon. Un attroupement s'était formé peu avant le débouché sur la place de la Révolution d'où montait une rumeur d'émeute. Des femmes hâves et dépenaillées tendaient la main en égrenant une pitoyable litanie :

— Un p'tit sou, m'sieur-dame, pour mon petiot qu'a pas de lait !

— La charité, mon prince ! J'ai pas mangé d'puis hier !

Elise Lange soupira :

— Il y a trop d'injustice en ce bas monde. Leuthraud roule sur l'or et ces pauvresses meurent de faim. Je n'ai pas mon réticule. Donnez-leur un peu d'argent. Réglez aussi la course, tant que vous y êtes.

Jeannette, la gouvernante-confidente, l'attendait sur le pas de la porte. Elle avait préparé un repas froid. Elise pria Hyacinthe de rester, de partager son repas afin de lui tenir compagnie. Elle lui demanda son nom, l'écouta d'une oreille distraite, parut déçue qu'il ne pût rester, dit en lui tendant sa main à baiser :

— Alors promettez-moi de revenir. Je n'oublie pas que nous sommes en compte.

Hyacinthe s'inclina, baisa la main que la comédienne lui offrait et se dit qu'il venait de perdre deux cents louis.

Lorsqu'il ne pouvait rendre visite à Diane et à sa sœur, Jacques Brival leur faisait tenir des billets brefs, avec une poignée de papier-monnaie qu'elles jetaient négligemment dans un carton à chapeau et du numéraire qu'elles rangeaient dans un réticule. Il venait rarement, toujours en coup de vent. Elles reconnaissaient son approche à son pas lourd et lent, qui faisait craquer les marches, aux trois coups qu'il frappait contre la porte avec le pommeau de sa canne.

Il refusait souvent le siège qu'on tendait vers lui parce que le temps lui était compté, mais examinait en détail la pièce principale comme s'il la voyait pour la première fois, toussotant et faisant claquer ses mains dans son dos.

Adossé au chambranle de la fenêtre, son regard tourné vers la rue, il les informait de la situation politique : la pacification de la Vendée allait bon train sous la conduite du jeune général Hoche ; les armées républicaines occupaient la rive gauche du Rhin ; la commission des Finances, dont il faisait partie, venait d'émettre un milliard d'assignats qui, n'étant gagés que sur du vent, allaient se déprécier rapidement ; la Terreur blanche prenait une ampleur dangereuse...

C'est surtout la situation économique qui l'inquiétait.

— Les paysans, disait-il, refusent d'être payés en assignats et préfèrent garder leurs récoltes. Le « maximum » n'est plus respecté. Nous n'avons de la farine que pour trois jours et la famine menace. Le fossé se creuse entre les agioteurs et le peuple qui n'a ni travail, ni argent, ni pain. Ce matin, on a repêché trois cadavres de suicidés dans la Seine et des gens meurent d'inanition en pleine rue. Les rentiers ont promené un cercueil pour proclamer leur ruine et leur désespoir. Nous sommes au bord du gouffre. Je crains que le dénommé Gracchus Babeuf et ses théories égalitaires qui dénoncent les « ventres pourris » du régime ne rallient le peuple à sa « conjuration de l'Egalité ».

Un jour qu'elle se trouvait seule avec lui, Diane lui dit :

— Ce que tu nous racontes, nous le lisons chaque matin dans les gazettes. Nous lisons même *Le Tribun du peuple,* le journal de ce Babeuf que tu n'aimes guère, mais qui a plus de bons sens que tes conventionnels. Ce qu'ils savent le mieux faire, ce sont des promesses en prenant soin d'annoncer qu'elles ne pourront se réaliser.

— Pardonne-moi, dit-il, mais je ne puis vous entretenir que des événements qui me touchent de près.

— ... Et dont nous sommes, ma sœur et moi, semble-t-il, exclues !

— Tu es trop sévère, dit-il en fronçant les sourcils. Oubliez-vous que je vous ai tirées de la Conciergerie ? Soit, vous êtes impatientes de goûter une totale liberté, mais, à la moindre incartade, vous risquez les pontons de Rochefort ou la déportation.

— Ainsi tu serais débarrassé de nous et des soucis que nous te créons.

Il s'apprêtait à riposter avec éclat, mais se contenta de soupirer :

— Tu ne m'aimes plus. Tu me traites comme un étranger.

— Par exemple ! s'écria-t-elle. Ce sont justement les griefs que je puis t'opposer. Tu te moques bien de moi et de ton fils. Le mieux serait de rompre définitivement.

Elle le força à se retourner et, constatant qu'il pleurait, le prit en pitié, lui essuya les yeux avec son mouchoir.

— Pardonne ma franchise, dit-elle doucement, mais j'aime les situations nettes. Si je suis indésirable, autant me le dire, je le supporterai mieux que ces faux-semblants.

Il se moucha avec bruit, s'ébroua comme un gros chien triste.

— Je t'aime, Diane. Je t'aimerais même s'il n'y avait pas cet enfant entre nous. Je voulais t'épouser, mais tu as toujours refusé. Tu aurais évité toutes ces épreuves, tu serais une dame, on te verrait dans tous les salons de Paris... Au lieu de cela...

— Tu ne m'aimes plus, Jacques. Tu n'aimes en moi que la mère de ton enfant. Le pire, c'est que tu ne me désires même plus !

Il sursauta, se leva, traversa la pièce à grands pas comme si elle lui avait planté une aiguille dans le flanc. Il revint vers elle, posa sur ses épaules ses lourdes mains blanches qui sentaient le lait d'amande, la secoua doucement.

— Bon Dieu, si, je te désire ! Chaque fois que je me trouve dans cette chambre, en face de toi, l'envie me tord le ventre, mais Marion est toujours là, à nous épier !

Elle se leva à son tour, s'éloigna d'un pas, l'enveloppa d'un regard tendre et ironique à la fois.

— Mais, mon cher, aujourd'hui, Marion est absente !

Il chancela, comme pris soudain de panique, sembla chercher un argument qui lui permît de s'esquiver. Diane avait vu juste : il ne la désirait pas vraiment, malgré ce qu'il avait dit ; il redoutait un échec que Diane eût pris pour de l'indifférence. Il s'exclama avec une jovialité qui sonnait faux :

— Eh bien, soit ! J'attendais cela depuis longtemps.

Il la caressa longuement, avec de petits râles, des mains, des lèvres. Pour justifier une éventuelle défaillance, il lui confia qu'il était très fatigué, ne dormant que trois ou quatre heures par nuit, travaillant le jour comme un forçat, sollicité sans cesse par les événements. Elle le rassura : il lui suffirait de sentir qu'il la désirait toujours ; cette révélation lui donna un tel regain de confiance qu'il se tira avec honneur de cette épreuve. Allongé près d'elle, encore tout palpitant, il lui dit :

— Te souviens-tu lorsque nous faisions l'amour dans ton « pigeonnier » de Marsanges ? L'été, la chaleur, le silence, et cette rumeur de tocsin qui annonçait la Grande peur... Nous ne pouvions rester une journée ensemble sans nous quereller, mais je revenais et tu ne me repoussais pas.

Elle lui montra sa main gauche encore marquée par la blessure qu'elle s'était occasionnée volontairement avec un poignard, par défi, alors qu'ils se quittaient sur une querelle. Elle avait bien cru, ce jour-là — celui de la « Grande peur », justement — que leur séparation était irrémédiable.

— Je pense, dit-elle, que rien ne finira jamais entre nous. Je ne sais si je dois m'en réjouir ou le regretter. Je ne souhaite pas demeurer à Paris et tu viens si rarement en Corrèze...

Il se rhabilla en silence, l'air préoccupé.

— La demande de passeport pour toi et Marion, que j'ai soumise à Talleyrand, chef du service, n'a pas abouti. Il m'a parlé de votre dossier en termes assez vifs. Je vais devoir lui graisser la patte. C'est le seul moyen, mais cela demandera du temps.

Au moins comptait-il que, d'ici peu, elles puissent vaquer en toute liberté dans l'enceinte de la capitale. Il pensait pouvoir disposer du logement de son ami Pénières, rue de la Chaise.

— Nous pourrons ainsi, ajouta-t-il, nous voir plus souvent et dans de meilleures conditions.

Il était tellement certain de répondre au souhait de Diane qu'il négligea de lui demander son accord.

Elle se réserva de le lui donner, ou non, en temps voulu.

C'était la troisième fois dans la semaine que Diane s'absentait sans fournir d'explication à Marion. Elle lui faisait un petit signe de la main, l'embrassait, disparaissait. Un élégant carrick attelé d'un cheval sans queue et sans oreilles — toujours le même — l'attendait devant la porte pour la conduire rue de la Chaise.

Pour Marion, pas de mystère : Brival revenu, tout avait repris entre lui et sa sœur. Non sans orages, semblait-il. Parfois, lorsque Diane rentrait, assez tard dans la soirée, alors que s'allumaient les réverbères, Marion lisait sur son visage et dans son comportement le reflet de querelles qu'elle imaginait facilement. Pour éviter les questions, elle prenait les devants :

— Qu'as-tu fait cet après-midi ?

Les réponses de Marion ne variaient guère : elle avait fait une promenade dans les environs avec Rosette, la fille du propriétaire, une donzelle de dix-huit ans attifée comme une ouvrière de Bonne-Nouvelle, sans grâce ni beauté, qui assumait volontiers le rôle de chaperon. Leur lieu de promenade favori était les Champs-Elysées, qui donnaient une illusion de campagne. Elles s'y rendaient par le quai des Tuileries, véritable capharnaüm le jour, cour des Miracles la nuit ; elles s'arrêtaient place de la Révolution pour assister au carrousel des voitures : fiacres de louage, phaétons, carricks, locatis en tous genres et de toutes dimensions, fleuris de robes éclatantes et d'ombrelles sous le dernier soleil d'octobre.

Le parfum de l'automne les accueillait aux abords du grand jardin. Elles avançaient sur un tapis de feuilles mortes, la main dans la main, évitant de répondre aux sourires et aux sifflets des « muscadins » attablés aux terrasses des limonadiers et des traiteurs. Elles choisissarent une chaise longue, un banc, un coin de gazon et passaient là une heure ou deux à regarder évoluer les élégantes, jouer les enfants, se caresser les amoureux, déambuler militaires, gardes nationaux et célériféristes.

Assez revêche de nature, Rosette s'insurgeait contre les modes nouvelles, celle des femmes surtout. Sans cesser de tricoter, elle marmonnait :

— C'est scandaleux ! Comment ces créatures osent-elles s'exposer quasi nues, devant des enfants ?

Elles avaient assisté à un début d'émeute occasionné par deux élégantes descendues d'un phaéton bleu barbeau pour se rafraîchir à la terrasse d'un limonadier. Malgré l'air vif, elles étaient vêtues (si l'on peut dire !) de robes transparentes qui laissaient à nu leurs seins, et leurs jambes jusqu'aux hanches. Une mère de famille avait rameuté quelques grincheuses qui, se précipitant sur les belles, les avaient injuriées, bousculées, menaçant de les fouetter en public. Indifférentes, les demoiselles avaient continué à siroter leur orgeat au milieu d'un groupe de « merveilleux » avachis sur leur siège, lorgnant les mégères derrière leur face-à-main.

Rosette s'était levée d'un bond pour se mêler aux furies, hurlant injures et menaces contre les « créatures ». Un « merveilleux » avait pris la place laissée libre par Rosette. Marion l'avait entendu susurrer d'un air affecté, dans cet étrange langage qui supprimait les « r » révolutionnaires :

— Qu'est-ce que cela peut bien lui fai...e à vot...e amie ? En voilà des emba...as pou... peu de chose ! Vot...e amie est jalouse de ne pas pouvoi.. se mont...er dans cette tenue.

Plutôt que de risquer la fessée publique, les belles avaient décampé sous un bombardement de marrons d'Inde. Et fouette cocher !

— Je c...ois, avait poursuivi le « merveilleux », qu'elles ont eu une belle peu...

Rosette avait fait signe à l'hurluberlu de lui rendre sa place. Il avait obtempéré avec des mines de dindon offensé, tandis qu'elle marmonnait :

— Décidément, tout n'est que turpitude dans cette ville. Où que nous allions, ce ne sont que spectacles indécents et scandaleux. Toi, cela ne semble pas te choquer.

— Oh, moi, avait répondu Marion, j'en ai tellement vu, des scandales, et tellement plus graves, que ces excès m'indiffèrent.

Un vieux monsieur s'avança vers elles, chapeau bas ; il s'inclina avec un sourire engageant, comme pour une invitation à danser.

— Monsieur de Sivrac, pour vous servir, dit-il. J'ai assisté à l'algarade et j'approuve votre indignation. Heureusement, il reste des plaisirs plus innocents. Mon nom ne vous dit sans doute rien, mais celui de ma dernière invention est sur toutes les lèvres : le célérifère. Vous pouvez en voir évoluer ici même, au Luxembourg, à Monceau et autre lieux de promenade. Je les loue pour un prix modique : trois sous de l'heure. Si vous voulez bien vous laisser tenter… Sans aucun danger vous éprouvez la griserie de la vitesse.

— Cette griserie, ronchonna Rosette, je la laisse aux hurluberlus qui nous entourent.

— Moi, dit Marion, je veux bien essayer. Voici vos trois sous, mais vous allez me guider.

— Avec plaisir, mon enfant. Vous ne le regretterez pas. Les dames raffolent de ce nouveau « sport », comme disent les Anglais. Ivresse garantie...

L'aspect de la machine n'était guère rassurant : une selle de bois incorfortable, recouverte de tissu, un cadre, des roues et un guidon également de bois avec, en proue, une tête de dragon aux couleurs criardes. Discrètement, Marion releva le bas de sa robe pour enfourcher l'engin sous l'œil réprobateur de son amie.

— Pour vous lancer, dit l'inventeur, poussez doucement avec vos pieds comme appuis, puis accélérez le mouvement à votre convenance en prenant soin d'éviter les enfants et les promeneurs. N'ayez crainte, je vais vous faire un brin de conduite. Ivresse garantie…

Il plaqua sans façon ses mains sur la croupe de la célérifériste, la pétrissant si ostensiblement qu'elle le pria de cesser ce manège qui n'avait rien à voir avec le « sport ». Le jeu était facile et amusant. Lâchant son pilote d'un coup de talon, elle fonça à travers la foule qui s'écartait en riant. L'inventeur n'avait pas menti : ivresse garantie ! Le sol filait vertigineusement sous ses pieds qui, prenant appui, s'agitaient comme des balanciers. Les creux de l'allée meurtrissaient ses reins et menaçaient de la désarçonner, mais elle se cramponnait au guidon et tenait convenablement l'équilibre.

Parvenue au niveau des latrines publiques, elle souleva ses jambes et laissa l'engin aller sur son élan. Elle s'arrêta dans un buisson, étonnée que M. de Sivrac n'eût pas découvert un procédé qui permît de freiner et de faire demi-tour sans mettre pied à terre.

Avec une vélocité accrue, elle repartit à travers la foule en criant :

— Gare ! Gare ! Faites place, je vous prie !

Elle se disait qu'elle aurait aimé traverser tout Paris sur cette merveilleuse machine qui faisait paraître le monde plus beau et plus aimable.

Etait-il sourd, aveugle ou inconscient ? Elle le heurta de plein fouet, bascula, se retrouva sous la table d'un limonadier, au milieu d'un groupe de « merveilleux » qui, interrompus dans leurs rêves de bœufs gras, se demandaient de quel aérostat tombait cette jolie fille rieuse et haut troussée. Ils ne se dérangèrent pas pour l'aider à se relever, se contentant de susurrer d'un air évanescent :

— Quand se...ons-nous enfin t...anquilles ! On dev...ait jeter en p...ison l'inventeu... et ses p...atiques !

Marion se dirigea en chancelant vers l'homme qu'elle venait de renverser et qui, encore sous le choc, gisait à terre, assis, entre un garde national et une bonne d'enfant.

— Vous auriez pu me tuer, murmura-t-il. A-t-on idée de se livrer à des jeux aussi dangereux ? Chaussez donc vos lunettes, mademoiselle !

— Et vous, répliqua Marion, faites-vous déboucher les oreilles !

— Vous alliez comme un boulet !

— Et vous comme un aveugle ! Ma jambe est toute meurtrie.

Elle l'aida à se relever. C'était un jeune homme mince, discrètement barbu, vêtu avec une certaine distinction, mais sans les excès de la « jeunesse dorée ». Il lui demanda où elle souffrait ; elle lui montra sa cheville.

— Une simple foulure, dit-il. Je vais vous raccompagner.

— Ne vous donnez pas cette peine. Mon amie m'attend à deux pas.

Il interpella deux gardes nationaux, leur demanda de tenir leurs fusils horizontalement de manière à faire un siège pour la blessée. Elle fit la grimace en s'installant tandis qu'il ramenait l'engin à M. de Sivrac. Rosette, qui l'attendait en tricotant, l'accueillit avec des sarcasmes : dépenser trois sous pour en arriver là !

Couvert de poussière et de feuilles mortes, le jeune homme aida Marion à s'allonger sur le banc et se proposa pour masser sa cheville.

— Seriez-vous médecin ? demanda Marion.

Il avait fait deux années d'études mais avait renoncé. Elle se laissa manipuler en serrant les dents pour ne pas gémir. Elle avait envie de lui demander sa profession du moment, mais s'abstint par discrétion. Il avait des mains longues et fines qui dégageaient une chaleur agréable.

— Votre cheville va enfler, dit-il en se relevant. Evitez de marcher et prenez des bains d'eau salée.

— Merci, docteur. Combien vous dois-je ?

Le « médecin » sourit ; il avait des dents admirables.

— Un baiser suffira, dit-il, mais je ne vous tiens pas pour quitte. Je devrai vous revoir. Une foulure mal soignée peut dégénérer. Un fiacre nous ramènera à votre domicile.

— Ne vous donnez pas cette peine ! dit âprement Rosette.

Il insista, héla une voiture, aida Marion à s'y installer, avec autant de précautions que si elle s'était rompu les os. Marion sursauta : on oubliait Rosette.

— Laissez cette pimbêche ! Elle peut revenir à pied. Ce n'est sûrement pas votre sœur, elle est trop laide.

— Je vous trouve bien galant pour moi et bien sévère pour elle.

— Je sais juger les gens au premier regard. Cette fille me déplaît.

La voiture longea les quais de la rive gauche jusqu'à l'Arsenal, poussa jusqu'à la Bastille dont on achevait la démolition, les ramena rue Guénégaud par la rive droite. En cours de route, il lui confia qu'il se nommait Philippe Désormeaux ; il avait été comédien puis directeur de théâtre et enfin auteur dramatique ; il habitait le Palais national. Elle lui dit qui elle était et pourquoi elle se trouvait à Paris. Il lui baisa la main, lui demanda sans le moindre embarras de régler la course et garda la monnaie, prétextant qu'il était parti sans argent et qu'il en avait besoin pour le retour.

— Je passerai vous voir demain, dit-il. En attendant, suivez mes prescriptions.

— Attendez ! dit-elle. Vous êtes couvert de poussière.

Elle l'épousseta d'une main preste, cueillit du bout des ongles quelques débris de feuilles mortes accrochés à son habit. Lorsqu'il approcha son visage du sien pour réclamer son dû, elle l'éloigna avec un sourire.

2.

LE GALAPIAT

Marsanges : hiver 1794-1795.

L'été se survivait dans une chaude langueur ; il grignotait sur l'automne de belles journées parfois troublées par des orages qui secouaient le plateau avant d'aller traîner leurs chariots de feu sur l'Auvergne ou le bas pays. Des matins rayonnants leur succédaient.

Seul luxe de ces terres pauvres, l'automne arrivait à pas de loup dans l'odeur des feux d'herbe ; il suspendait ses tentures de cuivre et d'or ici et là, allumait des brasiers roux dans les hêtraies, des torches flavescentes dans les peupleraies des fonds, semait sur les landes, au milieu des champs de bruyère et de myrtille des traînées de fougères mordorées. Le moindre chemin sous bois devenait une nef byzantine. Presque asséché par la chaleur intense de l'arrière-saison, le Riou se mouchetait de feuilles sèches balayées par le vent.

Marsanges semblait somnoler dans la chaleur molle de ce que le comte Ambroise, se souvenant de sa campagne d'Amérique, appelait l' « été indien ». Les hommes battaient la campagne, le fusil en bandoulière ; les femmes tricotaient ou filaient la laine sur le seuil des chaumières ; les enfants gardaient les troupeaux, chassaient l'oiselet à la fronde ou pêchaient la truite à la main dans les basses eaux du Riou. Chacun avait un petit éden à sa porte et y puisait des agréments sans fin renouvelés. La fatigue du soir n'était pas celle qui, accompagnant les grands travaux, dessèche le corps et brise les reins ; elle était comme un avant-sommeil : on s'y laissait aller sans réticence et sans remords. Les hommes s'endormaient à table ou demandaient à l'ivresse du tabac de prolonger et de parfaire la volupté du soir. Les veillées sur le pas des portes se faisaient entre femmes — elles étaient, moins que les hommes, sensibles à la douceur lénifiante du temps, à la délicieuse oisiveté des journées. On entrait dans le sommeil comme dans une mort douce et l'on n'en émergeait que le soleil levé.

La saison chaude avait été rude. Les récoltes — celle du sarrasin moissonné peu avant la Sainte-Croix succédant à celle du seigle — avaient été abondantes, les meilleures depuis plus de dix ans. La terre avait élaboré ce miracle alors que l'on attendait une nouvelle période de vaches maigres. Si l'on ne baignait pas dans l'opulence, du moins mangeait-on à sa faim. Pour comble de bonheur, il y avait eu cet autre miracle : un merveilleux automne.

Florent avait passé une partie de l'été loin de Marsanges.

Pour faire rentrer un peu d'argent, il avait loué ses bras, qu'il avait solides, pour les fenaisons et les moissons dans les proches contrées d'Auvergne et du bas pays. Il se déplaçait à pied, mêlé à des groupes de brassiers auxquels des lieues de montagne ne faisaient pas peur. Il était revenu grandi de deux pouces, le teint bruni, une grosse fatigue d'homme dans les reins, mais la ceinture capitonnée de métal, de quoi envisager l'avenir avec sérénité, d'autant qu'Angélique avait bien mené son affaire, grâce à l'aide de quelques femmes compatissantes, qui gardaient Félix avec leurs propres enfants et l'aidaient à exploiter le petit domaine du Pradeloux.

Florent se jeta sur le paquet de lettres de Paris — une par semaine depuis la fin de juillet. Cela faisait une jolie liasse dont il se délecta. Il en lut une partie sur le chemin de ses ruches, monté à cru sur Socrate : elles parlaient de personnages, d'événements, de lieux qui ne lui disaient rien ; incapable d'imaginer les dimensions et l'ambiance de la capitale, il y voyait un monde fantastique, une sorte d'Harmaguédon peuplée de génies et de monstres qui faisaient se lever des tempêtes.

Les ruches du Longeyroux et quelques autres que Louis-Amour avait dispersées dans les alentours avaient souffert de son absence. Il était parti à la saison où les abeilles travaillent et n'était revenu que passé le temps de la récolte, qui se situait en août. Le miel débordait ; il soulagea les bournats tant bien que mal — au moins aurait-il de la marchandise à proposer sur les foires.

Félix avait passé quelques semaines de la saison chaude à Tulle, chez sa grand-mère.

La vieille dame l'envoyait chercher en voiture par le secrétaire de son fils ; Florent le laissait partir de mauvaise grâce, conscient malgré tout que ce séjour lui serait bénéfique dans l'immédiat, mais inquiet en se demandant si Félix saurait se réadapter à la rude existence du plateau. Ses craintes s'étaient révélées superflues : c'est à Tulle que Félix s'ennuyait. Durant son absence, pour tromper sa solitude, Angélique se tuait au travail le jour et veillait une bonne partie de la nuit, l'oreille aux aguets par crainte de voir surgir quelque bête pharamine comme celles dont on parlait dans les veillées, ou l'une de ces bandes de déserteurs ou d'insoumis qui hantaient les parages. En présence de Félix, elle ne redoutait rien, consciente d'avoir cette petite vie à protéger.

A son retour d'une campagne en Auvergne, Florent ne trouva pas Félix et décida d'aller le chercher à Tulle. Il sella Socrate et partit avec le fusil acheté à un déserteur, près d'Ussel.

La ville était calme comme un cimetière. Les « Pierroux », partisans de Robespierre, ayant jeté au ruisseau cocardes et bonnets rouges, se terraient. Sur les places publiques, le long des quais, dans les lieux publics, il n'était question que du jugement des terroristes, notamment de Lanot « la Hyène » et du ci-devant chanoine Jumel qui, pour se faire oublier, avaient dû renoncer à leurs orgies et à leurs farandoles. L'ordre régnait, l'enthousiasme révolutionnaire étant retombé de lui-même comme un soufflé. Revenue des fêtes sauvages de la Terreur, la population faisait elle-même sa justice, dénonçait les proscrits, jetant ces chiens galeux à la Corrèze ou en prison.

Mme Brival avait riposté avec hauteur aux prétentions de Florent : elle ne rendrait l'enfant que lorsque sa mère serait de retour ! Lorsque Florent, conscient de son bon droit, faisait mine de vouloir l'emmener, elle levait sa canne d'un air menaçant. Il préféra négocier.

— Faisons un marché, dit-il. Si Félix veut rester, je vous l'abandonne. Sinon, il me suivra à Marsanges.

Il prit l'enfant dans ses bras, l'approcha de la fenêtre, lui montra Socrate à l'attache sur la Petite-Place, lui demanda s'il souhaitait repartir. La réaction de Félix fut sans équivoque ; accroché à Florent, il refusa de le quitter.

— Je suis désolé de vous faire de la peine, dit Florent, mais cet enfant m'a été confié, avec permission de vous l'amener de temps à autre. Je reviendrai le prendre demain matin.

Il dîna du pain et du fromage qu'il avait emportés, parcourut à cheval la ville à la nuit tombante, assista à un concert de la Garde nationale, place de l'Aubarède, écouta, ému aux larmes, l'*Hymne à la Paix,* de Méhul, la *Symphonie lugubre,* de Gossec et une romance chantée par un artiste local, *Un jour de cet automne.* Il quitta la ville, trouva refuge pour la nuit dans une grange abandonnée, au bord de la

Corrèze, au pied d'une haute colline noire toute suintante de sources.

Avant de retourner chez Mme Brival, il fit une halte dans le Trech pour le plaisir d'aller fouiller dans les rayons d'une librairie. A peine avait-il commencé sa prospection, il tomba en arrêt sur un ouvrage d'Helvétius, *De l'esprit,* qu'il avait lu dans la bibliothèque de son maître et qui lui avait laissé un goût de bonheur. Il le feuilleta, retrouva entre ses pages un brin de bruyère qu'il y avait déposé jadis et un ex-libris, celui d'Ambroise de Marsanges. Les *Contes* de Voltaire, *La Nouvelle Héloïse* et les *Rêveries du promeneur solitaire* de Rousseau avaient la même origine. Il en trouva d'autres, ainsi que des gravures épinglées dans la vitrine, certaines fort lestes.

— Vous trouverez d'autres livres à l'intérieur, dit le libraire. Entrez donc, *monsieur*. Je n'expose ceux-ci qu'à cause de leur reliure, qui est fort belle, mais je trouve peu d'amateurs.

Monsieur Florent apprit sans surprise que presque tous ces ouvrages provenaient du fonds mis au pillage par Sauviat. Le comte de Marsanges était un bon client pour le libraire qui ajouta :

— Il ne passait jamais par Tulle sans me rendre visite et s'entretenir avec moi. J'ignore ce qu'il est devenu.

— Il est mort, dit Florent. C'était mon maître et il m'aimait comme un père. Tous ses livres, je les ai lus. J'aimerais racheter ceux que vous avez en vente, mais je n'en ai pas les moyens.

— Je puis vous faire un lot et le solder à bas pris. Mettons...

Florent, à l'énoncé du chiffre, secoua la tête : c'était au-dessus de ses moyens.

— Je ne veux pas que vous repartiez les mains vides, dit le libraire. Choisissez un de ces ouvrages et emportez-le, mais promettez-moi de revenir me voir à l'occasion. J'aurai plaisir à bavarder avec vous.

Florent choisit l'Helvétius. Il espérait y retrouver le goût du bonheur.

L'expédition dans le massif des Monédières pour le ramassage de la provision de châtaignes fut fixée à la dernière semaine d'octobre.

Florent attela Socrate au char à bancs, y jucha Félix entre lui et Angélique, laissant à cette dernière, qui s'en acquittait assez bien, le soin de la conduite. Il souhaitait mettre à profit le temps du voyage pour lire Helvétius. Le vent mou brassait des odeurs de pluie ; le soleil aiguisait ses derniers rayons sur les croupes lointaines, drapées de somptueuses étendues de bruyère où la lumière paraissait se dissoudre.

Ils allèrent droit sur la ferme de Gourdon où chaque année, avant les troubles, Florent se rendait en compagnie de Valentin pour ramasser « de moitié » un chargement de châtaignes auxquelles ils mêlaient quelques pommes. Très accommodant, le fermier les fit aider par un de ses fils. Les fruits étaient splendides : ils jaillissaient sous la pression des sabots hors de leur bogue, nets comme des joyaux.

Le premier soir, le fermier leur trempa la soupe et leur ouvrit sa grange pour y dormir. La nuit était douce, pleine de cris d'oiseaux migrateurs avec, par instants, de lointains hurlements de loups.

Levés avec le soleil, ils travaillèrent jusqu'au milieu du jour avec ardeur. La caisse de la carriole était pleine quand ils reprirent la route. Le fermier leur fit préparer un panier et leur offrit un sac de ses meilleures pommes. C'était le bonheur. Ils marchaient à pied près de la voiture pour soulager Socrate, laissant à Félix, fier comme un aurige, les rênes et le fouet. Il tombait par rafales une pluie à peine froide. Morne et vallonné, le pays tassait ses ors et ses cuivres sous un ciel de laine grise.

La préparation pour la conservation des châtaignes les occupa quelque temps. Ils les firent sécher en plein air, le soleil étant revenu, puis les étendirent sous l'appentis, sur des claies de bois pour parachever leur séchage à la fumée. Il y en avait une telle quantité que Florent songea à élever un cochon. Chaque soir, ils se gavaient de marrons rôtis à la poêle ou de châtaignes cuites à l'eau dans le « toupi[1] » avec des raves et des pommes de terre, après la rude opération d'épluchage au « débouéradour[2] », réservée à Angélique. Florent, qui avait appris à fumer dans les montagnes d'Auvergne, s'endormait, la pipe aux lèvres après avoir lu quelques pages d'Helvétius.

Parfois, l'après-midi, en compagnie de Félix, Florent allait s'asseoir sur un gros rocher rond dominant le château. Ils restaient là une heure ou deux. En apparence, rien n'avait changé : Sauviat avait fait réparer les noues qui prenaient l'eau ; pour le reste, le château paraissait s'être éloigné dans le temps. C'était le même, mais il semblait devenu étranger, aveugle, sourd, sans écho, inaccessible à toute espérance : un monument d'indifférence glacée. Parfois les enfants de Sauviat

1. Marmite rustique.
2. Instrument de bois en forme de croix mobile destiné à éplucher les châtaignes.

jouaient dans la cour avec des quilles et des balles de chiffon, autour du canon suédois extrait de la cave. Une femme, peut-être Margot, peut-être une de ses filles, se montrait sur le seuil de la cuisine, lançait une imprécation qui faisait aboyer les chiens. Les mains dans le dos, l'air songeur, Sauviat faisait le tour de la fontaine, s'asseyait sur le mur, un de ses chiens entre ses genoux, ou, planté au milieu de la cour, contemplait la façade. Une vie banale, morne, tristement quotidienne. Il était loin le temps où les jeux de Julie, d'Estelle, de Marion troublaient les discussions entre le comte et ses fils (« Ecoutez-les, ces folles ! » disait-il), où Diane, debout sur le muret, interrogeait l'horizon du regard dans l'espoir de voir apparaître le cheval de Jacques Brival, où Valentin, assis sur le pas de sa porte, tannait les peaux de loups et de sauvagines, astiquait son fusil, tressait des paniers d'osier et de ronce coupée à la lune vieille, tandis que ses enfants, à cheval sur Grison, tournaient autour de la fontaine. Toute la bâtisse, alors, respirait le bonheur de vivre. Un coup de vent avait dispersé la famille comme des feuilles mortes, sans espoir de retrouvailles. Diane... Marion... Reviendraient-elles ? Et quand ? On était sans nouvelles de Louis-Amour, prisonnier des Prussiens à Wesel ; François s'enfonçait dans le silence de l'émigration ; Hyacinthe avait fait sa vie à Paris et ne reviendrait pas. Restait Julie, enceinte de quatre mois, qui débarquait à l'improviste et repartait de même, sans un mot. Le plus présent de tous était M. de Marsanges — Florent pouvait apercevoir sa tombe, près de celle d'Estelle, derrière le château, au pied d'un petit peuch brûlé par l'été.

A quelques jours de son retour de Gourdon, alors qu'il se tenait sur son observatoire, Florent avait vu venir vers lui le père Sauviat, chapeau sur l'œil, fusil en bandoulière, gibecière au flanc. Mince, hirsute, agressif comme un écouvillon qui aurait ramoné une dizaine de pipes.

— Alors, galapiat, tu nous espionnes ?

— Je regardais le paysage. C'est mon droit.

— Tu es sur mes terres. Je pourrais vous flanquer, à toi et au bâtard, une bonne bordée de chevrotine. Videz les lieux et ne revenez plus, sinon, gare ! Que je ne te prenne pas non plus à braconner sur mon domaine et à glaner mon bois.

— Pardonnez-moi, monsieur Sauviat, mais j'étais à bonne école avec votre fils, Tiénou. Il connaissait les bons endroits. Il paraît que vous les trouviez fameux, les lapins et les lièvres de M. de Marsanges...

Sauviat releva le bord de son chapeau, cligna de l'œil avec un mauvais sourire. Il avait perdu presque toutes ses dents ; sa barbe mal rasée accentuait la maigreur de son visage et son profil de couteau ébréché.

— Je vois que tu n'as rien perdu de ton insolence, galapiat ! dit-il. Je pourrais bien te corriger, tu sais.

— Essayez donc ! répliqua Florent. Vous trouverez à qui parler. Et si vous touchez au petit, je vous assomme.

Sauviat parut évaluer d'un regard la puissance du « galapiat » qui avait pris ses six pieds de haut et dont les muscles saillaient sous la chemise ; il n'eût pas pesé lourd et préféra composer.

— Je ne veux pas d'histoire, dit-il. Depuis quelque temps, nous vivons en paix. C'est bien, à condition que chacun reste à sa place. Alors évite mes terres et cesse de nous espionner.

Il ajouta avec une pointe d'embarras :

— As-tu des nouvelles de tes maîtresses ? On dit qu'elles resteront à Paris.

— C'est bien possible, dit Florent.

— C'est pas que je veuille les chasser, mais ces enclaves dans mon domaine, ça me gêne. J'aimerais les racheter, y compris la ferme du Pradeloux où je pourrais installer mon cadet quand il se mariera. J'offrirais un bon prix de ces quelques arpents de mauvaise terre.

— Je vous vois venir. Le vent a tourné. On pourrait vous demander de restituer ce que vous nous avez pris. Votre Révolution a du plomb dans l'aile. Les émigrés commencent à revenir et pourraient bien vous demander des comptes. On dit que le gouvernement va prendre des mesures contre les spoliateurs de votre espèce. Alors vous aimeriez agrandir votre propriété par des achats normaux, à l'amiable. Vous vous faites des illusions.

— Tu sembles bien informé.

— Je lis les gazettes et je parle à des gens bien placés.

— Comme cette Manon, cette catin qui est en train de tourner casaque.

— Possible, mais ça ne vous regarde pas.

— Tu informeras tout de même tes maîtresses de ma proposition.

— Vous leur en parlerez vous-même. Le « galapiat » que je suis n'est qu'un valet.

Un matin, on trouva Julie accrochée à demi morte aux grilles du château. Une fille de Sauviat vint prévenir Florent. Trempée de pluie, grelottante, on l'étendit sur le lit ; Angélique la lava du sang qui souillait son ventre et ses cuisses, et enveloppa son corps de couvertures sous lesquelles elle glissa des pierres chaudes.

— Comprends pas... Pourquoi ? gémissait Angélique.

— C'est facile à comprendre, bougonna Florent.

Il se demanda ce que Julie avait bien pu faire de l'enfant ; il partit à sa recherche et revint quelques heures plus tard après avoir battu les buissons. Julie dormait toujours ; elle s'éveilla tard dans la soirée, alors que la brume et la pluie cernaient la masure, parcourut l'intérieur d'un regard chargé d'angoisse, retrouva sa sérénité en voyant Florent et Angélique à son chevet. Elle murmura :

— Le château...

— Tu sais bien que c'est fini, le château, dit Florent. Tu es à la ferme du Pradeloux, et c'est chez toi. Que t'est-il arrivé ? Ton petit ?

Elle fondit en larmes, secouant la tête comme pour se libérer de souvenirs insupportables. Il fut difficile de la faire parler ; moins sotte qu'Angélique, elle ne parvenait pas à s'expliquer clairement sur ses actes et ses pensées : ses propos se bousculaient, devenaient incohérents et elle finissait par se taire. A force de patience, Florent finit par lui arracher la vérité.

— Si je comprends bien, dit-il, tu as quitté Meymac à cinq heures, hier soir... Gaspard t'a chassée ? Non ? Bien. Tu allais accoucher et tu as voulu que ça se passe ici ? Bien. Les premières douleurs t'ont prise où ? Tu ne te souviens pas ? Il faisait nuit ? Tu es passée par le Mas-Chevalier puis par la Croix-Blanche ? Et ensuite ?

Ensuite ? Elle ne savait plus. La forêt... La lande... Elle s'était perdue alors qu'il commençait à pleuvoir. Elle se souvenait de douleurs lancinantes, puis d'un soulagement soudain, du paquet de chair chaude et gluante qu'elle tenait entre ses mains. Elle avait eu la présence d'esprit de couper le cordon avec ses dents comme elle l'avait vu faire aux chiennes. Elle avait pris entre ses bras l'enfant qui restait immobile et muet, avait soufflé sur lui pour le ranimer. En vain. Elle l'avait abandonné là, avait à l'aveuglette pris la direction de Marsanges, affolée par les hurlements des loups qui la suivaient. A Combe-Prunde, à La Ribière, les portes étaient restées fermées à son appel. Elle ne se souvenait plus de l'heure à laquelle le château lui était apparu ; peu avant l'aube sans doute, car on y voyait assez clair.

Avant de quitter le lieu de son accouchement, elle avait eu l'idée de nouer son mouchoir à une branche, au bord du chemin.

— L'essentiel, dit Florent, est que tu sois sauve.

Elle paraissait revivre, après la soupe brûlante que lui servit Angélique. Son regard ne quittait pas le feu ; elle lui souriait comme à une présence humaine, pétrissait sa chaleur entre ses doigts avec une mine de miraculée. Puis ses traits s'altérèrent. Elle dit :

— Mon enfant... Mon petit... Je ne sais même pas si c'était un garçon ou une fille. Faut prévenir Gaspard. Il doit être inquiet.

Le lendemain, Florent laissa Julie aux soins d'Angélique et partit par la charrière conduisant à Combe-Prunde, qu'il avait suivie la veille. En bordure du sentier menant de La Ribière au grand chemin de Meymac, il découvrit, accroché à un bouquet de sureaux, le mouchoir de Julie, fouilla les buissons, renonça : les loups l'avaient devancé.

Alertées par Margot, l'épouse de Sauviat, quelques femmes du village montèrent au Pradeloux, portant du lait, du bouillon, des œufs, des galettes. Julie remerciait d'un pauvre sourire, d'un hochement de tête ; Florent expliquait sans relâche que l'enfant était mort-né et qu'il avait dû l'enterrer. Quand Julie se fut restaurée d'un bouillon de poule, panacée des relevailles, il lui demanda ce qu'elle comptait faire une fois remise. Elle parut surprise.

— Je veux rester avec vous.

Florent dut lui expliquer qu'il était difficile de la garder, que Gaspard s'y refuserait ; elle ne paraissait pas comprendre. Pressée de questions par Florent, elle parvint à raconter sa vie entre Gaspard et sa boulangère, grosse femme impotente qui tolérait mal la présence de l'intruse. Reprise par ses instincts fugueurs, Julie partait sans explication, restait parfois plusieurs jours absente, revenait couverte de poussière ou de boue, indifférente aux angoisses et aux menaces de Gaspard qui occupait son temps libre à battre la campagne à sa recherche. Pour ne pas livrer à elles-mêmes cette folle et cette infirme, il avait renoncé à la chasse aux loups, qui était sa distraction favorite, et qui lui rapportait quelque argent — la municipalité payait des primes et les peaux se vendaient bien. Il trompait ses heures d'inaction en lisant ; protégée par le maire, la bibliothèque de l'abbé réfractaire Thomas était à sa disposition ; il y puisait à satiété, lisait parfois, à la lumière du chaleil alimenté d'huile de faine, des passages à Julie qui bâillait et s'endormait.

— Tu seras rétablie dans quelques jours, lui dit Florent. Je te ramènerai à Gaspard.

— Non ! dit-elle. Je suis chez moi, tu l'as dit. Je veux y rester.

Sur le chemin d'Ussel où il allait livrer son miel, ses fromages de tome[1] et la cire destinée aux blanchisseries de Bort-les-Orgues, Florent s'arrêta chez Gaspard pour donner des nouvelles de Julie. Après le miraculeux été indien, il faisait, en ce début de novembre, un temps gris et mou. Il avait neigeoté durant la nuit et il flottait encore quelques flocons qui ne savaient où se poser. Arrivé peu avant midi, il trouva Gaspard dans sa boutique en compagnie du commis qui l'aidait à la vente et attendit pour l'aborder.

— Je me faisais un sang d'encre, dit le boulanger. A-t-elle eu son enfant ?

Florent lui raconta le calvaire de Julie et comment elle avait survécu à ses épreuves.

— Elle m'en aura fait voir des vertes et des pas mûres ! gronda Gaspard. La petite garce...

— Tu la voulais ? Tu l'as eue. Ne t'en prends qu'à toi.

— Je t'invite à déjeuner. Un reste de civet et des patates, ça te va ? J'ai aussi du vin de Saint-Chamant. Du bon.

Ils s'installèrent dans le fournil, à une petite table blanche de farine avec des ronds de vin et des miettes. Au-dessus d'une paillasse encastrée dans un cadre de bois brut, sur laquelle somnolait un gros chat, des étagères portaient quelques livres.

— Ma bibliothèque ! dit pompeusement Gaspard. Je possède quelques bons ouvrages, des classiques surtout : Homère, Virgile, Tacite, mais aussi Fénelon et Voltaire. J'emprunte à la bibliothèque

---

1. Petits fromages de la montagne limousine.

de l'abbé et je fouille dans le grenier du notaire. Lire Virgile en regardant la neige tomber sur l'abbaye...

Il décrocha un Virgile racorni comme une écorce de châtaignier.

— Toi qui t'intéresses aux abeilles, dit-il, tu devrais lire le livre quatrième des *Géorgiques.* Ecoute... « *Je chanterai maintenant le miel, ce présent des cieux, dont la rosée du printemps est le principe...* » Pour la fabrication de tes tomes, il faut lire le livre troisième : « *Il faut faire cailler durant la nuit le lait qu'on a tiré le matin et dans la chaleur du jour...* »

— Je connais Virgile, dit Florent, mais il faut le prendre avec des réserves. C'est un poète, et l'on ne fait pas de fromage avec des rimes. Si je l'avais écouté, mes ruches seraient désertes et personne ne voudrait de mes fromages.

Il se dit que Gaspard semblait plus préoccupé de Virgile que de Julie. Un brave garçon, un peu égoïste, tiède dans ses passions, sauf pour la lecture et la liberté de la chasse. Julie ? Il ne l'aimait pas vraiment ; il l'avait prise pour la domestiquer comme un animal sauvage ; pour lui, elle n'avait guère plus d'importance que la grosse femme qui agonisait dans ses draps sales. Florent regretta de s'être laissé inviter, bien que le civet réchauffé fût onctueux, que le pain blanc et tendre eût un goût de bonheur, que le vin fût chaleureux. La neige s'était mise à tomber dru. Par le fenestron voilé de toiles d'araignées, on apercevait la haute colline rousse du mont Roudeix où les paysans avaient affronté, l'hiver précédent, les forces de l'ordre, la place déserte où se dressait la monumentale fontaine de granit, les bâtiments funèbres de l'abbaye. Le fournil ne tirait que peu de jour de cet orifice et l'on y voyait tout juste assez pour piquer dans son assiette. Tout, à l'intérieur, était gris comme de la farine de seigle.

Gaspard ne consentit à parler que lorsqu'il eut posé la deuxième bouteille sur la table. La boulangère ? Elle n'en avait plus pour longtemps à vivre ; ce n'était, dit-il, « qu'une outre d'eau et de merde ». Il n'y avait que la langue, qu'elle avait encore bien pendue, pour donner une apparence humaine à cette charogne. Il avait obtenu qu'elle lui laissât par testament cette boulangerie qui était une bonne affaire, mais elle était sa propriété de fait et il comptait s'en séparer pour aller travailler dans le bas pays.

— Julie refusera de te suivre, dit Florent.

— Il le faudra bien. Quand je la corrige, elle file doux, mais il faut toujours avoir la main levée sur elle.

— Je te la ramènerai dès qu'elle sera rétablie, dit Florent, mais tâche de la surveiller un peu plus et de la corriger un peu moins.

— J'y veillerai, mais elle devra y mettre du sien.

Comme Florent se levait pour partir, il lui tendit une bouteille et une miche de pain frais.

— Prends, mon gars ! dit-il. C'est du « pain de député », comme on dit à Paris.

Manon lui avait dit : « Tu viens quand tu veux. Je serai toujours heureuse de te voir. Et Victoire plus encore. »

Florent venait au moins une fois par mois, à l'occasion notamment de la foire où il faisait de bonnes affaires. Manon était rarement présente la journée ; elle rentrait tard dans la soirée, quelquefois pas du tout.

Victoire, elle, ne s'absentait que rarement. Ses rapports avec Florent n'étaient pas toujours au beau fixe. Elle avait eu la maladresse de lui avouer qu'elle n'attendait pas ses visites pour se donner du bon temps (elle disait avec un air provocant : « Pour soulever mes jupes »). Cette liberté de mœurs, Florent l'acceptait mal. Ils se querellaient ; elle pleurait, menaçait de jeter ce jaloux à la rue ; il s'efforçait de se raisonner, mais ne pouvait s'empêcher de l'interroger sur ses bonnes fortunes ; elle s'enfermait dans un mutisme têtu ou lui répondait qu'elle lui serait fidèle quand il l'aurait épousée. Son museau dans l'aisselle de Florent, elle lui avoua :

— Toi seul me donnes du plaisir. Avec les autres, je demeure insensible. Si je couche avec eux, c'est pour ne pas contrarier ma maîtresse, mais aussi parce que... parce qu'ils sont généreux.

Elle lui montra sa cassette : elle contenait assez de numéraire pour acquérir le commerce de fantaisies auquel, déjà, elle avait trouvé un nom : « Le Petit Paris ». Ils se mariaient, menaient une vie paisible et organisée, avec des enfants. Elle rêvait, mais lui, sa vie était à Marsanges, pas derrière un comptoir.

A la nuit tombante, il conduisit la carriole chez le voiturier qui soignerait Socrate. Avant de se rendre chez Manon, il fit à pied un petit tour de ville. A la veille de la foire, les rues et les places s'animaient dans la clarté des réverbères. Des chars à bancs se pressaient place de la République et place d'Armes, autour des fontaines où s'abreuvaient les chevaux et les mulets. Les auberges, envahies de clients qui parlaient haut et fort autour des tables, crépitaient de lumière et libéraient des odeurs bouleversantes. Déjà de majestueux bœufs d'Auvergne s'alignaient à la corde, sur des tapis de paille. Le vent avait dispersé les nuages de neige et les étoiles brillaient intensément au-dessus des toitures.

Manon recevait. Florent faillit rebrousser chemin, mais Victoire le retint. Il resterait dans sa chambre où elle lui servirait un en-cas. Il accepta ; il lui aurait été difficile de trouver à se loger. De temps à autre, Victoire lui portait une gâterie, écrasait ses lèvres sur les siennes, se laissait caresser et repartait, le feu aux joues.

Passé les événements de Thermidor et la purge des terroristes, la Déesse Raison, l'« Impudique » qui paradait, seins nus, dans les fêtes et les cérémonies civiques, avait jeté sa défroque aux orties, résisté stoïquement aux bigotes qui menaçaient de la fouetter, et procédé à une discrète reconversion. Elle avait dû à quelque protecteur inconditionnel ne pas rejoindre en prison ses relations jacobines. Elle donnait dans le libéralisme du temps, s'habillait à la mode de Paris, mais sans excès : robes à la grecque ou à la romaine, décolletées jusqu'à la naissance des seins, coiffure plate à la Titus, redingote à col de martre pour l'hiver, culotte de satin rose et chemise de linon clair, ballantine pour le mouchoir, parfois un ruban violet « cul de mouche » autour du front... Son protecteur attitré, qui faisait venir ces toilettes de Paris, était le fils d'Antoine Laveix du Gardet, opulent marchand de drap enrichi dans la fourniture aux armées, dont elle avait été la maîtresse.

De sa retraite dont il avait laissé la porte entrebâillée, Florent, allongé sur le lit, pouvait suivre les conversations qui, après le champagne, allaient bon train.

Il y avait dans la compagnie quelques notabilités locales, et notamment un chansonnier-poète, Martial Badour, qui entonna une chanson usselloise sur l'air du *Réveil du peuple*.

Florent commençait à s'endormir quand Victoire, ayant fini son service, vint le rejoindre. Très lasse, elle s'endormit aussitôt, mais, éveillée au milieu de la nuit, elle le sollicita par quelques caresses auxquelles il répondit dans un demi-sommeil. Ils ne cessèrent leurs jeux amoureux qu'à l'aube.

— Je viendrai te retrouver à ton banc, dit Victoire lorsqu'il la quitta, mais je t'en prie, reviens ce soir.

Il vendit tous ses produits à son emplacement ordinaire, à quelques pas de la fontaine Bourbonnoux autour de laquelle les femmes du quartier, venues puiser de l'eau et laver leurs pots, pépiaient comme une volière de colibris.

Victoire l'accompagna chez le cirier puis au bal. C'est Félicien

« Siouplaï », le cabretaïre de Chavanac, qui, accompagné d'un violon basque et d'un cor, menait le train. Victoire l'entraîna sur la piste pour lui apprendre les danses que les armées de la République avaient ramenées d'outre-Rhin. L'air sentait la sueur, l'étable, le gros vin et, de temps à autre, une odeur de neige amenée là par un petit vent d'Auvergne. Ils ne se retirèrent que lorsque des gars du Puy-de-Dôme, éméchés, leur chopine dépassant de la poche de leur vareuse, se mirent à saboter lourdement dans la lueur des quinquets, autour d'une bouteille posée au milieu de la piste.

En les voyant sur le point de partir, Félicien s'avança vers eux, demanda à Florent des nouvelles de ses maîtresses.

— Quand tu leur écriras, dit-il, ajoute un mot pour Marion, s'il te plaît. Dis-lui que je ne l'ai pas oubliée et que j'aurais plaisir à la revoir.

Il ajouta en envoyant son chapeau en arrière :

— Compliment, mon gars ! Tu as une bien jolie compagne. Restez un moment de plus, mademoiselle, s'il vous plaît. Dès que ces enragés auront fini de damer le sol, j'improviserai pour vous un air de musique.

Ils s'assirent sur un banc, près de la fontaine, serrés l'un contre l'autre. Bientôt, au-dessus du bourdonnement de la foule, ils entendirent flûter une musique grêle qui semblait monter de la terre, jouer dans les dernières feuilles des hêtres, s'épanouir dans le ciel, s'y perdre comme un filet d'eau dans le sable, tournoyer avec des caprices de vent, des plaintes longues et poignantes, des battements d'ailes, de petits rires de perles. Victoire essuya une larme.

— Félicien est un grand artiste et un poète, dit Florent, mais c'est aussi un dangereux séducteur. Souviens-toi d'Estelle.

— Allons-nous-en, dit-elle. J'ai froid.

Ils rentrèrent en se tenant par la taille, alors que la ville se vidait de ses derniers visiteurs, des hommes ivres pour la plupart, qui chantaient, interpellaient les passants, vomissaient et pissaient contre les murs.

Manon ne fit qu'une courte apparition : elle dînait en ville et ne reviendrait que le lendemain. Elle les embrassa et leur dit :

— Bonsoir, mes amours. Surtout, évitez d'être sages. Vous le serez bien assez tôt, et par force.

Ils soupèrent en amoureux, des restes du balthazar de la veille et burent un vin qui leur monta vite à la tête. Victoire avait revêtu une robe de Manon, celle dite « à la Minerve », modèle de Rose Bertin qui figurait, dit-elle dans *Le Magasin des Modes ;* elle avait coiffé une drôle de perruque violette ornée d'un esprit en diamant, et s'était orné les épaules d'un « shal » de cachemire ; le vermillon dont elle s'était barbouillée à outrance lui donnait l'air d'un gros bébé. Elle tourbillonnait autour de lui.

— Je te plais, mon grand ? La toilette me va bien, tu ne trouves pas ?

Il rétorqua qu'il ne l'aimait vraiment que nue. Elle éclata d'un rire un peu vulgaire, se dévêtit entièrement et acheva ainsi le repas. Lorsqu'ils s'allongèrent dans le petit lit chauffé au moine, il tira de sous l'oreiller une montre achetée à un brocanteur, portant sur son cadran un personnage qui s'animait à chaque heure ; derrière figurait une bergerade en émaux de Limoges ; à l'intérieur elle lut le nom de l'ancien propriétaire : « M. de Chabanne ».

— Merci du cadeau, dit-elle, mais je ne puis l'accepter. M. de Chabanne est mort sur l'échafaud il y a quelques mois. Je ne veux pas d'un cadeau qui a appartenu à un supplicié. Ça nous porterait malheur.

A son retour à Marsanges, Florent trouva Angélique en larmes. Elle lui expliqua dans son charabia qu'un groupe de cinq ou six brigands qui se disaient déserteurs avaient fait irruption en pleine nuit, à moitié assommé le labrit qui les menaçait, emporté un mouton, quelques bouteilles de vin et des vivres, promettant qu'ils ne tarderaient pas à revenir. L'un d'eux avait tenté de violer Julie, mais Félix et Angélique avaient poussé de telles clameurs que les malandrins avaient jugé prudent de battre en retraite pour ne pas avoir tout le village à leurs trousses.

A quelques jours de là, au retour de la prairie du Riou dont ils avaient entrepris de redresser et de nettoyer les levades endommagées par le troupeau, ils trouvèrent un nouveau visiteur. Il les attendait sous l'appentis, assis sur un billot, apparemment seul. Méfiant, Florent l'interrogea avec une certaine rudesse. C'était un gueux de mauvaise allure, mais qui s'exprimait dans un français très correct et même châtié. Il leur dit en se levant :

— N'ayez crainte, mes enfants, je ne suis ni un vagabond ni un brigand et je ne fais que passer. Peut-être avez-vous entendu parler de l'abbé Thomas, prêtre réfractaire de Meymac. Eh bien, c'est moi. J'espérais que les apaisements qui ont suivi Thermidor me permettraient de retrouver mon église et mon ministère, mais il semble que les jacobins n'aient pas dit leur dernier mot et que l'heure n'ait pas encore sonné pour moi de rouvrir la maison du Seigneur. J'avais le choix entre la déportation et la proscription volontaire. J'ai choisi cette dernière solution. Je suis misérable mais libre, et je compte sur la charité de ceux qui n'ont pas abandonné leur foi dans la tourmente.

— Vous avez fait le bon choix, dit Florent. Cette demeure est pauvre, mais vous y êtes chez vous. Partagez notre toit et notre pain aussi longtemps que vous le souhaiterez.

Il lui parla de Gaspard et des ponctions qu'il faisait dans sa bibliothèque. L'abbé le connaissait et l'estimait.

— Je m'étais mis en tête de demander asile au château, dit-il, mais le nouveau propriétaire a menacé de lâcher les chiens. Quant au presbytère, il semble qu'il soit désert.

— Notre desservant, dit Florent, est l'abbé Rochette, mais il ne se montre plus. Lors de son dernier sermon patriotique, il y a des mois, il a été chassé à coups de fourche par les paroissiens. Nous ne le reverrons plus.

— Rochette..., dit l'abbé. Je le connais bien. Un enragé de la pire espèce, un pauvre égaré pour qui la politique a plus d'importance que la foi.

Il ajouta :

— J'aimerais visiter votre église.

Florent sursauta.

— Notre église, mon père ? Le maire jacobin, Sauviat, l'a transformée en porcherie...

3.

L'EXODE

Londres : hiver 1794-1795.

Journal de François

« ... L'image est devant moi, en moi, si proche que je pourrais la prendre entre mes mains, en sentir le contact, en respirer l'odeur. Lorsque je ferme les yeux, elle devient plus intense, comme lumineuse ; quand je les ouvre, elle pâlit mais demeure présente ; quand je m'endors je la retrouve, obsédante et animée. Elle est de celles qui peuvent accompagner un homme toute sa vie, le harceler afin de lui préciser des dimensions de l'horreur qu'il ne soupçonnait pas. Tout à l'heure, en commençant cette page de mon journal, malgré mes doigts gourds et la fatigue de mes yeux, j'ai tenté vainement de l'exorciser ; pour raconter la scène dont j'avais été le témoin, je ne trouvais que des mots décolorés, dévalués, incapables de traduire mon émotion. Et pourtant je revoyais avec netteté cette femme de marbre tenant son enfant mort entre ses bras, contre ses seins gelés, fondus tous deux en un seul bloc dans le silence de la neige et des marécages glacés à l'infini, parsemés de cadavres comme de mouches, avec juste cette minuscule frange de ville noire sous des nuages de poix, loin, très loin, vers la mer du Nord.

« Cette statue, cette femme dont j'ignore le nom, dont je sais seulement qu'elle se prénomme Madeleine, je l'avais vue vivante la veille, sereine au milieu d'un champ de cadavres, sur cet îlot du Zuiderzee hérissé de bouquets de saules givrés et d'épaves. Le lendemain, je me demandais si cette statue était une Pietà. Mais non, ce n'était même pas une statue — elles n'ont pas de regard, ce qui peut-être permet aux hommes de supporter leur présence sans mourir de saisissement. Le regard de Madeleine excluait toute confusion ;

immobile, vitreux dans le masque glacé du visage, il proclamait les affres de la veille, quand la jeune femme sentait son lait geler dans ses seins et son enfant mourir dans ses bras, au milieu de l'indifférence de ces êtres qui se demandaient eux-mêmes comment ils pourraient survivre. Des enfants morts, nous en voyions chaque jour et ce n'était pas un beau spectacle, mais on s'habitue à tout, et l'horreur devenue quotidienne laisse insensible.

« Si tu veux te sentir bien dans ta condition, me disait mon père, regarde au-dessous de toi. » Au-dessous de moi, en ce terrible hiver, il y avait pire. Il n'y a pas de limites à la souffrance et à la détresse. Qui n'en a jamais touché le fond ? Cette femme, peut-être, mais la mort l'a libérée.

« Cette nuit encore, ici, à Londres, il fera froid, mais cela m'importe peu. Ces images d'un passé récent, cette confrontation avec mes souvenirs face à la page blanche, dans la clarté de la chandelle, m'emplit d'une chaude exaltation. Sous ma plume, chaque mot pétille comme un bouquet d'étincelles, chaque phrase brûle comme une braise. Je dois retenir ma plume, me concentrer, retrouver en moi le vif de l'émotion.

« Je n'ai pas ouvert ce journal depuis mon arrivée à Londres et il me semble que j'ai une éternité à raconter. J'y passerai la nuit s'il le faut... »

En cette fin d'année, l'hiver se faisait rude. Le Rhin coulait encore ses eaux boueuses vers l'estuaire, mais des embarcations craquaient dans l'étau des glaces.

François avait quitté à regret Offenburg où la famille de Lamase avec son épouse, Virginie, et leurs deux enfants, Adrien et Laurence, attendait le moment de retourner en France. Avant son retour à Londres, François avait passé là quelques semaines oisives, fumant pipe sur pipe, jouant aux échecs avec le vieux proscrit, écoutant Martial jouer au violon des sonates de Bach, le « Chevalier du Diable », Bijou, raconter sa dernière provocation et Rosine, sa sœur, ses amours déçues.

L'ordre de l'abbé Calonne lui était parvenu, impératif : un nouveau chargement de « cotonnades » l'attendait à Spire. Il prit le premier coche d'eau qui passait au pont de Kehl. Les faux assignats déguisés en « cotonnades » l'attendaient dans les cales d'une péniche en partance pour Rotterdam d'où il s'embarquerait pour l'Angleterre, puis pour la Bretagne.

En quittant Spire, il se dit : « C'est ma dernière expédition. Je suis las de cette aventure. Si Charles de Sombreuil me propose de nouveau un enrôlement dans un régiment d'émigrés, j'accepterai... » D'ailleurs, devant l'attaque imminente des armées républicaines de Sambre-et-Meuse, Calonne et ses ateliers se fondraient au fin fond des Allemagnes.

A Duisburg, le patron de la péniche l'informa que les Français venaient de prendre Cologne, Coblence, Maëstricht sous la conduite de Marceau et de Kléber, enfonçaient les forces anglo-autrichiennes, et que l'armée du Nord commandée par Moreau fonçait en direction de Nimègue.

— Ils n'iront pas loin, dit François. Trop de rivières et de marécages s'opposeront à leur avance.

— *Acht* ! détrompez-vous, *Herr François,* avait répliqué le patron. Les Français sont habiles à construire des ponts, mais ils n'auront pas cette peine. Bientôt tout le pays sera sous la glace. *Mein Got* ! je n'ai jamais connu un hiver aussi rude. Nous aurons bien de la chance si nous arrivons à Emmerich. Après, *Gute Fahrt* ! Bonne route...

La péniche dut s'arrêter devant le danger des glaces charriées par le fleuve. Peu soucieux d'attendre le dégel, François prit le parti d'envoyer par le fond ses colis dangereux, de crainte qu'ils ne tombent — et lui avec — aux mains de l'envahisseur.

Le lendemain, éveillé par une rumeur profonde, il avait assisté à la retraite pitoyable des troupes du duc d'York : quarante mille hommes auxquels s'ajoutaient vingt mille Autrichiens à la solde de l'Angleterre. Suivait une interminable caravane de civils qui prenait la direction du nord en suivant le Rhin. Du pas de leur porte, de leur fenêtre, les habitants apostrophaient ces fourmis humaines, s'esclaffaient sur leur misère. Certains marchaient seuls, baluchon à l'épaule, d'autres par groupes ou en famille, traînant des chariots où s'entassaient enfants, vieillards, malades et mobiliers divers. Chassés par l'avance des « carmagnoles » de Moreau, les émigrés fuyaient vers les ports de Hollande afin de s'embarquer pour Londres. Les Français n'étaient qu'à une demi-journée, disait-on, en ajoutant qu'ils ne faisaient pas de quartier, tuaient et pillaient ceux que York et le général autrichien Alvinzi laissaient derrière eux.

François se mit vainement en quête d'une monture et prit la file. Sous la menace de son pistolet, il put se procurer dans une auberge un poulet froid, une miche de pain et du fromage. Il entendait dans le lointain le roulement sourd des canonnades de l'arrière-garde angloautrichienne qui tentait de s'opposer au passage des rivières par les Français ; le ciel, au ras de l'horizon, s'illuminait de lueurs fauves.

Les émigrés avaient espéré trouver chez le stathouder de Hollande, Guillaume d'Orange, un accueil favorable ; ils durent déchanter : Guillaume s'apprêtait lui-même, chassé par la population, à gagner l'Angleterre. Alors qu'il battait de l'aile en France, le jacobinisme gagnait les Provinces-Unies, et l'on murmurait que les républicains bataves attendaient les émigrés pour les livrer aux soldats de Marceau.

Un officier qui se disait de la Légion de Damas, composée de Français royalistes, avec qui François fit un bout de chemin, raconta les atrocités auxquelles il avait assisté.

— Gardez ces informations pour vous, lui dit François. Vous risqueriez, en les révélant, de semer la panique parmi ces gens.

L'officier, qui se nommait Durand, tenait de source sûre que les « carmagnoles », qui avaient traversé les marais de Peel et le Wall sur la glace, s'apprêtaient à franchir de même le Leck et à foncer sur Nimègue.

Avec son visage garni aux cils et aux moustaches de menues stalactites de glace, la fourrure qui lui enveloppait en partie le visage, la pelisse qui flottait sur ses talons, Durand ressemblait à un Samoyède. Sans ambages, méfiant de nature, François lui demanda confirmation de son identité. L'officier écarta sa pelisse, montra l'habit rouge boutonné sur la poitrine, l'écharpe blanche en bandoulière, la culotte de peau, la redingote verte, le sabre et les crosses de cuivre de deux pistolets de uhlan. « Trop beau pour être vrai..., songea François. Cet habit est trop grand pour toi, mon bonhomme. Tu flottes dedans ! »

— Maréchal des logis Durand, Légion de Damas, dit l'officier. Voulez-vous avoir connaissance de mes états de service ?

— Inutile, dit François avec un sourire ironique. Pardonnez ma curiosité, mais j'ai appris que des espions des jacobins se sont mêlés aux émigrés pour les pousser vers le nord et les faire tomber dans un piège. J'ai décidé de ne dormir que d'un œil et de ne pas serrer la main du premier venu.

— Acceptez la mienne, dit Durand. Si elle a de la poudre sous les ongles, c'est que j'ai dû faire le coup de feu avant que mon cheval ne crève sous moi. Mais vous-même ?

— Martin, négociant en soieries et cotonnades de Lyon. J'ai dû abandonner mon chargement et suivre l'exode. Dieu sait où il s'arrêtera !

— Je crois savoir qu'il n'ira pas au-delà de Rotterdam. Eh là ! Qu'avez-vous, l'ami ?

Il recueillit entre ses bras François qui s'écroulait dans la neige piétinée, lui fit avaler une gorgée d'alcool. Quand son compagnon eut retrouvé ses esprits, Durand lui dit en riant :

— Voyez la donzelle ! Si je n'avais pas frotté votre museau avec une poignée de neige et ne vous avais pas fait boire de la « blanche », vous geliez sur place comme ces malheureux.

Il fit un mouvement du menton vers le talus où l'on avait aligné une dizaine de corps de toutes origines, de tous âges et des deux sexes. Au-delà, une chape de plomb pesait sur le plat pays pris dans une gangue de neige glacée, où erraient des troupeaux de loups. Sur l'horizon du sud, toujours illuminé par la canonnade, des fantômes de moulins tendaient leurs ailes de givre. La rumeur montant de la colonne de réfugiés, le grondement des batteries, les hurlements des fauves grignotaient un silence indestructible de banquise.

— Vous m'avez sauvé la vie, dit François en se levant. Que diriez-vous d'une cuisse de poulet et d'un morceau de fromage ?

— Ma foi, ce n'est pas de refus. J'en étais au point de me demander si je n'allais pas devoir moi aussi brouter de l'herbe gelée, comme ces malheureux.

Ils poussèrent, pliés en deux sous la bise, jusqu'à une masure plantée au milieu d'un champ de neige beau comme une image de paradis pour une crèche de Noël. Ils dînèrent de pain, de fromage et d'un morceau de poulet. Durand rit en se tapant sur l'estomac.

— On mange mieux au château de Schönbornlust, dans l'entourage des princes, dit-il, mais pas avec autant de plaisir.

— Cette odeur..., dit François en se levant. Vous ne sentez pas ? On dirait de la pourriture.

Ils découvrirent dans l'étable une chèvre morte sur laquelle s'acharnaient des rats. François les chassa, retourna du pied la charogne, y préleva en retenant une envie de vomir quelques languettes de viande pas trop avariée. Ils s'en régaleraient le lendemain.

Le crépuscule les surprit sur la rive d'un étang gelé, orné par les hiéroglyphes d'un champ de roseaux. Quelques cadavres humains ponctuaient l'immensité, jusqu'à un îlot où semblait palpiter une sorte de vie. Ils trouvèrent là un charnier au milieu duquel survivait un groupe d'une dizaine de malheureux entassés les uns sur les autres. Une jeune femme portait un enfant sur ses genoux, lui donnait le sein, mais il n'en sortait pas une goutte de lait, et elle gémissait de douleur. Elle s'appelait Madeleine.

— Arrêtons-nous, dit Durand. Vous dormirez à mes côtés, sous ma pelisse. Nous nous réchaufferons mutuellement.

François ne pouvait détacher son regard de la jeune femme dont le profil se découpait sur le ciel vert. Elle était d'une beauté irréelle dans cet univers de fantômes, statue émergeant d'un abîme de misère et de désespoir, façonnée, semblait-il, pour l'éternité d'un musée. Il crut qu'elle était morte et son enfant avec elle, mais elle fit un geste vers son bagage, en tira un couteau. François l'interrompit comme elle allait s'entailler un sein. Elle expliqua, sans une larme, qu'elle voulait libérer le lait pour sauver son enfant.

— Absurde ! dit Durand. Ils sont déjà morts tous deux. Couchons-nous.

Lorsque François s'éveilla, dans une aube boréale, il constata que Madeleine n'avait pas bougé. Couverte de givre des pieds à la tête, elle n'était qu'un bloc de glace où seuls les yeux de verre bleu semblaient vivre encore.

— J'aurais pu la sauver, dit François, la mort dans l'âme. Il aurait suffi qu'elle prenne ma place sous votre pelisse.

— Et c'est vous qui seriez mort ! bougonna Durand. Allons, pas de scrupules. Partons. Nous n'avons pas de temps à perdre.

Tout en marchant ils mastiquèrent une tranche de viande de chèvre et achevèrent ce qui restait de leurs provisions de la veille. De temps à autre, Durand prenait sa boussole et une carte, faisait signe de la main pour indiquer la direction. Ils mirent deux jours pour arriver à Rotterdam. La ville semblait prise de folie. Sur l'Escaut gelé de bord à bord s'était installée une gigantesque kermesse où l'on vendait à prix d'or des boissons et des plats chauds aux accents d'une musique tonitruante. Pour quelques ducats, dont Durand semblait bien pourvu, ils se gavèrent de harengs frits, de pain frais et de bière, sans cesser de contempler les évolutions des patineurs croisant des groupes de spectres titubants qui se ruaient vers les échoppes.

Ils se mirent en quête d'une chambre pour la nuit. Au centre de la ville, les patriotes menaient grand train à son de caisses dans l'attente des soldats français. Le stathouder projetait de s'embarquer à Scheveningen, mais se refusait à laisser en arrière les émigrés, qui arrivaient encore et que la population prenait à parti avec une odieuse violence. Durand prit un air mystérieux pour dire à son compagnon :

— Ne me quittez pas d'un pouce. Avec moi, vous ne risquez rien.

Ils retinrent un appartement dans la demeure d'un patriote batave du quartier nord de Vlaardingen, donnant sur l'Escaut, dont la façade était pavoisée de drapeaux français. L'immeuble, inséré dans un alignement de maisons étroites, aux pignons aigus badigeonnés de couleurs vives, sentait son notable à la mode jacobine ; François eut soudain l'impression d'avoir mis le pied dans un piège. Il n'en douta plus lorsqu'il vit Durand et son hôte fraterniser aux accents de *La Marseillaise* autour d'une bouteille de vin de Moselle, en compagnie de deux civils français portant des cocardes tricolores à leur chapeau. Durand avait miraculeusement changé d'apparence : il avait quitté l'uniforme rouge pour une tenue civile que le maître de maison lui avait procurée et il portait lui-même la cocarde au bicorne. François se félicita de n'avoir pas cédé à la tentation de lui confier les motifs de son voyage, préférant lui raconter qu'il s'était trouvé emporté malgré lui dans l'exode.

— Ne faites pas cette mine, l'ami ! lui dit Durand en lui tapant sur l'épaule. Buvez avec nous à la République batave ! Vous ne risquez rien. Si vous le souhaitez, votre odyssée s'arrêtera ici et vous pourrez avec un sauf-conduit en bonne et due forme retourner à Strasbourg.

François n'eut pas à se forcer pour paraître d'humeur joyeuse, persuadé qu'il avait mis le faux officier royaliste dans sa poche.

Le soir, alors qu'ils buvaient bière sur bière dans un estaminet, au milieu d'un groupe de pêcheurs de harengs qui parlaient haut, chantaient, buvaient comme des outres, Durand dit à son compagnon d'une voix pâteuse :

— Citoyen Martin, j'ai compris que tu es un brave garçon, occupé de son négoce plus que de politique.

— C'est la vérité, dit François, lui-même un peu éméché, mais je vénère la République.

— Je t'en félicite ! Depuis que nous nous sommes rencontrés, je sais que tu n'as rien à voir avec cette horde qui traîne sur les chemins avec nos baïonnettes au cul. Tu respires l'honnêteté et la franchise. A la victoire de nos armes, citoyen Martin !

François vida sa chope, redoutant que l'ivresse qu'il sentait monter en lui le poussât à quelque propos imprudent. Lorsqu'il vit Durand étaler ses coudes sur la table, il se dit qu'il allait s'exonérer de quelque relent de mauvaise conscience et passer à la confession.

— La chance nous sourit, citoyen, dit l' « officier ». Nos armées, d'un même mouvement, font la chasse à ces trous-du-cul d'émigrés, mettent la main sur les Provinces-Unies pour faire pièce aux coalisés et occupent les ports qui trafiquaient avec l'Angleterre.

Il commanda une nouvelle chope.

— Et toi dans tout ça, dit François, quelle est ta mission ? Car tu n'es pas plus officier de la Légion de Damas que je ne suis émigré.

— Il n'y a plus de secret. Ma mission consistait à créer la panique chez les émigrés en leur racontant des horreurs sur les troupes d'invasion, en les dirigeant comme un troupeau vers Enkhuysen où ils seront pris comme dans un filet puis jugés pour crime d'émigration. Les deux Français que tu as vus hier chez notre hôte étaient mes complices. Il y en avait d'autres.

— Je croyais la Terreur terminée !

— Elle n'est plus à l'ordre du jour, comme on disait au Comité de Salut public, mais la répression continue. Nous devons agir avant l'arrivée de Pichegru, excellent général, mais tiède en matière de politique et qui pourrait bien trahir la République.

— Ces prisonniers, quel sera leur sort ?

— Ceux que nous aurons négligé de fusiller iront se réchauffer au soleil de la Guyane. Une croisière aux frais de la République.

Durand égrena un petit rire au ras de la table, son menton sur ses mains. Il regarda François avec un regard chargé d'ironie.

— J'ai jeté le masque, citoyen. A ton tour. Tu n'es pas négociant et ton nom n'est pas Martin, mais Marsanges. François de Marsanges. Tu te demandes comment j'ai découvert la vérité ? Comment as-tu pu être assez imprudent pour laisser des papiers compromettants dans ton portefeuille ? Pendant que tu dormais, la curiosité me poussant, j'ai exploré ton bagage.

— Alors, tu vas me faire fusiller avec ceux d'Enkhuysen ?

— Hum... Je n'en sais foutre rien. Ce que j'aimerais savoir, c'est ta véritable mission. Que transportais-tu sous le nom de « cotonnades » ? Des messages secrets ? Des armes ? De faux assignats ? Couillon ! Quoi qu'il en soit, tu as choisi le mauvais parti et tu es mal barré. Il te reste une chance. Tu m'es sympathique, va savoir pourquoi ! Alors accepte de changer de bord et tu es de nouveau un homme libre.

— Je vais réfléchir, soupira François. Tu auras ma réponse demain. Je savais que tu as bon cœur, citoyen. Bonne nuit.

Durand se leva d'un mouvement hésitant.

— Eh là, citoyen ! Tu ne vas pas te défiler ? Je suis généreux mais pas jobard. On ne se quitte plus jusqu'au matin.

Bras dessus, bras dessous, autant pour l'amitié que pour l'équilibre, ils passèrent d'un estaminet à un autre, vidant chaque fois une chope à la santé de la République, chantant des hymnes patriotiques, échangeant avec des clins d'yeux des serments de fidélité éternelle, aussi ivres l'un que l'autre. La ville baignait dans une brume glacée que le vent de mer enroulait en écharpes autour des rares réverbères. Le long des quais de l'Escaut, les vagues se superposant et gelant à mesure avaient entassé des apparences de livres dont le vent s'acharnait en vain à tourner les pages. L'espace d'un éclair, François revit l'homme que l'on avait sorti de l'eau, quelques jours auparavant, au milieu d'un étang gelé dont la glace avait cédé ; il avait un regard affolé et les mâchoires si contractées qu'on n'avait pu faire couler une goutte d'alcool dans son gosier. Curieusement, ce pauvre homme avait le visage de Durand.

— Eh, l'ami ! s'écria l' « officier ». Qu'as-tu, mauviette ? Tu n'es pas habitué à la bière ?

— Tu crois ça ? Eh bien, allons boire le coup de l'étrier.

Il poussa Durand dans un estaminet, fit servir un schnaps, puis un second pour pousser le premier, et un troisième pour mettre d'accord les deux précédents. La vie était belle ; elle tournait comme un manège fou autour de l'œil de braise qui clignotait dans le poêle de faïence. On pouvait attendre ici, bien calé sur une banquette, la fin du monde, sous l'œil du patron qui ressemblait à Dieu le père avec sa barbe brûlée de tabac, mais Dieu se fâcha, les prit au collet et les jeta dehors.

Malgré les rodomontades de son compagnon, François, qui était moins ivre que lui, le plaqua contre un mur voisin en lui recommandant d'attendre qu'il soit allé pisser dans le fleuve. Il observa, entre deux barques, un mouvement d'eau noire zébrée par les reflets d'un réverbère. Le patron avait fermé boutique et le quai était désert. François revint chercher Durand qui dormait, le cul par terre, le traîna jusqu'au quai, l'assit contre une bitte.

— Citoyen, marmonna-t-il, c'est la fin du voyage et de notre amitié. Sac à vin ! Ordure ! Tu m'aurais laissé juger et fusiller. Eh bien, moi, je te condamne à la peine capitale. Le dernier coup que tu vas boire, tu le trouveras saumâtre. Mais avant il faut payer ton écot pour le grand passage.

Il lui retira sa petite bourse de cuir et sa montre avant de le faire basculer dans le fleuve. Il entendit un cri d'animal blessé, aperçut un convulsif moulinet des bras, puis le fleuve recomposa entre les barques son jeu de lumière. Quelques bulles chantèrent à la surface un discret *De profundis*.

Non sans peine, François parvint à retrouver la demeure de Vlaardingen. Il cria, cogna contre la porte, réclamant son « ami Durand ». Réveillés en sursaut, les deux espions français déclarèrent ne pas savoir où il se trouvait.

Il ne se réveilla que tard dans la matinée, la tête broyée comme par un étau de feu. Un des Français lui annonça que les premiers détachements de hussards de Pichegru avaient franchi la Vieille-Meuse et seraient à Rotterdam dans la soirée.

— Ces Bataves sont de fieffés gredins ! dit-il. Ils ont délesté les émigrés des bijoux et de l'or dont nous avons tant besoin. A qui se fier ?

— Il n'y a plus de moralité ! dit François. A-t-on retrouvé le citoyen Durand ?

— Il a dû finir la nuit dans un bordel. Ivre mort, comme d'habitude.

François fit un copieux déjeuner, enfila sa lévite, coiffa le bonnet de fourrure appartenant à l'un des espions, chaussa les bottes du second et, son sac de cuir à la main, sortit de la ville sans être inquiété.

Direction : le nord. A la grâce de Dieu.

En évitant les agglomérations, il marcha le long de la côte où s'entassaient des capharnaüms de glaces évoquant de petites cités foudroyées. Au-delà de cette barrière figée, la mer bougeait et grondait comme un animal pris au piège. Le vent menait une danse de couteaux et de sabres sur un pays désert, autour de quelques arbres de givre. Il coucha dans un relais de poste, près de Haarlem, fit bombance de poisson et de bière, repartit le lendemain après avoir demandé au patron où il pourrait embarquer pour l'Angleterre. Il apprit qu'il n'était pas le premier : la veille, un groupe d'une vingtaine d' « étrangers » lui avaient posé la même question ; il leur avait indiqué le propriétaire d'une pêcherie, à Den Helder, plus au nord, entre la mer et le Zuyderzee.

François se mit en route par un matin boréal, entre deux espaces infinis : la mer lourde et violette qui soufflait haut son écume, et des marécages gelés au-dessus desquels tournoyaient des écharpes d'oiseaux noirs et de mouettes chassés du large. Il arriva le soir à Den Helder, paisible agglomération de pêcheurs, à l'extrême pointe d'une avancée de terre noyée dans les premières eaux du Zuyderzee. Ouvert à tous les vents, à toutes les aventures, le pays était d'une platitude et d'une rectitude hallucinantes. Pour y vivre il fallait être un de ces pêcheurs taciturnes et barbus, chaussés d'énormes sabots peints, bardés de peaux comme les Indiens du Grand Nord. Il trouva sans peine le propriétaire de la pêcherie qui parlait l'allemand et paraissait plus éveillé que ses voisins.

— C'est tant... dit-il entre deux bouffées de pipe. On paie d'avance. Embarquement dès que la tempête cessera. Ça peut durer.

Il empocha l'argent. Pour ce prix-là, François aurait pu s'embarquer à destination de l'Amérique. Le passeur lui indiqua le lieu de rendez-vous : une bicoque un peu en dehors du village, entre des séchoirs à poissons. Il fallait éviter de se promener « en ville » : le bourgmestre était sourcilleux et quelque peu xénophobe.

La bicoque devait être une ancienne étable. Une vingtaine de pauvres hères qui devaient porter pour la plupart des patronymes illustres, s'y entassaient, s'épiant les uns les autres de crainte qu'il n'y eût une « mouche » patriotique parmi leur groupe. François respecta leur retenue, se trouva un coin de paille où il s'endormit. Le matin, des femmes vinrent leur proposer des harengs séchés, de la viande de porc avariée, des haricots.

Au matin du quatrième jour, le bateau était à quai, prêt au départ. A côté de cet infâme rafiot mal rafistolé, les « packet-boats » que François avait empruntés pour ses récentes expéditions étaient des galères réales. On entassa les passagers dans une soute sans air et sans lumière, où la puanteur des harengs suintait de toute part. La tempête observait une accalmie, mais l'embarcation dansait sur une mer facétieuse qui jouait avec le rafiot. Très vite, l'odeur du vomi se mêla à celle du poisson pourri. Le temps parut interminable à François, d'autant qu'il n'avait plus de tabac.

Le navire s'engagea dans les eaux paisibles de la Tamise par un matin frais et lumineux. Invités à monter sur le pont, les passagers, malades de peur, de faim et des tourments du voyage, découvrirent avec ravissement l'air salubre, la lumière de perle enveloppant des lointains de prairies et de bosquets où le soleil jouait avec les derniers flocons de brume.

Avec l'argent anglais dissimulé dans sa ceinture, dont il s'était pourvu au départ de Kehl, François loua un fiacre et se rendit chez Charles de Sombreuil. Le lendemain, sur la recommandation de son ami, il louait, dans une ruelle donnant sur Queen's Gate, à deux pas de Hyde Park, un appartement, pour une guinée par mois. La propriétaire, une veuve de guerre, lui fournissait pour le même prix le thé et le service du ménage. Il lui régla un mois d'avance et dormit deux jours d'affilée.

Journal de François

« Voici une semaine que je suis installé chez cette bonne Milena. Elle ne sait qu'inventer en manière de gâteries depuis qu'elle a appris que je ne suis pas un papiste acharné et que je n'ai pas l'intention de faire de ma soupente un antre de turpitudes. Pour lui témoigner ma reconnaissance, je l'appelle « Milady » et elle rougit de confusion.

« Je n'ai jamais connu un être qui vive aussi intensément dans le culte du souvenir. Son modeste appartement est un véritable mausolée ; elle y vénère la mémoire de son époux, disparu dans un cyclone, au large des Antilles, et lui voue autant de ferveur qu'au « Lord ».

« Il est parfois aussi difficile de s'accoutumer au bonheur qu'à l'adversité quand on a comme moi le goût de l'aventure. Je redoute celui dans lequel je macère, comme s'il n'était qu'une image factice de la sécurité. J'ai appris la précarité, à l'époque où nous vivons, des situations et des sentiments, pareil au baladin maladroit sur sa corde raide, que le vertige de l'abîme obsède constamment. Cette quiétude qui a toutes les apparences du bonheur, je sens qu'elle est fragile, qu'elle sera bientôt remise en question, que des vents contraires me plongeront de nouveau dans quelque tempête. Ma nature paradoxale fait que je suis souvent plus à l'aise dans l'adversité que dans la sécurité. Cette singulière disposition m'a éloigné de Marsanges, naguère, d'Offenburg, de Londres… Cette aberration ne laisse pas de m'inquiéter, mais que peut-on contre sa nature ?

« Hier, Charles m'a promis de me faire incorporer dans un régiment d'émigrés, et cette perspective m'agrée. Ce nouvel état me procurera le cadre strict indispensable à maîtriser mes impulsions et m'ouvrira peut-être la porte de nouvelles odyssées. Une expédition est en cours de préparation, qui doit nous conduire sur les côtes de Bretagne, afin, en créant un nouveau front, de prendre les patriotes à revers et de mettre un roi sur le trône. A la vérité, la politique n'a jamais été ma préoccupation majeure. La République ne m'indispose que dans la mesure où elle a jeté les miens dans l'exil ou dans la misère, mais je la combattrai, car elle me considère comme un ennemi et m'empêche de retourner à Marsanges où, si Dieu me prête vie, je reviendrai peut-être, la lassitude et l'âge aidant, finir mes jours.

« Nous ne semblons pas prendre cette voie.

« Après l'invasion de la Hollande par les patriotes, la brouille couve parmi les coalisés qui se reprochent mutuellement cette défaite cinglante, face aux hordes des Pichegru, Moreau, Hoche, Brune, Souham. Les princes, Artois et Provence, voient de jour en jour se défaire leurs chances d'accéder au trône, et leur vie menacer de n'être qu'un long exil.

« L'ami de Charles de Sombreuil, René de Chateaubriand, m'apporta hier une singulière nouvelle : tandis que je passais en Angleterre, les hussards français du commandant Lahure, détachement de l'armée de Pichegru, s'emparaient, entre l'île de Texel et Den Helder, à l'entrée du Zuyderzee, par une audacieuse charge de cavalerie sur la glace, de quatorze navires de guerre hollandais. Un exploit qui apporte le point d'orgue au concert de désillusions des coalisés.

« Ces patriotes semblent capables de tous les prodiges. Vêtus de défroques, grelottant de froid, l'estomac creux, pieds nus ou entortillés de chiffons et de paille, ils font face à toutes les épreuves. Qu'un chef leur crie : « En avant pour la République ! » ils marchent et rien ne peut s'opposer à leur assaut. Devant cette tornade humaine, les bataillons alliés s'envolent comme feuilles mortes. Que la mer gèle entre la France et l'Angleterre, et on les verra devant Londres ! Ailes ardentes de cette République qu'ils ont juré de défendre jusqu'à la mort, ils vont à la guerre comme à une fête.

« Dieu fasse que ces dernières lignes ne tombent jamais sous les yeux de Charles ; j'y perdrais son amitié. »

Transi, les yeux rougis, les doigts gourds, François se lève, se dirige vers la fenêtre ouvrant sur un ciel où les étoiles, avivées par la proximité de l'aube, crépitent au-dessus des arbres de Hyde Park. Une caravane de voituriers déambule sur Kensington Road, dans le tapis de brumes montant du lac et des espaces de gazon. Il se passera peu de temps avant que « Milady » frappe à sa porte et dépose le « breakfast » sur sa table. Si peu de temps qu'il néglige de se coucher.

Il dormira plus tard.

4.

« MARION... OU LA RÉVOLUTION EN DENTELLE »

Paris : début 1795.

Marion avait appris la nouvelle à Diane qui, tout d'abord, ne l'avait pas crue.

Leurs disputes étaient fréquentes, parfois d'une âpreté telle qu'elles risquaient d'en venir aux mains. Ces querelles avaient souvent leur origine dans les reproches que Diane faisait à Marion de sa conduite : cette folle faisait confiance au premier venu, acceptait les invitations au café, au restaurant, au théâtre, sans la moindre prudence ; elle rentrait tard, parfois le matin, l'œil terne, le teint livide, toutes griffes dehors dans l'attente de l'algarade. C'était chaque fois la même scène :

— D'où viens-tu encore ?

— Cela ne te regarde pas !

— Si tu voyais ta mine...

— Regarde-toi donc dans la glace.

— Tu finiras par attraper quelque maladie, et ce n'est pas moi qui te soignerai.

— Quelqu'un d'autre s'en chargera.

— Tu as encore pris de l'argent dans la cassette. Je finirai par la fermer à clé.

— L'argent ? Je sais comment m'en procurer.

Le ton montait ; les propos devenaient cinglants ; la colère dérivait vers l'empoignade. Il fallait la sagesse de Diane pour que l'ambiance se rassérénât. Diane ayant reproché à sa sœur sa naïveté, Marion lui jeta au visage :

— Naïve ? Moins que toi, assurément ! T'imagines-tu que Brival quitterait sa femme pour vivre avec toi ?

— Répète ! s'écria Diane.

Consciente d'en avoir trop dit, Marion s'enferma dans un silence obstiné, malgré l'insistance de Diane qui lui secouait les épaules.

— Vas-tu répéter ! Tu as bien dit que Brival était marié ? Qui te l'a dit ? Désormeaux ? Pénières ? Brival lui-même ?

Marion fondit en larmes, entraîna Diane vers le lit. Elles s'assirent sur le bord. Diane embrassa sa sœur, essuya ses larmes avec son mouchoir. Emportées par une sorte de vertige, elles se raccrochaient l'une à l'autre.

— Tu en as trop dit ou pas assez, petite sœur, dit Diane. Tu sais que je suis assez forte pour entendre les pires vérités. Peut-être as-tu simplement voulu me provoquer ? Parle sans crainte.

— C'est la vérité, dit Marion. Pénières l'a lâchée étourdiment, comme à son habitude. Brival a épousé l'automne dernier une créole, fille d'un planteur de Saint-Domingue rentré en France après la révolte des esclaves. Elle s'appelle Eulalie Dieudonné de Burel. On dit qu'elle est jolie. Comment est-il possible que nous ne nous en soyons pas rendu compte plus tôt ?

Diane se leva sans une larme, triturant entre ses mains son mouchoir, se dirigea vers la fenêtre. Il lui semblait marcher sur une jetée de bois pourri dont chaque planche cédait sous ses pas. Elle avait l'habitude des négligences et des trahisons de Brival, mais elle avait fini par admettre qu'il avait mené sa vie en dehors d'elle, loin d'elle ; elle se prenait même parfois à espérer que, passé la tourmente, rejeté peut-être de la vie politique par les aléas d'un scrutin populaire ou par lassitude, il s'installerait définitivement à Tulle et qu'il pourrait envisager avec elle une existence commune. Et voilà que l'édifice précaire de ses espoirs s'effondrait.

— Pourquoi n'a-t-il rien dit ? gémissait Marion. Pourquoi ?

Diane avait trouvé singulier qu'il ne l'invitât jamais dans son appartement, au 35, rue des Fossés-Montmartre, qu'il daignât rarement sortir en sa compagnie ou la montrer à ses compatriotes : Brune, Souham, Cabanis ou Treilhard. Il la présentait en disant « une amie » et non « mon amie ». Il se montrait discret sur sa vie privée. Et pour cause...

— Que vas-tu faire ? demanda Marion en reniflant ses larmes.

— Retourner à Marsanges dès que possible. Je n'ai plus rien à faire ici. Tu resteras si tu le désires. Moi, mon choix est décidé.

Marion, à son tour, sentit le monde s'écrouler autour d'elle. Outrée que Diane pût songer à l'abandonner, elle se leva et répliqua :

— Tu partiras donc seule. Moi je me plais à Paris et je souhaite y demeurer.

L'amour qu'elle refusait à Pénières, qui persistait contre vents et marées dans ses espérances de la conquérir, Marion le réservait à Philippe Désormeaux.

Depuis leur rencontre brutale des Champs-Elysées, ils s'étaient revus à plusieurs reprises. Quand il ne pouvait la rejoindre, retenu, disait-il, par la répétition d'une de ses comédies, une opération d'agiotage ou quelque autre mystérieuse occupation, il lui faisait tenir des billets tendres.

Fils d'un ci-devant originaire du Hurepoix, Désormeaux, après la mort de son père, l'une des premières victimes de la Terreur, avait jugé prudent de se faire oublier. Passé la tourmente, il avait usé, pour réintégrer la vie parisienne, de quelques relations de théâtre. Devenu acteur, il jouait sans talent des rôles d'amants épisodiques obstinés à arracher les femmes patriotes à leurs devoirs civiques ; sifflé, hué par les spectateurs qui l'auraient volontiers mené à la lanterne, il avait dû, par sécurité, renoncer à la scène et s'était découvert un talent d'auteur. La mode étant à l'exaltation des sentiments patriotiques, il donnait dans ses comédies force coups de clairon et lui, qui portait au cou le fil rouge des enfants de guillotinés dans les bals publics, il en fit tant qu'il sombra dans le ridicule après quelques éreintements par la critique.

Si d'honnêtes spectatrices huaient au théâtre ce bleuet corrupteur des vertus patriotiques, d'autres se pressaient dans sa loge et, dans les cafés, autour de sa table. Il comptait parmi ces admiratrices quelques comédiennes et beaucoup de théâtreuses. Rose Lacombe l'avait aimé passionnément jusqu'au jour où cette égérie de la Révolution avait compris que cette peau délicate et cette barbe soignée cachaient le vide du talent et des idées rétrogrades.

Philippe Désormeaux avait longtemps dissimulé à Marion ses activités politiques. Il rejoignit dans le faubourg Saint-Germain, repaire de contre-révolutionnaires, les « muscadins », fer de lance de cette « jeunesse dorée » qui se pavanait dans les lieux publics en habit carré, perruque à cadenettes, bicorne en croissant de lune, collet vert, cravate remontée jusqu'au nez et face-à-main. Il les accompagnait parfois au cours de leurs expéditions punitives dans les quartiers encore pourris de jacobinisme où ils se livraient contre de pauvres bougres à des bastonnades que Désormeaux, cœur sensible, réprouvait. Depuis qu'il connaissait Marion, il ne participait guère qu'à leurs beuveries. Le théâtre était son véritable domaine.

Grâce aux relations de Thérésia Cabarrus, qui avait connu son père dans les geôles de la Terreur, il parvint à faire jouer dans un théâtre de la rive gauche un impromptu, *La Révolution, Madame...* Il tentait d'y démontrer que l'amour triomphe de tout, même de la politique. Convoqué par la Sûreté générale, il resta une semaine en prison et sa pièce fut retirée de l'affiche. De toute manière, inepte comme elle l'était, elle n'aurait pas fait long feu.

Il était en pleine période d'exaltation créative lorsque Marion tomba dans ses bras. Il ne tarda pas à lui révéler qu'il écrivait une pièce en trois actes : *Margot ou la Révolution en dentelle,* histoire d'une jeune et jolie Parisienne livrée aux tentatives d'un ignoble accusateur public dans lequel chacun pouvait reconnaître Fouquier-Tinville, dont on instruisait le procès. Il en donna lecture à Marion qui la jugea fort mauvaise, mais garda son avis pour elle. A défaut de talent, elle lui reconnaissait un physique séduisant, un certain esprit, et s'en contentait. Elle aimait moins qu'il fît le généreux avec son argent à elle.

Marion lui céda un soir, au retour du théâtre. La pièce, une comédie de Ducancel, était pitoyable, mais l'ambiance de la salle les avait exaltés : la « jeunesse dorée » s'y trouvait affrontée à un groupe de jacobins bien décidés à riposter à toute tentative de bastonnade. L'assistance s'était réconciliée dans une tempête de rires et de lazzi en voyant une des actrices, Maurelle, allaiter son enfant sur la scène.

Ils revinrent à pied en bavardant, échangèrent leurs opinions sur la pièce et se disputèrent gentiment. L'air était vif et léger le long des quais ; les lumières des réverbères troublaient l'eau noire entre les ombres des péniches et des coches. Philippe lui montra le parapet où Restif de La Bretonne venait parfois, la nuit, vêtu de sa longue cape de vampire, graver dans la pierre quelque sentence de son cru. Devant l'entrée du Palais national où il demeurait, il s'inclina, lui baisa la main.

— N'allons pas plus loin. Les quais, le long des Tuileries, sont mal fréquentés. Nous trouverons un fiacre qui vous raccompagnera.

Elle s'arma d'audace. Il était encore tôt et elle n'avait pas envie de retourner à son hôtel. Pourquoi ne lui ferait-il pas visiter son appartement ?

— Vous risquez d'être déçue, dit-il, mais j'accepte.

Il exhiba son laissez-passer pour le garde national en faction. La cour sur laquelle ouvrait la salle de la Convention était envahie par une foule tumultueuse qui attendait la fin de la séance.

— Pour parler, ils parlent, nos députés, dit Philippe. Et, pendant ce temps, le peuple crève de faim. Votre Pénières, votre Brival doivent agiter à la tribune ou dans leurs têtes des idées généreuses tandis que les sections jacobines s'agitent. Nous pourrions bien, d'ici peu, connaître une nouvelle vague de terrorisme. Le règne des Thermidoriens fait davantage de victimes que la Terreur. Au temps de Robespierre, cet affreux tyran, le peuple avait au moins de quoi manger !

Ils s'engouffrèrent dans une galerie obscure qui puait l'urine, côtoyèrent des épaves humaines endormies sur les dalles, montèrent un escalier éclairé par de chétifs pots à feu.

— Nous sommes arrivés, dit Philippe.

La porte n'était pas fermée. Ils débouchèrent dans une salle aux dimensions impressionnantes, plongée dans la pénombre, sorte de caravansérail formé de loges délimitées par des tapisseries, des couvertures, des planches, des lambris arrachés aux murs. Il en filtrait ici et là de pauvres lumières. Philippe s'arrêta devant une de ces sentines, souleva un rideau, alluma une chandelle.

— Vous êtes déçue ? dit-il. Je vous avais prévenue. Ce galetas me suffit pour le moment. Lorsque ma pièce sera jouée, je louerai un hôtel dans le Marais.

Il froissa un vieux programme de théâtre, le jeta dans un réchaud, le recouvrit de brindilles et de charbon de bois, et alluma avec précaution, par crainte d'un incendie. Les premières flammes révélèrent un réduit exigu comme une caisse de berline, avec pour tout mobilier un matelas étendu à même le parquet, dont le propriétaire avait arraché quelques lattes pour faire du feu, des caisses, un coffre délabré, une chaise, un fauteuil éventré.

— Tous les locataires de ce palais, dit Philippe, sont logés à la même enseigne. Ce ne sont pas des gueux, mais des acteurs, des auteurs qui attendent leur heure, des comédiennes sans emploi qui vivent de leurs charmes. L'envers du décor de nos théâtres...

Il se laissa tomber sur la chaise et prit sa tête dans ses mains.

— Je n'aurais pas dû accepter de vous recevoir, dit-il d'une voix pathétique. J'ai l'impression d'être nu devant vous, sale, lépreux... Je souffre de cette promiscuité plus que vous ne pouvez le supposer. Partez, je vous en conjure. Si vous refusez de me revoir, je vous comprendrai.

Lorsqu'il releva la tête, les yeux brouillés de vraies larmes, il constata avec stupeur que Marion commençait à se dévêtir, sans un mot, le regard grave.

— Oh, vous ! dit-il avec feu. Vous, mon bon ange, ma Providence...

Elle lui posa un doigt sur les lèvres.

— Vous ne pouvez m'empêcher de vous dire que je vous aime ! s'écria-t-il. J'ai envie de le crier au monde entier.

Il la prit avec une fougue maladroite, délira de bonheur en constatant qu'il était le premier, annonça qu'ils étaient unis à la vie à la mort. Il voulut savoir ce que Pénières était *exactement* pour elle.

— Pauvre Jean-Augustin, dit Marion en riant. Je l'aime bien, mais il n'est pour moi qu'un ami attentif et affectueux.

Elle prit la tête de Philippe entre ses mains.

— Je suis heureuse, dit-elle, au-delà de ce que vous pouvez imaginer. Je veux passer cette nuit dans vos bras.

— Et votre sœur, Diane, que dira-t-elle ?

— Je ne lui dois aucun compte, pas plus qu'à Rosette qui boude depuis que je lui fais des infidélités. Ce pauvre laideron...

Il ne paraissait pas l'écouter, occupé à la caresser, à l'embrasser sur toute la surface de sa peau moite et fraîche, à murmurer des paroles qu'elle n'entendait pas. Dans les loges voisines, des hommes et des femmes parlaient haut, chantaient, riaient, débitaient des tirades pour se faire la voix, se querellaient. Ils s'entortillèrent dans les couvertures et s'endormirent corps contre corps, visage contre visage. Lorsque deux heures sonnèrent à la tour de l'Horloge, leur parvint une rumeur de foule en délire. Philippe la rassura : c'était presque tous les soirs ainsi : le populaire se pressait devant la salle de la Convention, malgré l'interdiction des attroupements, punis de la peine capitale, tentaient d'en forcer les portes ; des émeutes qui naissaient on ne savait où, suscitées par on ne savait qui ; elles traversaient certains quartiers comme des tornades, éclataient en tumultes et en violence, se dispersaient soudain, soit que la pluie s'en mêlât, soit qu'il fût l'heure du souper ou du sommeil.

Lorsque Marion s'éveilla, la loge baignait dans la lumière brumeuse filtrant des cloisons d'étoffe. Philippe avait fait sa toilette dans une cuvette ébréchée posée sur la chaise.

— Ça sent bon ! dit-elle en s'étirant. J'ai faim.

Elle écarta un pan de l'entrée. La grande salle ressemblait au bivouac d'une caravane ; il n'y manquait que les montures. L'odeur de fumée sortant des foyers discrets se mêlait à celle du café, du chocolat et du pain grillé. Les voix brouillées du petit matin faisaient comme le murmure obsédant d'une prière commune. Le soleil traversait en coups de lance les hautes fenêtres empoussiérées, faisait resplendir les lambeaux d'étoffes et les tapis servant de cloisons, les dorures et les bleus tendres des lambris et des colonnes engagées.

— J'ai faim ! répéta Marion.

— Commence par faire ta toilette, dit Philippe. Je vais me mettre en quête d'un déjeuner.

Il préleva quelques pièces dans le réticule de Marion, s'éloigna, revint quelques minutes plus tard avec un café de gland et du pain moisi. Elle fit la grimace, mais se garda de tout reproche : elle baignait dans un autre univers, loin des humeurs de Rosette, des récriminations de Diane, de la pénombre froide de leur chambre. La rue Guénégaud lui semblait aussi lointaine que l'Amérique.

— Ecoute ! dit-il.

Accompagnée d'un clavecin désaccordé, une agréable voix de femme chantait un lamento italien, avec des frisettes de vocalises.

— C'est Zélia, dit-il. Une cantatrice sans emploi. Durant des heures jour et nuit, elle chante. Ecoute... « *Voi chi languite senza esperanza...* » Elle vit d'expédients et de cachets minables.

— Et toi, de quoi vis-tu ?

Il rit pour cacher son embarras.

— De l'air du temps, avec en plus de menues activités.

— Honnêtes ?

— C'est un mot qui n'a plus cours. Tenter de vivre honnêtement serait un suicide. Chaque jour, on repêche dans la Seine, on ramasse dans les rues des cadavres fort honnêtes : rentiers ruinés, artisans sans travail, bourgeois répugnant aux trafics suspects... Le peuple, lui, a l'habitude de la misère. Il crève de faim avec bonne conscience ou alors il se révolte.

— Et toi ?

— Moi, j'agiote. C'est interdit, mais le gouvernement est incapable de sévir. Il déverse sur le marché trop d'assignats gagés sur du vent et qui perdent chaque jour de leur valeur, tandis que la monnaie métallique renchérit. Ils sont aujourd'hui à huit pour cent de leur valeur. Autant dire qu'ils ne valent rien. Je te montrerai au Palais-Royal d'honnêtes bourgeois aux mines de promeneurs, qui vendent de tout, parfois des articles qu'ils n'ont jamais eus en main et qui n'existent pas. Moi-même, j'ai vendu un lot de cent chaussures aux semelles de carton et une voiture « demi-fortune » qui n'existe que dans mon imagination.

— Tu seras dénoncé et tu finiras en prison !

— Alors il faudra emprisonner la moitié de la population de Paris. Crois-tu que je sois à l'abri de ces abus ? Le cheval que j'ai acheté la semaine passée à un gendarme déserteur est tombé raide mort deux jours après. Heureusement, j'avais pris la précaution de le revendre. Je me suis toujours refusé, en revanche, au trafic de faux assignats parce que j'y risquais ma tête. J'ai une autre activité. Très artistique, si je puis dire...

Il ouvrit son coffre fermé à clé, plein de toiles enroulées. Il en déroula une : un portrait signé de Quentin de La Tour représentant une aristocrate souriante et vaporeuse, puis un autre de Nattier : un portrait de jeune fille frémissante de dentelles et d'innocence.

— Il y a là, dit-il, une vingtaine de toiles de maîtres que je ne vends qu'à toute extrémité. Je les ai glanées dans les greniers du Louvre et des Tuileries. J'ai détaillé en trois morceaux une peinture de Raguenet représentant une vue de Paris. Il m'arrive de vendre pour le compte de Louvet, l'écrivain du Palais-Royal, qui tient une boutique de curiosités, des gravures érotiques.

— Tu es donc un escroc ! s'écria Marion. Ta loge est la caverne d'Ali-Baba !

— Ne crie pas ! Tout s'entend, ici. Un escroc... C'est vite dit. Personne n'a eu l'idée de porter ces toiles au garde-meuble. Un jour ou l'autre, elles seraient tombées entre des mains vénales. Alors, pourquoi pas les miennes ?

Il la rassura : il fallait bien vivre. Bientôt il serait aussi célèbre que Ducancel ou même Beaumarchais. Il pourrait alors se proclamer un honnête homme.

— Mon véritable trésor, dit-il avec emphase, le voici.

Il posa la main sur un coffret tapissé de papier peint contenant une liasse de feuillets, sur lequel était posée une petite écritoire d'ébène, un encrier et quelques plumes.

— Mon œuvre ! Elle me portera aux nues.

Il attira Marion contre lui.

— Cette nuit, pendant que tu dormais, je me suis dit que je changerai le nom de mon héroïne : elle s'appellera Marion, et je ferai en sorte qu'elle te ressemble : belle, fière, passionnée... *Marion... ou la Révolution en dentelle !* Ce sera un triomphe.

— C'est un cadeau inespéré, dit-elle, sans conviction.

Marion pénétra, le front serein, dans l'hôtel de la rue Guénégaud. Elle eut un sourire et un signe de la main pour Rosette qui fit semblant de ne pas la voir. Diane lisait une gazette près de la fenêtre, une chaufferette sous ses jupes. Elle daigna à peine lever la tête, se détourna lorsque sa sœur voulut l'embrasser. Marion ôta ses vêtements, enfila en chantonnant sa robe d'intérieur.

— Tu sembles bien gaie, dit Diane. Quelle bêtise as-tu encore faite ? Où étais-tu cette nuit ? J'ai veillé pour t'attendre.

— J'ai passé la nuit avec Désormeaux. Nous allons nous marier.

Diane blêmit, laissa tomber la gazette sur ses genoux.

— Ainsi ce raté, cet auteur sans talent et sans argent a eu le toupet de te demander en mariage ?

— Oui... Non... Enfin, c'est dans l'ordre des choses. Après cette nuit, son honneur est en jeu et nous nous aimons.

— L'honneur de Philippe Désormeaux ! ironisa Diane. Tu es folle !

Marion s'assit à même le parquet, la tête contre la cuisse de sa sœur. Baignée encore du bonheur de la nuit, elle sentait des ondes de plaisir balayer toute velléité de colère et se trouvait différente de ce qu'elle était la veille : femme d'abord, donc plus forte et n'ayant point le désir d'affirmer cette force, prête à accepter les reproches de son aînée sans se rebiffer. A voix basse, yeux mi-clos, elle raconta sa nuit, la matinée qu'ils avaient passée ensemble, les ambitions de Philippe. Diane l'écouta sans l'interrompre, touchée plus qu'elle ne semblait l'être par cette jeune passion qui lui rappelait celle qu'elle avait partagée avec Bernard Lidon. Elle se sentait lasse, prête à comprendre, à pardonner et s'y refusant dans un ultime sursaut d'autorité. Elle soupira :

— Hyacinthe passera nous prendre tout à l'heure pour aller dîner. Il te parlera de Désormeaux. Il le connaît bien.

Ils roulèrent en fiacre jusqu'au Palais-Royal, longèrent à pied l'allée des Soupirs déjà garnie de belles élégantes chaperonnées, de militaires du camp des Sablons, de vendeurs de journaux, de gitanes proposant la bonne aventure. Le Caveau où Hyacinthe les conduisit était situé à l'angle du passage du Perron, derrière une allée de sycomores. Le soleil inondait la terrasse encombrée de « merveilleux » et de « muscadins » jouant du face-à-main sur le passage des belles en susurrant des compliments derrière leur cravate.

Après une soirée passée à l'hôtel de Salm, Hyacinthe paraissait d'humeur sereine. Ils choisirent une table du premier étage, contre la fenêtre donnant sur les jardins. Hyacinthe commanda quelques hors-d'œuvre et une poularde du Mans. Il parla de ses fonctions professionnelles qui ne l'occupaient ni ne le préoccupaient guère. Les administrations d'Etat regorgeaient d'employés qui, lorsqu'ils daignaient faire acte de présence, passaient leur temps à lire les gazettes, à jouer aux cartes ou à dormir. Certains ne se présentaient au bureau que les jours de paie, et personne n'y trouvait à redire.

Hyacinthe était parmi les plus assidus. Du poste d'observation que constituait son service de la Juridiction criminelle, il avait tenté sans y parvenir d'obtenir des nouvelles de Louis-Amour et de François. Louis-Amour était sans doute encore prisonnier des Prussiens, dans la forteresse de Wesel d'où l'avance des armées françaises pourrait le délivrer; Hyacinthe n'avait jamais eu beaucoup d'affection pour ce gros garçon qui vivait, comme Julie et Angélique, en marge de la famille, dans la compagnie des simples et des abeilles, mais la guerre avait dû le changer. De François non plus, pas de nouvelles; il se sentait davantage d'affinités pour ce frère cadet qui avait comme lui le goût du changement, de l'aventure, du risque; il devait errer de ville en ville, en Allemagne, ou s'être fixé à Offenburg avec les Lamase.

Ce n'est qu'après avoir découpé la volaille que Hyacinthe entreprit Marion sur ses rapports avec Désormeaux. Il le fit sans acrimonie, conscient qu'une position trop abrupte de sa part risquait d'enfoncer sa sœur dans ses folies.

— Diane m'a tout raconté, dit-il. Autant je souhaite que tu sois heureuse avec le compagnon de ton choix, autant je suis peiné de ton aveuglement. Désormeaux...

Il le connaissait bien pour l'avoir rencontré dans un club de royalistes, faubourg Saint-Honoré, citadelle des nostalgiques de l'Ancien Régime; il y tenait des discours délirants, si bien qu'on l'avait évincé. D'un poste au bureau de la Marine, il avait été renvoyé pour concussion, emprisonné, libéré sur l'intervention d'une de ses maîtresses. Il s'était lancé ensuite dans l'agiotage, mais avec une prétention et une maladresse telles qu'il avait frisé la prison à plusieurs reprises. A force d'assiéger les directeurs de théâtre, il avait réussi à faire jouer un acte qui n'avait pas tenu l'affiche trois jours. On l'avait retrouvé aboyeur de journaux au Palais-Royal, vendeur sous le manteau de publications pornographiques, proxénète. Son dossier de la Sûreté générale était lourd. Marion ne pouvait faire plus mauvais choix.

— Pardonne-moi de t'enlever tes illusions, dit Hyacinthe, mais je te préviens : le jour où tu ne lui seras plus utile, il t'abandonnera. C'est un être parfaitement immoral.

Marion faillit bondir. Hyacinthe... Parler d'immoralité, lui qui passait ses nuits à plumer des gogos ! Il crut deviner sa pensée et lui dit avec un sourire :

— Je ne suis pas un parangon de vertu, c'est vrai, mais je regretterais que tu me compares à ce fripon. Je ne plume que des oiseaux bien gras pour qui perdre cent livres en une nuit n'est pas un drame. Je ne triche qu'avec des tricheurs. Abandonne Désormeaux avant qu'il ne te jette à la rue.

— Non ! dit Marion d'un air buté. Sa vie changera dès qu'il aura fait jouer la pièce à laquelle il travaille. S'il manque de patience et même de talent, je lui en donnerai.

— Tu n'es qu'une folle et une obstinée ! s'écria Diane, d'une voix si forte qu'elle fit se retourner les voisins de table. C'est grâce à notre frère que nous pouvons mener une vie décente, et tu refuses d'écouter ses conseils ! Tu devrais donc refuser aussi l'argent qu'il nous donne et qui passe en partie dans la poche de ton séducteur !

Marion se leva, très pâle, jeta une poignée d'assignats et de monnaie sur la table ; elle y ajouta la bague à chaton d'émeraude dont Hyacinthe lui avait fait cadeau après leur libération.

— Tu m'insultes ! dit sourdement Hyacinthe. Reprends tout cela ou c'en est fini entre nous !

Marion haussa les épaules, se détourna, disparut dans l'escalier.

— Peut-être avons-nous été trop sévères, soupira Hyacinthe. Après tout, c'est de sa vie qu'il est question, et elle peut en disposer à sa guise. Avant qu'il ne soit trop tard, je vais tenter une démarche auprès de Désormeaux. Une poignée d'or le fera changer d'avis.

L'hiver tomba sur Paris comme une chape de glace. La Seine gela, immobilisant le trafic déjà clairsemé. La pénurie de bois, de charbon, de chandelle, ajoutait à la misère et la disette se transformait en famine. Des mères de famille devenues folles, n'ayant plus de lait à donner à leurs enfants, se roulaient dans le ruisseau ou s'ouvraient les veines. Chaque matin, des charrettes ramassaient des cadavres de mendiants, de vagabonds, de prostituées saisis par le froid. On signalait des loups aux barrières de Paris. Pour s'opposer aux pillards, la Convention avait décidé de faire accompagner les convois de grain venus de Belgique par la troupe de ligne ; malgré cette précaution, les boulangers étaient mal approvisionnés ; on faisait queue à leurs portes sous la bise pour se voir attribuer une ration d'une demi-livre de « pain national » dont les chiens ne voulaient pas. Des gens arrachaient l'herbe des jardins pour la manger et les soupes d'ortie devenaient un régal. Les émeutes de la faim jetaient aux portes de la Convention des hordes de femmes réclamant « du pain et la Constitution de 93 » ; elles se heurtaient aux baïonnettes des gardes qui n'osaient, comme la loi leur en faisait obligation, tirer sur ces malheureux. Ce crescendo de colère, attisé par l'esprit revanchard des jacobins, préludait à une révolte profonde et massive que les parlementaires redoutaient sans savoir comment l'éviter. Purgée des éléments compromis dans la Terreur et jetés en prison dans l'attente de la guillotine ou de la déportation, impuissante, la Convention temporisait. Et pendant que la misère gagnait le peuple, les spéculateurs érigeaient des fortunes colossales et menaient une vie de satrapes.

La survie de l'Assemblée ne tenait qu'à un fil. Sapée par l'action des jacobins demeurés libres et les mouvements contre-révolutionnaires, elle épuisait ses dernières forces en discours, en décrets d'arrestation, en projets qui n'aboutiraient pas.

A la tribune de l'Assemblée, Brival tonnait contre la résurgence des idées monarchistes, s'élevait contre la mansuétude témoignée aux membres de la famille royale, notamment au dauphin, toujours enfermé, officiellement, à la prison du Temple, mais dont certains pensaient qu'il était mort et enterré. Il s'écriait : « *Après avoir coupé l'arbre, il faut extirper toutes les racines qui ne peuvent porter que des fruits empoisonnés. Je m'étonne qu'au milieu de tant de crimes inutiles, commis avec le 9 Thermidor, on ait épargné le reste d'une race impure !* »

Ami et soutien de Robespierre avant Thermidor, le député de la Corrèze avait poussé le tyran vers la guillotine ; c'est ce qui avait sauvé la tête de ce Montagnard chevronné. Capable de sentiments humanitaires, il avait fait rapporter la loi ordonnant aux armées de ne pas faire de quartier avec les prisonniers anglais, hanovriens ou espagnols. Envoyé comme commissaire de la République dans la province, il s'était attaché à calmer les esprits. Menacé de déportation par les uns, porté aux nues par les autres, il demeurait à la surface de la tempête et gouvernait au mieux son navire.

La province qu'avait visitée Brival bougeait dangereusement. Les victoires remportées en Hollande, l'éclatement de la coalition, le repli de l'Angleterre dans son isolement n'avaient pas empêché les forces réactionnaires du Midi de s'engager dans une Terreur blanche et, comme en septembre, de massacrer les prisonniers suspects de jacobinisme, ni les Vendéens de redresser la tête et d'attendre de l'Angleterre un débarquement qui les libérerait du joug républicain.

— Jamais, maugréait Pénières, la République n'a connu de telles traverses ! Pour maîtriser la situation, il aurait fallu un de ces géants providentiels qui surgissent dans les moments difficiles. Et qu'avons-nous pour nous gouverner ? Des trublions, des profiteurs, des utopistes, des fonctionnaires !

Philippe eut du mal à se contrôler. Il tournait en rond en mâchonnant son cure-dent.

— Mon amour, dit Marion. Tu sembles fâché. Est-ce contre moi ?

Il éluda la question d'un geste, contempla sa loge : elle avait changé d'aspect ; Marion avait fait le ménage, disposé le mobilier à sa guise ; elle avait même trouvé dans les combles une petite table où elle avait installé le manuscrit, l'écritoire, les plumes ; de l'hôtel britannique elle avait rapporté ses effets et un bouquet de fleurs artificielles composé par Rosette ; elle avait fait à la Seine un brin de lessive — le linge de Philippe était suspendu à une corde.

— Tu ne m'embrasses pas ?

Il l'embrassa distraitement, écarta les bras.

— Qu'est-ce que tout ça signifie ? dit-il. Tu t'installes dans mon existence sans prévenir, tu te conduis en épouse... Comment allons-nous vivre ? Nous n'avons à partager que la misère !

— Eh bien ! dit-elle joyeusement, j'en prendrai ma part.

— C'est impossible ! Retourne auprès de ta sœur et attendons des jours meilleurs pour être ensemble. Tu ne supporterais pas de vivre auprès d'un raté impécunieux.

— Tu n'es pas un raté ! J'ai relu ton manuscrit. Nous travaillerons ensemble à le remanier, si tu veux bien. J'ai quelques idées...

— Marion... Marion de Marsanges, auteur dramatique ! Que sais-tu de ce genre et de ce milieu ? Tu crois que j'ai du talent ? Tu te trompes. J'ai pu te le laisser croire, dans le feu de la passion, le premier soir, mais je suis un auteur sans talent.

Le « feu de la passion » bouleversa Marion. Elle s'écria avec fougue :

— Tout est possible à ceux qui s'aiment !

Il eut un sourire attristé, haussa les épaules. Cette médiocre réplique de théâtre l'accablait. Il prit son chapeau et s'apprêta à partir pour « vaquer à ses affaires ». Elle le pria de l'emmener, se suspendit à lui ; il la repoussa doucement. Les « affaires » dont il parlait n'étaient pas faites pour elle.

— Vraiment ! s'écria-t-elle. Vas-tu dévaliser une boutique, vendre à la sauvette tes estampes licencieuses, chercher des filles galantes pour ton ami, M. de Sade ? Eh bien, je t'aiderai ! Tu peux tout me demander.

— Soit ! dit-il avec un mouvement de lassitude. As-tu de l'argent ?

Elle lui tendit son réticule ; il compta le pécule : une misère ! Ils ne pourraient même pas s'offrir un « locatis » et encore moins un modeste repas « à la fourchette [1] ». Il reposa son chapeau, changea sa redingote, « si râpée, dit-il, qu'un pou ferré à glace ne pourrait s'y maintenir », contre un habit décent, se parfuma à la poudre d'œillet.

— Tu as bien réfléchi ? dit-il. Ne viens pas me faire de scène si tu es déçue ou écœurée. Tu l'auras voulu.

Ils dînèrent dans un restaurant miteux, de harengs grillés et de terrine de pruneaux, avant de gagner à pied le Palais-Royal où la température fraîche de ce mois de février avait raréfié les passants. Quelques prostituées blafardes erraient sous les galeries de bois. Devant le Théâtre-Français des groupes d'hommes et de femmes décolletées jusqu'à la naissance des seins, en robes légères et transparentes, descendaient des fiacres pour aller souper. Sous un auvent de toile le chansonnier royaliste Ange Pitou déménageait son éventaire de chansons qui n'avait pas fait recette.

Au fond de la galerie parallèle à la rue de Beaujolais, ils pénétrèrent dans une salle tout embrumée de tabagie, où Philippe semblait avoir ses habitudes. Il y avait foule : des hommes et des femmes qui fumaient, tapaient la carte, discutaient d'une voix forte en buvant des liqueurs ou de la bière « porter » ou « ale ».

— Assieds-toi, dit Philippe, et attends-moi. Le patron te servira une bière ou une limonade. Nous sommes ses invités. Ne parle à personne. Si l'on t'adresse la parole, ne réponds pas.

Il s'engagea dans un escalier en direction de l'étage inférieur, en remonta un quart d'heure plus tard précédant un étrange cortège composé de quatre sauvages, deux hommes et deux femmes vêtus de cuir et de peau effrangés dans le fond, coiffés de plumes multicolores, le visage barbouillé de signes cabalistiques.

1. Sans doute un ancêtre du libre-service.

Philippe, levant les bras, réclama le silence et, montrant chaque personnage de la pointe de sa canne, s'écria :

— Citoyens et citoyennes, mesdames et messieurs, ladies and gentlemen, voici le spectacle que vous attendez tous. Ces artistes, vous ne les verrez pas au Théâtre-Français ni à l'Opéra. Ces Iroquois sont d'authentiques sauvages des Amériques, ramenés des rives du Saint-Laurent par le dernier navire du Canada. Il y a un mois, ils chassaient le bison dans les arpents de neige dont parlait M. de Voltaire. Ils vous diront eux-mêmes leur nom que notre gosier se refuse à prononcer.

Les quatre artistes déclinèrent leur identité en se frappant la poitrine du poing et des rires fusèrent dans l'assistance. Philippe expliqua que ces noms aux consonances étranges signifiaient « Œil-de-loup », « Celui-qui-tue », « Rayon-de-lune » et « Fleur-de-Prairie ». Ils allaient avoir « le plaisir et l'honneur » d'interpréter une danse de leur pays.

Les deux « mâles », « farouches guerriers des Grandes Plaines », se dépouillèrent de leurs vêtements de peau et, vêtus d'un pagne court armorié d'images géométriques, entamèrent la « Danse du serpent », accompagnés par l'une des « femelles » au tambourin et par l'autre à la flûte. Marion mêla son rire à ceux de l'assistance ; elle n'avait jamais vu spectacle aussi burlesque, sauf peut-être au carnaval de Meymac et d'Ussel.

— Et maintenant, s'écria Philippe, ces sauvages vont mimer une chasse au bison. A vous, messieurs les Indiens !

Les deux danseurs, qui transpiraient et titubaient sous l'empire de l'alcool, se lancèrent dans leur démonstration, brandissant une petite hache de pierre appelée « tomahawk » en poussant des hullulements sinistres.

Philippe s'approcha de Marion, but quelques gorgées de bière et lui tendit une écuelle en terre cuite bariolée de couleurs vives.

— Tu vas passer faire la quête, dit-il. N'oublie personne et veille aux petits malins qui, au lieu de cracher au bassinet, te volent une pièce.

— Ce que tu me demandes..., dit-elle, rouge d'indignation.

— ... est humiliant ? Je le sais. Mais si tu veux manger demain, il faut t'exécuter. Si tu préfères mendier dans la rue ?

Le souvenir d'un des fils de M. de Lamase, parti courir le monde avec une écuyère de cirque, réconforta Marion. Après tout, dans ce bouge, qui la connaissait ? Le sourire aux lèvres, elle alla faire sa quête tandis que se poursuivait la chasse au bison. Elle constata que Philippe se livrait à un curieux manège. Il passait de table en table, s'inclinait avec un sourire, glissait quelques mots derrière son chapeau à l'oreille des spectateurs dont le visage s'éclairait.

Il interrompit le ballet en frappant de sa canne le dos du bison agonisant et déclara :

— Et maintenant, nous allons voir ces naturels dans leurs mœurs les plus intimes. Afin de ne pas attenter à la morale, nos aimables spectateurs ont rendez-vous au sous-sol.

Il fit servir une autre bière à Marion et lui demanda de l'attendre.

— La recette est assez bonne, dit-il en sondant le fond de l'écuelle. Tu vois comme c'est facile...

Il reparut un quart d'heure plus tard, précédant le groupe des curieux aux joues avivées, à l'œil brillant, et fit signe à Marion de le suivre. Sur le chemin du retour, il expliqua qu'il avait loué ces sauvages, le temps d'organiser quelques exhibitions, à un commis de la défunte Compagnie des Indes. Le début du spectacle convenait à tous les publics ; le second, réservé aux « amateurs éclairés », consistait en accouplements dans la pénombre d'une cave.

— Ces sauvages-là, dit-il, commencent à accuser la fatigue. Ils sont trop portés sur la bouteille et, lorsqu'ils sont ivres, ils deviennent dangereux. De plus, le climat ne leur convient guère et ils attrapent toutes sortes de maladies. Nous en recevrons de tout frais prochainement.

— C'est inhumain, protesta Marion. Vous les traitez comme des bêtes !

— Que sont-ils d'autres ? Des bêtes féroces. Pis que des nègres. Les jours fastes nous les nourrissons de viande avariée et de sang de cheval cuit. Pour éviter qu'ils ne massacrent les gardiens, il faut les corriger et les enchaîner. Ils ne consentent à travailler que sous la promesse de leur fournir de l' « eau de feu » comme ils disent.

Comme ils arrivaient au Palais National, il ajouta avec quelque embarras :

— Demain, j'ai rendez-vous avec M. de Sade, au café de Foy. Tu m'y suivras. Là encore, il y aura de l'argent à glaner...

Hyacinthe ne parvenait pas à s'arracher à sa chambre de l'hôtel de Salm. Le temps ne l'y incitait guère : un épais brouillard stagnait sur la Seine et, de l'autre côté, sur la place de la Révolution et le Palais National ; en partie libéré des glaces qui l'avaient bloqué deux semaines, le fleuve venait d'être rendu au trafic, mais on ne voyait passer sous les rafales de pluie que de rares embarcations. Le long des Tuileries, sous des auvents, rougeoyaient les foyers des traiteurs en plein vent. La perspective de retrouver son bureau du Châtelet ne l'encourageait guère à quitter sa chambre.

Il ne se sentait pas dans son assiette. Ces interminables soupers d'après le spectacle, ces conversations oiseuses truffées de potins venimeux, ces louanges outrées à la comédienne, ces tabagies autour du café, au milieu de parvenus somnolents, l'indisposaient. Avec cette désinvolture qui était un trait de son personnage, Elise Lange lui confiait le rôle de « veilleur » : elle allait se coucher sur la pointe des pieds en lui laissant le soin d'animer la conversation.

Il sonna la servante, se fit apporter des petits pains chauds et du café fort. « Le pain Leuthraud et le café Simons », songeait-il en faisant allusion aux deux « protecteurs » qui se disputaient les faveurs de la comédienne. Il était neuf heures du matin. La maison s'éveillait doucement, avec des craquements de parquets arthritiques et, dans la cour, la voix sourde des fournisseurs. Il grignota du bout des dents un petit pain et laissa le reste. Le café lui remit les idées en place. En se levant, il se demanda s'il irait souhaiter le bonjour à Elise ; elle dormait seule, Leuthraud étant reparti tôt le matin pour le Lyonnais et Simons occupé en Belgique. Il se décida pour une visite.

La pénombre molle de la chambre était baignée d'odeurs chaudes et sensuelles qui sentaient le sommeil, la fatigue et l'amour. Assis sur le bord du lit, il regarda dormir Elise. Un Watteau, un Boucher ou un Fragonard ? La chemise de linon gris perle laissait à nu les jambes longues, la naissance de la croupe, le ventre rond, la poitrine émergeant d'une onde de dentelles délicates. L'épaule un peu remontée comme pour la protéger de la lumière avait cet arrondi sans défaut des marbres rapportés d'Orient par les archéologues. Il songea qu'il y avait deux femmes en Elise : celle du jour et celle de la nuit. La première papillonnait sans relâche sur le fil de ses caprices, imprévisible et insaisissable ; la seconde s'épanouissait sans réserve dans une grâce charnelle, réclamait son plaisir, s'y livrait avec des ardeurs de bacchante, quitte, étant satisfaite, à rester des heures durant adossée à son oreiller, dressant un catalogue de ses dettes, de ses espérances, de ses petits échecs et de ses grands succès sur la scène, de ses bonnes et de ses décevantes fortunes sentimentales.

Hyacinthe se penchait pour effleurer du bout des lèvres l'épaule de la belle endormie lorsqu'il constata qu'elle l'observait d'un oblique regard de biche mouillé de sommeil. Elle s'étira, demanda l'heure, reprocha à Hyacinthe de l'avoir éveillée si tôt. Elle effectua des bras un mouvement de danse au-dessus de sa tête, fit la moue. Elle n'aimait pas qu'on la regardât dormir ; elle se croyait laide dans son sommeil. Il la rassura : elle n'était jamais aussi belle qu'avec cette pâleur qui lui allait comme à une nymphe de Coysevox. Il ajouta, malicieux :

— Et de plus tu es muette !

Elle fit le geste de le gifler, demanda en bâillant à quelle heure étaient partis les derniers convives. Ils s'étaient tous retirés vers quatre heures, sauf Ducancel qui avait préféré rester coucher dans le petit salon, sur un sofa.

— Leuthraud n'a rien laissé pour moi ? L'avare ! Il ne respecte pas nos conventions. Voilà une semaine que je n'ai pas vu la couleur de son argent. Que ferais-je sans le secours de Simons ? A son retour, je lui consacrerai une semaine entière. D'ici là je devrai régler mes fournisseurs. Avec quoi, Seigneur ?

Hyacinthe tira quelques louis de son gousset, les déposa sur la table de nuit.

— De la part de Ducancel, dit-il. Il a voulu m'affronter aux cartes.

Lorsque, dans un brusque mouvement, elle l'attira vers elle, il ressentit l'impression vertigineuse qu'une pieuvre l'emprisonnait dans ses tentacules chauds et parfumés.

— Oh, toi !... dit-elle. Toi tu es ma seule passion. Viens ! Fais-moi l'amour.

Sans conviction, il prétexta de son devoir professionnel ; elle pouffa, répliqua que ce n'était pas pour son plaisir qu'elle avait invité à souper son chef de service au Châtelet en lui recommandant l'indulgence pour son employé.

Hyacinthe se dévêtit et la rejoignit. Il aimait ces étreintes matinales, cette impression de pénétrer un nuage de chair moite de sommeil. Il aimait la soie et le velours de cette peau, plus souple qu'au coucher, plus accueillante, comme abandonnée. Il se sentait animé d'un désir moins fiévreux mais plus profond et plus intense. Ses lèvres cueillaient à la pointe des seins, dans le sillon de la croupe, au profond de la tendre touffe et des cuisses l'odorante rosée de la nuit.

Il venait de la pénétrer et commençait à sentir s'irradier dans ses reins les feux d'un buisson ardent lorsqu'elle le repoussa en s'écriant :

— Seigneur ! Où avais-je la tête ? Mon perruquier doit m'attendre et j'ai rendez-vous avec Fiévée pour déjeuner. Il veut écrire une pièce dont je serais l'héroïne. Ma robe de chambre, vite ! Sonne ma camériste !

Une fois de plus, avec une amertume tenace, il se demanda si sa maîtresse n'était pas frigide, si ses mouvements de désir n'étaient pas un simulacre ou un caprice. Elle apportait un art si consommé dans l'expression de ses jouissances, que ses amants les moins virils pouvaient se prendre pour des disciples de Priape. Que cachaient ces attitudes de théâtre ? Quelles frustrations, peut-être héritées de son enfance italienne, au sein d'une tumultueuse famille d'artistes ? Quelles nostalgies pour des passions lointaines, comme celle qui l'avait unie à un clerc de notaire éperdument amoureux, Jean Agasse, auteur, pour ses beaux yeux, de faux qui lui avaient valu la guillotine ? « Je la percerai à jour, se disait Hyacinthe, je la forcerai à me révéler sa véritable nature. Je la saisirai lorsque la femme apparaîtra sous la comédienne adulée. »

Il était sur le point de se ruiner et de s'endetter pour elle. Ce qu'il redoutait par-dessus tout, c'étaient ces promenades de l'après-midi où ils déambulaient de boutique en boutique : chez Rose Bertin pour la mode, chez les parfumeurs de la rue Montorgueil pour la poudre à la Maréchale ou une essence de rose muscade, chez un antiquaire de la rue Egalité qui bradait le mobilier de Trianon... Elle l'entraînait chez Corcelet pour dîner de truffes au champagne ou chez Robert qui avait la meilleure cave de Paris... Elle avait un don subtil pour solliciter le cadeau. Elle soupirait : « Cette robe à la Vénus, quelle merveille ! Dommage que mes moyens... » Ou encore : « Il faut que je songe à me procurer ces éponges de Venise. Ce sont les plus douces... » Il accédait en général à ses caprices, sauf pour certain phaéton bleu barbeau d'un prix exorbitant. En moins de trois ans, elle avait acculé à la ruine le plus riche banquier de Hambourg ; Hyacinthe se disait qu'à ce rythme il ne tiendrait pas trois mois avant de recevoir son exeat. Ses souhaits exaucés, elle se pressait contre lui, une fausse larme de remords au coin de l'œil : « C'est une folie ! disait-elle. Je m'en repens, mais, vois-tu, je ne sais pas résister à la tentation. Je vais te ruiner... »

Conscient d'en prendre le chemin, Hyacinthe, homme de mesure, s'était fixé des limites. Il se dit qu'il trouverait un prétexte pour la quitter. Ce serait un crève-cœur que de rompre avec cette créature séduisante jusque dans ses pires caprices, de renoncer à cette existence fastueuse, à l'hôtel de Salm, aux folles soirées où se retrouvaient tout ce que Paris comptait de notabilités. Il aimait Elise et la détestait ; vives et fréquentes, leurs querelles éclataient comme des orages, balayaient aigreurs et malentendus et, miraculeusement, les rapprochaient.

Hyacinthe trouva Diane désemparée, sans nouvelles de Marion, délaissée dans ce grand Paris qui l'effrayait, avec pour seule compagne Rosette qui avait entrepris avec ténacité de la ramener sur les chemins de la foi.

— Des nouvelles, dit Hyacinthe, j'en ai. Marion est sur la mauvaise pente, mais elle semble heureuse dans sa nouvelle existence. J'ai rencontré Désormeaux avant-hier, au bal « A la victime », faubourg Saint-Germain. Nous avons bavardé...

Pour ces soirées réservées aux familles des victimes de la Terreur, les hommes se présentaient avec, en guise de cravate, un fil rouge autour du cou et dans une tenue qui devait rappeler l'Ancien Régime. Hyacinthe s'y était rendu en compagnie d'une ballerine de l'Opéra, amie d'Elise Lange, dont la famille avait été durement éprouvée. Un orchestre de violons et de piano-forte jouait gavottes, menuets et rigaudons, ainsi que de nouvelles danses à la mode ramenées d'Allemagne, après Thermidor, par les émigrés. Ce n'étaient dans l'assistance que perruques poudrées à rouleaux, attitudes guindées, sourires mélancoliques figés sur des lèvres décolorées, vieilles marquises emplumées, au visage de plâtre, papotant sur des banquettes de bois. Une sorte de cauchemar animé de mouvements d'automates pour pendules et coffres à bijoux.

Plastronnant dans l'enceinte réservée au café, Désormeaux se réchauffait d'un punch au lait et discutait avec des mines de comploteur dans un groupe de membres de l'Agence royaliste parisienne dirigée par l'abbé Brottier, suppôts du « Petit Coblence ».

Peu porté sur la danse, Hyacinthe prenait plaisir au spectacle. Il laissa un adolescent au visage incolore, à la pommette ornée d'une mouche de vermillon, lui ravir sa cavalière, pour se diriger vers Désormeaux qui sursauta en le voyant paraître et l'invita à s'asseoir.

— Je suppose, monsieur, dit l'auteur dramatique, que vous avez l'intention de me parler de votre sœur. Elle m'aime et n'a nullement l'intention de se séparer de moi. Je vous saurai gré de ne pas l'importuner, sauf à lui fournir quelques subsides. Elle a besoin de vêtements et les eaux sont basses en ce moment.

— Avec toi, elles ne risquent guère de monter. Tu parlais d'argent ? Eh bien, soit ! A combien estimes-tu l'attachement que tu portes à ma sœur ?

Déconcerté à la fois par le tutoiement et la question directe de son interlocuteur, Désormeaux se rebiffa comme un coq en colère, rouge d'indignation sous la poudre d'œillet.

— Comment osez-vous, monsieur ? Elle m'est plus chère que vous ne l'imaginez.

— Aussi chère soit-elle, j'achète ! Je te connais trop bien pour ne pas savoir que tu vendrais père et mère s'ils vivaient encore. Je puis te donner dix louis.

— Vous mettez l'honneur de votre sœur à bas prix, monsieur ! Outre l'amour que je lui porte, et qui est inestimable, elle est pour moi une collaboratrice précieuse pour mon œuvre. Bonne ménagère de surcroît, et...

— Je puis pousser la mise jusqu'à quinze louis. Tu aurais tort de refuser. Marion se lassera vite de tes infidélités, de tes rodomontades de raté, de tes mauvaises fréquentations et de cette misère que tu traînes comme une seconde nature. Elle te quittera d'elle-même et tu auras tout perdu.

— Vingt louis ! jeta distraitement Désormeaux.

— Quinze. Je ne puis faire mieux. Réfléchis. Tu as jusqu'à la fin de la soirée pour me donner ta réponse.

Hyacinthe laissa Désormeaux à son entourage et se retira à une table voisine pour y boire un whisky. La conversation portait sur un projet d'interventions conjuguées des forces anglaises et espagnoles afin d'écraser la « gueuse », et de porter sur le trône le petit dauphin, sous la tutelle de Provence. Les uns tenaient pour l'Angleterre, d'autres pour l'Espagne ; ils se faisaient l'écho des dissensions qui agitaient les milieux d'émigrés de Londres et de Madrid pour savoir qui aurait la maîtrise des opérations. Les gens du « Petit Coblence » n'étaient d'accord que sur un point : il fallait en finir avec la pourriture thermidorienne, avec ce régime qui s'épuisait à combattre à la fois les extrémismes de droite et ceux de gauche. Ils convenaient que les victoires des patriotes, qui avaient fait éclater les alliances, constituaient un épisode regrettable ; tout serait remis en question au printemps, avec une nouvelle flambée d'insurrection dans l'Ouest, le regain des activités royalistes dans le Midi, l'invasion sur tous les fronts des armées étrangères. Hyacinthe entendit la voix prophétique de Désormeaux clamer : « La République vit ses derniers jours, mes amis ! C'est une certitude. Quatre cent mille terroristes devront payer de leur vie leurs excès comme l'a annoncé le comte d'Hervilly ! »

Au moment où, les violons s'étant tus, Hyacinthe achevait son verre, et s'apprêtait à rejoindre sa cavalière, il observa un mouvement inquiétant dans le groupe des « muscadins » : groupés autour de Désormeaux qui leur parlait à voix basse, ils dirigeaient vers Hyacinthe, derrière leur face-à-main, des regards narquois et provocants.

Le bal reprit peu après. Comme on approchait de minuit, des chants éclatèrent dans l'assistance. Un ténor de l'Opéra entonna, la main sur le cœur, le *Réveil du peuple :*

Peuple français, peuple de frères
Peux-tu voir sans frémir d'horreur
Le crime arborer les bannières
Du carnage et de la terreur ?...

Une rumeur profonde, diffuse, sinistre, montait de l'assistance qui, debout au milieu de la salle, reprenait en chœur le refrain. Des larmes coulaient sur les visages, diluant la poudre. Une virago cria qu'il fallait tuer tous les jacobins, boire leur sang, arracher Fouquier-Tinville à sa prison et le dépecer.

— Sus aux terroristes ! hurla la foule. Vive le roi Louis XVII ! Mort aux députés !

Hyacinthe prit sa cavalière par le bras.

— Partons, dit-il. Il se fait tard et cette soirée risque de finir par une émeute. Je ne tiens pas à ce que tu y sois mêlée.

Ils entreprirent de héler un fiacre. La nuit de février était douce, avec une discrète haleine de printemps qui flottait par-dessus les murs des jardins. Hyacinthe perçut un piétinement dans son dos. Il se retourna et soudain, autour de lui, la nuit vola en éclats.

Hyacinthe prit la main de Diane, lui fit tâter son occiput où saillait une bosse. Il raconta qu'il s'était retrouvé sans savoir comment chez Elise Lange, sa main dans celles de sa cavalière en larmes. On ne s'était pas contenté de l'assommer d'un coup de « pouvoir exécutif » ; on lui avait volé son argent et sa montre. Qui ? Désormeaux ? Sinon lui, du moins ses complices : des gredins qui ne reculaient devant aucune violence. Il lui raconta sa rencontre avec Marion qui avait refusé de quitter son compagnon, et sa soirée au bal « A la victime ».

— Je ne désespère pas, dit-il, de la ramener à la raison, mais peut-être y viendra-t-elle seule quand elle aura compris ce que Désormeaux attend d'elle. Il lui faudrait un compagnon ou un mari. Elle supporte moins bien que toi la solitude.

Avant les événements de la Révolution et de l'émigration, des familles d'alentour auraient prêté une oreille favorable à des projets d'union, mais le comte de Marsanges avait accoutumé de laisser les destinées aller leur train et les unions se conclure en toute liberté. En fait il ne songeait qu'à préserver son confort personnel, à garder autour de lui cette famille qui lui composait un univers à sa convenance, sur lequel passait un souffle de liberté ; ses filles lui faisaient, disait-il, « un cortège de joie et de beauté ». Leur propre avenir lui importait peu ; il comptait sur le hasard pour arranger les unions dont il ne voyait pas l'urgence. Il semblait persuadé que la liaison de son aînée, Diane, avec Brival, aussi orageuse fût-elle, lui convenait et qu'elle supporterait mal la présence à ses côtés d'un hobereau pêché dans le vivier de la noblesse du Limousin.

— Dès notre retour à Marsanges, dit Diane, je m'attacherai à lui trouver un parti parmi les émigrés de retour. Pleine de vie et d'ardeur comme elle l'est, on ne peut l'enfermer dans un couvent. Dommage que ce bon Pénières...

Depuis que Marion avait disparu, le conventionnel ne rendait que de rares visites à l'hôtel Britannique. Il se confiait à Diane avec une sincérité un peu ridicule mais émouvante. Les réserves de Marion envers ses avances le déconcertaient ; qu'elle lui eût préféré ce Désormeaux l'accablait de stupeur. Il répétait inlassablement .

— Pourquoi me repousse-t-elle ? Suis-je trop laid, trop sot, trop pauvre pour elle ? Elle sait bien, pourtant, que j'aurais divorcé pour l'épouser...

Diane lui prenait les mains, le rassurait : Marion ne tarderait pas à revenir et, s'il tenait encore à elle...

— Non, soupira le pauvre Pénières, elle ne reviendra pas. Brival a eu bien de la chance de vous rencontrer, mais cet imbécile n'a pas su ou pas voulu en profiter.

Il lui parla de son épouse, cette Eulalie Dieudonné de Burel, venue des « Iles du sucre » pour épouser le député corrézien. Elle était assez belle, avec un teint pâle, une chevelure sombre et des yeux « couleur de prune ». Vive, emportée, jalouse, elle accablait son époux de reproches concernant son extrémisme politique et des liaisons imaginaires. Elle avait menacé Brival de venir faire un esclandre à l'hôtel Britannique.

— Qu'elle vienne ! dit Diane. Je lui dirai que Brival ne m'est plus rien.

Plus rien ? Pénières était sceptique. Ebranlée par la trahison de son amant, Diane n'avait réagi que dans son for intérieur, donnant l'impression d'être indifférente, ce qui ne trompait personne. La solitude sentimentale lui devenait intolérable ; ses journées s'étiraient interminablement, dans l'attente du courrier de Marsanges qui arrivait assez régulièrement, une fois par semaine et, peut-être — elle l'espérait malgré elle — la visite de Brival dans la tenue des conventionnels en mission dans la province où il se trouvait depuis quelques semaines.

Elle raconta à Pénières, lors de sa dernière visite, peu après l'attentat contre Hyacinthe, qu'une convocation lui était parvenue du service des passeports : c'était tout bonnement en vue de la questionner sur quelques points obscurs de son dossier, sans lui laisser entrevoir la moindre espérance. Elle était revenue écœurée par l'anarchie de l'administration, la vénalité ou l'indifférence des commis, les lenteurs inexplicables, persuadée que, s'il en était de même dans les autres services, la République était condamnée à périr asphyxiée sous la paperasse bureaucratique.

Au début de février, accompagnée de Pénières, elle avait assisté à une cérémonie grandiose et navrante à la fois : l'expulsion du Panthéon des restes des « enragés », Marat, Dampierre, et même de ces héros irréprochables de la Révolution, Bara et Viala, à la destruction de leurs effigies livrées aux enfants qui les avaient bombardées à coups de pierres.

— J'assistais en juillet 93 aux obsèques de Marat, dit Pénières. Jamais je ne fus témoin d'un tel débordement de douleur populaire. Des hommes, des femmes pleuraient, se lamentaient, s'évanouissaient. A quelques pas de la voiture funèbre, la puanteur de cette charogne était insoutenable. L'orchestre jouait *la Symphonie lugubre,* de Gossec, qui ajoutait à l'affliction de la foule. Un fanatique s'est approché du catafalque sur lequel gisait nu le corps du monstre. Le bras qu'il a réussi à saisir lui est resté dans les mains. Aujourd'hui, le peuple vomit ses illusions. Marat... Je me suis toujours insurgé contre ses fanfaronnades sanglantes, ses appels au meurtre, ses utopies. Pourtant c'était un honnête homme, comme Robespierre, dont j'ai hâté la fin, mais dont je respecte la mémoire.

Il amusa Diane en lui racontant que Robespierre était un fin poète, un cœur tendre et émotif. Avant Thermidor, on chantait dans les salons une de ses chansons : *Belle Aspasie :* « *Résiste-moi, belle Aspasie...* » Il était aussi l'auteur, dans sa jeunesse, d'une chanson bachique : *La coupe vide.*

— Danton, Marat, Robespierre... soupira Pénières : des géants. Ils seraient bien utiles aujourd'hui pour sauver ce qui reste de la République. C'étaient, certes, des « hommes de sang », des « tigres », mais aussi des hommes de cœur.

A plusieurs reprises, Diane avait accepté les invitations à dîner ou à souper de Pénières, au Palais-Royal ou dans des restaurants de la rive gauche. Assez impécunieux, il choisissait des repas à trente sous. Elle avait refusé de l'accompagner au bal : elle n'avait pas de tenue qui lui eût permis de faire bonne figure et elle craignait que son compagnon se laissât, sur le chemin des confidences, aller à des propositions qu'elle eût été contrainte de repousser.

Après une offensive dévastatrice, l'hiver amorçait un lent ressac, laissant Paris désolé, tout gluant de misère. Plus que jamais, le papier-monnaie « allait au diable » en ce mois de mars où la famine était à son comble.

La vie politique n'allait pas mieux. Aux mesures de clémence de la Convention réintégrant les Girondins poursuivis naguère par la Terreur — et Diane songeait que Bernard Lidon, avec un peu de chance, aurait pu en bénéficier — répondaient les excès de la Terreur blanche dans le Midi ; à Lyon, Toulon, Marseille, des royalistes, renouvelant avec la même âpreté, la même désinvolture envers les autorités, les massacres de Septembre, égorgeaient indifféremment jacobins prisonniers et condamnés de droit commun.

— La situation, expliquait Pénières, est plus tragique qu'on ne l'imagine. Que le Midi entre en insurrection et la Vendée se soulèvera de nouveau, la coalition étrangère se renouera, et ce sera la fin de la République.

Diane ne pouvait s'empêcher de protester :

— Et vous, les représentants du peuple, que faites-vous ? Des discours, et encore des discours !

Pénières avouait l'impuissance de la Convention, celle du gouvernement dont les comités traitaient au coup par coup les problèmes qui s'accumulaient. Que fallait-il faire ? S'engager de nouveau dans le cycle de la Terreur jacobine ? Il aurait fallu, proclamait-on, découvrir un homme providentiel, un « sabre ». Le général Pichegru attendait son heure, mais afin de rétablir une monarchie constitutionnelle dont il serait le premier à profiter.

Pénières ajoutait avec un triste sourire :

— Ma petite Diane, j'ai le sentiment que notre Convention vit ses derniers soubresauts...

5.

LA COLOMBE BLESSÉE

Paris : printemps 1795.

Lorsque Marion quitta le Palais National, le caravansérail dormait encore, sonore de ronflements, empuanti d'odeurs d'urine et de fumée froide.

Au Pavillon de l'Horloge s'égrenaient les six coups quand, chaque matin ou presque, elle quittait la loge où Philippe dormait encore, fatigué par ses activités nocturnes. En allumant la chandelle, elle trouvait un mot sur la table : l'indication de noms de rue où, à condition de s'y trouver de bonne heure, elle pourrait se procurer des denrées. La plupart du temps ces courses se soldaient par un échec. Après deux ou trois heures d'attente, la boutique fermait ses volets : il n'y avait plus rien à vendre, mais on avait pu apercevoir des paniers de pain, des quartiers de viande enveloppés de toile, des couffins de légumes et de fruits, des corbeilles de poissons retirés des arrière-boutiques et embarqués sur des charrettes, à destination des grands restaurants ou des hôtels particuliers.

A une autre saison, Marion n'eût pas boudé ces attentes interminables. Elle y côtoyait des ménagères qui avaient comme elle l'habitude de ces corvées et s'y pliaient avec bonne humeur. Il y avait des moments agréables : parfois un personnage plaisant se mêlait à la file d'attente, brocardait les hommes du jour ou comptait fleurette aux filles, et des idylles se tramaient dans le ruisseau ; des gens qui s'ignoraient la minute d'avant repartaient bras dessus bras dessous pour le cabaret le plus proche ; on conversait avec des gardes nationaux, des gendarmes ou des militaires qui faisaient les jolis cœurs. Le chansonnier Ange Pitou s'était présenté un jour rue Vivienne où grouillaient les agioteurs du petit matin ; il avait dressé un éventaire de ses chansons et entonné des couplets virulents contre l'Assemblée, montrant son postérieur chaque fois qu'il prononçait le mot « Révolution » ou « République ». Interpellé par des officiers de police, il avait protesté : par ce geste il ne voulait pas offenser le régime mais chercher sa tabatière. Depuis Thermidor, ce Diogène du pavé avait connu plus de vingt fois la prison.

Habituée au rude climat de Marsanges, à la fatique des longues marches et des travaux des champs, Marion supportait mieux ces épreuves que certaines qui défaillaient ou se mettaient à pleurer et à hurler. Marion les réconfortait d'une rasade d'eau-de-vie dont elle emportait toujours une fiole dans ses prospections.

Des remous agitaient parfois les files d'attente, des ménagères prétendument enceintes revendiquant les premières places ; l'imposture découverte, ces rusées commères recevaient la fessée démocratique. D'autres fois, dans les rues étroites, il fallait se disperser pour laisser place à une patrouille ou à un fiacre de couche-tard ; dames à aigrettes, messieurs en capes noires et spencers de soie passaient la tête à la portière et s'écriaient : « Regardez comme elles sont laides, ces jacobines. Sentez-vous comme elles puent ? Et quelle insolence ! Elles ne mettent guère d'empressement à se retirer, ces maritornes. Cocher, à quoi vous sert votre fouet ? »

Ceux-là avaient la bourse bien garnie, le ventre plein, les pieds au chaud et la certitude d'un bon lit au bout du chemin ; ils se réveilleraient dans l'après-midi pour se rendre aux courses de chevaux du Champ-de-Mars ou à des séances d'équitation au bois de Boulogne. Certaines ménagères ripostaient avec des mots orduriers ; d'autres, comme Marion, cuvaient silencieusement leur honte.

Philippe l'avait prévenue : ils allaient traverser une période de vaches maigres. Il ne trouvait plus à vendre ses peintures volées en raison du danger que présentait leur détention, et les gravures licencieuses s'écoulaient difficilement, le marché étant inondé de ces « curiosités » ; la police venait d'interdire le spectacle des Indiens ; M. de Sade, dont il comptait tirer quelque argent, avait disparu, en prison peut-être. On allait devoir serrer sa ceinture d'un cran. Comment feraient-ils, se demandait Marion, alors qu'ils ne mangeaient pas à leur faim ?

Elle passait une partie de son temps libre, en l'absence de Philippe, à distribuer dans la rue des annonces pour un cartomancien en renom : Martin. Etabli rue Dauphine, il faisait sa fortune avec les tarots égyptiens et gagnait, disait-on, plus de six louis par jour. Marion l'avait rencontré à diverses reprises ; chaque fois, elle était saisie d'un sentiment de malaise et d'une impression de dégoût; cet homuncule cul-de-jatte ne se déplaçait que dans sa caisse de bois, avec des minuscules béquilles à travers un appartement sordide, désordonné, qui puait l'urine et le rat crevé. Chaque jour, on faisait queue pour consulter ce devinateur qui n'annonçait à ses clients que les bonnes nouvelles.

Un jour qu'il était de belle humeur, il dit à Marion :

— Mon enfant, restez un moment, je vais vous faire le grand jeu. Ce sera gratis, rassurez-vous. Une chose m'intrigue : comment se peut-il, jolie, intelligente, vive comme vous l'êtes, que vous végétiez dans ces tâches indignes?

— Je compte sur vous pour me l'apprendre, maître.

— Et impertinente avec ça!

Agité de tics nerveux, bavochant sur sa table, il avait aligné ses tarots graisseux et s'était écrié d'une voix grinçante :

— Que vois-je, Seigneur! Mon enfant, en principe je ne révèle à ma clientèle ordinaire que ce qu'elle souhaite entendre. Je vais faire une exception pour vous. Dans votre vie présente, je ne vois que misère et désillusion. Un homme vous entraîne sur une mauvaise pente. Votre attachement pour lui est singulier : vous l'aimez, certes, mais sans passion, ou du moins d'une passion refroidie.

— Et lui, maître, m'aime-t-il?

Il retourna quelques tarots, dit d'une voix qui graillonnait :

— Rien. Je ne vois rien. Il semble qu'il n'ait aucune existence, du moins pour vous.

Marion devait bien convenir que Philippe la décevait, mais elle mettait son indifférence sur le compte de ses ennuis; il ne lui faisait l'amour que par accident, et sans flamme.

— Si vous voulez mon avis, ajouta le voyant, quittez cet homme et retournez vivre en Limousin.

Marion sursauta. Comment avait-il deviné...

— A votre accent! Quant à votre avenir immédiat... Hum! Je ne puis que vous dire : prudence. Vous vous engagez sur une voie périlleuse. Vous me plaisez. Revenez me consulter quand vous voudrez. J'ai d'ailleurs une proposition à vous faire : j'ai besoin d'une honnête femme pour s'occuper de mon ménage. Réfléchissez-y.

« Servante de ce rogaton d'homme, songea Marion avec dégoût. Plutôt mendier! »

— Faites entrer le suivant! claironna Martin.

Troublée par ces révélations, Marion en fit part à Philippe qui la tança d'importance. Martin était un charlatan notoire, un imposteur qui s'enrichissait des angoisses et des espoirs des gogos. Il lui interdit de le revoir. « Pourtant, Philippe, ce qu'il m'a dit... » « Mensonges ! Il est observateur et malin comme un singe. J'irai lui tirer les oreilles, à ce bougre... »

Sans en parler à Philippe, Marion allait présenter à des directeurs de théâtre la copie qu'elle avait faite de sa comédie.

Le premier contact était en général encourageant : elle exposait avec intelligence l'intérêt de la pièce, voyait tel acteur, telle actrice dans les rôles principaux; on l'écoutait avec attention et l'on promettait de lire son manuscrit. Le second contact était différent :

— Ce Philippe Désormeaux, mademoiselle, a plus d'ambition que de talent. Il y a dans Paris cinq ou six théâtres qui présentent le même genre de comédies, mais autrement troussées. Celles de ce Désormeaux est vulgaire, banale et sans intérêt.

Elle avait renoncé après une dizaine de tentatives. La période de vaches maigres qu'il lui avait annoncée se poursuivait, implacable. Certains jours, le ménage était dépourvu d'argent et de subsistance, si bien que Philippe songeait à solliciter de Hyacinthe un marché, quitte, l'argent en poche, à renoncer à libérer Marion, persuadé qu'elle refuserait de le quitter. Cas de force majeure... Il aurait moins attendu s'il avait été certain que Hyacinthe ne tenterait pas de se venger sur lui de l'agression dont il avait été l'objet à sa sortie du bal « A la victime »; il n'était courageux qu'en compagnie de ses amis « muscadins ».

Un soir, la mine radieuse, il annonça le retour de M. de Sade.

Donatien Alphonse François, dit « marquis » de Sade, était au comble de la félicité. Les portes de sa prison réouvertes après Thermidor, il trouvait à la liberté un goût ineffable, lui qui, depuis plus de trente ans, avait passé le plus clair de son temps en captivité. Le plus surprenant : il avait échappé à la vigilance de Fouquier-Tinville. Envoyait-on chercher le prisonnier aux Madelonnettes ? Il était aux Carmes. Parvenait-on à retrouver sa trace ? Il avait été transféré à Picpus ou, du fait de l'encombrement des prisons, à Vincennes. Depuis son internement à la Bastille, sur lettre de cachet du sieur Capet, il avait séjourné dans presque toutes les prisons de la capitale. Ces transferts intempestifs ne le privaient pas du seul plaisir véritable de son existence : l'écriture. Il avait rédigé à la Bastille, sur un rouleau de papier fin, d'une écriture microscopique, un ouvrage monumental qu'il dissimulait sous son oreiller. Juillet 89, en lui rendant sa liberté, lui avait fait perdre, dans le désordre du siège, ce précieux manuscrit. Il se plaignait de cette perte irréparable à qui voulait l'entendre :

— Jamais je ne retrouverai ce manuscrit des *Cent vingt journées de Sodome*. J'y travaillais quinze heures chaque jour, dans ma cellule de la « Deuxième liberté », ne m'interrompant que lorsque le papier ou la chandelle me faisaient défaut.

Cet énorme roman était, disait-il, l'œuvre de sa vie, un édifice considérable dont chaque pierre représentait un exposé d'une perversion, dont Dieu était absent, où la Nature régnait sans partage. Il y exprimait, certes, une philosophie, ne niant pas qu'elle fût sommaire, mais affirmait que personne n'était allé aussi profond dans le délire des sens.

Lorsque Désormeaux lui rendait visite, le marquis lui disait :

— Aidez-moi à retrouver mon chef-d'œuvre. Interrogez tous ceux qui participèrent au pillage et à la destruction de la Bastille. Si vous y parvenez, je vous en serai reconnaissant. Je suis satisfait de *Justine* et du succès qu'obtient ce livre, de même que je compte sur celui dont j'achève la rédaction, mais je me sens veuf de cette œuvre perdue, à jamais peut-être...

Les recherches de Philippe n'avaient abouti qu'à des impasses. Les sans-culottes qui avaient pris la Bastille avaient dû utiliser ce rouleau de papier pour allumer le feu de leur fricot ou pour des usages plus humiliants. Il avait abandonné ses recherches tout en persuadant le marquis qu'il les poursuivait, afin de lui soutirer de nouveaux subsides.

La cinquantaine passée, M. de Sade portait beau, malgré l'obésité qui, sa période de vaches maigres ayant pris fin, le guettait ; la calvitie avait fait son œuvre, mais il portait la perruque jacobite. Ses yeux attaqués par l'ophtalmie promenaient sur le monde un regard à la fois sceptique et dominateur : un regard d'évangéliste pour offices des ténèbres, qui semblait chercher derrière l'humanité des sanctuaires de turpitudes. Il s'était fait du vice une manière de religion et se conférait le rôle de grand prêtre, pour ne pas dire de divinité.

Philippe avait eu quelque difficulté à se faire admettre dans l'entourage du marquis, notamment dans ces lieux de culte : les « petites maisons », souvent situées en banlieue, qu'il louait pour s'y livrer à ses expériences et s'y délivrer de ses obsessions ; il y retrouvait son valet, Latour, qui lui était utile pour ses exercices de sodomie, quelques duègnes rabatteuses de tendrons, des amis et des complices des deux sexes.

Après quelques réticences, le marquis se déclarait satisfait de cette nouvelle recrue. Philippe était toujours disponible pour accueillir ses confidences et, en tant qu'homme de lettres, lui donner avis sur ses œuvres. Ils passaient en discussion des heures que Désormeaux se faisait payer d'un repas au Méot lorsque Mme de Sade, épouse fidèle et complaisante, lui envoyait quelque argent, dans une gargote les jours de basses eaux. Ce jeune homme d'une sobre élégance qui plaisait au sexe faible avait refusé de pousser son affection pour le marquis au point de suppléer Latour dans les folles soirées de son maître ; Sade ne lui en avait pas tenu rigueur car Désormeaux connaissait le vivier de la prostitution et du demi-monde comme s'il y était né.

M. de Sade rayonnait. Il revenait de deux semaines de vacances dans une « petite maison » proche de Bagatelle, en compagnie d'un lot de fillettes soudoyées par une maquerelle et de petits gitons de ruisseau. Il s'était remis avec une ardeur nouvelle à sa *Philosophie dans le boudoir* (un roman « bien poivré », disait-il), et y puisait une alacrité enrichie de ses expériences et sans fin renouvelée.

— Mon cher, dit-il à Philippe, la vie me sourit plus que jamais. Je sens le génie bouillonner en moi et les journées ne sont jamais assez longues lorsque je suis à ma table de travail. J'ai vécu cette quinzaine dans un enfer tendu de rose et d'azur, chauffé des mille ardeurs de la passion. Vous n'imaginez pas les jouissances que l'on peut tirer de la chair quand l'imagination du romancier s'en mêle et que l'on a jeté au placard les contraintes de la morale. Le secret du bonheur est dans une jouissance sans retenue. Je le savais depuis mon séjour chez les Jésuites d'Harcourt. Même en prison, ma vie n'a été qu'une longue, minutieuse, scientifique approche du plaisir, mais j'ai encore beaucoup à découvrir. Je m'y attache avant de retourner en prison, ce qui ne manquera pas d'arriver, hélas !

Philippe n'avait pas eu à l'inciter aux confidences pour que le marquis lui relatât ses turpitudes récentes ; il le fit avec ce souci pervers de la précision clinique qu'il apportait à ses écrits : l'emploi d'aphrodisiaques comme les pilules à la cantharide, parfumées à l'anis, qu'il faisait consommer à ses partenaires, l'usage modéré du fouet dont il avait toute une panoplie, la gamme des perversions (il en répertoriait six cents dans son *Sodome* !), les fessées sans violence qu'il administrait aux fillettes dont il enduisait ensuite la chair d'un cédrat adoucissant...

Philippe lui ayant parlé de ses rapports avec Marion, M. de Sade n'eut de cesse d'obtenir un rendez-vous. Il ajouta avec un sourire :

— Rassurez-vous, mon cher : l'ogre se contentera de la regarder...

— M. de Sade aimerait te rencontrer, dit Philippe. Nous allons convenir d'un rendez-vous.

Marion accepta de mauvaise grâce. Elle n'avait rien lu de cet écrivain que les gazettes présentaient comme un apôtre de la perversion, que Restif de La Bretonne vouait aux gémonies, dont Pénières lui avait dit : « C'est un démon qui écrit comme un ange ».

Ils venaient de se quereller. Marion avait fait queue toute une matinée pour une ration d'une demi-livre de mauvais pain que, sur le retour, pressée par la faim, elle avait dévoré. Elle avait prétendu que la fournée était épuisée quand son tour était arrivé. Philippe avait cueilli une miette sur son corsage.

— Et ça, ce n'est pas du pain ? Tu as dévoré notre ration ! Alors débrouille-toi. J'ai faim, moi aussi. Tâche de ramener de quoi manger, sinon, gare !

Elle partit en larmes, revint avec les fruits d'un larcin : un hareng sec et une botte de radis. Il était en train de fumer un cigare emprunté à un voisin de loge. Il hurla :

— C'est tout ! Tu n'es décidément bonne à rien ! A quoi sert que je me démène tout le jour et parfois la nuit pour trouver en rentrant la table vide ? Emprunte à qui tu voudras. J'ai envie d'un poulet.

Un poulet ? Il rêvait ! Elle lui rit au nez ; il la gifla ; elle riposta. Il dit en se rajustant :

— Pardonne-moi, mais je ne supporte pas la faim. J'ai tenté de soutirer quelque argent à M. de Sade, mais il a fait le sourd. Je ne suis pas arrivé à vendre le portrait de La Tour. Il reste ton collier. Nous n'en tirerons pas grand-chose au mont-de-piété, mais...

— Je refuse ! C'est le seul souvenir qui me reste de ma mère.

— Alors tu vas aller mendier. A moins que...

Il ramassa son cigare qui avait volé dans la dispute, le ralluma, s'assit, l'attira contre lui, lui parla de M. de Sade. Il les inviterait sûrement au Méot. A vrai dire il n'était pas certain que l'entrevue aurait lieu dans cet établissement, mais il le lui laissa croire pour l'amadouer. Ce serait pour demain sans doute. Elle fouilla fiévreusement dans son coffre, en retira des hardes qui avaient échappé au fripier, une misère. Bah ! elle irait emprunter une robe à Zélia, la cantatrice sans emploi. Elle revint avec une défroque à l'antique, mitée et décousue ; il fit la grimace : ils auraient de la chance si les larbins du Méot la laissaient entrer dans cet accoutrement. Il courut chez le marquis, lui confia que Marion acceptait le rendez-vous. Au Méot.

M. de Sade émit un petit sifflement embarrassé.

— Diantre ! dit-il. Votre amie a le goût sûr. Eh bien, prenons rendez-vous pour demain soir.

Philippe et Marion se retrouvèrent sous les arcades du Palais-Royal à l'heure dite. Assis derrière une haie de sycomores, ils prirent patience devant une limonade. Le marquis avait du retard, ou peut-être avait-il oublié ce rendez-vous. En fait, méfiant de nature, il observait le couple de derrière un pilier des arcades et ne se présenta que lorsqu'il eut, avec une jumelle de théâtre, étudié la tenue et le comportement de la jeune femme qui semblait sortie d'un opéra de Gluck, mais était assez jolie.

La conversation fut, d'un bout à l'autre du repas, accorte et rondement menée. Le marquis trouva Marion « charmante et spirituelle » ; elle le jugea « plein de vivacité, d'intelligence, de fantaisie ». Philippe était aux anges ; il n'imaginait pas très bien encore le parti qu'il pourrait tirer de ces bonnes dispositions respectives, mais il se fiait à son sens de l'opportunité.

Cet intermède fastueux dans son existence misérable, Marion le vivait comme un songe et en jouissait intensément, persuadée qu'il n'aurait pas de lendemain. Par discrétion, elle évitait de manifester ses émerveillements. Tandis que le marquis l'abreuvait des récits de sa vie captive et de l'exposé édulcoré à souhait de sa philosophie, elle se laissait imprégner par l'atmosphère de ce lieu magique, insensible aux regards narquois du maître d'hôtel et des voisins. Sous les hauts plafonds dorés et sculptés, entre les murs lambrissés et les rideaux de velours bleu de roi qui laissaient filtrer une poussière de soleil, les conversations bourdonnaient agréablement, avec des mouvements de vagues, s'amplifiant puis retombant dans des creux de silence, avec, de-ci de-là, un rire de femme crépitant comme une dentelle d'écume. De temps à autre, le marquis ajustait ses lorgnons à ses yeux malades, parcourait la salle du regard, faisait de la main ou de la tête un petit signe de reconnaissance, murmurait un nom illustre.

— Près de la fenêtre de droite, ce personnage à faciès de condotierre, c'est le vicomte Barras. A la table voisine, le médecin

Cabanis — votre compatriote corrézien, ma chère — que le poète André Chénier qualifiait de génie. Cet homme au visage morose, à la bouche de travers, près de la cheminée, est notre grand peintre, David. Peut-être fera-t-il un jour votre portrait ou vous mettra-t-il dans une de ses toiles antiques, demi-nue…

Il désigna trois ministres, deux généraux, quelques parvenus… Sans cesser d'alimenter la conversation et de faire honneur au menu, il ne quittait l'assistance de l'œil que pour envelopper son invitée d'un regard d'ogre. Marion aiguisait en même temps sa convoitise et sa perplexité. Philippe lui avait révélé ses origines — petite noblesse sans fortune et sans panache —, mais il stimulait son imagination pour la situer entre son passé provincial et son présent parisien. Il eût aimé la percer à jour, mais elle ne lui livrait que des bribes d'elle-même, apparences ou leurres auxquels il se refusait à mordre. Elle l'attirait et l'intriguait, cette petite rousse un peu boulotte.

Philippe, ayant achevé son cigare des Antilles, sollicita la permission de se retirer. Le marquis baisa avec ferveur la main de Marion et lui dit :

— Ma chère enfant, je viens de passer deux heures inoubliables. Puis-je espérer de nouveau votre compagnie ? Malgré les apparences, je suis un homme bien seul.

— Ce sera avec joie, monsieur, s'empressa de répondre Philippe.

— J'espère que cette joie sera partagée par votre compagne.

Il se retira le premier, s'arrêta quelques instants à la table d'une jolie veuve, Mme Rose de Beauharnais, et lui baisa la main avant de sortir. Parvenu sur la terrasse, il se planta derrière une fenêtre, de manière à pouvoir surveiller ses invités sans être vu. Contrairement au souhait de Philippe, ils ne paraissaient pas pressés de se retirer. Il sourit en voyant Marion faire glisser discrètement dans son réticule le reste de tarte aux framboises et de marrons glacés, tandis que Désormeaux achevait la bouteille de champagne. « Cette fille est à moi ! » se dit-il en éclatant de rire.

Il se sentait de nouveau un appétit d'ogre.

Les temps n'étaient guère propices aux parties fines et aux rendez-vous galants. Les émeutes de la faim ébranlaient la capitale. En cette fin de mars engluée dans un hiver interminable, il ne se passait guère de jour que des attroupements populaires ne se fissent en quelque point de la ville, le plus souvent aux portes de la Convention, dans ce Palais National qui était devenu une forteresse assiégée par des vagues de crève-la-faim que les derniers jacobins excitaient contre un gouvernement impuissant et réactionnaire. Aux mots d'ordre répétés par la foule (« La constitution de 93 » et « Du pain ! »), l'Assemblée ripostait en mettant aux arrêts des « terroristes » comme Collot d'Herbois, Barère, Billaud-Varenne, décrétait leur déportation en Guyane, tandis que les vestiges tonitruants de la Montagne d'avant Thermidor, les « crêtois », étaient jetés en prison.

Le 12 germinal (1er avril du ci-devant calendrier grégorien), l'émeute prit une telle ampleur que l'état de siège fut décrété, la Convention ayant été envahie par la populace qui n'avait reflué que devant les baïonnettes de la Garde nationale. On n'avait échappé que par miracle à un coup d'Etat populaire et à la résurrection de la Terreur.

Deux préoccupations obsédaient Jacques Brival, en mission dans l'Ouest : l'aggravation de la situation dans cette région et ses rapports avec Diane.

Les accords passés à La Jaunaye, à la mi-février, entre le gouvernement et les insurgés, avaient apaisé les esprits et mis fin aux combats qui, depuis le début du soulèvement, avaient fait des centaines de milliers de victimes, chez les insurgés comme chez les « bleus ». D'autres accords devaient conduire à une pacification définitive, mais, à des signes évidents, on devinait qu'il ne pouvait s'agir que d'une trêve. Les prêtres rouvraient les églises ; la population restait sous les armes ; l'Angleterre répandait dans la province son or et des masses de faux assignats.

De Diane, pas de nouvelles. Brival lui écrivait régulièrement : quelques mots embarrassés, griffonnés sur un coin de table, quand les soucis du jour lui en laissaient le loisir. Il attendait vainement de ses nouvelles, lui envoyait quelque argent, lui reprochait sans acrimonie son silence. Il en vint à se dire qu'elle avait eu connaissance de son mariage et lui en tenait rigueur. Il songea à lui avouer sa trahison, temporisa, renonça. Tout cela se réglerait à son retour. Une rupture définitive lui semblait inconcevable. Diane avait été son premier amour ; son souvenir était lié à de trop rares moments de passion intense à Marsanges, aux images de neige, de soleil, d'horizons immenses, d'une solitude à deux qui semblait promettre une vie commune ; il n'était pas jusqu'à leurs querelles d'amoureux qui ne l'eussent attaché à elle. Et puis il y avait cet enfant qu'il avait trop peu connu pour qu'il fût un élément déterminant de la pérennité ou de la fin de leur liaison, mais dont le souvenir le bourrelait de remords : Félix qui grandissait loin de lui, Félix, l'enfant sans père...

Malgré les réserves dont il avait entouré sa vie passée, sa femme n'avait pas été longue à apprendre l'existence de Diane et de l'enfant de l'amour ; leurs rapports conjugaux s'en étaient altérés, Eulalie étant persuadée qu'il la revoyait. Répugnant aux scènes de ménage, Brival les avait subies passivement, mais ne s'en tirait pas sans meurtrissures. Si Eulalie n'avait pas été enceinte, il l'aurait répudiée. Il retrouvait auprès d'elle les incertitudes, les aigreurs de sa liaison avec Diane, mais autant cette dernière était lointaine, épisodique, autant Eulalie était présente. L'atmosphère du ménage était devenue irrespirable, le jeu des conversations biseauté, les silences lourds d'orage. Elle était persuadée qu'il rendait encore visite à la « garce », et il avait trop mauvaise conscience pour pouvoir donner à ses dénégations un ton probant.

Pour dangereuse qu'elle fût, sa mission lui semblait une sinécure en regard de sa vie sentimentale. Parfois, à Paris, en compagnie de Pénières qui connaissait des problèmes de même nature et de même intensité, il rêvait tout haut qu'il quittait tout pour l'Amérique. Un refuge dont, hélas, il n'avait pas la clé.

— Ayons ce courage, lui disait Pénières. Ici, nous risquons notre peau pour des chimères. Là-bas, une nouvelle vie nous attend. Partons !

Ils s'enfonçaient dans leur rêve. Puis ils l'oubliaient.

La nouvelle invitation du marquis de Sade n'avait pas tardé. Elle s'adressait au couple mais, singulièrement et avec quelque embarras, Philippe prétendit qu'il avait, le même soir, un autre rendez-vous. Elle déclara qu'elle renonçait à cette partie fine ; il la traita de sotte, lui laissa entendre que Sade, avec ses relations dans le monde du théâtre, pourrait lui venir en aide, qu'elle le représenterait avantageusement. Il fut si persuasif qu'elle accepta.

Il la conduisit chez une de ses anciennes relations, actrice au Français, qui avait joué le rôle de Pauline dans la tragédie de Corneille, *Polyeucte,* et en avait gardé une auréole mitée ; il lui emprunta une robe de scène pas trop ridicule et quelques fanfreluches. Ainsi vêtue à l'« Athénienne », un pan de sa robe relevé sur le bras, un éventail, inutile étant donné la saison, un diadème en faux rubis, Philippe la jugea « présentable ». La robe était suffisamment transparente pour laisser deviner des formes qu'une période de vaches maigres avait ramenées aux normes thermidoriennes.

— Si vous voulez épouser la mode, lui dit la comédienne, portez sous la robe cette culotte couleur chair et laissez votre poitrine découverte jusqu'à la pointe des seins.

Marion se récria : elle était quasiment nue ! La comédienne parvint à la convaincre qu'elle était trop appétissante pour voiler ses charmes ; elle ne ferait d'ailleurs qu'imiter des « femmes de condition » comme Fortunée Hamelin ou Julie Talma.

— Mais je vais mourir de froid !

— Cela vaut mieux que de mourir de ridicule.

Une voiture découverte louée par M. de Sade passa prendre Marion à l'heure convenue pour la conduire au café Conti, lieu du rendez-vous. Le temps était gris et froid ; Paris s'endormait dans un brouillard gluant. Marion grelotta tout au long de la course, sous une couverture. M. de Sade l'attendait au milieu d'un groupe animé fumant des cigares et lorgnant les allées et venues de la clientèle. Il alla à ses devants, lui embrassa les mains avec une effusion exagérée.

— Qu'avez-vous ? dit-il. Vous êtes d'une pâleur...

Lorsqu'elle lui eut avoué son souci de se conformer à la mode, il faillit se mettre en colère : la personne qui l'avait conseillée aussi stupidement eût mérité qu'on l'exposât nue sur les quais de la Seine. La mode... La mode... Qu'elles aillent au diable, ces perruches qui s'arrogeaient le droit de régenter le goût, au risque — cela s'était vu — de faire mourir de froid d'adorables créatures.

— Par ce temps, mon enfant, ajouta-t-il, on ne sort pas sans cape et mantelet de fourrure. Pardonnez ma vivacité. Prenez place auprès du poêle. Je vais vous faire servir un punch bouillant.

Elle en but deux et se sentit grise sous le feu de ces face-à-main, lunettes ou bésicles qui l'incommodait au point qu'elle soupira d'aise lorsque M. de Sade, lui prenant les mains, lui dit :

— Partons, voulez-vous ? Je fais appeler une voiture couverte. Vous aurez moins froid. Le trajet sera long.

— Nous n'allons donc pas au Méot ?

Il eut un sourire embarrassé.

— Ma chère enfant, je vous dois un aveu : je n'en ai plus les moyens. J'ai eu plaisir à vous faire connaître cet établissement où il faut se montrer parfois au prix de quelques sacrifices. Ce soir, je vous amène dans ma résidence d'Arcueil. Ce n'est pas le Méot, mais nous y passerons une soirée agréable, en tête à tête. Pour être sincère, je ne regrette pas l'absence de votre compagnon. Ses hâbleries m'indisposent et il n'a pas l'ombre d'un talent. Mais qu'avez-vous ? Vous semblez fâchée.

Elle l'était un peu, mais ne le lui dit pas. Habilement, tandis que la voiture roulait dans la nuit, il la poussa aux confidences. Elle vivait avec Désormeaux une existence misérable et, au plan sentimental, décevante. M. de Sade lui prenait les mains, les embrassait ; il l'appela « ma pauvre enfant » et « ma colombe blessée ». Il avait deviné qu'elle n'était pas heureuse avec ce personnage qui vivait d'expédients, d'illusions, de trafics malhonnêtes et n'était pas un parti pour elle. Sur la pente des confidences, aidée par la chaleur du punch autant que par l'insistance de son hôte, Marion en eût révélé beaucoup plus, mais les mots lui venaient difficilement.

Après des quartiers sinistres baignant dans une laitance puante et glacée, ils traversèrent une sorte de grand jardin pentu, aussi nu et désolé que les bruges et les vergnes de la montagne corrézienne.

— Nous voici arrivés, dit M. de Sade. Le quartier est des plus calmes. Personne ne viendra nous importuner.

« C'est justement ce que je crains... », songea Marion. Après avoir réglé le montant de la course, le marquis jeta sur sa compagne la cape dont il se dévêtit pour longer un chemin boueux puis une allée de jardin au bout de laquelle, entre des espaces de gazon et de rosiers, brillait une lanterne tenue par un personnage à mine de galérien en rupture de banc : Latour, le factotum du marquis, pourvoyeur de bonnes et de mauvaises fortunes. Elle se sentit soudain obsédée par l'idée de s'être, de son plein gré, laissé entraîner dans un piège. A n'en pas douter, elle se trouvait dans une de ces « petites maisons » où le marquis se livrait à ses frasques. Elle se dit que Philippe l'avait vendue pour une soirée à son ami et se promit de tirer vengeance de cet acte inqualifiable.

Le confort de la « petite maison » ne la rassura guère. Un grand feu brûlait dans l'âtre ; éclairée par le foyer et par un chandelier posé au milieu d'une table mise avec soin, la pièce était ornée de portraits, occupée dans le fond par un lit à quenouilles, dans un angle par une encoignure à gradins chargée de petits céladons chinois. Une autre table, qui devait servir de bureau, était encombrée de livres, de feuillets, de plumes. Le parfum de l'encens brûlant sur un guéridon se mêlait curieusement à des relents de cuisine.

— Eh bien ! dit M. de Sade en enlevant la cape des épaules de Marion, prenons place, ma chère enfant. Latour, du marasquin !

Par prudence, Marion trempa ses lèvres dans le verre, mais ressentit une chaleur à la fois si douce et si profonde qu'elle le vida. Ses craintes envolées, elle se sentait soudain assez sûre d'elle pour faire front à toute entreprise galante. Cet écrivain jouisseur n'était pas un criminel ; les affaires qui avaient jalonné sa vie, ces procès qui se soldaient par des années de réclusion, ne portaient que sur des délits mineurs, comme le lui avait appris Philippe. Elle se dit qu'il était logique à tout prendre qu'elle profitât, comme au Méot, des agréments de cette soirée et rattrapât ainsi des jours de disette.

Latour, revêtu d'une livrée défraîchie, ouvrit une bouteille de bordeaux. Il servit des pâtés de perdrix qui s'accommodaient parfaitement de ce cru.

— Il m'est arrivé, dit le marquis, une aventure que je n'oublierai pas. Dans un bouchon du Pré-Saint-Germain on m'a fait boire un vin qui, ma foi, semblait fort honorable. J'en bus un verre et en repris. La bouteille vidée, mon hôte me révéla que je venais de boire un vin travaillé avec du chat mort pour lui donner davantage de pointe.

Devant la mine écœurée de Marion, il ajouta en levant son verre :

— Buvez celui-ci sans appréhension, ma chère enfant. Il est d'un naturel parfaitement honnête.

Latour servit des rognons à la brochette et remplaça le bordeaux par un vertus qui pétillait si joliment dans le cristal et rayonnait si subtilement en bouche que Marion vida son verre d'un coup.

Après les rognons, Latour apporta un chapon rôti aux champignons accompagné d'un bordeaux riche et velouté. Sur les instances de son invitée, M. de Sade consentit à évoquer son travail d'écrivain. Il venait de recevoir les épreuves d'*Aline et Valcour,* un ouvrage par lettres, sur le mode des *Liaisons dangereuses.* Un roman « très moral », dit-il. Marion balbutia :

— Vos lecteurs vont être déçus. Vous les avez habitués au poivre et vous leur servez du miel. Marcheriez-vous sur les traces de Laclos ?

Le marquis fit la grimace.

— Laclos... Ce bon Choderlos... Ce n'est pas un véritable écrivain. Ses *Liaisons* ne manquent pas de qualités, mais elles n'ont été qu'une belle flambée. Il n'écrira plus. Un fruit sec. Il est vrai que mon ambition a été de réécrire son œuvre à ma manière. Y suis-je parvenu ? Je compte sur votre avis.

Il en vint là où il avait envie de venir : à ses turpitudes. Comme d'une distance infinie, Marion l'entendait se justifier avec feu de ses vices, des provocations qui n'étaient qu'un souci constant de mettre au jour les noirceurs de l'humanité pour découvrir sous elles et faire resplendir l'innocence. Lui avait-on assez fait grief des scènes libertines contenues dans sa *Justine,* en oubliant sciemment le sous-titre : *Les malheurs de la vertu ?* Justine, c'était l'innocence bafouée, une martyre jetée aux fauves dans l'arène du vice. On ne voulait voir dans son œuvre que l'apparence érotique, alors qu'elle constituait une « approche scientifique » (il aimait cette expression) des aberrations de l'âme humaine, une condamnation implacable de la débauche et de la violence.

Il était dans son élément et, devinant chez Marion une auditrice attentive, presque une confidente, il laissait se distendre son propos.

— On goûte mieux la pureté de la lumière, les élans de l'âme, dit-il, lorsque l'on a vécu les tragédies de la chair et les horreurs de la captivité. Qui sait si, menant une vie libre j'aurais eu le goût et le pouvoir d'écrire de telles œuvres. A la Bastille, dans ma cellule de la « Deuxième liberté », où j'écrivis mes *Cent vingt journées,* j'ai connu des moments d'exaltation. Ce que j'avais vécu, je le décrivais avec d'autant plus d'intensité qu'il m'était impossible de le revivre. On devrait jeter de temps à autre écrivains et artistes en prison, les priver du spectacle de la vie, afin qu'ils le fassent mieux resurgir dans leurs œuvres.

Tandis qu'il pérorait, Marion suivait d'un œil attentif un curieux manège : deux femmes et un adolescent venaient de traverser sans un mot, sans un regard, la salle à manger, entre la table et la cheminée ; ils étaient passés dans la pièce voisine qui paraissait être une chambre ; des bruits étouffés de voix et de rires en venaient.

Marion sursauta lorsque la main du marquis se posa sur la sienne.

— Vous paraissez inquiète, ma petite colombe. Rassurez-vous. Ces gens sont des amis de mon valet. Ils préparent une petite fête. Ce Latour est plein d'idées originales. Mais qu'avez-vous ?

Marion venait de porter une main à ses lèvres, l'autre à son estomac. Elle se sentait soudain mal à l'aise, ayant abusé de la nourriture, et surtout de la boisson ; elle souhaitait se retirer.

— C'est ce pain, dont vous avez trop mangé, s'exclama le marquis sur un ton de reproche. Je déteste cet aliment, cet effroyable mélange d'eau et de farine dont nos concitoyens se repaissent !

— ... quand ils en ont ! protesta Marion.

— Restez encore un peu. J'aimerais savoir ce que cet animal manigance. Prenez une de ces pastilles à l'anis pour vous faire digérer et une cuillerée de cette poudre qui vous remettra les idées en place.

Elle suivit son conseil, s'assit dans un fauteuil au coin du feu, les yeux clos, baignée peu à peu dans une singulière euphorie ; elle planait comme les aérostats de Blanchard qu'elle voyait de temps à autre naviguer au-dessus de Paris. Elle sentit une main qui prenait la sienne et entendit une voix lui murmurer à l'oreille :

— Il faudra vous résoudre à passer la nuit dans cette demeure. A cette heure et en ces lieux, nous ne trouverions pas une voiture pour vous ramener à Paris.

— Mais... Philippe... Il va...

— Il se moque bien de vous, mon cœur. Vous allez jouir sans réserve de cette soirée. Il ne peut vous advenir que des choses agréables. Laissez-vous aller. Echapper volontairement au plaisir est une absurdité.

Elle fit effort pour rouvrir les yeux. Le visage du marquis lui apparut près du sien, monstrueux dans la lueur du foyer, ses lèvres prononçant des mots inaudibles, son regard brûlant d'une flamme diabolique, comme s'il eût envisagé de la fasciner — un regard de serpent. Elle réclama un verre d'eau, le but, se sentit mieux.

— Quel est ce tintamarre ? dit-elle.

— La fête est commencée. Les bougres ! Ils ne nous ont pas attendus. Levez-vous. Tenez-vous à moi. Le spectacle auquel vous allez assister risque d'offusquer votre pudeur. La nature humaine est sujette à de si déplorables aberrations que moi-même en suis parfois outré, malgré la curiosité qui me pousse à en être témoin.

Il aida Marion à se lever, la soutint par la taille jusqu'au mur mitoyen de la chambre, ôta un portrait, dégageant ainsi une petite fenêtre. La chambre était éclairée *a giorno* de chandelles. Le marquis ajusta ses lunettes, murmura d'une voix soudain oppressée :

— Les choses vont bon train, mon cœur. Latour est un prodige de la nature. Je l'ai vu foutre six filles et deux garçons en deux heures. Il s'escrime sur Thérèse et se fait sodomiser par Julien. Etonnant ! Glissez un œil, ma mie.

Le ventre tenaillé d'un désir douloureux, la tête envahie d'une singulière béatitude, Marion colla son nez à la fenêtre. Elle eut du mal à distinguer quelque cohérence dans le singulier amalgame qui s'animait sous ses yeux. Une grande femme aux allures de tribade, entièrement nue, la regardait en souriant et lui faisait à travers la vitre des signes obscènes de la main ; jambes écartées, elle se tenait au-dessus de Thérèse dont le visage disparaissait à demi dans la touffe ardente.

— Eh bien, mon cœur, lui murmura à l'oreille M. de Sade, qu'en dites-vous ? N'est-ce pas un spectacle étonnant ? Je puis vous le commenter en détail. Je connais le vocabulaire qui convient.

Tandis que ses mains caressaient sous l'étoffe les reins et la croupe de Marion, il lui glissait à l'oreille des propos salaces. Partagée entre une sombre attirance et un dégoût violent, Marion se sentait prisonnière d'une sorte de charme. En pleine possession de ses facultés, elle eût suscité une algarade, quitte à subir en représailles les sévices de ces monstres, mais elle se sentait transportée dans un autre monde, au cœur d'un cauchemar, impuissante à trouver quelque assise de réalité où se raccrocher, au bord d'une défaillance dans laquelle elle redoutait de sombrer. Elle parvint à murmurer, en écartant les mains du marquis :

— Vous m'avez ensorcelée... Vous êtes... Vous êtes...

— Je sais, mon enfant, soupira le marquis, un être dénaturé, perdu de vices, un monstre pour tout dire, mais il m'est nécessaire pour mon œuvre de vivre ces turpitudes afin d'en faire un tableau exact. Que diriez-vous d'un écrivain puceau qui se mêlerait d'écrire sur l'amour, d'un militaire qui écrirait sur la guerre sans avoir mis les pieds sur un champ de bataille ? Ce seraient des imposteurs !

— Vous m'avez attirée dans un piège... Vous avez abusé de ma candeur...

— Ne vous irritez pas ! Je connais de grandes dames, des putains titrées, des hétaïres de haute volée qui aimeraient se trouver à votre place. Eh là, qu'avez-vous ?

Il la soutint comme elle défaillait, l'allongea sur le tapis, lui fit respirer des sels d'Angleterre. Elle rouvrit les yeux, parut surprise de voir, penché sur elle, cet homme au front dégarni, aux yeux fatigués, au sourire bon enfant. Elle demanda qui il était et où elle se trouvait.

— En enfer ! dit-il en riant, mais un enfer tout rose. Une sorte de chambre de la « Troisième liberté » ouvrant de toutes parts sur les ténèbres. Laissez-vous aller, ma colombe. Dormez. Je veille sur vous.

— Mon Dieu..., soupira Marion.

Et elle retourna aux ombres délicieuses dont elle venait d'émerger.

Une odeur de café frais éveilla Marion.

Elle était nue au milieu d'une tempête de draps, seule dans la pénombre qui baignait la pièce. Elle n'osa bouger de crainte de rompre le délicat équilibre de la réalité qui s'ordonnait lentement autour d'elle. Cette pièce, elle la connaissait ; son décor renaissait bribe à bribe du fond de sa mémoire : le feu du matin pétillait dans l'âtre ; sur la table, les couverts avaient été remplacés par un bouquet de fleurs artificielles, l'encoignure à gradins...

— Eh bien ! dit une voix ironique, te voilà réveillée, *ma colombe !* Sais-tu qu'il est près de midi ?

Il se tenait appuyé de l'épaule contre le chambranle de la porte donnant sur la chambre voisine, une tasse de café à la main, dont il faisait tourner la cuillère de vermeil. Elle demanda son nom ; il éclata de rire. Ne reconnaissait-elle pas Latour, le valet de M. de Sade ? Il n'avait plus cette ombre de barbe qui le faisait ressembler à un galérien. Elle s'abstint de poser les questions qui lui brûlaient les lèvres car, au moindre effort pour parler, sa tête résonnait comme une citerne vide. Des images, des sons, des voix remontaient lentement à sa mémoire, éclataient comme des bulles, pareils à ces rêves qu'au matin on tente de saisir par la queue.

— Tudieu, quelle nuit ! dit Latour. Jamais je n'avais vu mon maître aussi bien disposé. Et toi, *ma colombe,* tu ne faisais rien pour freiner ses ardeurs, au contraire. A croire que tu as fait ton apprentissage chez une maquerelle du Palais-Royal. Ces pilules, cette poudre de perlimpinpin ont fait leur effet au-delà de toutes nos espérances. Quelle fougue, quel appétit, *ma colombe !*

Avec beaucoup de naturel, il proféra quelques mots graveleux.

— Vous mentez ! s'écria Marion. Il ne s'est rien passé de tel ! Je m'en souviendrais...

Il haussa les épaules, lui demanda comment elle se ressentait de ses meurtrissures.

— Vous m'avez torturée ?

— Nous t'avons un peu caressé le cul et le reste de quelques cinglons de corde à nœuds. Tudieu ! tu semblais aimer ce traitement. Cette grande fouteuse de Thérèse en était toute retournée. Tu ne souffriras pas longtemps et tu ne garderas pas trace de tes cicatrices. Nous les avons enduites de cédrat.

— Je me plaindrai à la police ! Je vous dénoncerai ! Où est ton maître ?

— A Paris pour affaires. Tu peux prévenir la police, mais tu es venue de ton plein gré et nous ne t'avons pas fait subir de sévices contraires à ta volonté.

Elle se leva en geignant, réclama du café. Latour lui apporta un plateau de déjeuner bien pourvu, avec de petits pains chauds. Elle se sentait moulue comme si elle venait de dégringoler à travers des rochers. Le ventre surtout la faisait souffrir. Elle déjeuna néanmoins de bon appétit, pria Latour de se retirer et s'habilla en serrant les dents pour ne pas gémir : des cinglons de fouet striaient ses fesses, ses cuisses, sa poitrine. Latour, avant de partir chercher une voiture, lui montra la bourse qu'il avait laissée pour elle. Elle en aurait autant quand elle reviendrait.

— Me prenez-vous pour une prostituée ! s'écria-t-elle, le feu aux joues. Je ne reviendrai jamais. Cet argent, vous pouvez le garder !

— Il ne faut pas dire : fontaine... murmura Latour avant de se retirer.

Philippe était absent. Elle somnola en l'attendant. Il revint à la nuit tombante. L'argent du marquis, qu'elle s'était résolue à accepter, elle s'était promis de le lui envoyer au visage, mais elle se ravisa et le cacha sans vergogne : il lui serait utile lorsque, sa vengeance consommée, elle quitterait Philippe.

Il était un peu ivre et dissimulait un gros paquet sous son manteau. Son premier mot fut pour lui demander où était l'argent. Elle joua la surprise. Quel argent ? Le marquis l'avait régalée d'un bon repas. Pourquoi aurait-il, de plus, payé pour sa présence ? Elle ne broncha pas lorsqu'il la gifla. Il lui arracha son corsage, jura en apercevant les cinglons, reprit son chapeau, sa canne, et repartit sans un mot.

Il revint de fort mauvaise humeur. Il avait rencontré le marquis. Où était l'argent qu'il lui avait fait remettre par Latour ? Elle s'enferma dans son mutisme. Il fouilla partout avec rage, ne trouva rien, s'endormit d'un sommeil de brute. En se réveillant, il lui dit :

— Ouvre ce paquet que j'ai ramené hier soir.

Marion poussa un cri en constatant qu'il contenait des liasses d'assignats flambant neufs. Où avait-il volé ce pactole ? Il éclata de rire : c'étaient de faux billets — il y en avait pour cinquante mille francs, de quoi vivre en bourgeois durant des semaines. Et ce n'était qu'un début : il en aurait autant qu'il voudrait !

— C'est plus qu'une malhonnêteté, s'écria Marion, c'est une folle imprudence ! Tu contribues à ruiner l'économie de la nation et tu risques la mort.

— Sotte ! Tu connais mes opinions ? Plus vite ce régime exécré s'écroulera, plus tôt nous pourrons rétablir la royauté. Et à nous la grande vie !

Il lui expliqua que de vénérables ecclésiastiques, en Allemagne et en Angleterre, répandaient des tonnes de fausse monnaie sur le pays. Une inondation ! Il s'était procuré ce pactole à l'Agence royaliste de l'abbé Brottier. Une malhonnêteté ? C'était vite dit. Le comte de Puisaye, installé en Angleterre, avait promis que, le royaume libéré, ces billets seraient remboursés. Les risques étaient évidents, mais il savait comment s'y prendre pour écouler ces fausses coupures.

— J'aurai besoin de ton aide. Nous tenterons dès aujourd'hui une expérience.

Il lui montra deux assignats de vingt-cinq sols, lui demanda de les différencier, l'un étant vrai, l'autre faux. Elle avoua son impuissance. Il prit le billet faux, montra, dans la partie inférieure gauche, sur le filet du rond, un léger coup de burin qui n'existait pas sur les vrais. Pour les assignats de cinquante livres, il y avait un petit point sous le troisième chiffre de la série, extérieur au filet du bas. Des détails qui permettraient le remboursement.

La première opération se déroula sans anicroche. Encouragés par ce succès, ils fréquentèrent les bons restaurants, les théâtres, les bals. Une semaine s'était écoulée lorsque Philippe revint, la mine sombre. Il prit Marion rudement aux épaules, souffla entre ses dents :

— Tu m'as trahi. J'ai rencontré Latour. Il m'a affirmé sur l'honneur qu'il t'avait remis une bourse. Qu'en as-tu fait ?

— L'honneur de Latour…

— Assez finassé ! Où est cet argent ?

— Il est à moi. Tu ne le trouveras pas, il n'est pas ici. D'ailleurs pourquoi te le donnerais-je ? Je ne suis pas une prostituée et toi un proxénète !

Il lui serra la gorge dans ses mains, jura qu'il allait la tuer. Elle se débattit, saisit une paire de ciseaux, le frappa au visage. Ils ne cessèrent de se battre que lorsque les voisins intervinrent.

C'est ce soir-là que Marion décida de quitter Philippe.

Sa seule présence lui donnait la nausée ; le moindre de ses propos lui était insupportable. Elle estima que l'abandonner serait une trop douce revanche ; elle se promit de lui faire subir une vengeance terrible.

Profitant d'une absence de son compagnon, elle fit un baluchon de ses hardes et de ses vêtements neufs, alla récupérer chez la cantatrice, sa voisine, la bourse du marquis, puis elle rédigea un billet à l'adresse de la Sûreté, dans lequel, anonymement, elle dénonçait le sieur Désormeaux, se disant auteur dramatique, passeur de faux assignats. Un commissionnaire se chargerait de porter le pli au destinataire. Elle se rendit en fiacre rue Guénégaud, se heurta à Rosette qui lui jeta :

— Si c'est ta sœur que tu cherches, c'est trop tard. Elle est partie pour la Corrèze. Son passeport est arrivé il y a une semaine.

Marion laissa tomber son baluchon, chancela.

— Elle t'a laissé un mot que tu trouveras dans la chambre. Tu peux l'occuper jusqu'à la fin du mois. Le terme a été réglé. Après, tu chercheras un autre logement. Cet hôtel est une maison honnête.

Négligeant de relever l'insolence, Marion monta aux étages. La lettre disait :

« *Ma chère Marion,*

« *J'ai enfin reçu mon passeport et mon certificat de civisme. Quand tu liras cette lettre — si tu la lis — je serai à Marsanges. Peut-être viendras-tu m'y rejoindre. Peut-être ne nous reverrons-nous jamais. Quoi qu'il en soit, je te pardonne tes égarements.*

« *Ta sœur affectionnée.* »

Diane avait ajouté un post-scriptum : « *Si tu manques d'argent pour le voyage, Hyacinthe t'en procurera.* »

Marion s'effondra sur l'oreiller, sanglota, puis, fermant les volets, chercha refuge à sa peine dans le sommeil. Elle avait l'impression obsédante de monter un escalier dont chaque marche se dérobait sous ses pas, au-dessus d'une nuit grouillante de créatures louches. Jamais elle n'avait ressenti à ce point ce sentiment de solitude irrémédiable. Rien ni personne pour s'y raccrocher. Hyacinthe ? Il était trop occupé par son travail et ses relations. Pénières ? Il aurait été imprudent de le relancer ; il aurait pris cette attitude pour une avance. Brival ? Elle ne comptait guère pour lui. Pourquoi cette mesure de clémence pour Diane et pas pour elle ? Pourquoi sa sœur ne l'avait-elle pas prévenue de son départ ? Pourquoi ? Pourquoi ? Chacune de ces interrogations faisait dans sa tête comme un trait de foudre, ne laissant en elle que cendres et blessures.

Elle s'endormit dans l'odeur de Diane, s'éveilla dans la pénombre, poussa les volets. Il tombait un aigre crépuscule de mars. Elle se recoucha. Sa nuit se passa en mauvais sommeil, en soubresauts qui la projetaient d'un bord à l'autre du lit avec des gémissements de bête blessée.

Celui qu'elle souhaitait le moins rencontrer, Brival, lui rendit visite le surlendemain. Retour des territoires de l'Ouest, encore revêtu de sa tenue de conventionnel en mission, rose et poudré de frais, il paraissait au mieux de sa condition. Lorsque Marion lui eut révélé le départ de Diane, il chancela et s'assit. Pourquoi ne lui avait-elle rien dit ?

— Vous ne le devinez pas ? En ne lui révélant pas votre mariage vous avez abusé de sa confiance.

— J'ai bien pensé le lui avouer, mais c'eût été la perdre.

— Vous l'avez perdue en ne lui disant rien. Vous pouviez bien imaginer qu'elle l'apprendrait un jour ou l'autre !

Il ôta son chapeau à plumes, prit sa tête dans ses mains, gémit :

— Tu as raison. Je ne suis qu'une vieille bête et je mérite ce qui m'arrive. J'aime Diane plus que tu ne peux l'imaginer. Dis-moi qu'elle n'est pas tout à fait perdue pour moi.

— Il faut en prendre votre parti. Diane a renoncé à vous.

Egoïstement, elle se sentait réconfortée par la détresse de cet homme qui pleurait dans son épaule, et elle accepta son invitation à dîner. L'union de deux solitudes console parfois de la solitude. Le repas fut sinistre. Brival parlait peu, s'enfonçait dans un mutisme obstiné, le regard perdu sur la foule des convives, émergeant pour s'excuser de ses absences avec un sourire affligé. Il lui faisait pitié. Elle lui prenait la main, tâchait de le réconforter en l'intéressant à son propre sort, lui raconta sa soirée chez M. de Sade, la trahison de Désormeaux, et même la lettre qu'elle avait adressée à la Sûreté. Il parut retrouver un peu de son énergie.

— Je t'aiderai, dit-il, en souvenir de Diane. Elle serait heureuse d'apprendre que je pourrai veiller sur toi en attendant ton retour. Tu le lui diras, n'est-ce pas ?

— C'est promis.

Il décida qu'il interviendrait avec force auprès de Talleyrand pour que Marion reçoive enfin son passeport. S'il le fallait, il lui graisserait la patte. Pénières aussi interviendrait, dès son retour, dans une quinzaine : il était en mission en province. Il prit les mains de Marion, les embrassa avec fougue, et tous deux échangèrent leurs larmes.

Hyacinthe absent de son bureau, Marion se rendit à l'hôtel de Salm, se retrouva dans une antichambre encombrée de personnages des deux sexes qui attendaient le lever de la prêtresse dont on entendait le rire à travers la cloison.

— Madame ne va pas tarder à vous recevoir, dit la matrone, Jeannette. Elle est un peu lasse après son triomphe au Français où elle jouait Chimène. Elle déjeune. Ne restez pas trop longtemps, je vous prie.

Au bout d'une allée de fleurs en corbeilles, qui embaumaient, le grand lit s'épanouissait de toutes ses soieries sous le baldaquin de velours grenat soutaché d'or. Nue jusqu'aux seins dans un négligé de soie rose crevette, Elise Lange présidait, comme Vénus au banquet des dieux, un groupe d'admirateurs et de soupirants assis sur des sièges, au bord du lit ou debout autour de Girodet, un peintre à la mode, qui avait dressé son chevalet près de la déesse et travaillait sous l'œil attentif d'un petit homme, Leuthraud, perruquier, protecteur attitré de la comédienne.

— Messieurs, dit Mlle Lange, veuillez vous retirer. La séance de pose est finie. A demain, Girodet.

Elle pointa l'index vers Marion, lui fit signe d'approcher tandis que l'assistance refluait avec des sourires narquois vers cette fille mal attifée. Après l'avoir pressée contre sa poitrine comme une sœur retrouvée, la comédienne la fit asseoir près d'elle, lui présenta son plateau. Elle avait à peine touché à son déjeuner et les pains mollets étaient encore chauds. Elle lui versa du chocolat dans sa tasse.

— Quel triomphe ! dit-elle. Je me suis couchée aux aurores. Le public m'a rappelée dix fois, m'a couverte de fleurs et m'aurait arraché ma robe à la sortie si je ne lui avais faussé compagnie. Vous n'assistiez pas au spectacle ? Non ? Alors je vous ferai tenir des billets pour la prochaine séance. Allons ! buvez, mangez sans faire de façons. Il n'est pas loin de midi...

Elle se plaignit de Girodet, qui travaillait trop lentement ; elle avait pensé à David, mais il demandait des sommes folles pour un simple portrait. Elle parla de Leuthraud, confia à Marion qu'il lui donnait dix mille livres par jour pour avoir le plaisir d'entrer dans cet hôtel qui était sa propriété. Généreux, mais amant détestable, du genre vulgaire et pressé. Sa nouvelle tocade était Michel-Jean Simons : il était beau, jeune et aussi généreux que Leuthraud. Elle était partagée dans ses « sentiments » — l'hôtel de Salm convenait à ses goûts de luxe et elle tenait à le garder.

— Et votre frère, Hyacinthe ? me direz-vous. C'est mon amant de cœur et je l'adore. De surcroît, il n'est pas jaloux. Savez-vous que vous lui ressemblez ?

Elles trempèrent un petit pain dans la même tasse de chocolat. Prise dans cette logorrhée comme dans un tourbillon, Marion ne soufflait mot, se contentant de sourire ou de hocher la tête. « Elle est aussi belle qu'on le dit », songeait Marion : profil à la grecque, longs yeux en amande, coiffure frisottant sous le bandeau, elle semblait descendre d'une frise du Parthénon ; la crème de nuit dont elle avait enduit son visage lui donnait une pâleur pathétique.

Les bras écartés, Elise s'écria :

— Ma chérie, regardez toutes ces fleurs. Des roses, mais surtout des jonquilles, mes préférées.

Elle s'étira comme une chatte, découvrant ses aisselles rasées, ses seins pommelés, ruisselante de bonheur et de beauté.

— Je suis heureuse de vous connaître, ajouta-t-elle. Hyacinthe me parle souvent de vous. Il est très attaché à sa famille et songe, fortune faite, à revenir finir ses jours à Marsanges. Je vous le rendrai bientôt, allez ! Mon Dieu, déjà midi ! On va m'attendre aux Frères provençaux pour un déjeuner d'amis. Pardonnez-moi !

— C'est sans importance, dit Marion. C'est mon frère que je voulais rencontrer. Merci pour les billets.

— Les billets ? dit la déesse. De quels billets voulez-vous parler ?

Le surlendemain, une lettre de Hyacinthe invitait Marion à le retrouver chez Boulanger, dans le quartier de l'Oratoire, où il aimait manger de temps à autre des pieds de mouton. Hyacinthe lui dit en l'abordant :

— Pour ton passeport, il faudra t'armer de patience. Ce service est aussi imprévisible dans ses décisions qu'une loterie. J'aimerais offrir un viatique à Talleyrand, mais cette écervelée d'Elise Lange me ruine. S'il m'advient quelque bonne fortune aux cartes, tu seras la première à en profiter.

Elle lui raconta sa nuit à Arcueil, sa rupture avec Désormeaux, sa dénonciation. Il lui prit les mains, soupira :

— Dieu soit loué ! Tu as échappé à un double danger. Avec le marquis, tu te perdais dans la licence ; avec Désormeaux, tu sombrais dans une délinquance qui te menait tout droit au « tabouret ». Il est temps que tu retournes à Marsanges.

Elle lui demanda ce qu'était le « tabouret » ; il lui expliqua que cela remplaçait le pilori pour les femmes coupables de délits graves. Elle se rendit le lendemain en place de Grève. En face de l'Hôtel de Ville, face au public, trois femmes étaient assises, attachées par la taille et le cou à un poteau. Des malheureuses, des poissardes... Elles apostrophaient les badauds avec une telle grossièreté que les mères de famille détournaient les enfants de ce spectacle qui attirait plus de monde que les saltimbanques du Pont-Neuf. On avait lié les mains de la plus vieille qui soulevait ses jupes jusqu'au nombril en riant de sa bouche édentée.

A quelques jours du repas de Marion avec Hyacinthe, un billet de Brival à l'hôtel Britannique apportait deux nouvelles de nature et d'importance différentes : Pénières était revenu de sa mission en Corrèze et se trouvait à Paris ; les agents de la Sûreté s'étaient saisis de Désormeaux, avaient fait main basse sur le lot de fausse monnaie — une affaire qui promettait de faire grand bruit si le coupable livrait le nom de ses complices pour échapper à la peine capitale, sinon à la déportation en Guyane.

La première nouvelle laissa Marion indifférente ; la seconde la bouleversa.

En dénonçant Philippe, elle avait joué les apprentis sorciers ; elle avait souhaité lui donner une sévère leçon, et elle le condamnait à mort, car, s'il échappait à la guillotine, il ne reviendrait jamais de Sinamary où la plupart des déportés mouraient des fièvres. Elle resta trois jours à macérer dans ses remords, sans personne à qui les confier. Elle avait beau se répéter que Philippe devait finir ainsi, que, si elle ne l'avait pas dénoncé, il aurait payé un jour ou l'autre sur une imprudence, elle ne parvenait pas à se libérer de ses scrupules. Elle l'avait aimé sincèrement au début de leurs rapports, au point de tout abandonner pour lui, de se compromettre, de lui sacrifier, avec son innocence, ce qu'il y avait de meilleur en elle. Passé la tourmente de la rupture, elle ne ressentait aucune haine susceptible de détruire cette petite somme de bonheur préservée comme un trésor. Elle aurait pu beaucoup pardonner, sauf sa trahison. Qu'il eût ou non du talent et des promesses de réussite, cela importait peu ; elle l'avait aimé, et rien ni personne ne pouvait la déposséder de ses souvenirs. Après quelques jours d'angoisse, elle constata avec soulagement que ses amours avec

Philippe et la folle nuit d'Arcueil n'avaient pas porté de fruit.

De retour à Paris, Jean-Augustin Pénières n'avait pas attendu trois jours pour lui rendre visite. Elle en attendait des nouvelles de la Corrèze ; il en fut avare, se contentant de relater les banquets civiques, les réunions patriotiques auxquels il avait été convié, les mesures de rétorsion envers les jacobins fanatiques : Jumel et Lanot la « Hyène »...

Les mines pataudes, les rougeurs de Jean-Augustin amusaient Marion. En l'incitant à la confidence, elle apprit que son ménage allait de mal en pis. Agatha, la « baronne de l'Est », la « Teutonne », comme il l'appelait, avait fait de lui son souffre-douleur ; il ne se passait pas de jour que n'éclatât quelque querelle violente. Il l'avait amenée en Corrèze avec leur enfant et les avait laissés dans son domaine de Lecou, en priant le Seigneur qu'elle ne revînt pas l'importuner à Paris. L'idée d'un divorce devenait son obsession quotidienne ; libre, il quittait la France pour l'Amérique ; les lettres qu'il recevait d'outre-Atlantique le plongeaient dans la frénésie : il fondait des villes, gagnait des terres vierges sur les territoires des sauvages, chassait le bison dans les grandes plaines, pêchait le saumon dans les fleuves, lançait des routes vers l'Ouest, se jetait à corps perdu dans l'aventure... Dès qu'il évoquait ses rêves, c'était un autre homme : il devenait beau, les mots lui venaient aisément avec des flambées de lyrisme et, s'il rougissait, c'était de plaisir.

Il se tut soudain, parut redescendre d'une planète et s'épongea le front en promenant autour de lui un regard égaré. Brusquement, dans un élan pathétique, il se jeta aux genoux de Marion, s'écria :

— Ah, ma chère petite, si vous consentiez à m'écouter, à partager ma destinée, je vous montrerais quel homme je puis être et ce dont je suis capable !

Il se rassit, un peu dégrisé par le sourire narquois de Marion, lui avoua que Brival l'avait mis au courant de ses déboires et de ses malheurs. Magnanime, il passait l'éponge ; il était même disposé à lui venir en aide, à s'occuper d'elle, maintenant qu'il était libre et seul. Au mois de mai, il devait quitter de nouveau Paris pour représenter la Convention en Charente ; il souhaitait que, d'ici là, Marion lui fît connaître sa décision. Charitable, elle ne lui ôta pas ses espérances ; elle ajouta néanmoins qu'il se pouvait qu'elle reprît sous peu le chemin de Marsanges. Elle lui vit des larmes au coin des yeux, lui prit les mains, l'embrassa. Il la retint contre lui, tout frémissant d'émotion et lui glissa dans l'oreille d'une voix mouillée :

— Marion, ma chérie, je vais vous dire ce que je n'ai jamais dit à personne, pas même à Agatha : je vous aime !

A quelques jours de cette entrevue, la solitude dont elle avait éprouvé les affres au lendemain de sa rupture d'avec Désormeaux, se confirmait : elle avait compris que, pour survivre dans cette ville qui l'avait déçue, qui l'oppressait, où elle se sentait étrangère, il lui fallait renoncer à l'isolement auquel elle s'était vouée, comme pour se punir d'avoir fait preuve de naïveté envers le marquis et de cruauté envers Désormeaux.

Les vêtements neufs qu'elle avait rapportés du Palais National lui permettaient, sinon de susciter de l'intérêt chez les « muscadins » ou ces étranges animaux qu'étaient les « merveilleux », du moins de passer inaperçue, ce qu'elle souhaitait. L'or du marquis de Sade, le papier-monnaie que Brival et Hyacinthe lui avaient remis lui permettaient d'envisager l'avenir immédiat sans inquiétude. Avant la fin du terme, elle avait obtenu des propriétaires, rassurés sur sa nouvelle conduite, une prolongation d'un mois. Par souci d'économie, elle ne prenait que rarement une voiture, se sustentait de peu, évitait le Palais-Royal de crainte, seule comme elle l'était, de passer pour une « fille d'aventure » et de s'engager dans de nouveaux déboires. Parfois, revenue de ses préventions, Rosette lui faisait un brin de conduite.

Un jour qu'elle respirait l'air du printemps, seule, accoudée à un parapet du quai de la Tournelle, face au chevet de Notre-Dame resplendissant dans une lumière de paradis, elle s'entendit interpeller d'une voiture arrêtée le long du boulevard. En se retournant, elle aperçut une main qui lui faisait signe, un visage qui lui souriait ; elle reconnut Donatien Alphonse François de Sade et se sentit envahie par un étrange sentiment où la vindicte le disputait au plaisir.

— Eh bien, mademoiselle de Marsanges, dit le marquis en agitant sa canne, approchez donc ! Je ne suis pas le loup-garou !

Elle s'avança sans empressement, tendit au marquis une main qu'il porta à ses lèvres. Il tenait encore la lunette de théâtre avec laquelle il avait dû la lorgner. Elle refusa sans aigreur la promenade à laquelle il la conviait, consciente qu'elle risquait de se terminer fort tard, fort loin et fort mal ; elle accepta pourtant de prendre place dans la voiture qui brillait au soleil de ses bleus et de ses ors.

— Vous êtes belle à peindre ! s'exclama-t-il. Un Greuze, un Boucher, un Fragonard... Allons, ne rougissez pas.

— C'est de colère, monsieur.

Il fit semblant de ne pas entendre.

— Appelez-moi Donatien, dit-il. Nous nous connaissons suffisamment pour nous permettre quelques familiarités de bon aloi. Et détendez-vous ! On dirait que je vous fais peur... Parlons franc, que me reprochez-vous ? Quelques cinglons de martinet ? C'était un jeu bien innocent, et les marques ont dû disparaître rapidement.

— Je vous reproche d'avoir abusé de mon innocence.

Il parut surpris, se renversa sur la banquette.

— Innocente ! L'étiez-vous vraiment ? J'ai cru à une feinte, sur mon honneur ! C'est à votre ami qu'il faut vous en prendre : il savait, lui, lorsqu'il vous a cédée à moi pour une nuit, ce qui vous attendait.

— Je lui ai rendu la monnaie de sa pièce, avec intérêt. Nous sommes quittes.

— Avez-vous songé à vous venger de moi aussi, ma colombe ?

— Vous, c'est autre chose. Peut-on en vouloir au loup à qui l'on jette en appât une brebis ? Vos sévices, je les oublie plus aisément que la trahison de Désormeaux.

Il rit derrière sa main pour cacher ses mauvaises dents.

— Voilà qui ferait une belle fable ! dit-il. Mais j'en tirerai plutôt la matière d'un conte : une victime innocente, une sorte de Justine sentant sa province, jetée dans l'antre du vice, livrée à toutes sortes de perversions à son corps défendant, mais restée pure dans son âme et dans son cœur. Une colombe blessée...

Marion eut un sourire ironique pour répliquer :

— C'est un sujet bien rebattu, mais, avec votre talent, vous en ferez sûrement un chef-d'œuvre.

Il prit une prise dans sa tabatière, éternua, épousseta son plastron de dentelle.

— Mon enfant, comme vous êtes différente de ces Phryné de bordel, de ces ménades mercenaires dont Latour me pourvoit ! Leur service assuré, il ne me reste que l'impression d'avoir franchi un degré de plus vers l'enfer. Pourquoi n'ai-je pas deviné que vous étiez différente ? C'est que je dois vieillir... Au cours de cette folle nuit, j'eus l'impression d'accéder, à travers le corps épanoui que vous m'abandonniez dans votre inconscience, à quelque étrange sentiment noble, lumineux, pur, et je me sentais régénéré. Le contact de la vraie pureté m'a toujours inspiré la sensation de découvrir, sous le masque dont il m'arrive de m'affubler dans ces circonstances, un homme éperdu d'amour, un pèlerin de l'absolu comme l'honnête chevalier

Danceny dans les *Liaisons* de M. de Laclos. Deux femmes seulement, avant vous, m'ont fait éprouver cela : ma chère épouse, Renée-Pélagie, et ma belle-sœur, une chanoinesse, Anne-Prospère, avec laquelle j'ai vécu la romance en Italie peu après mon mariage.

Il lui prit les mains, ajouta avec feu :

— Ah ! mon enfant, si vous consentiez à m'écouter, nous vivrions une merveilleuse idylle. J'écrirais grâce à vous le grand roman d'amour dont je rêve. Vous seriez mon égérie.

— N'y comptez pas ! s'écria Marion. J'aurais l'impression de traverser un marécage sur une planche pourrie. D'ailleurs je ne me sens pas prête à vivre une grande passion, fût-ce avec un écrivain illustre, et certaine de passer à la postérité sous un nom d'emprunt, de pair avec Justine et Juliette. Allons, monsieur, ne faites pas cette mine ! Dans la cohorte des femmes de condition, des filles et des femelles qui traversent votre existence, vous trouverez sûrement l'âme sœur. C'est la grâce que je vous souhaite.

En se levant pour partir, elle ajouta :

— En fin de compte, je ne vous en veux pas. D'ici peu, j'aurai retrouvé mon petit domaine de la montagne et vous m'aurez vite oubliée. Moi, je ne vous oublierai pas. Adieu, monsieur !

6.

DIES IRAE

Marsanges : printemps-été 1795.

Gaspard retint Julie par le bras, cherchant à localiser la plainte qu'il venait de percevoir. Dans la lumière de mai qui ruisselait sur la montagne, le silence n'était troublé que par le murmure des eaux sauvages et ce gémissement aigu, dur comme celui d'un diamant sur une vitre. De petits nuages blancs faisaient la chaîne au-dessus du Puy-Richard où la forêt commençait à prendre sa robe d'été.

— C'est un lièvre pris au collet, dit Julie.

— Non, dit Gaspard. C'est un louveteau. La mère ne doit pas être loin. Elle a flairé notre présence et elle met ses petits en sécurité.

A pas feutrés, ils contournèrent une butte rocheuse. La plainte se faisant plus précise, Gaspard ôta le fusil de son épaule, fit signe à Julie de s'arrêter et lui montra un arbre abattu, à une dizaine de pas. La mère était là, allongée derrière le tronc pour se dissimuler. Il s'avança prudemment, le doigt sur la détente, jeta une branche morte en direction du fauve pour le débusquer. La louve eut à peine le temps de lever la tête : une flamme orange, un cri déchirant...

— Je l'aie eue ! s'écria Gaspard. En pleine tête !

Le museau arraché, le fauve se débattait encore, et Gaspard dut l'achever au couteau. C'était une bête splendide, d'environ trois ans, au pelage soyeux envahi de jarres drus et bruns. Pour le chasseur, c'était le troisième loup de la saison. Les peaux se vendaient bien ; certains, superstitieux, les découpaient en lanières qu'ils se nouaient au cou pour se protéger de l'attaque des fauves.

Pataud, un louveteau âgé d'environ deux mois, tentait de prendre la fuite ; Gaspard l'assomma d'un coup de talon et le saigna.

— Il est tout mignon, tu n'aurais pas dû le tuer ! protesta Julie.

— Que voulais-tu en faire ? L'adopter, le nourrir au biberon ?

— J'aurais bien aimé. Il paraît que les loups s'apprivoisent.

— C'est vrai, mais, un beau jour, tu te réveilles morte ! plaisanta-t-il. Ils t'ont à moitié dévorée pendant la nuit. Souviens-toi de ce qui est arrivé à cette pauvre Estelle. Aide-moi ! Nous allons les étriper pour qu'ils pèsent moins lourd. Sais-tu que les loups font de même quand ils ont une proie à transporter ? Il n'y a pas plus rusé qu'eux.

Il ajouta en se mettant au travail :

— Pour le mâle, s'il avait été là, ça ne se serait pas passé aussi facilement. Il doit être en train de chasser, tandis que la femelle gardait la nichée. Les autres petits ne doivent pas être loin.

La louve étripée, ils sondèrent les alentours du « chemin des loups » que, selon la tradition, les meutes parcouraient pour chasser, et ils découvrirent la tanière : une excavation sous une souche de hêtre, en partie protégée par un amoncellement de rochers, sans doute un ancien gîte de renard. Ils découvrirent trois louveteaux tapis au fond de la niche, pleurant leur angoisse d'une voix déchirante. Gaspard en tua deux ; au moment où il levait le pied pour assommer le troisième, Julie suspendit son geste, s'écriant :

— Non ! Celui-là, je veux le garder et l'apprivoiser. Tu verras, il sera comme un chien. Regarde comme il est beau ! Et cette étoile blanche sur le poitrail...

— Ils l'ont tous en naissant.

— Celui-là n'est pas comme les autres, je le sens.

Elle le prit contre elle, caressa le pelage gris anthracite laineux, profond, le museau allongé. Il avait des yeux obliques, ambrés, avec un rien de bleu, des oreilles pointues, une voix attendrissante.

— Je n'ai jamais eu de chien à moi. Alors j'aurai un loup.

— Il se fera massacrer par les gens.

— Nous dirons que c'est un chien.

— Sotte ! Les gens feront vite la différence. D'ailleurs tu ne pourras pas le garder et tu souffriras de t'en séparer. Comme dit le proverbe : « Loup apprivoisé retourne toujours à sa forêt. »

— Je ne m'en séparerai jamais !

Il sentit qu'il était inutile de discuter : ce qu'elle voulait, elle le voulait bien. Pourquoi ne pas lui passer ce caprice ? Depuis que Florent la lui avait ramenée, affaiblie, docile, elle se tenait tranquille, l'aidait à la boulangerie et au ménage, s'occupait de la patronne, ne rechignait plus à la perspective d'aller s'installer à Brive. De plus, comme elle ne pourrait plus avoir d'enfant, il lui fallait reporter son affectivité sur un être. Pourquoi pas un louveteau ? Il aurait préféré qu'elle adoptât un chien, un chat ou un merle comme celui du savetier, qui chantait le *Ça ira*. Il lui proposa un nom :

— Nous l'appellerons Romulus.

Et il tenta de lui expliquer les raisons de son choix.

Longue à se faire aux changements qui avaient affecté Marsanges, Diane ne pouvait se résoudre à penser que le château était et resterait le bien de Sauviat, qu'elle devrait demander la permission d'aller fleurir le petit cimetière familial, de traverser telle bruge, telle forêt qui ne lui appartenaient plus. Florent lui avait dit :

— Sauviat est de plus en plus arrogant. Il se conduit comme un monsieur Jourdain qui serait devenu marquis de Carabas. Il est la risée de tout le village. Une fois par semaine il se rend à Meymac, à Ussel, parfois à Eymoutiers, qu'il y ait foire ou pas, fait le généreux dans les auberges et revient ivre mort. Sa dernière lubie, c'est cette fille, Madeleine...

Où l'avait-il dénichée ? Mystère. Il s'était mis en tête d'avoir une servante pour aider sa femme, disait-il, en fait pour se donner du bon temps à domicile. La brave Margot, qui n'en voulait pas, la renvoya : Sauviat revint la chercher ; l'ambiance du château vira soudain à l'aigre ; le bruit des querelles retentissait jusqu'au village.

Cette Madeleine n'était pas laide : une tête assez fine sur un corps de Junon, une chevelure d'Egyptienne qui tournait au bleu de l'acier, un langage haut et libre ; pas mauvaise fille au demeurant. Florent la rencontrait parfois et se plaisait à la faire parler, d'autant qu'elle avait la confidence facile, bien que son maître lui eût interdit d'adresser la parole à quiconque.

— Si je reste, disait-elle, c'est pour faire ma pelote. Le père Sauviat, je sais comment le prendre. « Tu as envie ? C'est tant ! » Il ronchonne, mais il paie recta. Faut dire que je lui en donne pour son argent. Avec toi, petit, ce serait pour le plaisir.

Florent riait, rejetait gentiment la proposition.

— Il est vraiment aussi riche qu'on le dit ?

— Il fait le riche, mais à sa table, c'est pas tous les jours bombance ! Il a un magot, et je sais où il le cache. Du moins ce qui lui en reste. Il s'est ruiné pour acheter le château et s'est endetté pour le cabriolet et le cheval. Sa nouvelle marotte, c'est moi, et ça m'amuse de le faire cracher, ce bougre !

Elle ajoutait en prenant les mains de Florent dans les siennes :

— Je sais le mal qu'il vous a fait, mon chérubin, et je vois tous les jours comment il se comporte avec cette pauvre Margot. Parfois j'ai envie de l'étrangler. Il pèserait pas lourd, tu sais...

Le retour de Diane avait posé problème.

De modestes dimensions, l'ancienne ferme du Pradeloux abritait déjà Florent, Virginie, Félix et cet abbé Thomas venu s'installer là en attendant l'heure de retourner, tête haute, dans sa paroisse. Il fallait se serrer ; on couchait à la paille et, comme l'hiver n'avait pas dit son dernier mot, on entretenait toutes les nuits un feu de tourbe auquel s'ajoutait la chaleur émanant du troupeau de moutons séparé du reste de la demeure par une mince cloison d'éclisses, œuvre de Virginie. Ils se sentaient, dans cette pièce au plafond bas, noir de suie, aux murs épais tirant un peu de jour de deux fenestrons et d'une porte double, comme dans une cellule de moine.

Considéré au début comme un intrus par Diane, l'abbé Thomas s'était peu à peu imposé à son estime. Il lui avait confié :

— Mon enfant, je conçois votre surprise et votre souhait de me voir partir. Cela ne tardera guère : le temps de remettre de l'ordre dans l'église et le presbytère. En attendant, je vous aiderai de mon mieux. Les travaux de la terre me sont familiers.

C'est le hasard qui l'avait poussé vers Marsanges, et il faisait bien les choses, malgré la présence de Sauviat, sa bête noire. Diane voulut savoir pourquoi, alors que les prêtres pouvaient de nouveau, discrètement, exercer leur sacerdoce, il ne retournait pas à Meymac. La situation, dit-il, n'était pas nette, la liberté du culte proclamée par le gouvernement de Thermidor n'était souvent qu'un leurre, et les jacobins de sa paroisse ne lui pardonnaient pas d'avoir refusé le serment civique.

— Ne craignez-vous pas, lui dit Diane, de provoquer Sauviat en voulant restaurer le culte ? C'était un enragé, vous savez !

— Qu'il s'y oppose, et il aura contre lui toute la population féminine, et quelques hommes aussi. Il a d'ailleurs d'autres soucis plus personnels...

— Restez le temps que vous voudrez, mais je vous préviens, nous ne sommes chrétiens que d'écorce, comme on dit. Au temps de l'abbé Plazanet, notre père nous amenait aux offices du dimanche et des fêtes carillonnées, mais il avait trop lu les philosophes pour faire un dévot.

— Mon enfant, j'apprécie votre franchise que je préfère à l'hypocrisie des bien-pensants. Je crois que nous ferons bon ménage.

C'était un beau vieillard d'allure majestueuse, aux yeux clairs, aux cheveux précocement blanchis. Vêtu des défroques que Florent lui avait rapportées de chez un fripier d'Ussel, coiffé du large chapeau noir des paysans, il faisait difficilement illusion sur sa nature ; même déguisé en épouvantail, il eût passé pour un des sept sages de la Genèse.

Moins d'un mois après le retour de Diane, Marion donna de ses nouvelles.

Elle survivait sans trop de soucis en attendant le viatique du retour qui tardait, malgré les instances redoublées de Hyacinthe, de Brival et de Pénières auprès de Talleyrand. Les événements de germinal, dont les échos n'étaient pas parvenus à Marsanges, avaient failli être fatals au brave Jean-Augustin ; pris dans la tourmente alors qu'il était chargé d'une mission dans un quartier agité, il avait reçu un coup de feu et Marion était restée trois jours à le soigner, dans son domicile de la rue de la Chaise, en l'absence de son épouse. Elle racontait en quelques phrases les événements : le peuple prenant d'assaut la Convention ; l'Assemblée décrétant la déportation de ses membres les plus avancés, qui voulaient remettre la Terreur à l'ordre du jour. Elle ne disait rien de sa liaison avec Désormeaux, mais leur rupture semblait évidente.

« Qu'elle revienne ! songeait Diane. Qu'elle revienne vite ! » Elle ne pouvait supporter l'idée qu'elles étaient séparées à jamais. Sans Marion, l'édifice de la famille ne retrouverait jamais son bel équilibre de jadis. Leurs querelles, leurs petits coups de folie réciproques ne pouvaient les priver de se comprendre et de se compléter.

Les semaines qui succédèrent à son retour, Diane les avait vécues dans une attente fiévreuse des nouvelles de Paris.

Agé de trois ans et demi, Félix avait poussé dru. Il devenait l'âme et le cœur de la famille dont Diane était le pilier essentiel. Il avait hérité de son père une solide charpente et une santé de fer ; de Diane la délicatesse des traits, la prestance naturelle, un air de sérieux qui eût passé pour une distraction maladive ou une humeur mélancolique. Il avait délaissé les jouets de son âge pour s'intéresser aux préoccupations des adultes, attentif surtout aux animaux dont il recherchait la compagnie ; il se méfiait des abeilles depuis qu'il s'était fait piquer lors d'une récolte de miel, et des serpents depuis qu'il avait vu le labrit, piqué par une vipère, la tête grosse comme une courge. Socrate était son compagnon ; il le montait seul, à cru, pour de courtes promenades autour du village, et le roi n'était pas son cousin. Il apprit à prendre soin des moutons, dont parfois Florent lui confiait la garde, lui disant :

— Baïlero, aujourd'hui, tu vas garder dans la bruge des Saulières. Prends garde où tu mets les pieds : c'est plein de vipères. S'il pleut, tu t'abrites au vieux moulin, mais attention : le plancher est pourri et tu risques de faire un plongeon !

Félix hochait la tête, partait, accompagné de la chèvre Rochette et du labrit, avec en main le bâton imposant comme une crosse pastorale sculpté par Florent et en poche le couteau de Laguiole acheté à la foire de Pérols. Bien que précoce, il parlait peu, moins par timidité ou par ignorance des mots que parce qu'entre Florent et Virginie les échanges n'encourageaient guère à la conversation.

— Cet enfant est quasi muet ! s'étonnait Diane. Au lieu de passer des heures à lire, tu ferais mieux de lui apprendre à parler. Il serait temps aussi de lui enseigner la lecture et l'écriture.

— Marion s'en chargera, répliquait Florent.

— Je ne le vois jamais pleurer ni se plaindre.

— Ça viendra bien assez tôt, maîtresse. Vous préféreriez peut-être qu'il ait toujours la larme à l'œil comme les filles de Sauviat ? Il est dur à la souffrance, c'est vrai, mais c'est parce qu'il sait cacher ses émotions. Ça lui sera utile dans la vie.

Fin avril, le piéton apporta une nouvelle lettre de Marion : elle avait enfin obtenu son passeport, son certificat de civisme et s'apprêtait à retourner au pays. Pour économiser son modeste pécule, elle voyagerait dans un fourgon, la poste, plus rapide et plus confortable, étant au-dessus de ses moyens.

Une semaine plus tard, elle arrivait à pied, venant de Bugeat, presque aussi démunie de bagages que lorsqu'elle avait pris avec Diane, l'automne précédent, la route de Paris dans le chariot des condamnés à mort ; elle portait son baluchon en bandoulière et ses souliers à la main. La porte ouverte, elle dit joyeusement :

— Salut, la compagnie !

— Mon Dieu, s'écria Diane. Toi, enfin !

Elles restèrent quelques instants cramponnées l'une à l'autre comme pour résister à un nouvel ouragan, pleurant et riant, se caressant, s'écoutant vivre, respirant leurs odeurs : celle de Diane, suie et fumée ; celle de Marion, sueur et fatigue. Elles restaient muettes parce qu'elles n'avaient rien à se dire et que les larmes leur brûlaient la gorge ; elles en auraient pour des jours, des semaines à échanger leurs confidences, à sonder le tréfonds de leur détresse passée pour y découvrir des raisons d'espérer. A travers une buée de larmes, Marion eut du mal à reconnaître Félix qui s'accrochait à ses jupes en murmurant son nom.

— Mon petit, dit-elle, mon chérubin, il faut me pardonner si je ne te rapporte rien. Ta mère sait que, là d'où nous venons, il y a peu de bonheur à vendre. Tu n'es pas fâché ?

— Non, marraine, dit-il, du bout des lèvres.

Puis il revint surveiller la chèvre et les trois chevreaux qui, sevrés depuis peu, broutaient autour de leur mère.

— Tu dois avoir faim, dit Diane. Angélique va te faire réchauffer quelques galettes de blé noir. Avec du miel, c'était ton régal. Ce soir, je te ferai un « boulégou[1] » et demain une farce dure[2], avec ce qui reste de petit salé.

Ces quelques mots avaient suffi à Marion pour qu'elle se retrouvât de plain-pied avec une réalité quotidienne et lointaine à la fois. A coups de subtiles émotions, de fugaces bonheurs, son univers se reconstituait dans sa merveilleuse simplicité ; elle reconquérait son Eden avec des mots, des images, des sensations, des riens. Ce qui lui restait de son pécule, elle le confia à Diane — quelques louis, reliquat de la générosité du marquis, qu'elle avait dissimulés dans une doublure de sa jupe. Elle dévora deux lourdes crêpes de blé noir et un large morceau de tome.

— En attendant de nous réinstaller au château, dit Diane, nous allons nous organiser pour cohabiter. Car nous y retournerons, j'en fais le serment ! D'ici là, nous devrons nous contenter d'un campement de soldats.

Elle lui parla de l'abbé Thomas : il occuperait sous peu le presbytère qu'il venait d'investir et qu'il aménageait, malgré la ferme opposition de Sauviat ; Florent s'installerait à la bergerie, comme par le passé. Diane et Marion coucheraient dans l'unique lit, Virginie sur une paillasse, près de l'alambic, Félix dans la caisse qui lui servait de « beneste[3] »...

— La grande salle sera pleine comme un œuf, dit Diane, mais ainsi nous aurons plus chaud.

1. Grosse crêpe paysanne, parfois avec des pommes.
2. Pâte levée très appréciée dans la province, appelée aussi mique.
3. Berceau rustique.

L'abbé Thomas, depuis peu, se comportait de façon singulière. Il recevait fréquemment des inconnus, s'éloignait de la masure pour s'entretenir plus librement avec eux, s'excusait en disant : « Ne vous tracassez pas. Ce sont d'anciens paroissiens... » Il en venait beaucoup, de ces « paroissiens », affublés de vêtements de paysans, mais qui n'avaient pas l'apparence de roturiers et portaient parfois un fusil.

L'air de ce printemps avait pour les deux sœurs un goût de miracle. Jean d'Auvergne, ce vent noir qui tombe du nord-est comme une pierre, vint faire la bravache durant trois ou quatre jours, s'amusant à promener au-dessus du plateau ses troupeaux de moutons brunâtres, à faire pleuvoir des averses glacées, à agiter le pays comme une mer furieuse. Une nuit, il se retira sur la pointe des pieds, laissant au matin un gros ciel gris et un silence de crypte. Tout le jour, il tomba une petite neige de printemps, moitié fleur, moitié perle, qui planait au moindre souffle, hésitait à s'accrocher aux branches et à toucher terre où elle fondait au fur et à mesure. Il avait suffi d'une nuit pour que l'hiver quittât le pays ; il était temps : on était en mai.

— Cette fois, dit Diane, c'est le printemps. Il va falloir trimer dur, mes petits !

Comme si, à cette apparition du printemps, correspondait un signal mystérieux, la montagne se peupla brusquement, à croire qu'elle était devenue un carrefour du monde ou le théâtre de quelque événement insolite.

Il vint d'autres vagabonds, déserteurs ou insoumis, qui n'avaient pas l'allure des « paroissiens » de l'abbé Thomas. Ils portaient parfois des fusils, arrivaient seuls ou par petits groupes, et on ne tarderait pas, craignait-on, à les voir surgir en bandes. Alors qu'elle regagnait Marsanges par la route de Bugeat, Marion en avait rencontré deux qui semblaient l'attendre à un tournant de la charrière en suçant une herbe. Comme elle prévoyait une requête de leur part, elle avait pris les devants et leur avait demandé l'aumône. C'étaient des gars de Treignac, des jeunots ; ils lui avaient donné du pain.

Déserteurs ou insoumis, ils ne prenaient guère la précaution de se cacher. Pour leur donner la chasse on ne comptait qu'environ cinq mille gendarmes pour toute la France, fort peu en Corrèze et encore moins dans la montagne. Le ci-devant district d'Ussel était leur sanctuaire de prédilection ; il y avait peu à glaner, mais ils trouvaient toujours chez l'habitant une écuelle de soupe, un morceau de lard, une tranche de pain ; personne ne se fût risqué à les dénoncer, par crainte de représailles ; ils commençaient à constituer des bandes, avec des chefs ; on les prévenait même de l'arrivée d'une colonne mobile de gendarmes ou de gardes nationaux. Toujours et partout, les paysans ont eu un faible pour les proscrits, parce qu'il est difficile de trouver plus misérables qu'eux, et plus perdus.

Il vint aussi des réquisitionnaires d'Ussel. Ceux-là, comme les forces de l'ordre, ne se faisaient guère d'illusions. Ils montraient leur papier de réquisition portant des signatures fleuries de volutes, réclamaient la « dîme de la patrie », fouillaient les maisons des réfractaires, partaient en emportant une poule ou un mouton qu'ils payaient en monnaie de singe. Quand on protestait, ils fronçaient les sourcils et déclaraient : « Si vous n'êtes pas contents, allez vous plaindre au Comité de subsistances ! » Ils rédigeaient leur rapport ou leur quittance sur un coin de table avec des mines prétentieuses de tabellions.

D'autres gens moins respectables se présentaient, avec des airs de conjurés et demandaient à rencontrer l'abbé Thomas. Quand ils se sentaient en sécurité, ils montraient la cocarde blanche sous leur manteau.

Lorsque l'abbé quitta le Pradeloux, le presbytère devint leur lieu de rendez-vous. Deux d'entre eux s'y installèrent à demeure pour une semaine, ne mettant le nez dehors que pour aller pisser au fond du jardin. Ils avaient failli prendre la poudre d'escampette le jour où Sauviat, ceinturé de tricolore et accompagné de son adjoint Amadieu, vint intimer au prêtre et à ses « ouailles » l'ordre de vider les lieux qu'ils occupaient indûment. Thomas ne se laissa pas démonter ; il savait comment prendre ce genre d'hommes et leurs prétentions. Il répliqua :

— Cette église est la maison de Dieu et ce presbytère celle de son ministre. Ce sont des biens inaliénables. Cette église, vous l'avez profanée ; je vais donc la consacrer de nouveau. Ce presbytère, vous l'avez saccagé ; je vais le rendre de nouveau habitable.

Il y alla de son sermon. Sauviat semblait ignorer la loi qui rétablissait la liberté des cultes et ordonnait la fin de la chasse à ce que les jacobins appelaient le « gibier noir ». Il rappela au maire que le conventionnel Pénières avait voté la proposition d'un autre député, Dubruel, tendant à interrompre la persécution des gens d'Eglise « privés des secours que le gouvernement accorde aux criminels ». L'Etat s'étant séparé de l'Eglise, les prêtres étaient privés de salaire et plus pauvres que par le passé, mais rien ne les empêcherait d'exercer leur ministère. Il ajouta, goguenard :

— Je vous préviendrai de la date de ma première messe. Me ferez-vous l'honneur d'y assister ?

— Je vous ferai chasser ! fulmina le maire. Ces locaux appartiennent à la commune. Si vous persistez, je vous dénoncerai aux autorités supérieures !

— Ne vous gênez pas ! Mais je vous préviens : vous risquez de vous mettre dans un mauvais pas. Dénoncez-moi et il vous en cuira !

Un jour qu'en compagnie de Félix Diane était descendue au village où venait de sonner la corne d'un colporteur, l'abbé Thomas lui raconta la démarche de Sauviat, et elle s'en divertit. Dans son hostilité à la religion, le maire avait la quasi-totalité de la population contre lui.

— Ma fille, dit-il, je vais vous confier un secret : je suis un personnage à double face. En même temps que je sers la religion, je complote pour la royauté. Mon but est de réveiller la contre-Révolution dans la montagne, d'en faire de nouveau une « petite Vendée », comme l'hiver d'avant Thermidor où a éclaté la bataille de Meymac, dont vous étiez. Soyez de nouveau des nôtres. Aidez-nous à faire triompher notre idéal. Dieu vous en remerciera.

Diane lui parla de ces personnages mystérieux et fugitifs qui lui rendaient visite. Des comploteurs aussi, sans doute ? L'abbé sourit, montra le presbytère.

— J'héberge là depuis quelques jours, dit-il, deux gentilshommes de confiance : MM. de Rogen et de Monfreux. Ils arrivent du Lot-et-Garonne où ils ont rempli une mission difficile. Dans la région de Brive, où ils ont opéré avant de me retrouver, ils se sont heurtés à un esprit jacobin obstiné. Ici, leur tâche sera plus facile. La gargousse est prête et la mèche n'attend plus que l'étincelle.

Diane, accompagnée de l'abbé, se mêla aux gens du village qui entouraient le colporteur portant sur l'épaule une étrange bestiole aux yeux mi-clos, au pelage tavelé de taches suspectes. Diane prit Félix dans ses bras.

— Regarde ! dit-elle. C'est un singe. A Paris j'en ai vu souvent, ainsi que des ours et des marmottes.

Singe... Ours... Marmotte... Félix répétait chaque mot comme pour bien le faire pénétrer dans sa mémoire, mais c'est surtout le colporteur qui l'intriguait, avec sa tenue de Carnaval ! Des images coloriées ornaient la doublure de son chapeau ; des rubans multicolores s'enroulaient autour de son cou et aux boutons de son habit, avec de jolis effets dans le vent et le soleil, comme s'il allait prendre son vol.

Sans cesser de raconter des histoires abracadabrantes d'une voix rauque et puissante jaillissant avec des postillons de sa barbe rousse, il brandissait des almanachs, des calendriers révolutionnaires, des romans à deux sous, des épingles, des rubans, encore des rubans puisés au fond de sa boîte à malice reposant sur un pied. C'était un de ces batteurs de grands chemins venus de l'Auvergne et qui s'approvisionnaient à Limoges de babioles et de futilités. Il fit danser au bout d'une chaînette le singe qu'il appelait « Monsieur de Condé », qui posait ses pattes supérieures sur ses yeux et montrait ses fesses rosâtres quand il lui disait : « Es-tu un émigré ? »

— Mon brave, lui dit l'abbé Thomas, indigné, tu vas plier bagage et déguerpir ! Qu'as-tu contre M. de Condé et les émigrés ?

Le colporteur qui n'était pas d'une étoffe de poltron, répliqua qu'il était libre de ses opinions et que ce n'était pas un jean-foutre de paysan qui allait lui dicter sa conduite. Diane retint le prêtre qui paraissait décidé à frotter les oreilles de ce jacobin, lequel ne manquerait pas d'aller le dénoncer.

— Vous avez raison, ma fille, dit l'abbé. Je me laisse volontiers emporter par la colère, sans mesurer les conséquences de mes propos et de mes actes, dès qu'on touche à mes convictions. Laissons ce saltimbanque. Je vais vous montrer l'église et le presbytère. Vous serez surprise des transformations que j'ai opérées.

Dans l'antique sanctuaire aux murs poudrés de salpêtre jusqu'aux voûtes, on respirait l'odeur tenace de la fiente de porc, mais il était devenu aussi net qu'un temple de la religion réformée. Les statues livrées aux vandales s'alignaient près de l'autel : la Vierge et l'enfant Jésus avaient perdu leur tête, saint Roch son chien et sa houlette, Salomé le chef de saint Jean-Baptiste ; les iconoclastes n'avaient pas touché aux chapiteaux, trop haut placés ; l'abbé avait détruit les nids d'hirondelles.

L'abbé désigna l'autel revêtu de la nappe et des objets du culte retrouvés dans une grange, la grande peinture charbonneuse qui formait une sorte d'antependium funèbre, et dit à Diane :

— Encore quelques aménagements, un peu de nettoyage, et tout sera prêt pour la messe. Je veux que toute la population soit présente.

— Vraiment ? Vous semblez ignorer que Sauviat fait encore la loi.

— Certes ! Mais il ne fait pas l'opinion.

Ils se dirigèrent vers le presbytère, séparé de l'église par une étroite venelle empuantie par de vieilles gadoues. Un chaume pourri que le printemps ornait d'une folle végétation recouvrait la masure disgracieuse et massive. Au-dessus, la montagne rayonnait dans les ruisseaux du vent.

— Je tiens à vous présenter mes amis, dit l'abbé d'un air mystérieux. Puis-je compter sur votre discrétion ? Nul ne doit connaître leur présence et leur identité. Ils ont approuvé mon initiative lorsque je leur ai parlé de votre présence à la bataille de Meymac.

Ils se tenaient dans le grenier auquel on accédait par un escalier de bois orné comme un arbre de Noël de bottes d'aulx et d'oignons. L'un d'eux dictait en se promenant, les mains dans le dos, à l'autre qui écrivait sur une planche posée en travers de ses genoux. Leur jeunesse surprit Diane — Dieu sait pourquoi, elle s'attendait à rencontrer d'aigres barbons à perruque, marchant à la canne, et ils avaient moins de cinquante ans à eux deux. Celui qui dictait s'interrompit et jeta à son collègue :

— Laissons cela, Monfreux. Nous reprendrons tout à l'heure.

Ils s'avancèrent en s'inclinant, surpris de se trouver en présence d'une paysanne, mais ils n'étaient pas eux-mêmes en costume de cour. Ils désignèrent un banc aux visiteurs et s'assirent en face d'eux sur le bord du lit.

Ils parlèrent de l'émeute du Puy Roudeix ; M. de Rogen la jugeait sévèrement : préparée à la diable, sans liaison avec l'extérieur, vouée à l'échec. Il parlait sec, avec des intonations d'accusateur public :

— Une nouvelle guerre de Vendée ne s'improvise pas. Il y faut des hommes capables, des chefs irréprochables, des armes et du numéraire, une organisation secrète, des contacts avec les responsables des autres insurrections...

— Tout cela, dit Diane, l'avez-vous ?

— Soyez certaine, madame, que nous n'entreprendrons rien que nous n'ayons réuni toutes ces conditions. Il faudra du temps, notamment pour acheminer les armes, mais le temps travaille pour nous. Le cerveau de l'opération, vous l'avez près de vous : l'abbé Thomas ; il occupe sa clandestinité à restaurer la croyance religieuse et les convictions royalistes avec notre soutien. Il est à la Corrèze ce que l'abbé Brottier est à Paris. C'est un honneur de travailler avec lui à cette noble mission.

Il fit un tableau rapide de l'œuvre déjà entreprise et des projets qu'ils mûrissaient, en concordance avec des mouvements similaires dans les départements voisins. Il ajouta :

— Cet entretien que nous avons accepté non sans réticence a pour but de nous assurer de la constance de vos sentiments. Je n'irai pas par quatre chemins : êtes-vous disposée à nous aider ?

Décontenancée par le ton froid et direct de la question, Diane resta bouche bée. Redoutant d'avoir fait un pas de clerc en la confrontant à ses complices, l'abbé lui dit :

— Il s'agit d'une décision grave et qui demande réflexion. Souhaitez-vous mettre votre famille dans le secret ? Pouvons-nous, au moins, compter sur votre discrétion ?

Comme Diane ne répondait toujours pas, Monfreux se leva brusquement, les traits crispés par la contrariété.

— L'abbé, dit-il, je crains que vous n'ayez commis une imprudence. Pardonnez-moi, madame, mais nos projets semblent vous laisser de glace ! Nous ne doutons pas de votre discrétion et de la fermeté de vos convictions, mais ce sont des qualités banales. Il nous faut, si je puis dire, des qualités armées. Certes, nous connaissons les épreuves que les jacobins vous ont infligées, mais nous n'ignorons pas vos rapports intimes avec ces conventionnels régicides : Brival et Lidon notamment.

— Puisque vous êtes au fait de ces relations et que vous vous méfiez de moi, protesta Diane, pourquoi avoir accepté cette rencontre ?

Monfreux écarta les bras, embarrassé autant qu'excédé par la question.

— Pourquoi ? Pourquoi ? dit-il. Parce que les femmes ont un rôle aussi important que les hommes dans nos projets. Les Vendéennes, les Bretonnes, se sont jetées dans la lutte et ont fait le coup de feu au milieu de leurs partisans. Leurs jupons sont nos étendards. Nous avions pensé que vous pourriez être comme elles des meneuses d'hommes, vous et votre sœur, Marion. Si nous nous sommes trompés brisons là et oublions cet entretien.

L'abbé, confus, se leva pour se retirer ; Diane ne bougea pas : elle sentait bourdonner en elle une colère qui s'exerçait autant contre elle que contre l'abbé et ses complices. Elle se maîtrisa pour répondre :

— Je serai des vôtres, mais pas au titre d'égérie. L'affaire de Meymac m'a appris la prudence et m'a fait toucher mes limites. D'autre part, je ne souhaite pas être complice d'excès comparables à ceux qui ensanglantent le Midi : cette Terreur blanche, aussi cruelle, aveugle et stupide que l'autre. Je suis pour la justice, pas pour une vengeance pire que les méfaits qu'on nous a fait subir.

Elle se leva, prit la main de Félix, ajouta :

— Quant à mes relations avec les gens que vous avez nommés, elles n'avaient aucun rapport avec la politique. Dans tous les partis, il existe des hommes loyaux et dignes d'affection.

— Je regrette, dit Rogen, les propos un peu sévères de mon ami. Votre aventure avec le colonel Charles de Sombreuil témoigne de la sincérité de vos sentiments politiques.

— Je ne suis pas ici pour répondre de mes affaires de cœur, monsieur, répliqua Diane avec force. Vous avez vos idées à défendre ; j'ai ma famille à protéger : elle est fragile après les épreuves qu'elle a endurées. Elle compte plus que tout pour moi. Si demain c'est vous que je dois affronter pour la défendre, je n'hésiterai pas !

— Ma fille ! s'écria l'abbé. Ne partez pas. Attendez...

Elle s'était déjà, Félix dans ses bras, engagée dans l'escalier.

Presque tous les paroissiens étaient rassemblés sur la petite place, devant l'église, autour de la fontaine ombragée par le Sully : des familles entières accourues des paroisses voisines, mêlées aux gens de Marsanges pour cette première messe dominicale. Un beau soleil de juin faisait pépier dans l'arbre des farandoles d'oiseaux.

Diane, Marion et Florent, invités par l'abbé Thomas, se tenaient dans le groupe des femmes du village qui avaient revêtu comme elles robes et coiffures du dimanche. Lorsque l'abbé se présenta, le silence succéda à la rumeur de la foule.

— Mes frères, mes sœurs, dit-il, la maison du Seigneur est fermée à ses enfants. Ainsi, de par la volonté du maire, l'office est ajourné. Je propose que nous allions en cortège au château pour lui faire entendre notre mécontentement. Gardons notre dignité. Le jour du Seigneur ne doit pas devenir un jour de colère.

Précédé par un enfant de chœur portant la croix conservée au presbytère, il prit la tête du cortège et, dans la rumeur des cantiques, la lente ascension commença dans la chaleur de juin.

— Cela ne te rappelle rien ? dit Marion.

— Si, dit Diane : cet autre cortège qui montait au château, il y a des années, pour nous faire un mauvais sort. C'étaient les mêmes gens mais ils avaient des armes.

Au bout de l'allée de hêtres saupoudrés d'une verdure acide, le château semblait désert. Une chaîne fermait le portail. Portes et volets clos. Des chiens aboyèrent ; une vache meugla dans l'étable.

— Nous prenons bonne note, dit l'abbé, que le maire de Marsanges refuse de recevoir ses administrés. Il est là. Il nous voit et nous entend. Attendrons-nous son bon vouloir ?

— Non ! répondit une voix de femme. Allons le chercher !

D'autres n'avaient pas attendu cette suggestion. Un groupe de femmes menées par l'épouse de Chamboux, le cabaretier des Maisons, avait contourné le portail ; jupes relevées, elles escaladaient le mur ou envahissaient les champs de fougère pour se retrouver dans la cour. Soucieux d'éviter tout incident, l'abbé les rejoignit. Diane retint Marion qui se préparait à suivre le mouvement. Elles se contentèrent d'assister, de l'autre côté des grilles, aux événements. Sur les injonctions fermes mais courtoises de l'abbé, la porte s'ouvrit et la femme de Sauviat, Margot, parut timidement sur le seuil, un pan de son devantier à la main, dont elle se touchait le coin de l'œil. Au geste qu'elle fit, on comprit qu'elle n'avait pas la clé de l'église et que son époux était absent. Penaude, la délégation rejoignit le gros du cortège. Monté sur un talus, l'abbé réclama le silence et lança d'une voix ferme :

— La preuve nous est donnée une fois de plus que le citoyen Sauviat se conduit en tyran ! Alors que le gouvernement a proclamé la liberté du culte, il nous interdit d'exercer le nôtre.

— La clé est au château ! s'écrièrent des femmes. Prenons-le d'assaut ! Sauviat à la lanterne !

L'abbé eut du mal à contenir l'élan de sa troupe, à calmer les imprécateurs, à obtenir le silence. Il ne s'avouait pas vaincu : la messe serait ajournée, voilà tout. Sans doute le dimanche suivant, le quatrième après Pentecôte...

— Pourquoi pas à la saint-glinglin ? lança la femme de Monteil, le menuisier. Trop des nôtres ont été privés des sacrements. Nous voulons notre messe, et tout de suite. Vous nous l'avez promise !

— Il faudrait enfoncer la porte ! répliqua l'abbé. Et l'on ne pénètre pas par effraction dans la maison du Seigneur !

— Prions ! proposa une bigote. Une prière commune pourrait faire s'accomplir un miracle.

— Non ! Non ! hurla la foule. Nous voulons notre messe et nous l'aurons !

Un nommé Dufour, meunier à Pérols, s'écria :

— Enfoncer une porte d'église pour y dire la messe n'est pas un acte sacrilège. Nous voulons simplement délivrer le pasteur pour lui permettre de retrouver son troupeau. D'ailleurs cette porte est vermoulue. Nous en donnerons une toute neuve au Seigneur. Nous pourrons même nous cotiser et faire fondre une cloche pour remplacer celle que les jacobins nous ont enlevée !

— Tu raisonnes avec bon sens, Dufour, dit l'abbé. Vue de cette façon, nous ne faisons qu'exercer notre bon droit de croyants. Alors en avant, mes frères. Hosanna !

Le cortège se réorganisa sous le flot des cantiques déferlant du porteur de croix aux vieux qui traînaient leurs sabots loin derrière. Un petit air de miracle flottait dans le vent léger qui jouait avec des odeurs de sureau. Lorsque le cortège passa à proximité de la ferme du Pradeloux, au seuil de laquelle se tenaient Angélique et Félix, une femme s'écria : « Vous retournerez bientôt dans votre château, mes petites ! »

— Dieu vous entende ! répondit Marion.

Comme le cortège accédait aux premières maisons du village, une femme, cotillons relevés aux genoux et qui paraissait affolée, se précipita au-devant de l'abbé. Deux gendarmes de Meymac venaient d'arriver à cheval ; ils se tenaient postés devant l'église en compagnie de Sauviat. Le curé se retourna vers ses ouailles, leur demanda s'ils souhaitaient poursuivre. Tous étaient d'accord. Sauviat voulait la guerre ? Il l'aurait !

Sauviat se tenait campé devant l'église, bras croisés, en habit de bourgeois, son écharpe à pompons dorés à la ceinture, coiffé d'un drôle de chapeau noir et rond, avec une plume de faisan sur le côté. Il était encadré par les deux gendarmes qui avaient attaché leurs chevaux à l'ombre et paraissaient peu glorieux.

L'abbé réitéra sa demande : que Sauviat donne la clé et tout se passerait dans l'ordre. Il ne pouvait pas tenir tête à toute une communauté.

— Je le peux, répondit posément Sauviat, puisque je suis l'élu. Tout ça, c'est des mots, et j'ai pour moi les écrits. Va dire ta messe dans une étable, l'abbé. Le Seigneur ne t'en voudra pas.

Tandis que l'abbé et le maire continuaient à échanger des propos aigres-doux, un homme nommé Charliat alla dénicher dans les orties une poutre, vestige d'une croix de calvaire abattue aux premiers temps de la Révolution. Avec le concours de quelques hommes, il vint la déposer aux pieds de l'abbé. Sauviat ne put réprimer un mouvement de confusion.

— Eh là ! Vous n'allez tout de même pas enfoncer la porte !

— C'est bien notre intention ! jeta Charliat.

— Attroupement illicite... Provocations à l'émeute... Tentative de destruction des biens communaux... Ça va chercher gros, dans les temps qui courent ! Réfléchissez, l'abbé.

— C'est vous, Sauviat, protesta l'abbé Thomas, qui parlez ainsi ? Vous qui avez encouragé les iconoclastes et les vandales ? Donnez-moi la clé et tout se passera dans l'ordre.

Pour toute réponse, Sauviat fit signe aux gendarmes d'armer leur mousqueton. Ils s'exécutèrent de mauvaise grâce. L'abbé se tourna vers ses ouailles, les bras écartés.

— Avant d'en venir à cette extrémité et d'enfoncer cette porte, dit-il, nous allons proclamer la colère du Seigneur et chanter le *Dies irae*. Marion, vous qui avez une jolie voix, chantez et nous reprendrons en chœur.

Marion entonna le trope du *Libera me* que lui avait appris jadis l'abbé Plazanet. Elle n'avait pas oublié une syllabe ni une note. Des larmes coulaient sur les visages. Cet hymne se plantait comme un arbre dans le silence de la montagne, s'épanouissait dans l'air léger, se mêlait aux chants des oiseaux dans le Sully, planait sur les toits de chaume. Les gendarmes échangèrent des regards consternés et mirent l'arme au pied ; le jeune qui flanquait le brigadier frottait ses moustaches et grattait une tache imaginaire sur sa buffleterie passée à la craie. Le chant terminé, le brigadier s'avança vers Sauviat et lui glissa quelques mots à l'oreille. Le maire se raidit, bomba le torse, s'écria :

— Vous avez un ordre de mission, brigadier. Je vous ordonne de l'exécuter, sinon gare à votre matricule !

— L'ordre ? répondit tranquillement le brigadier, est de nous opposer à une émeute, pas d'interdire une messe. Je vous requiers, au nom de la loi, de leur remettre cette clé que vous cachez sur vous. Si vous refusez d'obtempérer, mon rapport contre vous sera salé !

— Vous violez la loi !

— Non, citoyen : nous évitons une émeute. Exécution !

A contrecœur, Sauviat fouilla dans sa poche, en sortit la clé, ajoutant :

— Je vous rappelle, brigadier, que vous avez une autre mission.

— Je ne l'ai pas oubliée. Elle sera exécutée après l'office. En attendant, ouvrez vous-même cette porte.

L'abbé Thomas s'écria d'un air triomphant :

— Dieu soit loué ! Vous voyez, Sauviat, qu'une prière ou un hymne peut accomplir un miracle ! Alleluia !

La foule entoura les gendarmes qui, mi-chèvre, mi-chou, se laissèrent toucher, caresser, embrasser comme des corps saints mais refusèrent de se laisser entraîner dans le sanctuaire.

Célébré avec ferveur, l'office se prolongea jusqu'à l'heure de midi, ponctué par le tintement de l'unique cloche qui n'avait jamais rendu un son aussi guilleret. Marion, accompagnée par la flûte dont jouait la fille de Charliat, n'avait jamais chanté avec autant de ferveur. La présence des préfets de modestie que l'abbé Plazanet louait jadis pour faire régner la discipline et le silence durant la messe, aurait été superflue. Au moment du sermon, l'officiant escalada avec prudence la chaire dont les vandales avaient à moitié rompu la base et qui branlait dangereusement, pour parler avec une éloquence un peu apprêtée du « nouveau printemps de la religion » qui « s'épanouissait dans le royaume en attente d'un souverain ». Il poussa l'imprudence verbale jusqu'à souhaiter que la population de la montagne se soulevât contre ceux qui brimaient les brebis du Seigneur.

Lorsque, l'office terminé, la foule recueillie se répandit sur la place, elle assista à un spectacle qui la figea de stupeur. Les mains liées dans le dos, attachés à la selle des chevaux, deux jeunes gens s'en prenaient au maire.

— Je les connais, murmura Diane. Rogen... Monfreux... Leur mission s'achève mal.

Elle expliqua à sa sœur et à Florent qu'ils l'avaient sollicitée quelques jours avant, et qu'elle s'était dérobée.

— Ils sont aussi imprudents que courageux, dit-elle. Ils pouvaient bien s'imaginer que Sauviat finirait par découvrir leur présence et les dénoncer.

Les paroissiens n'étaient pas au bout de leur surprise. Les deux gendarmes sortirent de la sacristie, encadrant l'abbé Thomas libre de ses membres mais le visage altéré et le regard bas. Charliat s'avança vers eux, interpella les gendarmes :

— Ces deux galopins, dit-il, nous ne les connaissons pas et vous en faites ce que vous voulez, mais notre curé, il faut nous le laisser.

— Nous avons des ordres ! bougonna le brigadier. Si vous voulez nous faire encore le coup du miracle, ça ne marchera plus. On vous a laissé la messe. Laissez-nous le curé.

Du temps qu'ils discutaient, les femmes, accompagnées de quelques paroissiens allèrent décrocher des fusils et des faucilles, et revinrent précipitamment pour s'opposer aux gendarmes.

— Tonnerre de Dieu ! s'écria le brigadier, vous voulez jouer les fortes têtes ? Nous ne nous laisserons pas attendrir cette fois ! Laissez-nous passer ou ça va barder !

L'abbé s'avança vers Charliat, posa ses mains sur ses épaules.

— Je ne te connais pas, dit-il, mais tu es un brave homme et un bon chrétien. Comment t'appelles-tu et quel est ton métier ?

— Charliat Jules, de Pérols. Je suis chaumier.

— Un beau métier. Tu travailles près du ciel... Dis à ces gens que je les remercie de leur intervention et que je prierai pour eux, mais qu'ils laissent les représentants de la loi accomplir leur mission.

Il s'écria, s'adressant à la foule :

— Mes enfants, je ne vous abandonnerai pas, je le jure devant Dieu, et je reviendrai, la tête haute !

Il traversa, précédant les gendarmes, la foule agenouillée, en prière, caressa la tête des enfants, adressa un geste amical à Diane et Marion, fit le signe de la croix. Il écrasa Sauviat d'un regard de mépris, puis tendit aux gendarmes ses mains pour qu'on les lui liât.

— Inutile, dit le brigadier. Nous savons bien que vous n'êtes pas un bandit.

7.

CE CHER OLIVER...

Londres : printemps-été 1795.

Le vicomte François-René de Chateaubriand paraissait s'ennuyer ferme.

Il était parvenu à intéresser son auditoire à ses récents exploits nocturnes : par étourderie, il s'était laissé enfermer dans l'église de Westminster pour s'être attardé à contempler les effets du coucher de soleil à travers les vitraux. « Par étourderie, vraiment ? » avait observé narquoisement le colonel de Sombreuil. Le vicomte avait paru embarrassé ; après avoir maintenu ses dires, il avait admis qu'il ne regrettait rien et avait passé des moments inoubliables au milieu des tombeaux des rois avant que le concierge, l' « usher », ne rouvrît les portes et qu'une ravissante petite sonneuse de cloches vînt le surprendre, assis dans l'ombre d'un tombeau. En errant au milieu des ombres illustres, comme dans un roman d'épouvante à la mode d'Angleterre, il songeait, disait-il, à la « sombre vastitude des églises chrétiennes », dont parlait Montaigne.

Le « garret », ce grenier de Mary-Le-Bonne Street, où, quelques mois avant, il avait connu les affres de la faim, dévorant dans les gargotes le shilling quotidien délivré par la Couronne à chaque émigré, n'était qu'un mauvais souvenir, mais qui continuait à susciter des émotions rétrospectives — sa fenêtre donnait... sur un cimetière.

Laissant ses amis poursuivre une conversation à laquelle il se sentait étranger, il avança son siège vers la fenêtre qui donnait encore un peu de jour. Sous les verdures diaphanes de Hyde Park déambulaient des groupes de femmes habillées de blanc, escortées d'hommes en tenues sombres — la « high society » londonienne. Des ombres glissaient au loin, en lisière du bois : des troupeaux de biches et de daims qui vivaient là dans une semi-liberté. Il respira profondément, songea :

« Où donc ai-je vécu une émotion identique ? » Il ne se souvenait plus si c'était en France ou en Amérique. En Amérique plutôt ; exactement au bord d'une rivière qui charriait les reflets d'un ciel brumeux de printemps ; l'air avait cette même luminosité poudreuse, ces fragances profondes exhalées par les immenses prairies, ce silence troublé par des clarines et des voix d'enfants. En Virginie ? En Caroline ?

Les affaires d'Europe l'importunaient, mais il n'osait l'avouer par crainte de passer pour un royaliste ou pour un monarchien. Accepter d'en discuter, c'était renoncer à des principes d'honnêteté morale qui lui commandaient de n'engager sa conscience qu'en toute connaissance de cause et de ne pas s'inclure à la légère ou par intérêt dans un parti ou un autre.

Il ferma les yeux, se replongea dans les émotions de sa nuit passée dans le « Saint-Denis de l'Angleterre » ; il se proposait d'en faire le récit pour un ouvrage futur. Il murmura : « Quel amas de grandeurs renfermé sous ces dômes... Tiens ! un alexandrin parfait... Qu'en reste-t-il ? Les afflictions ne sont pas moins vaines que les félicités, et... » Il allait sortir son calepin de sa poche quand une voix féminine lui dit à l'oreille :

— Encore une tasse de thé, monsieur de Chateaubriand ?

Il accepta, remercia Véronique de La Blache, suivit du regard, à travers la lumière tamisée du salon, la mince silhouette évoluant au milieu du groupe des visiteurs. M. de La Blache, père de Véronique, dormait la bouche grande ouverte dans l'angle d'une bergère ; Sombreuil et François de Marsanges faisaient face à deux ci-devant en habits sombres qui semblaient aussi loquaces que friands des pâtisseries de Véronique. Le vicomte savoura son thé, yeux mi-clos, puis s'enfonça de nouveau dans le « linge des tombeaux ».

François fit un mouvement de tête vers lui.

— Tiens, dit-il, notre vicomte vient de s'endormir.

— Non, dit Charles de Sombreuil, il rêve tout éveillé.

La conversation reprit sur le thème de la situation de l'autre côté du « chanel » et sur l'éventualité d'une intervention anglaise. L'un des émigrés, journaliste occasionnel au *Courrier Français,* Pierre de Chaulnes, n'en était pas partisan ; l'autre, Guillaume de Vernet, la jugeait inévitable. Le premier partageait les opinions de M. Fox, député au Parlement ; l'autre était d'accord avec les avis du Premier ministre, William Pitt, et du ministre de la Guerre, lord Windham. Charles et François arbitraient le débat.

Les émigrés n'étaient pas les seuls à être partagés sur ce problème d'intervention ; toute l'Angleterre l'était : Londres surtout. A l'ouverture d'une session de la Chambre des Communes, la foule s'était portée vers la voiture du roi George, criant qu'on ne voulait pas de cette intervention, qu'il fallait faire cesser cette guerre qui ruinait la nation et renvoyer Pitt ; il se trouva même des provocateurs pour réclamer l'abdication du roi ! Pitt avait riposté en menaçant de faire supprimer l'*Habeas corpus,* garantie légale des citoyens contre l'injustice. Jamais les vénérables voûtes de l'assemblée n'avaient retenti d'autant de clameurs.

— La politique de Pitt, dit Vernet, est draconienne, j'en conviens, mais c'est la seule qui s'impose. Pour venir à bout de ce nid de soudards qu'est la République, il faut maintenir sous les armes nos alliés d'Europe et préparer un débarquement des forces de Windham sur les côtes de l'Ouest.

Chaulnes sourit sous ses fines moustaches qu'il mordillait.

— Il faut s'interroger quant au fond du problème, dit-il, et se demander, comme les « whigs » partisans de ce grand ami de la France qu'est Fox : « What is the object of this war ? »

— C'est une question, mon cher, que tout le monde peut se poser. Nous avons la réponse : cette guerre, nous la faisons pour restaurer dans notre pays la monarchie absolue...

— ... dont la France ne veut plus !

— ... pour détruire à jamais cette lèpre : le jacobinisme qui risque de contaminer l'Europe...

— ... et qui disparaîtra de lui-même sans qu'il soit besoin de le combattre par les armes !

— ... enfin rétablir cette paix à laquelle l'Angleterre et l'Europe aspirent, vous en serez d'accord, *monsieur le journaliste !*

Le « journaliste » fit claquer d'un air excédé ses mains sur les bras de son fauteuil et répliqua :

— En effet ! Pour ce qui est de l'Angleterre, elle souhaite la paix, mais à condition de nous ravir toutes nos colonies au préalable, d'écraser notre marine et d'obtenir la victoire sur terre grâce aux armées impériales ! Ce qu'elle vise, c'est l'hégémonie occidentale, nécessaire pour écouler les produits de ses manufactures.

— Le langage de Fox, de Stanhope, de Sheridan et de quelques autres égarés !

— Je m'en flatte, monsieur ! Au moins sont-ils cohérents dans leurs propos, plus que votre Pitt lorsqu'il déclare qu'une nation n'a pas le droit de s'ingérer dans le gouvernement d'une autre. L'Angleterre est au bord de la ruine, écrasée par les subsides dont elle abreuve ses alliés, les impôts et les privations dont elle accable le peuple !

— Alors, *monsieur le journaliste,* que proposez-vous ?

— Que vous cessiez vos provocations à mon égard, monsieur ! Vous n'ignorez pas que je ne tiens au *Courrier* que la rubrique des arts et des spectacles, parce que cela me divertit et met du beurre dans les épinards, comme on dit chez nous. Cette gazette n'est pas une tribune pour mes opinions.

— Vous êtes partisan de la République, ayez l'honnêteté de le reconnaître !

— Notre nation aspirait à la République. Elle l'a. Laissons-la-lui. C'est son affaire. Mon propos est de chercher la vérité où qu'elle se cache et d'en nourrir ma conscience. Je reconnais que tout n'est pas à rejeter dans le régime que les Français se sont donné, si l'on excepte certains excès que je réprouve.

— Alors regagnez la France ! Qu'attendez-vous ?

— J'y débarquerai sur un navire de transit et pas sur une flotte de guerre !

François et Charles, à plusieurs reprises, avaient tenté d'intervenir pour ramener la sérénité entre les deux interlocuteurs ; leurs gestes, leurs propos demeuraient vains. François finit par se faire entendre.

— Monsieur de Vernet, notre ami de Chaulnes vous a posé une question précise : quelle attitude souhaiteriez-vous pour l'Angleterre ?

La réponse éclata comme une décharge de mousquets :

— Qu'elle déclare enfin la paix à la France ! Que deviendra-t-il, ce pays qui est le nôtre, je vous le rappelle, lorsqu'il sera envahi par les Impériaux et les Anglais, lorsque certains enragés auront fait tuer les huit cent mille otages désignés à leur vindicte, lorsque toutes nos colonies seront tombées dans le giron de l'Angleterre ? Un fantôme de nation ! J'aime trop la France pour cautionner cette idée.

Profitant de l'accalmie, Véronique fit passer de nouveau le thé et les pâtisseries. Réveillé, M. de La Blache demanda l'heure et se rendormit. Le vicomte prenait des notes sur ses genoux. Un crépuscule couleur de giroflée flottait au-dessus des frondaisons du parc d'où se retiraient les derniers promeneurs.

— Je suis un soldat, dit Sombreuil, mais je déteste la guerre. On ne peut demander à un pompier d'aimer le spectacle d'un incendie. Cette guerre, si elle éclate, je la ferai, malgré ma répugnance à combattre mes compatriotes, parce que je me suis promis de faire triompher notre cause. Comment pourrais-je oublier que mon père et mon frère sont morts sur l'échafaud, que ma sœur, Maurille, a été contrainte de se séparer de notre domaine, vendu comme bien national ?

Il se leva pour allumer les chandelles. La lumière découpait son profil délicat, en dégageant la douceur et l'autorité. Véronique vint l'aider. Ce couple faisait l'admiration du petit monde des émigrés. Leur mariage avait été décidé pour la fin juillet et François serait le garçon d'honneur de Charles. On avait sollicité la présence de Monsieur, le comte d'Artois, Charles[1], mais sans illusion — il filait le parfait amour, en Ecosse, avec la belle Mme de Polastron et, traqué par ses créanciers, ne pouvait pas quitter son domicile, sauf le dimanche.

— J'avoue mon trouble, poursuivit Charles. Autant je souhaite combattre la Révolution, autant vos contradictions, qui ne sont que le reflet du milieu émigrant, m'exaspèrent. L'Agence royaliste de Paris souhaite comme roi un descendant des Bourbons d'Espagne plutôt que Louis-Stanislas, comte de Provence[2]. M. de Puisaye, l' « homme de Pitt », comme on le nomme, dresse les émigrés d'Angleterre contre l'Agence de Paris et la « faction d'Espagne ». Pitt et le cabinet de Saint-James ne veulent pas entendre parler du comte d'Artois qu'ils jugent inapte à gouverner et font mine d'ignorer le comte de Provence. L'invasion par les côtes de l'Ouest devait rester secrète et elle est connue de toute l'Europe ! Face à ce concert de contradictions, de mauvaise foi, d'égoïsme, combien notre avis pèse peu, à nous, les soldats !

Il alluma un petit cigare à une chandelle, se pencha vers Vernet.

— Monsieur, dit-il, malgré votre éloquence, vous ne m'avez point convaincu. Certes, vos propos s'accordent à votre raison et à votre conscience et je les respecte, mais votre esprit pacifiste est hors de saison. On ne part pas pour la guerre avec des bouquets de fleurs dans les bras. Quant à vous, Chaulnes, ce n'est pas la haine que vous vouez aux patriotes français qui nous donnera la victoire. La guerre est une réponse terrible à des questions, et vous les posez mal. Sur un champ de bataille, en cas d'incertitude, retournez-vous et inter-

1. Le futur Charles X.
2. Le futur Louis XVIII.

rogez le passé. Si vous n'obtenez pas de réponse, vous êtes perdu.

La tête levée vers le plafond, il parut suivre d'un œil distrait les volutes de fumée et se retirer dans ses pensées.

— Mes amis, dit-il, je ne vous envie pas si vous êtes de l'expédition qui se prépare. Vous, Vernet, vous vous posez trop de questions et vous, Chaulnes, pas assez. Je serais moi-même dans la confusion si je n'avais appris qu'un soldat doit avant tout obéir aux ordres. Si la victoire nous sourit, elle n'en aura pas pour autant effacé nos contradictions et nos querelles.

Charles demanda à François de donner des nouvelles du comte d'Artois auquel il avait récemment remis un message d'un certain Dutheil, correspondant de l'Agence royaliste de Paris, dirigée par l'abbé Brottier.

Trois jours durant, il avait parcouru de mornes pays noyés dans la pluie et la brume, avant d'atteindre la demeure du comte, le château de Holly-Rood, situé aux abords de cette ville triste comme une veuve engoncée dans ses dentelles noires : Edimbourg.

Le sourire aux lèvres, il avait assisté dès son arrivée à l'habillement de Monsieur : deux valets le soulevaient par les aisselles pour lui permettre d'enfiler sans faire de mauvais plis sa culotte de basane. Ce matin-là, Monsieur paraissait d'humeur joyeuse et chantonnait : il avait rendez-vous avec Mme de Polastron, sa concubine qu'il appelait familièrement Luzy, dans la petite maison proche du château, où elle demeurait.

— Etes-vous passé sans encombre ? lui avait demandé le prince. Une meute de créanciers m'assaillent en permanence. Certains sont venus d'Allemagne et de Prusse pour me faire cracher au bassinet. Je leur dois des millions de livres pour nos fournitures de guerre et je n'ai pour ainsi dire plus un sou vaillant. Au diable cette engeance de boutiquiers !

Après avoir gémi sur sa condition, il demanda des nouvelles de Londres et de ses « amis » émigrés, dont il semblait se moquer éperdument. François lui confia qu'on eût aimé qu'il prît la tête du débarquement dans l'Ouest ; cette missive que le messager de Dutheil venait de lui remettre devait avoir pour objet de le solliciter de nouveau. Il l'ouvrit d'un air maussade, s'écria :

— On réclame ma présence à la tête des troupes de débarquement, moi qui saurais à peine faire manœuvrer une escouade ! A quelle date aura lieu le départ de l'expédition ?

— C'est un secret, monseigneur !

— Allons donc ! Le plus misérable batelier de la Tamise doit être au courant !

Il se mit à virevolter avec de brefs accès de rire. C'était un assez bel homme aux traits fins, au visage allongé, aux gestes et aux attitudes empreints de noblesse ; un soupçon d'embonpoint tendait les derniers boutons du gilet brodé.

— Vous me voyez dans l'embarras, dit-il. Nos amis émigrés me pressent de partir en guerre, mais le Cabinet de Saint-James me tient pour un incapable et me consigne dans cette forteresse, avec pour seule compagnie digne de ma condition le fantôme de Jacques Ier qui fit construire cette... cette masure !

François avait pu apercevoir de loin l'égérie du prince. Elle était gravement atteinte d'un mal de poitrine et l'on disait que ses jours étaient comptés ; sa liaison en prenait une intensité tragique ; délicate, jolie de visage et de corps, elle n'avait aucun mal à faire oublier à Monsieur son épouse, la fille aussi laide que sotte du roi de Sardaigne, Victor-Amédée de Savoie.

En attendant la réponse de Monsieur, François avait eu tout loisir de chevaucher dans les parages, à travers les collines que le printemps faisait reverdir. Le lendemain, il était parvenu à prendre le large en évitant les créanciers qui logeaient à l'auberge.

— Mieux vaut, dit Charles, ne pas compter sur Monsieur. Il n'est ni un chef de guerre ni un homme politique. Il est trop futile pour imposer ses avis, s'il en a. Qu'il règne un jour et nous aurons avec lui un piètre souverain.

Il prit un air joyeux pour ajouter :

— Messieurs, je ne vous retiens pas davantage. Souvenez-vous que vous êtes invités à mon mariage, le 3 juillet. Cette fête vous changera les idées.

Avant de regagner son domicile situé dans une ruelle à jardinets ouvrant sur les étendues solitaires de Queen's Gate, à quelques minutes de l'appartement de M. de La Blache, François s'attarde sous les quinquets qui font naître dans le clair-obscur des parterres de fleurs irréels comme des décors de théâtre. A chaque fiacre qui roule dans la lumière brumeuse, il imagine qu'un visage de femme, éclairé par un de ces sourires narquois qui attestent de la précarité du plaisir, surgit à la portière, qu'une main délicate lui fait signe de monter, qu'une voix lui dit d'un ton familier : « Où nous sommes-nous déjà rencontrés ? Est-ce au bal costumé du théâtre de Haymarket ou dans celui de lord Ranelagh ? Vous ai-je eu comme " partner "» à l'allemande ou au quadrille ? Avez-vous quelque obligation urgente ce soir ? » Les fiacres passent, clos comme des cocons, s'estompent dans un flocon de brume sans qu'aucun signe, aucune voix vienne le solliciter.

Il y a une semaine, il a consacré trois pages de son journal au souvenir de Dominique Revel, ce météore à chevelure de fée qui, après avoir croisé sa vie, s'est dissous dans le bruit d'une détonation et l'odeur de la poudre.

Dominique... Il n'a rien fait pour la revoir et ne tentera aucune démarche. Son souvenir subit la loi du temps et de l'oubli : il en reste un reflet, une clarté de jour en jour plus pâle, mais aucun regret. Il n'a plus jamais passé sous ses fenêtres. Le petit pistolet d'argent ne l'avait pas tué, mais elle l'aurait consumé, jour après jour, à petit feu. Tué d'amour. Il tente parfois de la retrouver par les chemins de la mémoire, baignant dans l'encens de sa propre dévotion, au milieu d'un cercle de proies. Cette créature n'aime qu'elle, mais toutes les femmes, à quelques exceptions près, ne sont-elles pas éprises avant tout de leur précieuse petite personne ?

Toutes, sauf peut-être l'épouse de François, Virginie. Elle n'est éprise de rien ni de personne ; elle a laissé se creuser son nid dans le domaine de l'ennui et semble s'y complaire, par incuriosité plus que par paresse. Il est aisé à François de l'imaginer dans sa vie quotidienne : par leur insignifiance, ses lettres confirment que son petit univers subit une lente concrétion, que rien n'y changera, sauf si la guerre le fait éclater.

Offenburg... Une nausée submerge François au souvenir de la maison paisible — trop paisible — sur la rive du Kinzig, de la fontaine du Fischmarkt, des paysages monotones de l'Ortenau. Le tissu de ses lettres est anodin : les humeurs coléreuses du patriarche, les amours capricieuses de Rosine, les querelles entre Martial et la servante, les rhumes du petit Adrien, leur enfant... Des frissons sur une eau morte.

Il faudrait d'imprévisibles remous de l'histoire pour ramener François à Offenburg. Il s'engagera dans cette expédition de Vendée comme il le doit à son état d'officier émigré, puis il reviendra en Angleterre. Si le goût de l'aventure le possède toujours, il partira pour le Canada ou l'Amérique, comme l'y incite ardemment le vicomte de Chateaubriand. Avec ou sans Virginie.

A moins qu'il ne décide de retourner à Marsanges.

Non, toutes les femmes ne ressemblent pas à Dominique.

Milena Moorehead est d'une autre race. Peu soucieuse de paraître et de briller, ce à quoi elle pourrait encore prétendre, la quarantaine à peine franchie, elle consacre l'essentiel de ses ambitions à la glorification post mortem de son époux, disparu dans quelque « île du sucre », dans les parages de Saint-Domingue, mort au combat en prenant d'assaut un fort tenu par les Français. Une légende pieusement entretenue dans un souci hagiographique par la veuve, mais démentie par le document que François a découvert : ce cher Oliver a succombé à la goutte et au « mal français ». Il aurait fallu arracher le cœur de Milena pour lui ôter ses illusions.

Le jour même où François est venu lui demander asile de la part du colonel Charles de Sombreuil, elle l'a convié à une cérémonie du souvenir à laquelle ne manquaient que les drapeaux, les allocutions et la fanfare.

Le cénotaphe consacré au dieu lare s'ornait d'un portrait, une estampe à la manière noire réalisée du vivant du dieu — un lourd visage de valet de charrue — de l'uniforme rouge de sous-lieutenant, de la giberne et du sabre d'infanterie de marine de Sa Majesté ; les cloisons affichaient des gravures coloriées représentant des scènes navales sur fond d'îles à cocotiers et à sauvages, des lettres qu'elle avait sollicitées des compagnons d'aventure du défunt, d'un lot défraîchi de rubans et de médailles datant de la guerre d'Indépendance, qui faisaient illusion sur les vertus et les exploits du guerrier mort.

Elle lui avait confié d'un air pénétré :

— Tant que je vivrai, le souvenir de mon glorieux époux ne mourra pas. Je me suis promis de vivre cent ans ou davantage.

Elle se sentait soutenue par cette promesse et prenait grand soin de sa personne. Rien de ce qui était susceptible de la maintenir dans la mission qu'elle s'était assignée ne lui paraissait négligeable. Sa santé était florissante, sa vénusté rayonnante sous le petit deuil dont elle s'affublait. Son cœur voué au culte du souvenir, elle était, quant à son aspect, toute au présent et s'attachait à conserver la carnation blanche des dames de qualité. On ne pouvait assurer qu'elle était belle ni soutenir qu'elle ne l'était point. Ce que l'on en percevait d'emblée, c'était l'intensité de son regard, la vivacité de ses gestes et de ses mouvements, une énergie à fleur de peau. Autant de qualités qu'elle ne donnait en spectacle qu'à son miroir.

Milena consacrait beaucoup d'attention et de soins à son petit domaine d'Hammersmith, au sud-ouest de Londres, que ce cher Oliver avait trouvé dans la corbeille de mariage : un cottage entouré d'une centaine d'acres de prairies et de houblonnières, une dizaine de bovins...

Dès le premier contact, les rapports entre Milena et son locataire furent empreints de confiance et d'une familiarité de bon aloi qu'elle encouragea par de délicates attentions : la théière généreuse, le bon lait d'Hammersmith, de petits bouquets au chevet de François ; chaque matin, il trouvait ses bottes cirées à sa porte et son linge lavé et repassé, fleurant la lavande, sur sa table.

François, ayant liquidé sans appel les séquelles de sa liaison avec Dominique, se trouvait disponible pour une nouvelle aventure. Il avait compris que Milena n'était pas une coquette, mais avait souhaité qu'elle fût accessible. Il comprit que sa conquête exigerait du temps et de la délicatesse, mais il n'était pas pressé.

Aux attentions de sa logeuse, il répondait par de menus présents :

des friandises françaises surtout, dont elle raffolait. Le jour où il lui apporta une bouteille de bordeaux et un rôti de chez Brice, le meilleur restaurant français de Londres, elle ne put faire moins que de l'inviter à sa table. Le vin incita la veuve aux confidences ; François, lorsqu'il apprit qu'elle vivait, depuis la mort de son époux, une pénible continence, songea : « Il ne reste plus qu'à jeter une étincelle sur ce brûlot... »

Un soir de mai où l'air était léger et suave, il l'emmena en fiacre au théâtre où l'on jouait un vaudeville en français. Incliné vers elle, lui tenant la main, il tentait dans un susurro de lui traduire le texte. Il tint ensuite à la faire souper dans un restaurant à la mode, tenu par le chevalier de Cosson, ci-devant reconverti dans les fastes culinaires de la province française. Ils rentrèrent aussi ivres l'un que l'autre — la dame buvait sec — et prolongèrent la soirée autour d'un whisky écossais.

Comme François parlait assez mal l'anglais, elle se proposa de lui donner des leçons. Il soupira :

— Tant de choses manquent à mon expérience de l'Angleterre. Vous l'avouerai-je ? Je n'ai jamais fait l'amour à une Anglaise.

Il se mordit les lèvres lorsqu'il la vit se dresser, le feu aux joues, et se dit qu'il était allé trop loin, qu'elle allait le jeter à la porte. Elle s'agenouilla, lui prit les mains, murmura :

— *My dear friend, my sweet love...* Là encore je puis vous donner des leçons.

A ces simples mots, la cloison qui séparait la chambre de François de celle de Milena vola en éclats comme les murailles de Jéricho.

François ne fut pas long à constater que la longue continence de la jolie veuve avait gardé ses ardeurs intactes. Cette première nuit, ils la passèrent dans un long délire sensuel auquel l'abus des boissons n'était pas étranger. Au préalable, elle lui avait demandé de patienter quelques instants ; par la porte entrebâillée du cabinet aux souvenirs, il l'avait vue agenouillée, en prière devant le cénotaphe ; il crut qu'elle pleurait, elle était radieuse.

— Ne vous fâchez pas, dit-elle, si je tiens à dédier notre première nuit à mon cher Oliver. Je lui ai demandé d'approuver mon choix et il y a consenti.

Ces préliminaires funèbres n'étaient guère du goût de François, mais il fit table rase de ses griefs lorsqu'il la tint contre lui, fondante d'amour, légère, profonde, délirante. Elle n'avait pas assez de ses bras, de ses jambes, de son corps pour l'étreindre, pas assez de mots pour chanter son plaisir, pas assez de sa bouche pour le couvrir de baisers.

— Je ne pouvais rêver meilleur professeur ! dit-il, haletant.

— Et vous, *my love,* vous êtes un élève très doué. Cependant cette première leçon a été trop rapide.

— Nous la reprendrons quand vous voudrez.

Au réveil, elle avait unc fraîcheur d'Hébé sous la chevelure répandue jusqu'aux épaules et semblait s'être délestée de dix années en une nuit. Ils n'avaient guère dormi et il leur semblait à tous deux qu'ils avaient encore beaucoup à apprendre.

— Patientez, dit-elle. Je vais vous faire une soupe de perroquet.

Elle revint de la cuisine avec deux grandes jattes de bordeaux bouillant dans lequelles trempaient des croutons et de la cannelle. Ils reprirent leurs leçons, s'endormirent, harassés, pour ne s'éveiller qu'aux premières heures de l'après-midi. Ils allèrent flâner dans le soleil, jeter du pain aux cygnes de la Serpentine, boire une « ale » ardente en regardant déambuler les promeneurs. Délivrés de leur corps, ils planaient sur un nuage, au-dessus d'une planète inconnue.

Milena invita François à son cottage d'Hammersmith. Elle lui présenta son régisseur et chacune des vaches, qu'elle connaissait par leur nom. Il remarqua une pancarte placée au-dessus de la porte et qui portait cette inscription : « Oliver's Cottage ». L'intérieur se composait de quelques épaves de mobilier sauvées du naufrage de son défunt et de souvenirs attendrissants : une tabatière, une râpe à tabac, des pipes, un couteau de chasse à poignée de corne, une poire à poudre, deux pistolets croisant leur canon sur le mur.

De l'opulence passée du ménage qui, à en croire Milena, tenait un grand train de maison, subsistait, rangée dans l'écurie, une jolie berline à l'ancienne, assez vaste pour une famille. Lorsque le temps le permettait, le régisseur attelait les deux chevaux pour une promenade sur la berge de la Tamise, par des chemins longeant des prairies couvertes de fleurs et de houblonnières. Ils choisissaient l'ombre d'un gros chêne pour y déployer la nappe du pique-nique et passaient là, à rêvasser, les heures chaudes de l'après-midi.

Milena ne perdait aucune occasion d'évoquer le souvenir du défunt. Ce cher Oliver avait une admirable voix de baryton et aurait pu faire une carrière à l'Opéra... Il venait ici pêcher à la ligne et regarder passer les bateaux... Il était très exigeant en matière de bière : il n'aimait que la « guiness »... Oliver! toujours Oliver! Les oreilles rebattues par ce nom qui suscitait entre eux une présence de plus en plus concrète, François contenait mal son irritation.

— Comme vous l'aimez, ce cher Oliver, lui disait-il avec une pointe d'acrimonie. Je ne suis pas arrivé à faire pâlir sa mémoire.

— *My poor love!* Vous n'y arriverez pas, mais vous êtes trop différents l'un de l'autre pour vous porter préjudice. Ne soyez pas fâché. *You are my life. You only!*

— S'il revenait, par miracle, que feriez-vous ?

— Je serais contrainte de vous abandonner, mais je vous regretterais.

Oliver n'avait pas à concrétiser sa présence ; il était autour d'eux, entre eux, à plusieurs reprises, dans son délire amoureux ou dans les sommeils fiévreux qui succédaient à une « leçon », elle avait prononcé son nom, avec une oraison de mots qu'il comprenait difficilement. Penché sur elle à travers l'ombre, il entreprenait avec elle un dialogue révélateur : ce n'était pas François qui vivait en elle, mais Oliver. François en était venu à haïr cet importun, mais il tenait trop à Milena pour le lui avouer : elle était heureuse entre le passé et le présent, dans un équilibre magique ; lui pas.

Le jour où Milena demanda à son amant de revêtir l'uniforme d'Oliver, il s'insurgea. Elle insista ; il céda. Oliver devait être un colosse ; François flottait dans son uniforme et se trouvait ridicule. Elle battit des mains, s'écria :

— *Oh dear! You are beautiful, marvellous, splendid!* Un vrai soldat de Sa Majesté ! Tournez-vous ! Encore ! Comme vous lui ressemblez !

Loin de se fondre dans les habitudes quotidiennes, la présence d'Oliver devenait de plus en plus obsédante pour François, tandis que Milena vivait dans le ravissement cette singulière transmutation ; elle se persuadait que son mari revivait dans son amant, que, peu à peu, l'un se modèlerait sur l'autre, encore que, physiquement, ils fussent dissemblables. François avait beau protester, refuser ce jeu absurde et indécent, ses velléités de résistance fondaient dans la crainte de perdre cette maîtresse qui comblait ses désirs.

Leurs rapports faillirent pourtant s'altérer le jour où Milena prétendit le convertir à la religion anglicane. Un dimanche, elle lui mit sous le bras un recueil de cantiques ayant appartenu à son époux et lui déclara d'un air engageant :

— Je vais maintenant vous présenter au Seigneur. Nous vivions dans le péché ; nous allons vivre en Dieu. Alléluia ?

Il regimba violemment :

— Mais ma chère, je suis catholique ! L'avez-vous oublié ?

— Il est temps pour vous de rompre avec le papisme. D'ailleurs vous ne paraissez pas très attaché à la foi romaine.

Il posa le livre sur la table, se croisa les bras.

— Sans doute ! Mais est-ce une raison pour la trahir ? Quelle serait votre réaction si je prétendais vous traîner devant un prêtre ?

— *My god !* Comment cette idée affreuse a-t-elle pu vous venir ?

Il lui retourna la question ; elle l'écouta sans réagir, rigide et glacée comme la tour de Westminster puis fondit en larmes. A travers ses sanglots, il l'entendit proférer d'atroces accusations :

— Vous, *my darling,* vous qui devez tant à l'Angleterre... tant à moi qui vous ai sacrifié ma vie... me refuser cette faveur ! Ingrat ! Moi qui me faisais une joie... une joie de vous entendre chanter avec moi la gloire du Lord... comme jadis Oliver ! Il était membre de la haute Eglise et moi... moi de la basse, mais il a renoncé à la religion de son enfance... pour embrasser la mienne ! *Oh, you ! Bad boy...*

Agenouillé près d'elle, il lui embrassa les mains et la consola :

— Vous faites un caprice, ma chérie. Entrer dans le personnage de ce cher Oliver a été pour moi un jeu, tantôt divertissant, tantôt irritant, auquel je me suis soumis par amour pour vous. Hélas ! vous êtes allée trop loin. Réveillez-vous ! Je ne suis pas Oliver ni sa réincarnation, et je ne tiens pas à jouer les doublures, comme au théâtre. Acceptez-moi tel que je suis ou renoncez à moi.

Elle proclama qu'elle l'aimait, autant sinon davantage que son défunt, qu'elle refusait qu'il la quittât et qu'elle devînt une bigote à pasteur confite dans les moiteurs d'un sinistre presbytère. Mais oublier Oliver, renoncer à son culte ? Jamais ! Il se raidit, déclara qu'il ne voulait plus entendre ce nom dans son bouche. Elle éclata de sainte colère :

— *You don't love your little Milena !* Alors, mieux vaut nous dire adieu. *Farewell !*

Il reçut ce dernier mot comme une décharge de foudre.

— Soit, soupira-t-il en se relevant. Notre liaison devait se terminer ainsi. Elle était d'ailleurs condamnée. Je vais devoir quitter ce pays pour une mission importante. Si elle échoue, c'est que je ne serai plus de ce monde. Si elle réussit, je n'aurai plus rien à faire ici.

Elle se leva à son tour, lentement, essuya un visage de Méduse et dit d'un ton cinglant :

— Vous mentez ! Ce n'est qu'une sotte invention, un faux prétexte pour vous séparer de moi ! Eh bien, *come back and don't return !* Il est vrai que j'ai cherché à retrouver Oliver en vous. Il a été mon unique passion. Qu'alliez-vous imaginer, petit « Frenchie » prétentieux ? Vous avez réveillé mes sens, mais vous m'avez pas été capable de me faire oublier mon cher époux !

— *Farewell !* répliqua-t-il d'un ton blessant. Demain, j'aurai disparu et, dans une semaine, je vous aurai oubliée.

Alors que les échos de cette scène résonnaient encore à ses oreilles, François se sentait parfaitement serein. Les querelles sentimentales passent comme de salutaires orages ; on jette dans le feu de l'affrontement tous ses griefs ; on s'accorde le beau rôle ; on se persuade que l'autre macère dans un bain de remords. Cette impression d'alacrité se poursuivit tout le jour. Il s'invita à dîner chez Sombreuil afin d'y exposer ce qu'il tenait pour une victoire. Tout au long du repas, il se montra d'humeur vive et joyeuse, se plaisant à vilipender la veuve tyrannique.

— Tout est bien qui finit bien ! dit Charles. Milena n'était pas une femme pour vous. De toute manière, sans doute devrons-nous prendre la mer prochainement, ce qui vous aurait obligé à rompre. D'ici là, tâchez de vous consoler. Londres ne manque pas de jolies femmes.

Une nouvelle liaison ? François en redoutait la perspective. Il venait d'échapper à un piège ; il répugnait à tomber dans un autre. Tout le monde n'avait pas la chance de Charles qui vivait un bonheur sans nuage. « Le couple le plus harmonieux de Londres », disait-on dans le milieu des émigrés. Jamais un reproche, jamais une querelle. Ils allaient d'un pas égal, comme sur le fil d'un menuet, vers la consécration de leur couple. François ne partageait pas l'opinion du vicomte de Chateaubriand qui lui disait : « Je ne crois pas à la perfection dans les sentiments humains et me méfie du mariage. Ce couple que nous voyons dans la fleur de sa tendresse, nous le retrouverons dans quelques années aigri, écartelé, au bord de la séparation. Les Philémon et les Baucis, on ne les trouve que dans la fable, et encore furent-ils séparés, lui changé en chêne et elle en tilleul. »

Il citait son propre mariage en exemple : à l'exaltation amoureuse des débuts avaient succédé des aigreurs. La fortune de son épouse, la dot sur laquelle il comptait, lui qui tirait toujours le diable par la queue, consistait en rentes sur le clergé ! Autant dire rien ! Une duperie ! Pour l'heure, il était amoureux de la fille du pasteur Ives dont la demeure se situait près de la petite ville de Beccles. Excellente musicienne à quinze ans, Charlotte était une « young lady » d'une rare beauté. L'affection que se portaient les deux jeunes gens n'avait pas échappé aux parents qui avaient combiné pour eux des projets matrimoniaux. Le vicomte dut avouer que c'était une passion désespérée : il était marié. Cette idylle, mieux valait qu'elle eût tourné court : il frémissait à l'idée qu'il aurait pu, en épousant Charlotte, sombrer, avec ses ambitions d'écrivain, dans la morne existence d'un gentleman farmer.

Ce soir-là, François, peu soucieux d'affronter sa logeuse, flâna sur la berge de la Serpentine, écouta chanter les rossignols, contempla en fumant un dernier cigare la belle lune de juin se lever au-dessus de Bayswatter.

Milena était couchée. Discrètement il fit de même dans le petit lit où il ne s'était pas allongé depuis des semaines. A peine endormi, il s'éveilla en sursaut : la voix de Milena l'invitait à ouvrir sa porte. Il fit la sourde oreille, compensa l'amertume de son sacrifice par le plaisir de la revanche.

Le matin venu, il prépara son bagage, laissa bien en évidence sur le guéridon le montant de son loyer en cours et, partagé entre la tristesse et le soulagement, il s'apprêta après un dernier regard à quitter sa chambre. Il trouva Milena dans l'entrée, livide, bras écartés, plaquée contre la porte.

— Non ! gronda-t-elle d'un ton tragique. Tu ne partiras pas !

Il vérifia qu'elle ne cachait pas dans sa ceinture un poignard ou un pistolet et tenta de l'écarter. Elle tomba sur les genoux, lui emprisonna les jambes, gémissante, torturée ; elle avoua ses erreurs, ses folles exigences, lui demanda de rester au moins jusqu'à son départ. Il refusa, arguant qu'il avait trouvé un nouveau logis où il devait s'installer le jour même. Il la releva doucement, la serra contre lui, résista au désir de la pousser vers le lit.

— Nous nous reverrons, dit-il. Ce n'est pas un adieu.

Il savait bien que, s'il franchissait cette porte, il ne reverrait jamais Milena.

Devant l'imminence de l'expédition, Charles n'avait pas jugé nécessaire de trouver à François un nouvel appartement. Il l'installa, avec l'assentiment de M. de La Blache, dans une chambre de bonne.

Un matin, Charles vint l'éveiller et lui dit :

— Nous partons dans une quinzaine, mon ami. Nous allons revoir notre pays. J'en ai le cœur tout chaviré.

Charles commanderait le détachement de renfort : une division de onze cents émigrés. Ce corps d'infanterie se composerait des légions de Rohan, de Salm, de Damas, du Béarn et du Périgord. Le cabinet de Saint-James avait désigné le comte de Puisaye comme chef de l'expédition, dont les troupes seraient placées sous le commandement du colonel d'Hervilly.

— Le premier détachement partira dans une semaine avec une flotte commandée par lord John Warren, un excellent officier.

— Votre mariage ?

— Nous le célébrerons à notre retour. J'en suis navré.

Charles ajouta que la date choisie était favorable : les gros temps étaient rares à cette époque ; la « pacification » de la Vendée, suivie d'une paix signée quelques mois plus tôt entre le général républicain Hoche et les partisans vendéens Charette et Stofflet, n'était qu'un leurre, la Vendée et la Bretagne restant sous les armes.

Le convoi de lord Warren, encadré par les vaisseaux de guerre de lord Cornwallis, se composerait de trois frégates, cinq vaisseaux de 36 à 40 canons, d'une nombreuse flottille de cutters, de chaloupes, de lougres, de navires de charge portant des vivres pour 40 000 hommes, des milliers d'uniformes rouges d'infanterie et de cavalerie anglaise, 20 000 fusils, une centaine de chevaux, 600 barils de poudre, un trésor évalué à dix mille louis et pour 3 milliards de faux assignats. L'Eglise de France serait de l'expédition, en la personne de Mgr de Hercé, évêque de Dol, vicaire général de Bretagne.

Ce premier détachement comporterait seulement 4 500 émigrés, mais, avec le second, celui que commanderait le colonel de Sombreuil, on compterait 10 000 hommes environ.

— Et les Anglais, demanda François, combien seront-ils ?

— Ils seront absents, dit sombrement Charles. Pitt nous avait promis un contingent mais nous l'a retiré. Il se contentera de prêter sa flotte, ses officiers et ses hommes d'équipage. Puisaye est furieux. Quant à moi, je me dis que c'est peut-être mieux que les Français soient seuls à reconquérir le sol de leur patrie. Ce qui m'inquiète bien davantage, c'est la mésentente entre Puisaye et Hervilly. Leurs querelles risquent de nous être fatales.

— Et Monsieur ?

Sombreuil eut un rire amer. Le comte d'Artois était trop occupé de ses amours, de la santé de la chère « Luzy » et de ses démêlés avec ses créanciers pour jouer les foudres de guerre. Peut-être se présenterait-il une fois la terre de France reconquise...

— Je viens d'apprendre une triste nouvelle, ajouta Charles. Le dauphin vient de mourir, à Paris, dans sa prison du Temple. Le mystère demeure : est-ce bien lui que l'on a découvert dans sa cellule ? Quoi qu'il en soit, mon cher François, nous avons un nouveau souverain : le comte de Provence, frère du roi. Il vient de se proclamer souverain sous le nom de Louis XVIII. L'Agence royaliste de Paris s'occupe déjà, dit-on, des modalités du sacre. Triste souverain, uniquement préoccupé d'intrigues et de bonne chère, impuissant, obèse, à demi impotent. Quand je pense que c'est pour ce fantoche que nous allons nous battre...

— Vive le roi tout de même ! dit François d'une voix sinistre.

8.

LES ORAGES DE PRAIRIAL

Paris : été 1795.

L' « attentat » contre Jean-Augustin Pénières, qui avait tant ému Marion, n'avait occasionné au conventionnel qu'une brève indisposition, mais il avait fait couler beaucoup d'encre dans les gazettes. A la suite d'une violente intervention, à la tribune de l'assemblée, du curé-jureur Ysabeau le proclamant « probablement mort », cet incident avait provoqué une série d'altercations, de dénonciations, de mesures de proscription. Et, trois jours plus tard, le teint frais, le verbe ardent, le député de la Corrèze lançait à ses collègues :

— Déclarons coupables du crime d'avoir voulu assassiner la Convention en ma personne ceux de ses membres qui ont protesté contre les décrets de proscription !

Il exagérait, le bon Pénières, et on le lui fit comprendre. Ce n'était pas parce qu'une balle perdue l'avait effleuré qu'il fallait saigner à blanc la Montagne. Avec la violence des timides, il prenait cet incident pour un acte de signification nationale.

— Si cette balle t'avait tué, lui dit fielleusement Brival, j'aurais perdu un ami, mais la nation n'aurait pas pris le deuil. Ne fais pas une tragédie de ce qui n'est qu'une maladresse.

Piqué au vif, Pénières avait rétorqué :

— Je n'ai ni ta notoriété ni ton éloquence, mais, si l'on a tiré sur moi, c'est que l'on m'estime dangereux pour la contre-Révolution !

— Ne te fâche pas ! avait répondu Brival. Je te taquinais.

Il déposa sur la table de nuit une bouteille de bordeaux et s'approcha de Marion qui préparait un pansement. Il s'inquiéta de l'absence de Diane et s'indigna qu'elle ne l'ait pas prévenu de son retour en Corrèze, alors qu'il avait tant fait pour qu'elle obtînt son passeport.

— Elle ne m'a pas prévenue non plus, avoua Marion, mais, pour vous comme pour moi, les raisons sont évidentes.

— Mon mariage... J'aurais dû le lui révéler.

— A quoi bon ? Cela n'aurait fait qu'avancer le moment de votre séparation. Elle a trop de dignité pour accepter un partage.

— Je ne puis me résoudre à la croire perdue pour moi. Quand tu lui écriras, fais-lui part de notre conversation et dis-lui qu'elle doit me revenir, ne serait-ce que pour Félix. C'est son devoir de mère !

— C'est vous qui parlez de devoir ! Ce que vous avez à lui dire, écrivez-le-lui vous-même.

Elle l'écarta d'un geste brusque. Elle avait un devoir, elle aussi : celui de soigner son ami Jean-Augustin. Il l'avait réclamée et elle était accourue.

— Ce n'est pas grave, dit-elle à mi-voix, mais il se prend pour un martyr de la Révolution.

Paris connaissait des jours sombres. La famine régnait dans la cité et la délation à l'Assemblée où, les uns après les autres, les extrémistes de la Montagne étaient dénoncés. Parmi eux, Borie, député de la Corrèze, qui échappa de peu à l'exil. Merlin de Thionville réclamait la proscription de « quarante scélérats de la Montagne » ; les « crapauds du Marais », les modérés, faisaient chorus.

Face à une population qui stagnait dans la misère, les parvenus, enrichis par une inflation démentielle, paradaient dans les lieux publics, les tueurs royalistes en bas de soie tenaient avec arrogance le haut du pavé, tandis que la Convention continuait de donner un spectacle d'impuissance et de déchirement, pire que ceux que l'on avait connus aux moments de la Terreur, quand la statue du tyran Robespierre commençait à chanceler.

Brival ne se trompait pas en comparant ces désordres au dernier acte d'une tragédie.

Tout en proclamant leur fidélité à la République, les Thermidoriens laissaient le champ libre à la contre-Révolution. La « jeunesse dorée », la « jeunesse à Fréron », « muscadins » à cocarde blanche virtuoses du gourdin plombé, faisaient la chasse aux derniers jacobins. Du haut de l'échafaud, Fouquier-Tinville s'écriait : « Je lègue aux vrais patriotes ma femme et mes six enfants ! » et, lorsque des voix dans la foule lui rappelaient ses propos favoris au cours des procès (« Tu n'as pas la parole ! »), il répliquait : « Et toi, peuple imbécile, tu n'as pas de pain ! »

Si le pain manquait à Paris, les assignats y abondaient, au point que des députés s'écriaient : « Nous souffrons d'une hydropisie de papier-monnaie ! » Fonctionnaires, rentiers sombraient dans une misère inéluctable, tandis que les agioteurs faisaient tinter leur gousset plein de numéraire aux terrasses des cafés. L'Etat, au bord de la banqueroute, s'efforçait, par de nouvelles émissions (on en était à quinze milliards en circulation !) de remplir le tonneau des Danaïdes, l'assignat étant tombé au dixième de sa valeur.

— Comment en sommes-nous arrivés là ? s'interrogeait Pénières devant Marion. En 93, la famine s'expliquait par les mauvaises récoltes. Or celles de l'année passée sont excellentes !

Réponse facile : les gros propriétaires, en exigeant pour leurs produits des prix exorbitants, entretenaient une disette factice. On citait l'exemple d'un laboureur qui, avec quatre sacs de blé, avait pu s'acheter une ferme. On ne cédait les céréales que contre de l'or et le trafic se faisait clandestinement, de nuit. La distribution dans la capitale d'une livre de pain par jour et par habitant n'avait pu être honorée ; on trouvait à acheter du riz, mais pas le bois ou le charbon pour le cuire ; la viande ne se trouvait qu'aux tables des restaurants.

— C'est la politique de Robespierre, fulminait Brival, qui nous a mis dans l'impasse ! Elle a ruiné la monnaie, l'agriculture, le commerce. Nous, les Thermidoriens, en revanche, nous avons mis en route des réformes, mais le peuple doit nous laisser le temps de mettre de l'ordre dans la maison.

Pénières ripostait :

— Il est trop facile d'accuser les absents !

En germinal, le désordre était à son comble. Les convois de céréales avaient du mal à atteindre la capitale, des groupes de gens affamés les arrêtant en cours de route ; les conducteurs devaient chasser à coups de fouet les femmes accrochées aux ridelles ; les représentants du peuple qui accompagnaient les convois étaient molestés et lapidés.

— Il n'est pas difficile, ajoutait Brival, de voir dans ces désordres l'influence des prêtres. Partout ils redressent la tête, en Corrèze comme ailleurs !

Il fondait cette opinion sur les rapports que recevaient les parlementaires : les ecclésiastiques rouvraient les églises, faisaient sonner les cloches, vilipendaient les porteurs de cocarde tricolore, condamnaient les acheteurs de biens nationaux ou demandaient leur restitution, promettaient l'absolution à leurs collègues égarés, les « jureurs », et prophétisaient le retour de la royauté. Appelé au nom de ses collègues de la Montagne à protester contre ces atteintes à la légalité républicaine, Brival s'était entendu qualifier de « terroriste » et menacer de déportation ; il répliquait en dénonçant le complot généralisé contre la République.

Face à l'anarchie, déchirée par les dissensions, la Convention immuable, le Comité de Salut public désarmé regardaient se lever la tempête.

Un bruit insistant de clochettes réveilla Pénières. De la fenêtre de sa chambre, il aperçut des gens qui s'attroupaient devant certains immeubles. Il crut à quelque cérémonie de décadi, mais on était loin du dixième jour du calendrier. Il s'informa de la nature de ce rassemblement auprès d'une voisine qui étendait son linge à la fenêtre et lui répondit :

— Ils vont aller demander du pain à l'Assemblée, citoyen député. Tu devrais te trouver à leur tête. Mon mari est déjà parti avec les hommes de sa section.

Dans les faubourgs Saint-Antoine et Saint-Marceau sonnait le tocsin. De partout montaient les mêmes rumeurs de clarines et de colère. Pénières se demanda pourquoi Brival ne l'avait pas prévenu de ce mouvement qui semblait préluder à une insurrection populaire de grande ampleur.

Sa toilette expédiée, Pénières se jeta dans la rue et tomba en arrêt devant une affiche encore humide de colle, placardée aux volets d'une boutique désaffectée. Le titre lui glaça le sang : « *INSURRECTION DU PEUPLE POUR OBTENIR DU PAIN ET RECONQUERIR SES DROITS.* » Suivait un texte rappelant les griefs du peuple contre la Convention thermidorienne et la phrase célèbre : « *L'insurrection est le plus sacré des droits, le plus indispensable des devoirs.* » Elle se terminait par une phrase terrible : « *Du pain et la Constitution démocratique de 1793 ! Quiconque, durant l'insurrection, ne portera point ce mot écrit à la craie sur son chapeau sera regardé comme affameur public et comme ennemi de la liberté.* » « Une nouvelle Terreur est en marche ! », songea Pénières.

A l'Hôtel de Ville il s'enquit de ce qui se tramait : on y organisait déjà un comité insurrectionnel et on y jetait les bases d'une nouvelle municipalité.

Chancelant, il se précipita rue Guénégaud afin d'avertir Marion de ne pas bouger de son domicile. Elle aidait Rosette à planter des géraniums autour du tilleul ; elle était au courant des événements.

— Mais vous-même, Jean-Augustin, mal en point comme vous l'êtes, vous feriez mieux de rester chez vous !

Il eut des phrases éloquentes pour parler de son devoir de député. D'ailleurs, s'il lui arrivait de nouveau quelque anicroche, elle serait là pour le soigner. Elle haussa les épaules. Pauvre Jean-Augustin ! Ce qu'il risquait surtout c'était de se retrouver dans un convoi de « terroristes » en partance pour la Guyane !

— J'accepte ce risque, dit-il jovialement. J'ai toujours eu envie de partir pour le Nouveau Monde. Tu viendras m'y rejoindre !

— N'y comptez pas. C'est le genre d'aventures qui ne me tente guère.

Il accepta le verre de limonade servi par Rosette et, avant de repartir, embrassa Marion, lui dédia dans une sorte de délire ses craintes et ses espérances.

— Marion, ma chérie, dans le danger, c'est à vous que je penserai.

Il chercha ses lèvres ; elle ne se déroba point.

Après avoir traversé une foule hostile brandissant des armes, Pénières retrouva son collègue Brival sur leur banc du Palais National. L'Assemblée était calme ; elle n'entrerait pas en séance avant une heure ou deux.

— Nous allons vivre une dure journée, dit Brival. Tout le peuple de Paris est là et nous n'avons pas de troupe pour nous protéger. Pourtant, depuis le matin, le Comité de Sûreté générale fait battre le rappel.

Il montra le public des tribunes auquel il trouvait une mine rogue.

A onze heures, Ysabeau vint donner lecture du texte de la proclamation que Pénières avait lue peu avant. Des applaudissements et des vivats éclatèrent dans le public. D'emblée les débats prirent un tour dramatique. Un député s'écria de son banc :

— Mes amis, prêtons le serment de mourir à notre poste !

De nombreuses mains se levèrent pour approuver cette décision. Pénières s'écria qu'il saurait mourir en vrai patriote, mais sa voix se perdit dans le tumulte. Brival lui conseilla la prudence. Lui-même choisit de se taire, d'observer froidement les mouvements qui se dessinaient dans l'Assemblée et dans les tribunes du public. Des apostrophes dignes de la tragédie antique traversaient la rumeur confuse comme des coups de tonnerre. On parvint à voter dans le désordre un décret mettant hors la loi les meneurs de l'insurrection et proclamant la Convention en permanence. Un rire énorme et des huées montèrent du populaire.

Le président, Dumont, donna la parole au représentant d'une délégation de la section révolutionnaire du Mauconseil qui réclamait des mesures draconiennes pour pallier l'état misérable de la population. Dumont répondit par une banalité : « Que le riche secoure le pauvre, que le pauvre défende le riche et il n'y aura plus de misère ! »

La délégation se retira dans le calme. L'Assemblée respirait. Soudain un nouveau tumulte se dessina, accompagné de coups sourds frappés contre la grande porte donnant sur le Salon de la Liberté.

— L'avertissement du destin... soupira Brival d'un air sinistre. Que les insurgés enfoncent cette entrée et nous sommes morts. Que fait donc la troupe ?

— Elle n'est pas loin, dit Pénières. J'ai aperçu des uniformes.

Dumont venait de confier à un général de brigade le soin de défendre l'Assemblée. En fait de force armée, il n'y avait guère que quatre gendarmes munis de fusils, qui paraissaient plus morts que vifs, et un groupe de « muscadins » faisant claquer des fouets de poste et menaçant avec arrogance le populaire. Furibond, Pénières se dressa sur son banc et s'écria :

— C'est un comble ! Allons-nous laisser la « jeunesse de Fréron », cette avant-garde royaliste, prendre en main notre sécurité ?

Les « muscadins » tentaient de prendre d'assaut les tribunes populaires quand la grande porte céda avec un grondement de tonnerre, laissant le flot des émeutiers se répandre dans la salle en scandant les mots d'ordre de l'insurrection : « Du pain et la Constitution de 93 ! » Les députés refluèrent en désordre vers les plus hauts gradins tandis que les gendarmes opposaient une barrière dérisoire à la populace.

— Ne bougeons pas ! dit Brival. Gardons notre calme. Le peuple n'osera pas toucher aux représentants de la Montagne. Il doit penser que la gauche de l'Assemblée est pour quelque chose dans cette insurrection. Elle a été préparée de main de maître. Mais pour qui ?

La foule n'était qu'un cri : « Du pain ! Du pain ! » Lorsqu'un groupe de la section réactionnaire La Fontaine pénétra à son tour dans l'enceinte, en rangs serrés, un mouvement de panique se dessina dans la masse des insurgés ; ils se regroupèrent, firent face avec des armes de fortune.

— Ouvre bien tes yeux et tes oreilles ! dit Brival. Nous vivons un moment historique. La Convention est sur le fil du rasoir. La situation de la France est là en raccourci : les jacobins d'un côté, les royalistes de l'autre, et nous au milieu. Nous sommes les spectateurs ; nous serons bientôt peut-être les victimes.

Dans l'arène du parquet, une bataille confuse s'était engagée sous l'œil impassible de Dumont. Ce n'était en fait qu'une énorme rixe d'ivrognes, sans coups de feu et sans blessures sérieuses. Les adversaires s'affrontaient par vagues hurlantes, véritable mascaret d'hommes et de femmes bouillonnant autour de ce récif : la tribune du président. Jamais Brival ni Pénières n'avaient été témoins, même aux plus sombres moments d'avant Thermidor, d'un tel tumulte. Pénières songeait à Marion et puisait dans le souvenir de leur étreinte la force de comprimer la peur qu'il sentait monter en lui.

Les sectionnaires de La Fontaine maîtres du terrain, le calme revint à l'assemblée ; le président se couvrit pour marquer la fin de la séance et les députés commençaient à se retirer quand l'un d'eux, Auguis, un sabre au poing, leur ordonna de regagner leur place. Dans la poche de l'un des insurgés on avait découvert un morceau de pain, ce qui permit à la droite de proclamer qu'il était indécent pour le populaire de réclamer du pain alors qu'il en avait plein les poches !

Tandis que les dernières vagues d'insurgés amorçaient leur reflux le silence retombait peu à peu sur les bancs et les tribunes. Le soleil traversant les grandes verrières faisait danser une fine poussière dorée ; une mésange affolée cherchait où se poser ; la chaleur de mai suscitait des images de verdure et de paix.

— Je n'ai pas les poches pleines de pain, moi ! protesta Pénières. Je n'ai pas déjeuné et j'ai faim.

Il était deux heures de relevée et l'Assemblée ronronnait autour de quelques rapports, dans une atmosphère encore tendue, lorsqu'un nouveau tumulte s'annonça au-dehors.

Les regards des députés se tournèrent vers la grande entrée donnant sur le salon de la Liberté ; elle venait de livrer passage à un député, Jean-Bertrand Féraud, chargé de l'approvisionnement de la capitale, dont on disait qu'il était « le conventionnel le plus fou dont on puisse rêver ». Ce fou, que ses fonctions désignaient à la vindicte populaire, avait eu l'audace de s'opposer, seul, aux insurgés agglutinés contre les portes de la Convention. Roué de coups, le visage ensanglanté, les vêtements en lambeaux, il avançait en titubant et s'écroula à quelques pas de la tribune présidentielle. Les députés se levèrent d'un seul élan, saisis par une nouvelle panique.

A l'extérieur, la situation s'aggravait. Un détachement de la Garde nationale, conduit par le général Delmas, ayant tenté de débloquer les entrées de l'assemblée où, dans le vacarme des appels aux armes, se ruaient les insurgés, dut battre en retraite. Le grondement des tambours qui battaient la générale, accompagné d'un roulement de fusillade, augmentait de minute en minute la tension.

D'un élan irrépressible la foule populaire envahit de nouveau l'enceinte du Parlement, piétinant le malheureux Féraud qui, revenant à lui, tentait une ultime résistance contre ce raz de marée. Un coup de feu éclata, blessant un député qui, pris à parti par un insurgé, lui avait arraché son chapeau portant à la craie les mots d'ordre. Mis en joue par un groupe d'émeutiers, Boissy d'Anglas, successeur de Dumont au fauteuil du président, demeurait impavide malgré la menace d'un assaut. Féraud, plus mort que vif, tenta de monter pour lui faire un rempart de son corps en se frayant un chemin avec les pieds et les poings, quand un coup de feu l'étendit raide mort. Les émeutiers traînèrent son corps à l'écart, lui détachèrent la tête d'un coup de hache et la promenèrent triomphalement au bout d'une pique, à travers la salle, la montrant aux députés puis au président qui la salua gravement.

— Pauvre Féraud ! murmura Brival. C'est la première victime de cette insurrection. Souhaitons qu'il n'y en ait pas d'autre.

— Ce n'est pas Féraud que ces brutes ont cru tuer, observa Pénières, mais Fréron. Fréron qui était visé comme meneur de la « jeunesse dorée ». La confusion vient de l'approximative similitude des noms.

— Cela me surprendrait. Féraud lui aussi était honni du peuple. Il n'avait peur de rien et ne reculait pas devant la mort. C'était un vrai patriote.

— C'était un fou !

La mort de Féraud, la promenade funèbre que l'on fit effectuer à sa tête donnèrent le signal d'une nouvelle séquence dans le déroulement de l'émeute.

A la tribune, au-dessous du fauteuil sur lequel siégeait toujours, immobile et muet, le président Boissy d'Anglas, un canonnier venait de prendre la parole en écartant une poissarde aux bras et aux épaules dénudés, qui tenait des propos incohérents. Ce colosse dépoitraillé traînait dans son sillage une kyrielle de fusilliers à moitié ivres ; d'une voix puissante, il donna lecture du plan d'insurrection et des objectifs à investir pour se rendre maître de Paris. On ne percevait que par bribes ses propos emportés par des rafales de hurlements et d'invectives.

— Qui donc a dressé ces plans et écrit ce texte ? demanda Brival. Qui dirige cette insurrection ? Que les chefs se montrent !

A sa suite Rhul, Romme, Duroy se levèrent pour demander au président de faire preuve d'autorité. On ne les entendit pas ; ils agitaient les bras et ne brassaient que du vent. Et la tête de Féraud, livide et sanglante, visage échevelé de Gorgone, continuait à danser au bout de la pique, saluée par des cris d'horreur, des imprécations ou des éclats de rire.

— Je vais m'informer de ce qui se passe dans la cour, dit Pénières. Ce doit être pire.

— Prends garde, lui conseilla Brival. Ne t'expose pas inutilement. Es-tu armé au moins ?

— Je n'ai aucune arme. Pas même ma canne.

Brival lui tendit discrètement un pistolet que Pénières fit disparaître dans sa ceinture. Il se sentait prêt à affronter la populace comme les « muscadins » à gants jaunes, rayonnant à la pensée de ce qu'il raconterait à Marion quand il la retrouverait. Elle le savait courageux ; il fallait qu'elle le crût téméraire. Il se sentait prêt, pour l'étonner, à dépasser les limites de sa nature, à se draper de l'étoffe des héros.

Pénières s'étonna de pouvoir, sans avoir eu à brandir la menace de son arme, quitter l'Assemblée.

L'atmosphère, dans la cour et les jardins du Palais National, était plus tendue, plus inquiétante, mais moins anarchique et tumultueuse qu'à l'intérieur. Au Pavillon de l'Unité, le tocsin sonnait à toute volée. Des pièces d'artillerie roulaient entre des groupes de la Garde nationale, l'arme au pied, et de gendarmes à cheval. Le long des bâtiments se massaient les insurgés ; ils étaient prêts à l'action, jetaient par rafales les mots d'ordre scandés avec violence, repoussaient avec leurs piques ou leurs fusils des escouades de « muscadins » qui venaient les exciter en brandissant sous leur nez fouets de poste et gourdins, jetant au visage des femmes des bouffées de leur cigare.

Avec la même facilité déconcertante qu'à l'aller, Pénières put réintégrer l'Assemblée. Il rendit à Brival son pistolet et lui dit simplement :

— Il y a de l'uniforme et du canon. Pour le moment, l'ambiance est assez calme, mais ça pourrait bien dégénérer.

Dans l'enceinte, les turbulences s'étaient apaisées. En revanche, les conventionnels assistaient à un singulier manège : des inconnus, gens de toutes conditions, déposaient motion sur motion sur le bureau du président ou en donnaient lecture à haute voix. Peu à peu, la séance sombrait dans une sorte de délire verbal ; le parquet devenait un forum, une foire aux idées, un bouillon d'incohérence. Priés de se tenir à leur banc, les députés échangeaient de tristes sourires et votaient en soulevant leur couvre-chef pour des textes qui leur parvenaient confusément ou pas du tout.

La nuit venue, les quinquets allumés, Boissy d'Anglas, vacillant de fatigue et d'émotion, laissa son fauteuil à Vernier qu'il chargea de procéder à la synthèse des motions. Un travail de fourmi.

Accablés de faim, de fatigue, d'émoi, certains députés somnolaient, leur chapeau sur les yeux. Bras croisés, Brival ruminait ses griefs contre ces présidents qui se contentaient de faire parade de leur incompétence et de leur impuissance ; il perdait son temps ; sa famille devait s'inquiéter. Pénières au contraire, ne perdait rien de la séance, malgré la faim et la fatigue qui se rappelaient cruellement à lui, souhaitant en son for intérieur une bataille où il pût se distinguer, imaginant que Marion s'inquiétait pour lui, qu'elle viendrait s'enquérir de son sort et, peut-être, lui porter quelques provisions...

Il tressaillit quand retentit la voix puissante de l'Auvergnat Romme réclamant, à la suite de l'énoncé et de la synthèse des motions, la mise en liberté des patriotes menacés de déportation, la mise en permanence des sections populaires, la mise en vente d'un pain unique pour tous, des visites domiciliaires destinées à enlever les farines aux accapareurs. Chacune de ses propositions était accueillie par un tonnerre de vivats.

Brival demanda que l'on se montrât plus sévère contre les profiteurs du service de ravitaillement des armées. Un ancien officier de Royal-Dragons, Soubrany, conventionnel auvergnat lui aussi, fut désigné pour commander la force armée chargée de la défense de la capitale.

— Et voilà, soupira Pénières, comment on récupère une insurrection populaire ! Pauvre Assemblée qui ne se sauve qu'en choisissant le parti du plus fort...

Romme, qui venait de regagner sa place, voisine de celle de Pénières, releva sévèrement ces propos :

— C'est une attitude saine et logique, citoyen. Aurais-tu préféré que nous cautionnions les tueurs royalistes, que nous favorisions une Terreur blanche comparable à celles du Midi ? Que souhaites-tu ? Pourquoi ne sièges-tu pas avec les « crapauds » du Marais ?

— Je souhaite, dit Pénières en bâillant et en regardant l'heure à sa montre, que nous en finissions. Allons-nous y passer la nuit ?

Retour de la cour du Palais National, Duquesnoy apportait des nouvelles à ses collègues. Elles étaient rassurantes : les insurgés, comme tous les Parisiens, n'aimaient guère se « désheurer » ; l'heure du souper ayant sonné, ils avaient pour la plupart regagné leur domicile.

— Ce sont des sages ! dit Pénières. Ils veulent bien mourir pour la République, mais pas de faim.

— Tu pourrais bien connaître une autre sorte de mort, répondit la voix lugubre de Romme.

Duquesnoy venait d'annoncer que les comités que l'on avait l'intention d'épurer par décret n'étaient pas disposés à se laisser faire. Ils avaient rameuté des sections réactionnaires : celles de la Butte-aux-Moulins, de Lepelletier, de Fontaine-Grenelle. Ces sectionnaires occupaient déjà par petits groupes très excités les parages de l'Assemblée, jusqu'au Carrousel. Dès qu'ils seraient venus à bout des résidus de l'insurrection populaire, ils s'en prendraient à la Convention...

— Mon Dieu..., soupira Pénières. Il faudra donc que nous passions la nuit sur notre banc, comme des galériens !

A peine avait-il achevé, l'entrée de la salle s'ouvrit avec violence. Boissy d'Anglas, qui venait de réoccuper le siège de la présidence, se leva, blême, ainsi que la plupart des députés. Un bataillon de sectionnaires marchant au pas de charge bousculaient les parlementaires chargés d'aller relayer les commissions gouvernementales ; ils les insultèrent, les frappèrent. On entendit la voix de Prieur de la Marne hurler : « A moi, les sans-culottes ! » avant de disparaître dans la masse en fusion. Baïonnette au canon, les sectionnaires balayèrent le reliquat de populaire qui somnolait encore dans les tribunes du public.

— Et voilà la situation renversée une nouvelle fois ! murmura Brival. Jean-Augustin, je crois que le moment est venu de nous retirer si nous voulons sauver notre peau. Suis-moi !

Il n'était pas seul à avoir eu cette intention : mêlés au populaire des tribunes, des députés tentaient de prendre le large par portes et fenêtres. Les portes étant bien gardées, Brival choisit une fenêtre ; il aida Pénières, encore affaibli par sa blessure récente, à escalader le rebord et le franchit à son tour. Ils se retrouvèrent sur un carré de gazon et, en se glissant le long de la muraille, du côté de la Seine, parvinrent à un portillon libre d'accès ouvrant sur le quai mal éclairé par des luminaires et hanté de rares promeneurs.

— Où allons-nous ? s'inquiéta Pénières. Chercher refuge dans nos domiciles respectifs, c'est nous exposer à être cueillis par les sbires de la Sûreté générale.

— Que proposes-tu ?

— Allons nous abriter chez Marion, mais avant, de grâce, trouvons un restaurant. Je défaille...

Il était minuit passé et, dans la ville en révolution, aucun restaurant n'était resté ouvert. Ils décidèrent qu'ils souperaient chez Marion.

Marion était couchée depuis quelques heures lorsque les deux fugitifs se firent ouvrir la porte de l'hôtel Britannique. Elle ne fit aucune difficulté pour les héberger : les deux hommes coucheraient dans le lit et elle dans le fauteuil. Avec les reliefs de son repas du soir et quelques denrées qu'elle avait en réserve, elle leur improvisa un médianoche, et ils s'attablèrent sans se faire prier.

Par la fenêtre ouverte sur la nuit de mai suintante d'odeurs troubles, montait une lointaine rumeur. Marion demanda si une nouvelle révolution était en train d'éclater ; ils lui expliquèrent la situation tragique de la République, lui racontèrent les scènes d'émeute auxquelles ils avaient échappé.

— Quel gâchis ! soupira Brival. Toute notre œuvre compromise, peut-être anéantie... Nous étions pourtant sur la bonne voie, prêts à réaliser les grandes choses que l'on attendait de nous. Si la contre-Révolution triomphe, qu'allons-nous devenir ? Choisira-t-on de nous couper la tête ou de nous expédier dans les forêts vierges, au bout du monde ?

— Cela peut encore s'arranger, dit Marion. Il vous reste l'armée.

— L'armée ? Tu en parles à ton aise. La plupart de ses officiers sont prêts à nous enfoncer sous l'eau.

Pénières venait de s'endormir, la tête sur ses bras repliés au bord de la table. Il se laissa, sans rouvrir les yeux, conduire jusqu'au lit et déshabiller.

Brival se réveilla le premier, au petit matin. Marion, absente, avait laissé un mot sur la table : elle était allée toucher sa ration de pain et demandait qu'on l'attendît. Un peu plus tard dans la matinée, lorsque les deux conventionnels eurent fait leur toilette, ce n'est pas Marion qui se présenta, mais Hyacinthe, porteur d'un paquet. Lorsqu'il apprit que Marion courait les boulangeries, il bougonna : pourquoi ne l'avaient-ils pas retenue ? Elle risquait d'être prise dans un rassemblement ou une émeute.

— Tu exagères ! répliqua Brival. Le quartier est calme.

— Vraiment ! On voit bien que tu n'es pas au courant des nouvelles. Depuis cinq heures du matin les événements se précipitent. Tandis que la Convention délibérait, les jacobins constituaient leur municipalité insurrectionnelle.

— Rien de bien nouveau... maugréa Pénières. Ce n'est pas ce qui risque de faire courir un danger à ta sœur.

— Attendez la suite !

En revenant du Palais National où il s'était rendu d'un pas de promeneur, il avait vu des canons dirigés sur le pavillon abritant l'assemblée, des troupes composées de sectionnaires jacobins issus des faubourgs populaires : Saint-Antoine et Saint-Marceau principalement. Envoyés à leurs devants, les gendarmes avaient fait cause commune avec ces insurgés. Ils devaient être des milliers à se préparer à donner l'assaut à la Convention. Il en arrivait de tous côtés. Ce quartier ressemblait à un champ de bataille avant le combat : on battait la générale, on bivouaquait en attendant les ordres, on chantait et on dansait.

— A l'heure qu'il est, ajouta Hyacinthe, les députés doivent parlementer avec les délégués de l'insurrection populaire. Et le moins qu'on puisse dire, c'est qu'elle n'est pas en position de force !

Il ajouta d'un ton ironique :

— Messieurs les terroristes, dantoniens et robespierristes mêlés, l'avenir vous sourit de nouveau. Le peuple va vous hisser au pinacle. Vous pourrez instaurer une nouvelle Terreur, rappeler le bourreau Sanson. Dommage que vous vous soyez séparés de Fouquier-Tinville !

— Nous ne sommes pas des terroristes ! rugit Brival. Retire tes propos, blanc-bec !

Pénières dut intervenir pour éviter que la querelle ne dégénérât.

— Décidément, dit-il, tu ne nous aimes guère. Après tout ce que nous avons fait pour ta famille et pour toi...

— Vous aimer ! Comment pourrais-je aimer les suppôts d'un régime qui affame le peuple, favorise la corruption, mène le pays à la ruine ?

Brival le menaça de son poing tendu et s'écria :

— Tu oublies un peu vite que, mon collègue et moi, nous t'avons protégé. Nous aurions pu, et peut-être dû te dénoncer. Et aujourd'hui, grâce à notre mansuétude, tu mènes une vie de prince dans les bras de Mlle Lange et tu écumes les tripots et les académies !

— Soit ! soupira Hyacinthe. Je vous dois beaucoup, mais le joueur que je suis paie toujours ses dettes. L'occasion m'en sera peut-être donnée un jour prochain, si Dieu le veut. Il reste que je ne puis accepter sans m'insurger le retour des hommes de sang, cette dictature populaire dont toute ma famille a souffert. S'il faut me battre, je me battrai. Pardonnez-moi si c'est contre vous !

Il reprit son chapeau pour se retirer lorsque Marion arriva, portant dans son panier une livre de pain, quelques légumes et trois œufs. Elle avait dû faire queue des heures durant et la fatigue marquait ses traits. Elle embrassa son frère et dit joyeusement :

— Le bruit court qu'il n'y aura bientôt qu'une sorte de pain et que les rations vont augmenter. On dit aussi...

Hyacinthe l'interrompit d'un rire sarcastique.

— Des promesses ! Pour calmer le peuple, on ne trouve à lui jeter que des promesses !

Il montra le paquet qu'il avait posé sur la table.

— Petite sœur, tu trouveras là-dedans autre chose que des promesses ! Des aliments et un peu de numéraire. Promets-moi en retour de ne pas quitter cette demeure tant que la situation ne se sera pas apaisée. Je connais ta tendance à aller te fourrer dans de mauvaises passes. Ces messieurs t'apporteront des nouvelles, sauf s'ils préfèrent eux-mêmes rester à l'abri...

Il coiffa son chapeau avec un sourire méprisant et disparut en faisant tournoyer sa canne. Brival le salua d'un « muscadin » goguenard et lui montra le poing.

Le paquet contenait les reliefs somptueux du dernier dîner chez Elise Lange. Marion s'écria joyeusement :

— Mes amis, il va être midi et j'ai faim ! Cela ne plairait guère à mon frère, mais je vous invite. Ce bordeaux a une mine superbe. Du château margaux, Seigneur ! Celui que je préfère...

— Ce n'est pas de refus ! s'écria Pénières, fondant de plaisir. Au diable les scrupules ! J'ai besoin de me refaire une santé.

Brival se coiffa, tendit à Pénières son chapeau.

— Tu te contenteras d'emporter une croûte de pain, dit-il sévèrement. Notre place est avec nos collègues. Allons, citoyen député, en route !

En sortant de l'hôtel Britannique, Hyacinthe se rendit tout droit au Palais National — ci-devant Royal — pour respirer les effluves de l'insurrection.

Baignés dans la chaleur de mai, les jardins fermentaient. D'une oreille distraite, il écouta le chansonnier Ange Pitou, ce Diogène royaliste toujours en train de « trompetter ses vérités », qui sortait de prison pour la vingtième fois au moins et s'apprêtait sans angoisse à y retourner.

Il flâna sous la galerie de bois, traversa le « Camp des Tartares » qui, en dépit des événements, laissait libre cours, entre les colonnes tapissées d'affiches et les grilles à glands dorés, aux habituels commerces de lingerie, de fard, de gravures licencieuses — paravent discret de la prostitution.

Au café de Chartres, repaire de la contre-Révolution, l'agitation était à son paroxysme. Toutes les chaises de la terrasse étaient occupées ; l'intérieur était envahi par un magma de consommateurs bourdonnant dans la fumée de la tabagie autour des chopes de bière et des verres de punch. Il s'y engagea et, jouant des coudes, parvint à se faufiler jusqu'à l'arrière-salle où la fumée était moins dense et la rumeur moins bruyante. Des regards suspicieux l'enveloppèrent, les voix baissèrent d'un ton et des mains se posèrent sur les cocardes blanches pour les dissimuler.

— Kilmaine ! s'écria Hyacinthe. Vous ici, mon général !

Il s'avança vers le groupe agglutiné autour de l'officier en tenue. Il avait rencontré quelques jours auparavant, dans le salon d'Elise, ce militaire de quarante-six ans, originaire d'Irlande, blond, avec un teint rose de jouvencelle ; il apprit qu'après avoir combattu en Afrique puis en Amérique, il s'était donné avec enthousiasme à la Révolution, avait fait à Jemmapes les preuves de son courage, mais, bouleversé par les excès de la Terreur, traînait sa nostalgie des champs de bataille dans les rangs occultes de la contre-Révolution.

D'un large sourire et d'un signe de la main, Kilmaine répondit au salut de Hyacinthe ; l'ayant invité à prendre place à sa table, il commanda un verre à l'intention de son ami et lui lança avec le rude accent dont il n'avait pu se défaire :

— Heureux de vous voir parmi nous, *my dear !* J'avais quelque idée de la nature de vos opinions politiques, mais je pensais que la compagnie de notre amie commune avait davantage d'attraits pour vous.

— L'amitié et l'amour, dit Hyacinthe, ne sont pas toujours ennemis de la politique.

— Serez-vous des nôtres ce soir ?

— Qu'attendez-vous de moi ?

— Tout simplement que vous soyez des nôtres. Nous avons décidé d'aller porter la guerre au cœur même de l'insurrection jacobine : le faubourg Saint-Antoine. Après la veillée d'armes de ce soir, nous entrerons en action demain à l'aube.

Un « muscadin » bouffi, dont la cravate blanche chatouillait les narines, précisa :

— Nous avons l'appui des comités gouvernementaux. Autant dire que l'affaire est dans le sac. Si vous avez des armes, elles seront les bienvenues, sinon nous vous en fournirons. Du genre de celle-ci...

Il leva le « rondin » plombé qu'il tenait en travers de ses fortes cuisses et ajouta avec un brin de suffisance :

— Il serait bon aussi que vous changeassiez d'habit, monsieur. Celui-ci sent son commis aux écritures.

— Je n'en changerai point ! riposta Hyacinthe, piqué au vif, pour la bonne raison que c'est celui de ma condition ! Y trouvez-vous à redire ?

— Certes, monsieur ! Restez dans votre bureau et contentez-vous de regarder les événements de votre fenêtre en taillant vos plumes !

— Eh bien, dit Hyacinthe en se levant, c'est assurément ce que je vais faire. Je suis venu pour me battre et on me convoque pour un défilé de la mi-carême !

Le « muscadin » chaussa ses bésicles, se leva à son tour et, de toute sa hauteur, qui était impressionnante, il beugla dans sa cravate :

— Vous puez fort ces jean-foutre de jacobins ! Sus à l'espion ! Aux oubliettes le « mouton » ! Je vais vous « rondiner », moi, et vous faire oublier ce que vous avez appris de nos projets et que vous vous apprêtez à rapporter à ceux qui vous paient !

Brandissant son « rondin », il fit le vide autour de lui ; il fallut que Kilmaine le prît à bras-le-corps pour qu'il consentît à se rasseoir, soufflant comme un taureau de combat, l'écume aux lèvres, ses ridicules cadenettes agitées de frissons sur les plis gras de son visage.

— Lafarge ! s'écria le général, vous passez les bornes. Je me porte garant de la loyauté de mon ami Hyacinthe, ci-devant vicomte de Marsanges. Ce soir, il portera comme nous la cocarde blanche, mais ne lui demandez pas de revêtir la tenue muscadine ! C'est un esprit indépendant quant aux modes, mais fidèle à ses idées. Allons, mes amis, serrez-vous la main et levons nos verres à la victoire !

De mauvaise grâce, Hyacinthe serra dans la sienne une main moite et grasse. Ce personnage, il lui semblait le reconnaître, mais ce qui restait visible du visage, entre le chapeau en croissant de lune et la cravate ne pouvait réveiller dans sa mémoire le souvenir d'une identité irréfutable. Il attendit que le « conseil de guerre », comme disait le général Kilmaine, fût achevé, pour s'en informer. Kilmaine le prit à part et lui dit à l'oreille :

— Il se fait appeler Lafarge, mais son nom véritable, qu'il essaie de faire oublier, est Victor-Amédée de La Farge de Saint-Huruge. La prison l'a beaucoup changé. C'est un personnage encombrant, mais dont l'éloquence peut nous être utile. Le connaissez-vous ?

— Seigneur ! dit Hyacinthe. Si je le connais !...

Il l'avait rencontré au Palais-Royal. Celui que l'on surnommait, en raison de ses proportions, l' « hippopotame des patriotes » et qui tenait aussi, à la fois, de Falstaff et de frère Jean des Entomeures, s'était glissé dans les bonnes grâces du prince d'Orléans, Philippe-Egalité et s'était intitulé « généralissime des sans-culottes ». Hyacinthe s'était toujours tenu à l'écart de ce trublion verbeux, mythomane infatué de sa personne au point de se prendre pour le principal moteur de la Révolution, sous le prétexte que ses meuglements avaient rameuté la population partie ramener le roi, la reine et le dauphin (le boulanger, la boulangère et le petit mitron) de Versailles à Paris. Quand il n'était pas accroché aux basques de son maître ou en train de boire un vin de voiturier dans les tavernes où il exerçait ses talents oratoires, il promenait à son bras quelque fausse actrice ou quelque authentique prostituée, comme cette demoiselle Lemercier qui était l'une et l'autre et l'avait mis sur la paille. Emprisonné au

Luxembourg au moment de la Terreur sous le patronyme de Lafarge, il n'avait échappé à la peine capitale qu'en jouant les « mouches ». La tempête de Thermidor apaisée, il vira de bord et se mit à plastronner dans le milieu de la « jeunesse dorée », assistant de loin aux bastonnades de jacobins en se contentant d'encourager les agresseurs. A ceux qui réclamaient la Constitution de 93, il répondait en brandissant son « rondin » : « Ma Constitution à moi, la voici ! »

— Je le connais pour d'autres raisons, dit Hyacinthe. Il a failli se battre en duel avec un de mes compatriotes, le conventionnel Aubin Bigorie de Chambon, qui avait eu le toupet, en pleine Assemblée, de demander la grâce pour le roi, ce qui, vous l'imaginez, avait déclenché un fameux tumulte. Il n'a pas donné suite à sa décision, heureusement pour lui car ce lâche aurait eu affaire à une fine lame. Je vous avoue que sa présence ne m'incite guère à vous assister.

— Vous auriez tort de le mésestimer, *my dear friend!* Son éloquence réveillerait un mort. Je l'ai vu récemment en action à la terrasse du Café de Foy. Je ne le connaissais pas, alors, et je me suis demandé si je n'étais pas en présence d'une réincarnation de Mirabeau ou de Danton. La foule en restait béate. S'il lui avait demandé de le suivre pour prendre d'assaut la Convention, elle se levait d'un seul élan. Son verbe est redoutable. Nous avons besoin de lui.

— Alors il faudra vous passer de moi. Je ne puis accepter de risquer ma vie sous les ordres de cette baudruche.

Kilmaine lui entoura l'épaule de son bras et lui dit :

— Rassurez-vous, ce matamore ne sera pas des nôtres. Nous l'utilisons pour son éloquence, pas pour son efficacité sur le terrain. Ce foudre de guerre fait dans ses braies à la vue d'une baïonnette.

— Décidément ! s'écria Pénières, je n'y comprends plus rien. L'assemblée vire à droite, puis à gauche, puis de nouveau à droite. Le gouvernement est aux champs et son service d'ordre fraternise avec les insurgés. Tout le monde a-t-il perdu la tramontane ?

— L'assemblée ? dit Brival. Elle tire une nouvelle bordée, mais cette fois à gauche.

Le commissaire gouvernemental Delacroix venait de réclamer des représailles contre les scélérats (mais lesquels ?) qui « assassinaient » le peuple. On se demandait quel sens attribuer aux apostrophes de Saint-Ligier s'écriant : « Vive la République ! Vive la Convention ! Vive la Liberté ! » La confusion s'aggravait du fait que les orateurs employaient les mêmes termes, quel que soit leur parti ; les orateurs cachaient leur angoisse derrière des lieux communs et des propos anodins ; quand les hommes baignent dans l'incertitude, les idées perdent leur sens et leur pouvoir, et l'on ne peut faire fond que sur la force et l'arbitraire.

Brival commençait à exprimer courageusement son indignation devant une telle incurie, quand une délégation de sans-culottes insurgés demanda audience au président, pour l'heure, Vernier. Brival, qui avait gagné le parquet pour mieux se faire entendre, se trouva mêlé à un groupe de Montagnards mené par Gossuin qui, ayant non sans peine obtenu le silence, proposa de donner l' « accolade fraternelle » à ces braves citoyens.

Riant sous cape, Pénières vit son ami embrasser chaque délégué. Vernier paracheva l'euphorie en se répandant en promesses qui ne lui coûtaient guère : Oui au pain pour tous ! Oui au rétablissement de la Constitution de 93 ! Oui à la libération des patriotes ! Oui à la punition des accapareurs !

Les délégués, ployant sous ces dons, radieux, allèrent chanter victoire à la gueule des canons, sur le front de la multitude qui envahissait cour et jardins, et se dissipa sous une bordée de chants révolutionnaires.

Le lendemain, 3 prairial (23 mai, ancien style), l'ambiance de l'assemblée était à la fois sereine et résolue. Elle prit quelques décisions énergiques comme si, ses fausses promesses digérées, elle revenait au concret : peine de mort contre quiconque ferait battre la générale sans en avoir reçu l'ordre ; renforcement des contingents affectés au général Delmas (il était flanqué de deux conventionnels, anciens officiers d'artillerie) ; rappel immédiat des troupes destinées à la protection des convois de vivres, soit environ trois mille cavaliers...

Cette dernière annonce fit sensation. Le détachement se présenta le soir même à Paris ; il était placé sous le commandement d'un jeune officier, révolutionnaire bon teint : Joachim Murat. La Convention avait ainsi sa garde prétorienne et se plaçait enfin, pour la première fois, sous la protection d'une force armée : la 17e division, sous les ordres du général Menou. Choix discutable : ce ci-devant baron de Boussay n'avait fait à ce jour que la preuve de son incompétence et de son goût pour les salons.

— Voilà du solide ! dit Pénières en bâillant. Ce soir, nous nous coucherons tôt et l'âme sereine, sans risquer d'être arrêtés aux aurores comme des malfaiteurs.

Brival était curieux de savoir s'il se rendrait à son domicile ou chez Marion.

— Je ne comprends rien à vos rapports, ajouta-t-il. Qu'est-elle réellement pour toi ?

— C'est une amie très chère. J'aimerais que nous franchissions le pas et qu'elle me donne plus que de l'amitié, mais elle refuse une aventure avec un homme marié. L'exemple que Diane et toi lui montrez ne l'y encourage guère. Comment lui en voudrais-je ?

Il ajouta en s'étirant :

— Mon cher, le monde est mal conçu. Je rêve parfois que nous disposons de plusieurs vies parallèles et que nous sommes libres de choisir laquelle nous convient, suivant nos humeurs. Ainsi plus un homme, plus une femme ne sauraient se dire malheureux en amour. Une révolution ! Aussi importante, crois-moi, que celle que nous subissons.

Pourquoi ne divorçait-il pas? Il faillit éluder cette question qui l'importunait. Le divorce? C'était une mode à laquelle de nombreux ménages cédaient, tant la procédure en était aisée. Mais voilà, Agatha, violente et jalouse, était capable de le tuer s'il prononçait ce mot. Et il y avait les enfants...

L'idée de fuir l'obsédait : il partirait pour l'Amérique ; son premier port d'attache serait Azilum, cette cité créée *ab nihilo* par ses compatriotes corréziens et notamment le vicomte de Noailles. Il en avait parlé à Marion, avait tenté de l'associer à son projet. Elle lui avait ri au nez : « Mon pauvre ami, il vous faut toujours une Amérique pour vous consoler de votre condition. Votre Amérique du jour, c'est moi, et vous ne parvenez pas à me conquérir. Alors l'autre, la vraie... »

Il était huit heures de relevée ; ils marchaient et devisaient sur le quai de la Mégisserie en fumant un dernier cigare. Soudain ils remarquèrent un attroupement, perçurent des cris violents. La foule venait d'arrêter une charrette rouge et houspillait les gendarmes qui escortaient le véhicule. Une femme qu'ils interrogèrent leur cria qu'il fallait « délivrer Tinel ».

Ce Tinel était un apprenti serrurier qui, l'avant-veille, durant des heures, avait promené comme un trophée, au bout d'une pique, la tête de l'infortuné Féraud, dans l'enceinte de l'assemblée. L'assassin courait encore, mais l'imprudent Tinel, reconnu, appréhendé, avait été jugé sommairement et condamné à mort. C'est lui que l'on conduisait au supplice, place de Grève où l'on avait dressé la guillotine pour Fouquier-Tinville et quelques autres terroristes.

Ils suivirent la charrette qui, par le quai Pelletier, gagnait le lieu de l'exécution. Au milieu de la foule, grossie du populaire qui venait de souper et prenait le frais sur le pas des portes, le véhicule badigeonné de rouge ressemblait de loin à une coquille de noix sur le point de chavirer.

— Je n'arrive pas à m'expliquer, dit Brival, cette agitation pour un misérable Tinel. Ce rassemblement doit en cacher un autre. A mon avis quelque événement plus grave doit se dérouler ailleurs. Cette affaire Tinel me semble un simple préambule. Quelque chose me dit que la contre-Révolution va porter l'épée dans un faubourg populaire. Un mouvement qui rappelle l'assaut contre le Club des Jacobins.

— C'est vrai, dit Pénières, le bruit en a couru. J'incline pour le faubourg Saint-Antoine qui a été le point de départ de l'insurrection populaire de ces jours derniers. As-tu remarqué ces groupes de « muscadins » qui marchaient d'un pas pressé, dans la même direction : celle du faubourg Saint-Antoine, justement ?

— Je veux en avoir le cœur net ! dit Brival. Allons-y de ce pas.

— Tu iras seul. Je ne tiens pas à m'exposer de nouveau à de mauvais coups. Il semble que j'attire la foudre…

Le général Kilmaine avait fixé le rendez-vous à huit heures de relevée dans les jardins des Tuileries.

Lorsque Hyacinthe arriva, ils étaient déjà plusieurs centaines : « muscadins » gantés de jaune, armés du gourdin, « merveilleux » suavement entortillés dans leurs défroques et qui se groupaient comme des dindons, rentiers, fonctionnaires, artisans et quelques personnages de nature incertaine, qui devaient être des « mouches » de la police. Kilmaine avait dû contraindre au silence Saint-Huruge qui se proposait de haranguer la troupe ; le butor se contentait d'imposer sa présence, ses rires bruyants en brandissant son « rondin » au-dessus des têtes.

Des consignes circulaient de bouche en bouche, sous l'œil suspicieux des gardes nationaux, des gendarmes et des soldats d'un bataillon prétorien conduit par Menou et ce superbe cavalier, Murat. On se donnait un nouveau rendez-vous pour le lever du jour, aux limites du faubourg Saint-Antoine.

Hyacinthe alla dormir dans le petit appartement du Palais-Royal qu'il avait conservé pour la commodité de son travail et dans l'éventualité, qui lui semblait proche, d'une rupture avec Elise Lange.

A l'aube, alors que les chariots des maraîchers roulaient sur le pavé de la rue Montensier et de la rue de Valois, il héla un fiacre pour se rendre vers le faubourg Saint-Antoine.

En arrivant au lieu du rendez-vous, il se demanda s'il n'y avait pas eu contre-temps : il avait devant lui une vaste avenue déserte où ne passaient que des marchands d'eau, des femmes et des enfants qui criaient gazettes et loteries. Il s'offrit son premier cigare et se mit à déambuler le long des ateliers de menuiserie où s'allumaient des loupiotes. Il n'avait pas fait vingt pas qu'il se vit entouré par des hommes aux mines de conspirateurs qui lui annoncèrent le lieu précis du rendez-vous : 31, rue de Montreuil, dans la cour de la fabrique de papier peint Réveillon, l'endroit où, dans les premiers temps de la Révolution, avait eu lieu une émeute sanglante et où, douze ans auparavant, l'astronaute Pilâtre de Rozier avait accompli sa première ascension en ballon.

Le premier objectif des insurgés, divisés en colonnes, était la perquisition à opérer dans quelques demeures appartenant à des meneurs du parti jacobin, et notamment du plus célèbre de tous : Antoine Sancerre, riche brasseur incarcéré jusqu'au 9 thermidor, aujourd'hui ruiné, mais qui avait fait de son domicile un repaire de jacobins.

C'étaient surtout les canons de la section que convoitaient les gens de Kilmaine. Ils parvinrent à mettre la main sur quelques pièces auxquelles ils s'attelèrent et qu'ils conduisirent au point de ralliement. On leur bourra la gueule et on tint les mèches allumées. L'affaire commençait à prendre une tournure sérieuse.

Radieux, le général Kilmaine paradait sur son cheval, regroupait par colonnes son contingent d'élégants à cocarde blanche, toisait les artisans et les ouvriers chassés de leur domicile, qui se demandaient ce que leur voulaient ces hurluberlus, accueillait avec de grandes démonstrations de sympathie des membres des Comités gouvernementaux, discrets et furtifs comme des ombres.

Soucieux, par prudence, d'éviter toute initiative malencontreuse, Hyacinthe, se cantonnait dans une bienveillante passivité, derrière un groupe chargé des perquisitions en vue de découvrir des armes : une mission qui ne l'enchantait guère. Parmi les gens qu'il suivait se trouvaient de francs coquins, des voleurs de pauvres qui terrorisaient sous la menace des familles misérables pour faire main basse, non sur des armes qui n'existaient pas, mais sur des denrées. Il faillit en venir aux mains avec un « muscadin » qui empochait de pauvres bijoux de famille au nez et à la barbe de deux vieux rentiers.

Il commençait à se demander s'il n'allait pas prendre la tangente quand des appels attirèrent son attention. La panique semblait s'emparer des insurgés qui couraient en tous sens en s'interpellant ou se regroupaient autour de Kilmaine. Hyacinthe rejoignit le général qui, du haut de son cheval, haranguait ses hommes :

— Nous sommes cernés, mais nous avons des armes et des canons pour riposter. Allons-nous nous laisser prendre au piège comme des rats ?

Hyacinthe constata avec stupeur que la résistance des faubouriens prenait corps et que, de toutes parts, des barricades commençaient à s'édifier. Dans la lumière rasante du matin, on apercevait des éclats de piques, de baïonnettes et de sabres : la 17e division du général Menou venait de prendre position ; on pouvait distinguer aux deux extrémités de l'avenue, dans le lointain, des chevaux qui caracolaient et des troupes qui faisaient mouvement.

Kilmaine, qui avait fait confiance étourdiment à la combativité supposée des « muscadins » et des « merveilleux », déchantait. Sourds aux ordres qu'il lançait du haut de sa monture, les canonniers improvisés abandonnaient leur poste et le gros de la troupe se désagrégeait lentement ; Saint-Huruge fut un des premiers à prendre la fuite ; lorsque des projectiles divers commencèrent à pleuvoir sur les hommes de Kilmaine, ce fut la débandade ; il ne resta bientôt plus qu'une ou deux compagnies regroupées autour des canons pointés vers les accès de l'avenue.

— Tenez bon ! s'écriait le général. Gardez les mèches allumées ! Tant que nous avons des canons, personne n'osera nous attaquer.

L'angoise au ventre, les insurgés attendirent des heures ; pour le repas de midi, ils se partagèrent les rogatons qu'ils avaient dérobés aux familles. Leurs captifs relâchés, ils se trouvaient comme bloqués sur une île battue par une masse humaine dont ils ne pouvaient présumer l'importance et les limites. La chaleur pesante ajoutait au désarroi. Cette attente dura tout l'après-midi. L'heure du souper approchant, d'autres désertions se produisirent dans les rangs des insurgés. Par curiosité plus que par fidélité, Hyacinthe choisit de rester jusqu'au bout.

Kilmaine réunit ses derniers combattants et leur déclara, la mort dans l'âme :

— Mes amis, je regrette de vous avoir engagés dans cette aventure. Notre opération a échoué, mais en partie seulement. Nous avons fait la démonstration de notre détermination à nous sacrifier pour la cause qui nous est chère. Nous allons demander à l'ennemi de nous laisser battre en retraite avec les honneurs de la guerre contre remise des canons. Mes amis, vive le roi !

Quelques voix, mollement, lui firent écho. Un mouchoir blanc à la pointe de son sabre, son cheval en laisse, le général s'avança vers l'une des barricades devant laquelle se tenaient quelques députés ceints de l'écharpe tricolore ; il parlementa, revint vers ses hommes, le visage éclairé d'un triste sourire, et leur annonça qu'ils étaient libres.

Les honneurs de la guerre... Il fallut y renoncer. La retraite s'effectua piteusement sous les quolibets, les injures, les menaces, et il fallut livrer les armes à un capitaine goguenard.

De toute la journée, pas un coup de feu n'avait éclaté, mais, sans l'intervention de la force armée, nul doute que les vaincus eussent été pris à parti, écharpés par la population, les femmes surtout, qui réclamaient les belles chemises et la tête des insurgés, les houspillaient lorsqu'ils s'engageaient dans le pertuis pratiqué à travers la barricade. Humilié jusqu'au fond de l'âme, sa cocarde jetée au ruisseau, Hyacinthe s'éloigna seul en direction d'un cabaret, but plusieurs verres d'affilée et, la tête dans ses mains, se mit à pleurer.

A son humiliation s'ajoutait une inquiétude : comment Elise Lange allait-elle prendre cette défaite pitoyable, elle qui, avec des accents pathétiques, l'avait incité à participer à cette opération, persuadée qu'il allait lui revenir couvert de gloire et de trophées ?

Son honneur, ses illusions venaient de se briser en lui ; il serait difficile d'en recoller les morceaux.

Lorsque Hyacinthe se présenta à l'hôtel de Salm, le lendemain, en fin de matinée, la comédienne était en train de répéter dans le grand salon, seule avec une sorte de petite souris grise à bésicles, échappée des coulisses du Français : sa répétitrice.

Elise eut à peine un regard pour son héros et ne marqua que le temps d'un soupir la fin de l'alexandrin. Puis elle lui tourna carrément le dos. Elle avait revêtu un déshabillé jonquille — sa couleur et sa fleur favorites — à travers lequel le soleil inondant les baies laissait deviner jusqu'aux reins ses formes graciles.

Hyacinthe s'assit, alluma un cigare. Les yeux au plafond, il se demanda depuis combien de temps ils n'avaient pas fait l'amour — il ne s'en souvenait pas. « Faire l'amour » était d'ailleurs une expression abusive : Elise se laissait posséder, se satisfaisant de ce qu'il rendît hommage à sa beauté, mais se retirait brusquement sous des prétextes divers, justifiés ou non ; il lui arrivait en revanche de réveiller parfois son partenaire au milieu de son sommeil ou de le solliciter en pleine journée pour une étreinte sans issue. Hyacinthe avait pris tant bien que mal l'habitude de ces caprices ; il se disait qu'il ne tirait et ne tirerait jamais que des orgasmes fallacieux de cet ange frigide. Il prenait son plaisir avec les filles du service, qu'Elise avait choisies jeunes et agréables, parfois avec quelque comédienne qui jouait d'autant mieux la passion amoureuse qu'elle était jalouse de sa rivale en comédie ou souhaitait, grâce à Hyacinthe, s'introduire dans ses bonnes grâces.

Elise s'écria brusquement :

— Cela suffit ! Je sais cette scène sur le bout des doigts.

— Sans doute ! dit une voix d'homme montant du fond de la pièce. Pourtant on ne sent pas assez intensément la passion d'Emilie pour

Cinna. Faites davantage vibrer la corde des sentiments. Amoureuse, votre Emilie ? Point, ma chère : simplement éprise de son compagnon comme vous l'êtes d'une robe ou d'un bijou. Le véritable amour, la passion, cela se chante différemment, cela doit couvrir toutes les voix.

Elise jeta son texte sur une chaise, bougonna :

— Peut-être avez-vous raison, Michel-Jean, mais, ce rôle, je ne le sens pas. Eh puis, baste ! nous verrons bien, ce soir, ce qu'en pense le public.

En se levant d'un mouvement discret, Hyacinthe aperçut, entre le clavecin et le rideau de plantes vertes, un homme qu'il reconnut tout de suite, avec un pincement au cœur : Michel-Jean Simons, fils du carrossier belge richissime, qui faisait une cour assidue à la comédienne depuis que le premier perruquier et le banquier avaient sombré dans les oubliettes. Il se demanda ce qu'il devait faire : rester ou se retirer ; il choisit de rester, conscient que c'était assez d'une retraite pour son honneur blessé. Simons, d'ailleurs, qui venait à son tour d'allumer un cigare, paraissait peu s'intéresser à lui.

La petite souris-répétitrice venait à peine de disparaître qu'Elise lança par la porte entrebâillée :

— Faites entrer Mlle Rose ! Peut-être saura-t-elle m'éviter de paraître ridicule dans des vêtements passés de mode. J'en ai assez de faire exécuter mes robes par des « fagotières » et d'être vêtue comme les poissardes de la rue de Hongrie !

— Vous exagérez, ma chère, reprit la voix derrière le clavecin. Toutes les femmes de Paris envient vos tenues et vous copient, mais vous vous lassez trop vite de tout et vous laissez gouverner par vos caprices.

Le dernier caprice de la comédienne portait sur les paillettes dont une mondaine, Mme Hamelin, venait de lancer la mode. Tandis que la couturière, accompagnée de deux petites mains, faisait son entrée, elle s'écria :

— Des paillettes ! J'en veux partout ! Je ne puis me permettre d'être en retard sur cette mode une journée de plus.

Puis elle se mit à chantonner l'air qui courait les rues :

Paillette aux bonnets
Au toquet
Au petit corset !
Paillette au fin bandeau
Au grand chapeau...

La mine extasiée, elle fit ruisseler entre ses mains les étoffes de couleurs vives, pailletées comme les vagues de la mer par les feux du crépuscule, jetant les coupons sur son épaule, s'en drapant, s'admirant dans la psyché.

— Mademoiselle Rose, dit-elle, je sais que vous habillez toutes les dames de condition de Paris. Faites en sorte que je n'aie pas l'air de copier leur toilette. Je veux une robe vraiment originale sans tomber dans l'excès et le ridicule des « merveilleuses ». Faites-moi... faites-moi une robe à l'Emilie, dans le genre romain, dont M. David pourrait revêtir ses modèles.

Elle jeta son dévolu sur un coupon d'étoffe jaune à reflets rosés qui accompagnerait à la perfection sa rivière de diamants et les carlins d'or de ses orteils. Mlle Rose devrait prévoir de longs plis et des fentes latérales montant jusqu'à la hanche.

Hyacinthe cacha un sourire derrière sa main : Elise, sans en avoir conscience, copiait les toilettes de Mme Tallien en y ajoutant quelques détails saugrenus, comme cette aigrette à boucle d'émeraude dont elle comptait surmonter sa chevelure. Elle s'écria :

— Je veux être romaine et resplendissante. Premier essayage, demain, à la même heure. Prenez mes mesures. Il me faut cette robe dans trois jours pour le bal de l'Opéra.

— C'est impossible ! gémit Mlle Rose. Même en travaillant tout le jour...

— Qu'à cela ne tienne ! Faites travailler vos ouvrières jour et nuit. Que fais-je d'autre, moi ?

Après l'avoir raccompagnée jusqu'à la porte, Elise parut enfin remarquer la présence de Hyacinthe. Elle lui mit la main sur l'épaule et lui dit d'un air courroucé :

— Eh bien, mon ami, que devenez-vous ? Voilà trois jours que vous ne donnez pas de vos nouvelles. Vous finirez par m'excéder avec vos caprices ! Serez-vous des nôtres ce soir, au souper ?

— J'en serai, assurément, dit ironiquement Hyacinthe. Vous aurez sûrement besoin d'une « veilleuse »...

Elise abandonna Hyacinthe pour réclamer son bain. Elle se prenait la tête à deux mains ; elle était en retard. Comme toujours. Soudain elle se retourna vers lui sous le coup d'une inspiration subite.

— A propos, dit-elle, que devient votre sœur, Suzon ?

— Marion... rectifia Hyacinthe. Elle attend toujours le passeport qui lui permettra de retourner au pays.

— Cette étourdie m'avait promis de revenir me voir, mais elle a dû oublier. Dites-lui que sa visite me ferait plaisir. Elle est charmante, pas sotte, mais elle s'habille comme une chiffonnière. Faites-lui donc parvenir un billet pour *Cinna.*

Hyacinthe s'inclina pour prendre congé. Simons se leva en même temps que lui et parut surpris de sa présence. Il porta ses bésicles à ses yeux, écrasa son cigare dans une soucoupe et s'avança lentement vers Hyacinthe. C'était un bel homme d'environ vingt-cinq ans, un peu vulgaire de visage mais élégamment vêtu ; il s'exprimait avec un accent bruxellois assez prononcé. Elise le connaissait depuis quelques semaines seulement, mais déjà il s'imposait à l'hôtel de Salm et, aux repas, tenait le haut bout. La fourniture aux armées et l'agiotage, accompagnés de trafics moins avouables, lui avaient permis, en échappant à l'autorité de son père et au métier de carrossier pour lequel il ne se sentait aucune vocation, d'amasser rapidement une des plus belles fortunes de Paris. Il s'était acquis les faveurs de la comédienne par la promesse d'une « folie » à Meudon : une demeure restaurée et aménagée dans le style néo-classique par l'architecte du comte d'Artois, le célèbre Bélanger.

— Monsieur, dit Simons, suivez-moi dans le jardin, je vous prie.

Hyacinthe observa qu'il se conduisait comme un maître de maison qui reçoit un visiteur importun, et cela le fit sourire.

Le jardin était dans sa splendeur printanière. Un cygne jouait avec son reflet dans le soleil inondant la pièce d'eau et les rocailles fleuries de grosses joubarbes en érection. Les allées de sycomores convergeaient vers une petite gloriette dont le style rappelait celui de la « folie » Montchamp, où Hyacinthe et Adélaïde faisaient halte aux heures chaudes, après leur promenade équestre dans la forêt.

— Monsieur, dit Simons en balayant le gravier de la pointe de sa canne à pommeau de cristal, j'aime les situations nettes, et celle-ci ne l'est point. Je n'irai pas par quatre chemins. L'un de nous est de trop dans cette maison, et j'ai la prétention de penser que ce n'est pas moi, bien que je vous concède le bénéfice de l'antériorité et que le vrai propriétaire soit Leuthraud.

Il s'arrêta au bord du bassin, s'appuyant d'un pied sur le rebord, avec un mouvement d'avant en arrière qui traduisait sa nervosité. Il poursuivit, du même ton pincé :

— J'ignore de quelle nature et de quelle intensité sont les sentiments que vous partagez avec Elise, car elle s'en est peu ouverte à moi. En revanche, j'ai de bonnes raisons de croire que les liens qui m'unissent à elle sont solides et durables.

— Aussi solides et durables que peuvent l'être des relations intéressées, monsieur Simons.

Simons faucha de la pointe de sa canne une tige de joubarbe.

— C'est bien, dit-il. Parlons franc ! Vous n'avez pas de fortune et notre amie est un véritable panier percé. Savez-vous que cette robe qu'elle vient de commander à Mlle Rose me coûtera près de cent louis, sans compter de menus impédiments. Pourriez-vous la lui offrir ? Et cette « folie » de Meudon, dont elle me rebat les oreilles ? Et ces repas dont chacun coûte une fortune avec laquelle un ménage d'artisans pourrait vivre un mois ?

Simons reprit, en continuant sa promenade :

— Etes-vous son amant de cœur ? Je le croirais volontiers si la belle avait un cœur. Est-elle séduite par vos exploits amoureux ? Je pourrais le croire, si elle était capable d'éprouver le moindre frisson de plaisir.

Hyacinthe sourit. Simons formulait les questions et les réponses, en homme dont les avis ne sauraient être contestés. L'entretien risquait de tourner court ; il finit brutalement. Simons, plantant la pointe de sa canne dans le gravier, ajouta en fixant son interlocuteur :

— Monsieur, je ne saurais dire que vous m'êtes antipathique, mais je ne puis tolérer votre présence plus longtemps.

Peu disposé à se laisser congédier comme un laquais, Hyacinthe riposta d'un ton ferme, mais sans aigreur :

— Vous disposez à la légère, monsieur, des sentiments et des intentions de Mlle Lange. Il serait plus élégant de l'informer de votre prise de pouvoir dans cette demeure qui, je vous le rappelle, est la propriété de votre prédécesseur. Souffrez donc que je la mette au courant de votre décision. Accepterez-vous son verdict ?

— Naturellement. C'est la moindre des courtoisies, mais je connais d'avance la réponse.

— Je crois la connaître aussi, mais je n'aime pas lâcher pied avant d'avoir brûlé toutes mes cartouches. Bonjour, monsieur !

Simons leva sa canne en guise de salut, sans se découvrir, et soudain rappela Hyacinthe.

— Monsieur, dit-il, on attribue une part de votre aisance relative à votre habileté aux cartes. Je me flatte d'être moi-même assez fin joueur et il me plairait de me mesurer à vous.

Hyacinthe ne put s'empêcher de rire.

— Mais c'est une sorte de duel que vous me proposez, Simons ! Eh bien, soit ! J'accepte...

Au cours du souper qui suivait la représentation de *Cinna* au Français, ils ne s'adressèrent ni un regard ni une parole.

Simons, qui tenait, avec sa suffisance coutumière, le haut bout et menait la conversation à sa guise, jugeait de la représentation avec la prétentieuse maladresse d'un « journaillon » de gazette, sans que personne, dans l'assistance, osât le confondre. Pas même ce jeune écrivain suisse, Benjamin Constant, ex-chambellan à la cour de Brunswick, tout récemment arrivé dans la capitale en compagnie de sa maîtresse, un laideron spirituel et savantasse : Mme de Staël.

Sur le coup de deux heures du matin, ayant attendu vainement que se concrétisât le défi de Simons, Hyacinthe décida de se retirer, avec l'amère certitude qu'il ne reviendrait jamais à l'hôtel de Salm et que c'en était fini de ses amours avec Elise.

Un billet de la comédienne lui parvint le lendemain à son bureau du Châtelet : elle lui donnait rendez-vous chez elle pour le début de l'après-midi. En décrochant son chapeau, il murmura :

— Allons ! Courage. En route pour la grande scène des adieux. Il me tarde de voir Elise dans ce rôle...

Elle l'attendait, allongée négligemment dans son lit, avec à son chevet le plateau de son dîner, auquel elle avait à peine touché. Elle avait les yeux battus, la mine grise, la chevelure en désordre. D'un geste languissant, elle lui fit signe de s'asseoir sur le bord du lit, murmura d'une voix un peu rauque :

— Hyacinthe... Mon petit Hyacinthe... Mon cœur...

— Je sais ce que vous allez m'annoncer, dit Hyacinthe. Alors, si vous préférez ne rien dire... Quittons-nous bons amis, sans phrases et sans regrets.

— Méchant garçon ! protesta-t-elle. Vous ne semblez guère peiné. Et moi qui n'ai pas dormi de la nuit...

— Ma chérie, dit-il en lui prenant les mains, il est vrai que je ne suis pas fait pour les passions dévastatrices, ce qui me permet d'échapper aux grandes douleurs. Je vous dois beaucoup. Grâce à vous, j'ai pénétré dans un monde auquel je n'aurais pas eu la prétention de me mêler. Vous, vous ne me devez rien. Qu'ai-je été pour vous ? Un chaperon, une utilité ?

Il ajouta avec une soudaine brusquerie :

— Soyez sincère ! Pour une fois, ne cherchez pas dans vos tragédies le personnage qui pourrait vous servir un modèle de réplique. Tâchez d'être vous-même, de vous interroger, de trouver une réponse en vous. Etes-vous capable de sincérité ? C'est le moment de le prouver. Vous pleurez ? A la bonne heure ! Si ce n'est pas un chagrin de théâtre, je suis comblé.

Elle essuya ses larmes d'un revers de poignet, balbutia :

— Vous êtes... vous êtes celui qu'il m'aurait plu d'aimer. Si j'ai voulu vous garder près de moi, c'est en me disant que, lorsque la jeunesse, la renommée, la richesse m'auraient abandonnée, vous me resteriez et que je connaîtrais avec vous la valeur des vrais sentiments. Mon cœur, comme il serait bon de vous aimer ! Hélas, je n'ai de véritable passion que pour mon métier ; il me dévore et il reste peu de chose pour les hommes qui me courtisent et pour lesquels, finalement, je ne puis être qu'un faire-valoir. Vous seul, Hyacinthe... Mais vous me quittez trop tôt, et je n'ai ni la force ni la volonté de vous retenir et de m'aliéner ainsi les faveurs et les générosités de Michel-Jean. Etes-vous fâché ?

Il lui embrassa les mains, l'assura qu'il n'était pas fâché — cette rupture devait fatalement intervenir — mais amer.

— Mon pauvre chéri ! dit-elle avec une sourire grave, je vous plains, mais en même temps je vous envie d'aimer au point d'en souffrir. Moi, je ne connais la souffrance que si mon public semble me bouder ou si l'une de mes robes me va mal. Ah ! souffrir d'amour...

Elle ajouta, changeant de ton, soudain éperdue de tendresse et de générosité :

— Je veux vous faire un cadeau ! Venez me rejoindre. J'ai envie de me donner à vous de tout mon cœur, de toute ma chair. Je veux que notre étreinte soit inoubliable pour nous deux, que je connaisse enfin dans vos bras une véritable jouissance.

Il songea que le « cadeau », c'est Elise qui le recevrait et que c'était bien dans sa nature de promettre et de recevoir. Il redouta que des importuns viennent suspendre leurs ébats ; elle le rassura. Il lui fit promettre de ne pas interrompre leur étreinte sur un coup de tête ; elle promit. Elle voulut sonner sa camériste pour qu'elle lui préparât un bain ; il l'en dissuada.

— Restez comme vous êtes. La chair d'une femme sortant du sommeil est délectable.

Il accepta tout au plus qu'elle passât dans son cabinet de toilette pour se rincer la bouche à l'eau de Vénus ; elle en sortit radieuse, ses cheveux noués d'un ruban, auréolée de lumière et irradiant une de ces senteurs troubles que son parfumeur de la rue Montorgueil faisait venir pour elle de Venise. « Chassez le naturel »... songea-t-il avec un sentiment de regret.

Ils tirèrent les rideaux des fenêtres puis ceux du lit, se dénudèrent dans la pénombre, restèrent longtemps à se caresser avec ravissement, comme s'ils se découvraient et souhaitaient, avant la petite mort de la séparation, connaître toute la vérité de leurs corps. Elle prit plaisir à évaluer la science amoureuse de son partenaire, qu'elle n'avait fait, par sa faute, qu'entrevoir ; il fut surpris qu'elle se révélât ardente, prête à toutes les audaces, et qu'elle évitât de tricher en simulant de faux orgasmes. Elle se faisait légère et docile entre ses mains, répondait à toutes ses caresses, faisait écho à ses élans sauvages par de petites jouissances qu'elle égrenait en perles.

Il se rabattit sur le côté, murmura, haletant :

— Vous aviez raison. C'est un magnifique cadeau que vous m'avez fait, ma chérie.

— Qui de nous deux est le plus comblé ? Je n'ai jamais connu ces sensations. Restez encore un peu, je vous en prie.

Il resta. Rien ne pressait ni pour lui ni pour elle. Ils mangèrent avec appétit ce qui restait du dîner auquel elle ajouta du foie gras aux truffes de chez Rénalus qu'elle fit monter par sa camériste. Le temps ne comptait plus ; ils baignaient dans un espace de liberté qui semblait n'avoir pas de limites, conversaient librement entre deux baisers : elle tourna en dérision ce bellâtre de Simons qui prétendait, fort de quelques générosités, régir sa maison et sa vie. Simons qu'elle n'aimait pas plus qu'elle n'avait aimé les précédents et qu'elle se contenterait de plumer jusqu'au croupion.

Il lui raconta le défi que le fils du carrossier lui avait jeté ; elle pouffa de rire, renversée dans son oreiller.

— On voit bien qu'il ne vous connaît pas ! Il se prend pour l'Attila des tables de jeu parce qu'il a appris les cartes dans les tripots et les académies de Bruxelles. Pauvre Michel-Jean ! Vous n'en ferez qu'une bouchée !

— J'y compte bien ! Mais, puisque rien ne presse, occupons-nous de nouveau de nous, si vous le voulez bien.

Leurs jeux reprirent avec une fougue et une intensité nouvelles. Comme il craignait qu'elle ne fût fatiguée pour le spectacle du soir, elle fit un geste au-dessus de son épaule : son public était indulgent, et d'ailleurs elle ne s'était jamais sentie dans de meilleures dispositions.

Lorsqu'il se leva pour partir, elle lui accrocha le bras, lui dit avec une autorité qu'il ne lui connaissait pas :

— Nous nous reverrons ! Il le faut absolument ! Où vous voudrez et quand vous voudrez. Vous m'avez révélé des richesses dont je ne puis jouir qu'avec vous. Vous avez réveillé en moi un personnage qui refuse de se rendormir. Je vous aime, Hyacinthe, et je l'ignorais jusqu'à ce jour !

Il ne chercha pas à la dissuader, sachant que cette dernière rencontre n'aurait pas de suite, que, reprise par cette heureuse tempête qu'était sa vie, elle finirait par oublier ces instants ou que, si elle ne parvenait pas à les oublier, ils éclaireraient ses rares moments de solitude, si tant est que certains souvenirs donnent autant de plaisir, sous une forme différente, que les événements ou les situations qui les ont suscités.

Michel-Jean Simons faisait les cent pas dans le salon, fumant un cigare et s'éventant avec le bord de son chapeau.

— Eh bien, monsieur, dit-il avec aigreur, cette dernière entrevue a été fort longue et je commençais à perdre patience.

— Les scènes d'adieux sont souvent ainsi : longues et difficiles, répondit Hyacinthe. C'est chose faite, rassurez-vous. Je me retire et vous cède la place.

— Je salue en vous un vrai gentleman ! Si vous êtes aussi habile aux cartes que dans l'art de la rupture, j'aurai affaire à forte partie.

— N'en doutez pas. Je suis toujours votre homme, et quand il vous plaira.

— Fort bien ! Je meurs de me mesurer à vous. Tandis que ma maîtresse est occupée à son essayage et à sa répétition, passons aux tables, si vous me permettez ce mot.

Deux heures plus tard, Elise interrompait leur partie. Elle rayonnait de jeunesse, de beauté, de jovialité, bien que l'essayage l'eût déçue — elle avait renoncé, par un caprice de dernière heure, à la robe « à la romaine » pour un modèle « à la cyprienne » qui engonçait la taille comme dans un fourreau. Il fallait tout reprendre de zéro !

Hyacinthe lui décocha un discret clin d'œil tandis que Simons, livide, crispé, était en train de lui signer un billet pour une grosse somme qu'il ferait régler en numéraire par la banque. Son plus beau coup depuis sa sortie de prison ! Cet argent, il en connaissait par avance l'usage. Il perdait Elise Lange, mais la fortune lui souriait.

Le destin a parfois le talent de compenser les déboires par des avantages.

A quelques jours de là, Hyacinthe reçut des nouvelles de son vieil ami, Choderlos de Laclos, qui, libéré depuis peu de la prison de Picpus où il végétait, demandait à le rencontrer.

Il reçut, le même jour, une lettre d'Adélaïde de Montchamp : elle ne quittait pour ainsi dire plus son ermitage de Normandie et ne lui avait pas, depuis des mois, donné signe de vie. Le passé venait à sa rencontre et lui tendait la main.

Adélaïde venait d'apprendre la mort de son fils, « monsieur Gustave », atteint par une épidémie de fièvre jaune au cours d'une opération militaire en Catalogne.

M. de Montchamp, lui, n'avait pas quitté Paris. Il coulait des jours mornes mais paisibles dans l'ancien couvent des Minimes, situé place des Vosges, grâce aux subsides que son épouse lui faisait parvenir. Hyacinthe décida de lui rendre visite. C'est à peine si le vieil homme le reconnut. Maigre, chauve, les yeux rongés d'ophtalmie, il passait ses journées en promenade dans les allées, à pas menus, avec d'autres pensionnaires, à regarder passer les nuages, à compter les heures qui le séparaient des repas, sa seule préoccupation.

Comme Hyacinthe souhaitait l'entretenir du prince Philippe d'Orléans et des grandes heures du Palais-Royal, M. de Montchamp lui dit d'une voix chevrotante :

— Laissez-moi, monsieur, je vous prie. Le monde m'a oublié, je veux oublier le monde.

9.

LES SAISONS INCERTAINES

Corrèze : été-automne 1795.

C'est Madeleine, la servante-maîtresse de Sauviat, qui vint alerter Florent.

Il était en train d'examiner un champ de modestes dimensions, ensemencé en « blé » de bouige après trois ans de jachère et qui promettait une belle récolte : les tiges étaient fermes et il avait grainé convenablement ; si le temps se maintenait au beau, on pourrait moissonner d'ici peu ; Florent passerait dans chaque ferme afin d'établir un calendrier — peut-être même, comme jadis, pourrait-on célébrer la gerbebaude...

Madeleine s'accroupit près de lui, prit une tige dans sa main.

— Ton seigle est bien dru, dit-elle. Plus beau que celui de Sauviat, mais il s'en fout. Ça l'intéresse moins que de jouer au seigneur avec son cabriolet et de rencontrer des gens importants. Il veut se faire élire député ! Il se fait des illusions.

Bien qu'il lui fît confiance, Florent évitait les confidences. Il dit simplement :

— Si j'étais électeur, il n'aurait pas ma voix. Après ce qu'il a fait à mes maîtres et qu'il continue de nous faire...

— Justement, dit-elle. Il faut que je te dise...

Sauviat avait distribué à ses deux plus jeunes garçons les arcs et les flèches indiennes du comte de Marsanges, et les galapiats s'exerçaient à tirer.

— Sur quoi ? Je te le donne en mille ! Sur les portraits de famille de tes maîtres. Ils y étaient occupés tout à l'heure.

— Nom de Dieu ! jura Florent. Comment ose-t-il...

Il courut vers le château, s'arrêta au portail, le souffle coupé. Les gosses avaient placé les portraits contre le mur de la bergerie et jouaient aux Indiens. Florent se précipita vers eux, leur arracha les arcs et les flèches. Sérieusement endommagés, les portraits étaient méconnaissables, Gabrielle de Fontloube notamment, qui semblait atteinte de petite vérole.

Un des gosses, en larmes, alerta son père qui se trouvait dans la maison de Valentin, occupé avec un domestique à poser des lanières neuves aux fléaux et à marteler faux et faucilles. Florent commençait à rassembler les portraits pour les emporter quand il entendit tonner la voix de Sauviat :

— Attends un peu, drôle ! Je vais t'apprendre, moi…

Il eut un mouvement de recul en voyant Sauviat surgir, une faucille à la main, le regard lourd de colère, suivi d'une sorte d'homme des bois au visage patibulaire, coiffé d'un large chapeau d'un vert pisseux.

— Pose ces toiles ! dit Sauviat. Je te le dirai pas deux fois.

Conscient du risque qu'il courait, Florent n'en continua pas moins à rassembler les portraits. Sauviat murmura quelques mots à l'homme des bois qui, effectuant un détour pour surprendre Florent par-derrière, lui sauta sur le dos, lui immobilisa les bras et le plaqua rudement contre la porte de la bergerie, entre une chouette et un corbeau desséchés.

— Un geste, et tu es mort ! dit Sauviat.

— Si vous croyez m'impressionner… dit Florent qui riait jaune.

Il perçut l'éclair de la faucille à deux doigts de son visage, le bruit mat de la pointe piquant le bois. Le tranchant de la lame courbe contre son cou le contraignait à l'immobilité.

— Tu crânes moins, hein, galapiat ! grogna Sauviat, un sourire découvrant ses dents pourries. Fais un geste, et couic !

— Prenez garde ! dit Florent d'une voix blanche. Vous risquez de vous retrouver en prison.

— La prison ? On n'y va pas quand on défend son bien contre un voleur. Tu vas pas m'apprendre la loi, non ? C'est bien ce que tu faisais, et en présence d'un témoin en plus. Pas vrai, Mathieu ?

L'homme des bois hocha la tête.

— Demande pardon et je te fais grâce, dit Sauviat.

— Vous demander pardon, à vous ? Jamais ! s'écria Florent.

Lentement, le poing de Sauviat fit glisser la lame horizontalement. Florent sentit le froid du tranchant sur sa gorge, puis une douleur et la chaleur du sang sur sa peau. Comme à travers un brouillard il vit Madeleine s'avancer en courant ; elle se précipita sur Sauviat, le tira en arrière en le secouant et lui fit claquer sur le visage deux gifles retentissantes. Souriant sous ses moustaches, l'homme des bois ne broncha pas.

— Maintenant, dit-elle à Sauviat, tu décampes. Nous réglerons nos comptes plus tard, assassin !

Elle ôta la faucille, essuya le sang avec la pointe de son devantier et dit à Florent :

— Pauvre chérubin... Quand je pense que ce sauvage aurait pu te tuer, et par ma faute encore... Heureusement, ta blessure n'est pas profonde.

Elle le prit par la main pour le conduire au château, le fit asseoir dans la cuisine où trônait un imposant poêle de fonte émaillée, posa sur la plaie des pétales de lys macérés dans la gnôle, lui fit un bandage et l'embrassa en riant.

— Tu sais pas à quoi tu ressembles ? A ces « muscadins » à cravate blanche comme on en voit à Ussel !

En savourant le petit verre d'eau-de-vie que Madeleine venait de lui servir pour le réconforter, il retrouvait avec émotion la pénombre ensommeillée, les odeurs de la vieille demeure, le contact du bois de la table et du banc sous ses paumes, le silence troublé par le discret bourdonnement des mouches. Il ferma les yeux, respira profondément.

— Eh là ! fit-elle. Tu vas pas tourner de l'œil, chérubin ?

Florent la rassura, s'excusa de lui donner tout ce tracas. Elle pouffa de rire, lui frotta tendrement les joues, l'embrassa sur la bouche et lui dit à l'oreille :

— T'inquiète pas pour moi. Les tracas seront pour cette brute de Sauviat. J'en ai pas fini avec lui, tu peux me croire. Emporte tes portraits de famille, mais tu auras du mal à redonner à ces ci-devant un visage humain.

En se levant pour prendre congé, Florent constata que Margot, la femme de Sauviat, se tenait tapie dans le cantou où vivotait un œil de braise.

— J'ai assisté à la scène, dit-elle. Tu as été très courageux, petit « baïlero »...

A son retour, Florent trouva la ferme de Pradeloux en émoi. Le labrit aboyait ; les femmes criaient. Au milieu d'elles, Julie tenait entre ses bras une boule de poils hérissés qu'elle faisait caresser à Félix.

— Julie ! dit Diane, rouge d'émotion. Elle est devenue folle. Elle vient d'adopter un loup.

— Je l'appelle Romulus, dit Julie. Il s'est habitué à moi et me suit comme un chien. Tu peux le caresser, il te mordra pas.

Florent enchaîna le labrit sous l'appentis et revint examiner le fauve qui tremblait de peur. Il décréta :

— C'est un louveteau de moins de six mois. Il a encore son pelage laineux. Que comptes-tu en faire ?

— Le garder et l'apprivoiser. C'est possible.

— C'est possible, en effet ; mais, dès qu'il aura atteint l'âge adulte, il retournera dans sa forêt. Il faudrait pour le garder que tu le mettes en cage, et il ne serait pas heureux. Tu ferais mieux de le relâcher dans la forêt loubatière d'où il vient. Il y retrouvera peut-être sa famille, ou alors il deviendra un chasseur solitaire, rencontrera une femelle et fondera sa propre famille.

Florent voulut savoir comment Gaspard et les gens de Meymac avaient pris la présence de ce fauve parmi eux.

— Mal, répondit Julie. Ils voudraient le tuer.

Elle raconta les précautions qu'elle devait prendre pour protéger Romulus. Il fallait le garder à la fois de Gaspard qui menaçait de l'empoisonner, des gamins qui lui jetaient des pierres, des femmes qui le traitaient de « sale bête » et lui donnaient des coups de pied. Elle allait parfois le promener en laisse dans la forêt, aux environs d'Ambrugeat ; une fois même, elle l'avait lâché pour juger de son comportement, et elle avait dû courir pour le rattraper.

— Personne ne pourra m'obliger à m'en séparer. Personne !

— Ne te fâche pas, petite sœur, dit Diane. Tu le garderas, ton compagnon. Mais... pourquoi nous l'as-tu amené ?

Julie se jeta dans ses bras, fondit en larmes. Depuis la mort de la boulangère — elle ne lui avait laissé que le fonds de commerce et pas le moindre picaillon ! — Gaspard était d'humeur exécrable. La veille ils avaient eu une dispute violente à propos d'une soupe que Julie avait servie à peine tiède ; il avait frappé le louveteau qui montrait les dents et promis qu'il jetterait Julie toute vivante dans le four. Prise de peur, elle avait fait une nouvelle fugue.

— Gaspard va s'inquiéter, dit Diane.

— Pas plus que d'habitude, répondit Julie.

— Nous ne pouvons pas te garder, ajouta Marion. Tu vois bien que nous avons à peine la place de nous loger ! Nous nous arrangerons pour cette nuit, mais demain Florent te ramènera en voiture.

— Non ! protesta Julie. Je suis ici chez moi. Si je vous gêne, je coucherai dans la bergerie avec Romulus.

Elle partit en chantonnant, alla promener Romulus en laisse jusqu'au château.

— Eh bien, dit Diane, nous voilà dans l'embarras. Qu'allons-nous faire ? Après tout, c'est vrai qu'elle est chez elle, ici. Et si Gaspard la blessait, ou même la tuait, nous en serions responsables.

— Je tenterai de le raisonner, dit Florent. C'est un violent, surtout quand il a bu, mais un brave garçon. Je crois que je pourrai lui faire admettre que Julie est fragile.

— Je crois comprendre pourquoi notre sœur s'est attachée à cet animal, dit Marion. Cet enfant mort-né a été un drame pour elle. Il faut qu'elle reporte son affection sur un être, quel qu'il soit, à défaut de Gaspard. L'ennui, c'est qu'il a fallu que ça tombe sur un loup !

Elle réprima un cri en apercevant la « cravate » de Florent, que le sang commençait à traverser, s'informa de l'origine de cette blessure. Il raconta l'histoire des portraits qu'il avait laissés devant la porte, et lui parla en rougissant de Madeleine dont le baiser lui brûlait encore la bouche. On avait en elle une alliée dans le château, et il fallait souhaiter qu'elle y demeurât ; ils avaient une autre alliée en la personne de Margot, mais plus passive. Quant à la blessure...

— Ce n'est rien ! La faucille de Sauviat m'a égratigné.

Il demanda la permission, puisqu'il allait ramener Julie à Meymac, de pousser jusqu'à Ussel, où il avait à faire. Diane lui frotta la tête en riant, pas dupe de la nature de ce voyage. C'était d'accord, mais qu'il prenne garde à ne pas faire de bêtises. Il parut surpris : des bêtises ? quelles bêtises ?

— Je me comprends ! dit Diane. Imagine que tu fasses un enfant à ta bonne amie. Tu serais tenu de l'épouser. Accepterait-elle de vivre à Marsanges ? Et si elle acceptait, où pourrions-nous vous héberger ? Le pis serait qu'elle t'oblige à nous quitter. Mon Dieu, que deviendrions-nous sans toi ?

Florent chancela, s'appuya à la table, tout pâle.

— Moi, vous quitter ! murmura-t-il. Jamais !

La brume de pluie stagnant sur les champs de seigle qui n'avaient pas encore perdu leurs tendres rousseurs laissait présager une journée de beau temps.

Les talus que longeait le char à bancs où Florent, Julie et Romulus avaient pris place, se couvraient d'une riche et profonde végétation. Les angéliques commençaient à allonger leurs grosses tiges, raides comme le canon d'un fusil ; les pervenches éclataient en galaxies d'étoiles bleues aux lisières des sous-bois ; au-dessus des tapis de myrtilles d'un vert d'eau, des pervenches, des silènes rosés, des bouquets de houx fusaient en gerbes de métal. Après un printemps interminable, englué dans des pluies capricieuses souvent mêlées de neige, la nature, brusquement, semblait délirer. Des espaces de pays sombre comme du basalte avaient surgi des brumes ; il y avait eu de longs jours immobiles, figés dans une chaleur molle qui troublait les sens et alourdissait les membres.

Quand on n'avait envie de rien faire que dormir, quand on fermait les yeux en marchant, quand on sentait sa peau se diluer dans la chaleur, c'est que l'été n'était pas loin.

L'été, maintenant, était presque le maître du pays. Passé le Mas-Chevalier, la voiture roulait d'une allure de notaire sous les pollens roux des hêtres, entre un pan de montagne sombre où des brouillards se prélassaient encore dans les plis et un déferlement de croupes, de puys, de vallées à l'infini, jusqu'à des sommets taillés dans un bleu de légende, dont on ne savait rien, où la plupart des gens de Marsanges n'étaient jamais allés.

Florent trouva le boulanger sur le départ. Il avait confié la garde de la boutique au mitron et préparé la prochaine fournée. Le cheval emprunté à un officier municipal attendait devant la porte, le fusil dans le fourreau de l'arçon, une couverture roulée sur le troussequin.

— Tu tombes à pic ! dit Gaspard. Je m'apprêtais à partir. C'est bien d'avoir ramené cette folle. Elle est partie sans rien dire, avec son bébé loup. Entre ! Nous avons à parler.

Ils s'assirent dans le fournil, devant une bouteille de vin, du pain et du fromage, tandis que Julie cherchait dans la cuisine des rogatons pour Romulus.

— Tu devais t'inquiéter, dit Florent.

Gaspard eut un rire triste. Il s'inquiétait, au début : parfois Julie restait une nuit ou deux sans rentrer, hiver comme été ; des paysans venus faire leurs emplettes au bourg la ramenaient, et la « petite Marsanges », comme ils disaient, reprenait son train-train quotidien sans un mot d'explication ; c'était un miracle qu'elle ne fût pas tombée, au cours de ces équipées sauvages, sur un de ces errants : marchands de rubans, colporteurs d'images, affileurs de couteaux, déserteurs, insoumis, vagabonds de tout poil... Si elle faisait ce genre de rencontre elle n'en disait rien, jamais : un mur !

— Les premiers temps, ajouta Gaspard, nous avions de bons moments. Jolie, toujours de bonne humeur, pas contrariante, curieuse de tout, elle me plaisait et je me disais que j'avais fait le bon choix. Elle aimait la nature, mais n'y comprenait rien ; je la lui ai enseignée, et elle apprenait bien ses leçons. J'ai eu l'ambition de lui apprendre à lire et à écrire, mais là, impossible ! Ça entrait par une oreille et ça sortait par l'autre. Elle ne s'intéresse qu'à ce qui lui plaît. Rien d'étonnant à ce qu'elle se soit prise d'affection pour Romulus : elle est elle-même pareille à un petit animal.

— Tout ça, dit Florent, je le sais.

— Ce que tu ne sais pas, c'est que je compte me séparer d'elle.

Florent reçut cette révélation comme un trait de foudre.

— Après tout, poursuivit Gaspard, comme disent les Parisiens, nous sommes mariés dans le vingt-cinquième arrondissement, et Paris n'en compte que vingt-quatre ! Vois-tu, j'ai besoin d'une femme, d'une vraie, pas de celles qui regardent voler les mouches tandis que tu les besognes, qui disparaissent au moment de préparer la soupe, qui ne savent pas rendre la monnaie.

On embauchait à la manufacture de tissus de Thomas Le Clere, à Brive. Gaspard avait fait le voyage au printemps, par la poste ; on lui avait proposé un travail de surveillant dans la magnanerie de Malemort, à deux pas de la ville, sur la rive droite de la Corrèze. Le boulot lui plaisait bien ; le pays aussi, avec ses hivers doux ; le petit appartement qu'on lui réservait donnait sur la rivière. Il avait promis une réponse pour le courant de l'été ; il était temps pour lui de se décider.

— La boulange, moi, tu sais... dit-il. Maintenant que la patronne est morte, je suis libre, mais avec ce boulet à mes pieds : Julie. Pas question que je l'emmène à Brive ou ailleurs : elle refuserait de me suivre. Si elle a accepté de vivre ici, c'est qu'elle n'est pas très loin de Marsanges et qu'elle se plaît dans la montagne. Tu la vois, en ville ? Elle ne s'y adapterait jamais, d'autant qu'elle n'accepterait pas de se séparer de son bébé loup.

Il avait trouvé des acheteurs pour la boulangerie et laissait monter le prix : cette affaire rapportait bien et on était sûr d'échapper à la disette, avec le troc, si l'on était un peu malin.

— Voilà, soupira-t-il. Je suis bien emmerdé.

Florent promit de parler à ses maîtresses de cette situation qu'elles ignoraient. Elles aimaient bien leur sœur et ne l'abandonneraient pas, mais, au Pradeloux, on était déjà « les uns sur les autres ». Avec cette autre « innocentoune », Angélique, il n'y avait guère de problèmes car elle abattait plus d'ouvrage que sa part, mais Julie... Elle avait toujours la tête aux champs, comme on dit, et aucun goût pour le travail.

— Tu la mets à garder les moutons et tu la retrouves en train de dépiauter une fleur ou de se tremper les pieds, à cheval sur l'arcadour du Riou.

— Quoi qu'il en soit, dit fermement Gaspard, ma décision est prise : c'est la manufacture. A vous de prendre la vôtre.

Le cirque faisait dans la nuit une petite île de lumière bien ronde au milieu de la place. Il en montait une musique nasillarde, très allemande, qui donnait envie de marcher au pas ou de danser. On entendait hennir les chevaux sur l'emplacement servant d'écurie, des voix hautes et brutales qui donnaient des ordres dans une langue étrangère, les aboiements d'une meute de chiens, tout cela plaqué sur un murmure de foule et des rires d'enfants.

— Tu crois qu'il sera là ? demanda Florent.

Victoire lui prit le bras pour l'entraîner.

— C'est ce que j'ai entendu dire en ville. Pressons le pas si nous voulons avoir de la place.

Elle régla le montant de l'entrée à une femme fardée à outrance, vivante effigie de mi-carême. De la somme que leur avait octroyée Manon, il leur restait encore de quoi acheter à l'entracte un sachet de noisettes.

C'était la première fois que Florent entrait dans un cirque ; il en recevait comme un éblouissement. Victoire, elle, n'en manquait aucun quand il en passait par Ussel, ce qui était rare. Ils trouvèrent place sur un banc proche de la piste où se dressait, dans la lumière des pots à feu, une étrange géométrie de portiques, de trapèzes, de filins tendus.

L'air était doux. Du côté du couchant, le ciel se colorait d'une clarté couleur de réséda. Victoire avait pris la main de Florent et s'y accrochait ; de temps en temps, elle frottait son museau contre l'épaule de son ami et lui réclamait un baiser. Elle avait parfumé le lobe de ses oreilles d'une touche d'héliotrope qui ajoutait au charme de la nuit et à la magie des voix qui sonnaient étrangement.

Après qu'une Vénus en tutu et aigrettes roses eut annoncé le début du spectacle, des caniches au poil grisâtre envahirent la piste, se livrant à mille cabrioles facétieuses. Vint ensuite un couple de musiciens-acrobates qui jouaient de la trompette et du tambour dans des positions saugrenues, puis une créature belle comme une fée, qui glissait sur un filin en tenant une ombrelle dans chaque main. Pour clore la première partie du spectacle on montra une chèvre qui n'en faisait qu'à sa tête.

Ils croquèrent des noisettes en attendant que les musiciens eussent fini de massacrer un air allègre. Victoire annonça :

— Ça va être le tour des chevaux. Tu vas le voir, « ton » Aquilon !

La Vénus en tutu reparut sur la piste, s'inclina dans un roulement de tambour pour annoncer le numéro d'équitation de Mlle Zéphyrine et de M. Aquilon. Le cœur de Florent se crispa lorsqu'il vit surgir, entouré de chevaux constellés de fanfreluches miteuses comme l'attelage du Grand Turc, un personnage en culottes blanches et redingote brune, haut de taille, maigre, déambulant d'un air affecté, comme dans le salon d'un prince en faisant claquer sa chambrière sur la croupe des chevaux. Mlle Zéphyrine apparut, nuage de dentelles roses et bleues, le front ceint d'un diadème en forme de lune. Après quelques entrechats destinés à saluer le public, elle sauta d'un bond élastique sur un cheval en pleine course et, debout, y dansa avec autant d'aisance que sur la scène d'un théâtre, tandis que l'orchestre se déchaînait.

Florent ne pouvait détacher son regard d'Aquilon. Chez les Marsanges on racontait que ce « Poulou », rejeton des Pradel de Lamase, était tombé amoureux, à Limoges, au début de la Révolution, de la belle écuyère. Il avait pris la route avec elle, changeant d'identité, se faisant appeler « Aquilon ». Il était ainsi devenu un de ces « émigrés de l'intérieur » qui, répugnant à s'exiler et à se battre contre leurs compatriotes au milieu des troupes impériales, attendaient la fin de la tempête révolutionnaire. Aquilon avait traversé la Révolution entre deux passions : Mlle Zéphyrine et les chevaux, sans être à aucun moment inquiété.

Jamais Florent n'avait autant regretté de ne pouvoir correspondre avec François de Marsanges, beau-frère d'Aquilon : il aurait pris plaisir à lui raconter cette soirée et les circonstances qui lui avaient révélé qu'Aquilon et « Poulou » n'étaient qu'une seule et même personne.

Le spectacle se termina par un tourbillon de culbutes sur un fond de musique folle qui faisait vibrer la nuit comme un orage.

« Irai-je lui rendre visite ? » se demandait Florent. Il se décida brusquement, entraîna Victoire vers une charrette bâchée arrêtée sous la halle, où brillait une loupiote. M. Aquilon les reçut d'un air bougon, manches de chemise retroussées, visage démaquillé. Il écouta, la mine indifférente, ce nigaud qui s'empêtrait dans les motifs de sa visite et répondit :

— Je ne comprends rien à ton histoire, et je ne suis pas le personnage auquel tu penses. Je suis fatigué. Bonsoir !

A peine Florent s'était-il éloigné de quelques pas, Aquilon le rappela et s'avançant vers lui d'un air plus accommodant, lui dit :

— Tu m'as l'air d'un garçon honnête. Peux-tu garder un secret ? Je suis bien le vicomte de Lamase et François de Marsanges est bien mon beau-frère. Je te dis la vérité parce que je t'ai vu très affligé par l'accueil que je t'ai fait, mais tout cela doit demeurer entre nous. Ai-je ta promesse ?

Il demanda des nouvelles de Marsanges, les écouta en hochant la tête, surpris que François et Hyacinthe n'eussent pas donné de leurs nouvelles. Il avait appris que François faisait la navette entre l'Allemagne et l'Angleterre, sans doute au service d'une coterie d'émigrés, et que « Bijou », le « Chevalier du Diable », faisait la guerre dans l'armée impériale : « Ce pauvre fou, ce bravache... » dit-il en haussant les épaules, avant d'ajouter :

— Pardonne mon accueil, mais les soucis m'accablent. La santé de ma compagne et partenaire Zéphyrine surtout. Ses jours sont comptés. Lorsqu'elle aura quitté ce monde j'y renoncerai moi-même. C'est au sein de l'Eglise que je demanderai refuge [1].

Il posa sa main sur l'épaule de Florent, lui demanda de lui redire son nom et promit de ne pas l'oublier.

— Je prierai pour toi et pour tes maîtres, dit-il, afin que leurs épreuves se terminent et qu'ils se retrouvent vite rassemblés.

Manon traversait une passe difficile.

A force de suivre servilement les avatars de la politique, d'arborer tantôt la cocarde des jacobins et tantôt celle des royalistes, elle avait fini par indisposer son petit cercle ussellois. Résultat de ses contradictions : une raréfaction de sa « clientèle » et un régime de basses eaux ;

1. En fait, Zéphyrine est décédée au début du siècle suivant et M. Aquilon s'est fait prêtre à Pierre-Buffière, en Limousin.

elle avait commencé à liquider ses bijoux et envisageait de se séparer de son cabriolet et de son attelage.

— Elle ne tardera pas à me donner congé, dit Victoire. Ma maîtresse a perdu son entrain et sa gaieté ; elle ronchonne pour un oui, pour un non. Quand je la coiffe, elle me rend responsable de ses cheveux ternes, de ses rides, de sa peau rêche. Le jour où je lui ai reproché de trop boire et de passer trop de nuits dehors, elle m'a giflée. Je crois qu'elle est jalouse de ma jeunesse.

Ils avaient fait l'amour très sagement, puis Victoire très vite s'était détournée pour dormir, mais elle reniflait bruyamment ses larmes. Elle se retourna avec vivacité, s'accouda à l'oreiller et dit d'une voix mouillée :

— Si je suis renvoyée, que vais-je faire ? Je refuse de retourner dans ma famille pour travailler la terre ou faire la souillon dans une auberge ou une famille bourgeoise. Avec mes économies, je pourrais installer cette boutique de futilités dont je t'ai parlé ou bien racheter la petite auberge Delaly, sur la route de Clermont : elle est en faillite. J'hésite. De toute manière, je crains que la tâche ne soit trop lourde pour moi, si je suis seule.

Florent apprit que cette auberge était tenue par une veuve qui avait pris à son service le ci-devant abbé constitutionnel Rochette, curé de Marsanges, qu'elle malmenait et faisait trimer comme un forçat.

Il écouta Victoire sans l'interrompre, à travers l'ombre, la gorge sèche et amère, comme badigeonnée de fiel. Qu'aurait-il pu lui répondre ? Lui dire qu'il ne l'abandonnerait pas était téméraire ; se déclarer impuissant à la tirer de ce mauvais pas était, implicitement, lui signifier une rupture ; lui proposer de l'emmener vivre à Marsanges, elle ne l'accepterait jamais...

Conscient de ne pouvoir laisser s'éterniser un silence qui aurait pu passer pour de l'indifférence, il biaisa et dit :

— Peut-être te fais-tu des idées fausses. Ta maîtresse traverse une mauvaise période, mais les beaux jours reviendront, tu verras !

La réplique ne se fit pas attendre ; elle fut brutale :

— Tu ne m'aimes pas ! Tu prends ton plaisir avec moi, et bonsoir ! Tu ne lèverais pas le petit doigt pour me tirer d'affaire. Tu n'as pas de cœur. Vilain garçon !

Il jugea urgent d'arrêter cette loghorrée larmoyante. Il l'assura qu'il l'aimait, que jamais il ne la laisserait dans l'embarras, mais que ses révélations le prenaient de court. Elle ravala ses sanglots et lui demanda, d'une petite voix de gorge :

— C'est vrai ? Tu m'aimes vraiment ?

— Sur mon honneur !

— Tu serais prêt à m'épouser ?

— Assurément.

Sur ce dernier mot, sa voix sonna faux. L'épouser ? Il y avait songé, mais pas à n'importe quelle condition. Pris au piège, il lorgnait vers une issue de secours, mais devinait avec un pincement au cœur qu'il venait de se la condamner sottement. Se délivrer de sa promesse au prix d'une lâcheté, d'une félonie, il ne pouvait s'y résoudre. Fine mouche, Victoire avait vu juste : peut-être ne l'aimait-il que pour sa jeunesse rayonnante, sa vivacité, ses audaces amoureuses. Vivre avec elle ? Cette décision demandait à être réfléchie. Il se disait qu'après tout peut-être Victoire eût fait une bonne épouse, mais sa vie auprès de sa maîtresse comportait trop d'ombres suspectes : cette connivence avec Manon, ces soirées interminables auxquelles elle participait après avoir posé son tablier de soubrette, les « gentillesses » qu'elle ne refusait pas à certains « clients » de l' « hôtel » — source, sans doute, des « économies » dont elle lui avait parlé, assez importantes pour acheter l'auberge Delaly...

— Nous reprendrons cette conversation une autre fois, dit-il avec un brin d'énervement. Nous avons besoin de dormir.

Elle écrasa sur la sienne, au jugé, sa bouche humide de larmes, qui sentait encore les noisettes de l'entracte et s'endormit dans ses bras.

Le lendemain matin, Manon demanda à Florent de la rejoindre dans sa chambre.

Elle l'attendait, adossée à son oreiller, son plateau de déjeuner sur les genoux ; elle était pâle, terne, laide, avec des reflets de colère dans le glauque de ses yeux. Elle dit d'une voix crispée :

— Je te remercie pour le pot de miel que tu m'as apporté hier soir. J'espère que tu as passé une nuit agréable. Je te préviens que ce sera la dernière sous mon toit. Il ne manque pas d'auberges dans la ville. Dorénavant, mon garçon, fini les galipettes à bon compte ! Mon hôtel n'est pas une maison de rendez-vous et ma servante n'est pas une pensionnaire de bordel !

Le pli que Diane avait en main parvenait de l'étude de Me Bayle, notaire à Bugeat ; elle le lisait, le relisait, le donnait à lire et à relire à Marion et à Florent, leur demandait :

— Vous y comprenez quelque chose, vous ? Qu'est-ce que ça cache, cette convocation ? Qu'est-ce qu'on peut bien encore nous vouloir ?

Le tabellion donnait rendez-vous à Diane pour la mi-juillet, sans autre explication. Diane décida dc sc faire accompagner de sa sœur et de Florent. Me Bayle les reçut avec amabilité : c'était un jeune homme volubile, un peu gras et presque chauve déjà, mais avec de jolies mains de poupée qu'il faisait danser sur ses dossiers comme celles d'un pianiste.

Il leur annonça qu'elles étaient propriétaires d'un étang. Elles sursautèrent, échangèrent un regard interloqué.

— Ne faites-vous pas erreur ? dit Diane. Il existe une autre famille de Marsanges en Haute-Vienne, du côté de Nantiat, avec laquelle d'ailleurs nous n'avons aucun lien de parenté.

Le notaire sourit, fit exécuter à ses doigts une gigue sur les feuillets.

— Il n'y a aucune confusion, dit-il. Il s'agit bien de votre famille. Voici le texte de l'acte que je viens de rédiger, à la requête d'un certain… attendez : Alcide Vernéjoux, maître armurier à la Manufacture ci-devant royale de Tulle.

— Nous ne connaissons personne de ce nom, dit Marion.

Le notaire eut un sourire indulgent en contemplant ses ongles roses.

— Il n'y a rien de surprenant à cela, dit-il. Soit dit entre nous, il s'agit sûrement d'un prête-nom. Toujours en confidence, ce don vous vient d'un de vos frères. Son nom… Hyacinthe-Charles-Marie, ci-devant vicomte de Marsanges, demeurant à Paris, rue de Montpensier, numéro... numéro... illisible ! Il a fait agir M. Jean-Augustin Pénières, député à la Convention nationale, qui s'est chargé d'opérer le transfert des fonds par l'intermédiaire du sieur Vernéjoux, lequel a signé il y a une semaine l'acte de donation. Il ne semble pas tenir à ce que vous le rencontriez et vous n'avez pas à le remercier, si vous voyez ce que je veux dire. Etes-vous d'accord ?

— Comment ne le serions-nous pas ? dit Diane, étourdie de bonheur.

Le bien dont elles venaient d'hériter était une propriété de la famille des Joussineau-Tourdonnet, ci-devant émigrés, dont les biens avaient été mis sous séquestre pour être vendus au profit de l'Etat comme biens nationaux. Restait, entre autres parcelles, cet étang du Diable, proche de Marsanges.

— Réflexion faite, dit Diane, cela ne me plaît guère. Notre famille a toujours souhaité posséder un étang, mais pas de cette manière. Profitez d'une spoliation me déplaît.

Le notaire eut un mouvement de nervosité.

— Je comprends mal vos réticences ! Si les précédents propriétaires reviennent au pays, vous pourrez toujours leur rétrocéder ce bien, mais je vous le déconseille. Vous me comprendrez mieux quand je vous aurai dit qu'il existe un autre acquéreur potentiel : un certain Léonard Sauviat, maire de Marsanges, qui n'a point vos scrupules en matière de spoliation. L'ennui, pour ce qui le concerne, c'est qu'il lui manque un sou pour faire un franc.

Le tabellion donna lecture de la suite de l'acte, qui portait donation également d'une belle forêt entourant l'étang, malheureusement pillée et braconnée par les paysans des environs.

Ses mains effectuèrent un scherzo au-dessus du pot d'étain où s'épanouissait un bouquet de plumes. Il en saisit une, la trempa dans l'encrier, leur demanda de signer le document et de le conserver soigneusement par-devers elles. Il dit en se levant :

— Permettez-moi de vous complimenter, mesdames. Dans ma profession, par les temps qui courent, je suis témoin de mauvaises actions plus que d'actes de justice. Celui-ci me met du baume au cœur.

— L'étang... L'étang du Diable... dit tristement Florent. Je le connais. C'est là que mon père s'est noyé et qu'il repose toujours. Je suis heureux qu'il devienne votre propriété.

Ils décidèrent de s'y rendre à quelques jours de leur retour de Bugeat.

Cette pièce d'eau relativement importante s'étendait, à environ une demi-lieue de Marsanges, au cœur d'un paisible vallonnement de bruyères et de forêts dans une poignante solitude. Malgré l'intense braconnage auquel il était soumis, de petites colonies de colverts hantaient encore ses rives envahies par des roselières touffues, des tapis de linaigrettes et de nénuphars. Près de la chaussée dégradée, Florent remarqua une barque à demi envasée : celle, sans doute, que son père avait empruntée pour gagner le milieu de l'étang où il avait disparu, une pierre au cou. Marion lui avait dit jadis : « Quand l'eau aura pourri le chanvre, le cadavre de ton père remontera à la surface. » C'était une corde à bestiaux ; il faudrait une éternité pour qu'elle cédât.

— Il ne remontera jamais, dit Florent, les larmes aux yeux. Le pire, c'est que je ne me souviens plus de lui, ni de ma mère ni de rien. J'ai parfois l'impression de n'être né de personne, de ne venir de nulle part, d'être doublement orphelin.

— Cesse de te lamenter ! dit Marion en le serrant contre elle. Tu es des nôtres, tu le sais bien. Il est loin, le temps où tu allumais des bouts de chandelles au fenestron de la bergerie pour que l'âme de ton père puisse te retrouver dans la nuit.

— C'est à peine si j'ai gardé le souvenir de cette manie. Vois-tu, Marion, il m'arrive même d'oublier mon nom : Jaumières... Florent Jaumières...

— Nous t'adopterons dès que possible, dit Diane. Tu t'appelleras Florent Jaumières de Marsanges. Ça sonne bien, tu ne trouves pas ?

Du fait de la rareté des pluies de l'hiver et du printemps, le seigle, épargné par la nielle, promettait une récolte abondante, d'autant que, deux semaines avant la moisson, un beau temps sec avait favorisé sa maturation. Une partie du grain réservée pour la réquisition, une autre partie restituée au comte d'Ussel qui avait avancé la quantité nécessaire à la semence, le grenier, malgré ces ponctions, était bien garni. Resterait à le défendre contre les pillards — déserteurs, insoumis, rôdeurs — qui manifestaient de plus en plus d'exigences.

A la mi-août, un mois après la moisson, une autre lettre parvint au Pradeloux, adressée personnellement à Diane ; elle lut : « *Madame Brival mère est au plus mal. Elle souhaite votre présence avant de passer, ainsi que celle de Félix. Venez dès que possible.* » Le billet était signé : « *Eulalie Brival, ci-devant Dieudonné de Burel.* » La sécheresse du ton, l'économie de mots ne surprirent pas la destinataire : elle ne pouvait s'attendre, de la part de l'épouse de Jacques Brival, à la moindre effusion. En revanche, elle fut peinée d'apprendre que la santé de la vieille dame s'était aussi rapidement détériorée ; la dernière fois qu'elle lui avait rendu visite, elle ne paraissait souffrir d'aucun trouble grave ; elle affichait même une insolente jovialité en racontant les rigueurs que le nouveau régime infligeait aux Jumel, Lanot et autres « jacoquins » de même acabit ; la dernière fois que Diane, à son retour de Paris, lui avait fait visite, Mme Brival avait tenu à faire au bras de la jeune femme le tour du Trech avec sur la poitrine une énorme cocarde blanche, menaçant de sa canne ceux ou celles qui la regardaient de travers ou la prenaient à partie sans violence car la population la connaissait et attribuait ses provocations à son grain de folie et à son âge.

Accompagnée de Florent et de Félix, Diane prit avec le char à bancs la route de Tulle par un matin clair comme une eau de source, où le léger vent d'ouest, qui laissait dans les narines une discrète odeur de pluie, faisait éprouver les premières langueurs de l'automne.

Peu avant Bonnefont, Florent dut fouetter Socrate afin qu'il prît le trot, un traitement auquel le vieux cheval n'était pas accoutumé, ce qui le rendit nerveux et imprévisible pour la suite du voyage.

— Qu'est-ce qui te prend ? demanda Diane.

— Regardez à droite, maîtresse. Ces hommes...

Il venait d'apercevoir, dévalant en direction de la route, un groupe de gueux mal fagotés, armés de fusils, qui, surgissant de la forêt, se portaient en courant à leur rencontre, criant et faisant des gestes pour leur dire d'arrêter leur course. Le char à bancs leur passa sous le nez comme un météore, d'autant plus rapide qu'un coup de feu ajouta à l'affolement du cheval que Florent eut du mal à maîtriser.

Après avoir laissé Diane et Félix au domicile de Mme Brival, Florent alla retenir une chambre à l'auberge Saint-Jacques ; il devait revenir les chercher le lendemain matin.

Dès que la jeune épouse de Brival lui eut ouvert la porte, Diane comprit qu'elle ne devrait attendre aucune chaleur de leur confrontation.

En dépit de son air sévère, de ses gestes qui avaient perdu les grâces de la jeunesse, de sa stature masculine, Eulalie n'était pas laide : chevelure brune et abondante à moitié dissimulée par un bonnet noué en madras avec deux petites cornes dressées sur le front, teint mat de créole qui laissait supposer un sang mêlé, yeux larges et profonds.

— Nous n'allons pas, dit-elle, nous faire des politesses ni nous tourner le dos. Selon la volonté de ma belle-mère, considérez que vous et votre enfant (elle avait à peine regardé Félix) êtes ici chez vous, du moins le temps qu'elle vivra. Vous comprendrez qu'après sa mort je ne souhaite plus vous revoir.

— Je vous sais gré de votre franchise, dit Diane. Je me ferai le plus discrète possible, ainsi que Félix.

Eulalie parut découvrir Félix qui les attendait en haut de l'escalier qu'il venait de franchir en sautant des marches. Elle dit, comme à regret :

— Vous avez un bel enfant. Ma belle-mère l'aimait beaucoup.

Elle ajouta :

— Vous connaissez le chemin. Pardonnez-moi, mais je préfère ne pas assister à votre dernier entretien.

— Elle va donc si mal ?

— Elle vient de recevoir l'extrême-onction d'un prêtre du Trech : un vrai prêtre. Je crains qu'elle ne passe pas la nuit. Evitez de la faire parler, cela la fatigue.

Le visage détendu, Mme Brival paraissait sommeiller. Flavie, effondrée, se tenait dans un fauteuil, à son chevet, ses mèches grises dépassant du bonnet tuyauté, si pâle qu'on n'aurait su dire laquelle de la maîtresse ou de la servante était la plus proche de la fin. Ni l'une ni l'autre ne bougea. Diane embrassa le front de la moribonde, aida Félix à se hisser jusqu'à elle puis approcha ses lèvres de l'oreille parcheminée.

— Mère, dit-elle, c'est moi, Diane. Je vous amène votre petit-fils qui veut vous faire ses adieux. M'entendez-vous ?

La vieille dame leva insensiblement ses paupières sur un regard de pervenche fanée, puis sa main diaphane tâtonna pour rencontrer le visage de Félix qui recula instinctivement. Les lèvres décolorées bougèrent et Diane, en se penchant vers elle, l'entendit murmurer :

— Diane, ma chérie, ma fille... je ne voulais pas mourir... avant de vous avoir revus... vous et lui... Félix, mon chérubin...

Elle fit effort pour soulever sa tête, la laissa retomber sur l'oreiller.

— J'ai chaud... dit-elle. Comme j'ai chaud... Ouvrez cette fenêtre, je vous prie...

Diane s'exécuta ; elle reçut au visage une bouffée de fraîcheur avec la rumeur de la Petite Place ; des groupes d'ouvriers de la Manufacture d'Armes — les « nez-noirs » comme on les appelait — conversaient autour de quelques militaires ; la tendre lumière du soir faisait jaillir comme une fusée de feu le clocher de la cathédrale dont la grosse cloche commençait à battre lourdement.

Flavie, émergeant de sa léthargie, tenait Félix sur ses genoux et pleurait. Elle dit d'une voix hachée :

— Ma maîtresse n'a cessé de vous réclamer, vous et le petit. Elle ne voulait pas mourir avant de vous avoir revus. Elle insistait pour qu'on vous prévienne. Elle devrait être morte à l'heure qu'il est, mais elle a tenu bon. Voyez-vous, je crois que je ne tarderai pas à la suivre. L' « autre » refusera de me garder à son service. J'irai mourir à l'hospice des vieillards.

Elle montra le chat Philémon pelotonné à ses pieds sur un coussin, hocha la tête et dit en sanglotant :

— Pauvre bête, lui non plus ne tardera pas à nous suivre. Les chats, ça devine quand la mort est dans la maison.

Elle fit signe à Diane de s'approcher, fit un mouvement de tête vers la porte et dit dans un souffle :

— L'« autre »... Elle est là, derrière. Elle nous écoute. Ma maîtresse ne pouvait pas la supporter. Elles se querellaient souvent. Pour des riens. C'est ça qui l'a tuée. Elle n'est plus la même depuis qu'elle a appris le mariage de son fils. Ça lui a fait beaucoup de peine. Elle n'a pu s'en relever. Cette créature... Elle a eu un fils de monsieur Jacques, vous le saviez ? Elle est de nouveau enceinte.

Diane fit un signe vers l'agonisante qui s'agitait. Elle semblait vouloir dire quelque chose.

— Je sais ce qu'elle veut, dit Flavie. Que vous mettiez la main de Félix dans la sienne.

La longue main sèche se referma lentement sur celle de Félix qui se laissa faire, avec un regard interrogateur vers sa mère.

— Ne bouge pas, dit Diane. C'est ça façon à elle de te faire ses adieux avant de mourir.

— Mourir ? répéta Félix.

Mme Brival rouvrit les yeux, sourit, chercha du regard son petit-fils puis le reporta sur la fenêtre qui découpait un paysage familier : la flèche d'or liquide de la cathédrale, la chapelle du Puy-Saint-Clair émergeant des croix du cimetière et, au loin, une colline encore éclatante de soleil. La chambre baignait dans la pénombre et la rumeur fragile du soir ; l'odeur fade des tisanes et des remèdes se dissipait. Flavie fit de nouveau signe à Diane de s'approcher et lui dit :

— La bonne dame vous a couchée sur son testament. C'est ce

qu'elle m'a dit après la visite du notaire, il y a une semaine. Vous et Félix étiez toute sa vie. Elle avait toujours l'espoir que vous et monsieur Jacques... Si demain elle va mieux, elle vous le dira sans doute elle-même.

— Elle ne me dira rien, ma pauvre Flavie, elle est morte.

Les sanglots de la vieille servante alertèrent Eulalie. Ayant éloigné Félix, elles procédèrent à la toilette funèbre et nouèrent un bandeau autour du visage de la morte. La vieille dame était légère comme un fagot de genièvre. Les draps changés, le lit refait, on lui entortilla un chapelet entre les mains après l'avoir habillée de la tenue qu'elle revêtait le dimanche pour la messe.

— Je ne vous retiens pas, dit Eulalie. Vous pouvez partir, mais si vous préférez rester pour la veiller en ma compagnie...

— Je préfère rester, dit Diane.

— Vous pensez peut-être que nous avons beaucoup de choses à nous dire ? Sans doute, mais cela m'est pénible. Qu'avez-vous à me reprocher ? Et moi, puis-je vous tenir rigueur de vos rapports avec mon époux ? Il m'a parlé de vous. Il m'a dit...

Diane trancha brutalement.

— Ce qu'il a pu vous dire m'est égal. Entre lui et moi, c'est fini. Désormais, il n'existe plus. Il est aussi mort que sa mère.

Diane passa dans la pièce voisine pour consoler Flavie qui se lamentait ; elle insista pour qu'elle consentît à se déshabiller et à se coucher ; elle l'y aida ; la servante se laissa faire comme un enfant, hébétée, secouée de sanglots, et demanda que Félix vînt s'allonger à côté d'elle.

Diane et Eulalie dînèrent en tête à tête, sans échanger une parole. La mort de Mme Brival n'avait pas entamé le robuste appétit de la créole, ni sa soif — elle but, presque seule, une bouteille de bourgogne ; Diane mit cette fringale et cette soif insolentes sur le compte de la grossesse. Elles passèrent le reste de la nuit dans un fauteuil, de part et d'autre de la morte, sans un mot. Les chandelles éclairaient une chambre à laquelle le tissu noir, dont Diane avait recouvert les portraits, et le silence de la pendule, dont elle avait arrêté le mouvement, donnaient un air pathétique.

En se retirant, après le déjeuner, Diane annonça qu'elle ne pourrait être présente aux obsèques ; elle proposa néanmoins d'aider Eulalie à s'occuper des formalités.

— C'est inutile ! dit sèchement la créole. Je ferai seule.

Elle ajouta :

— Nous n'avons eu ni le loisir ni le goût d'en parler, mais je présume que vous avez appris l'échec du débarquement des émigrés à Quiberon, en Bretagne ?

La nouvelle en était parvenue à Marsanges à la fin du mois de juillet, mais, prise par ses travaux, Diane n'y avait pas prêté plus d'attention qu'aux autres événements qui secouaient la France, au même titre que les émeutes de Prairial et de Germinal. Eulalie ajouta :

— Cet événement aurait dû pourtant vous intéresser au premier chef. Votre ami, le colonel Charles de Sombreuil, qui dirigeait une partie de l'expédition, a été pris et fusillé avec sept cents autres soldats émigrés, par ordre du général républicain Hoche. Votre frère, François, a participé à ce débarquement malheureux. On ignore s'il était parmi les victimes...

De retour à Marsange, bouleversée par la nouvelle, Diane pria Marion d'écrire sur-le-champ deux lettres : l'une pour Pénières et l'autre pour Brival, afin de leur demander de confirmer ou d'infirmer la disparition de François.

Elles sanglotèrent dans les bras l'une de l'autre. Virginie, les voyant à ce point émues, fit de même, sans avoir une conscience précise de l'événement qui pouvait motiver ce chagrin. Les lettres cachetées, Florent alla les porter au piéton, sur le chemin de la postes aux lettres ; au bas de celle qui était destinée à Pénières, Marion s'excusait d'avoir dû le quitter brutalement et le priait de donner dans sa réponse des nouvelles de Hyacinthe.

L'attente débuta, lourde d'inquiétude ; les deux sœurs redoutaient que les conventionnels fussent en mission dans les provinces ou aux armées, et que les réponses se fissent attendre.

Les pluies d'août avaient quelque peu gâté la récolte de pommes de terre, début septembre, mais, la semence mise à part, il en restait une quantité suffisante pour la consommation, que Florent conserva suivant le procédé que lui avait indiqué le comte d'Ussel. La récolte de miel dépassa ses espérances, au point qu'il envisagea d'aller le vendre pour la foire de Saint-Loup, sur la place des Bancs, à Limoges, la cire étant destinée, comme de coutume, aux ciriers de Treignac et d'Ussel. Sur les foires des environs, il vendrait l'hydromel et l'alcoolat de myrtilles qu'il avait appris à distiller.

Au début de septembre, les gens du Pradeloux reçurent une visite qui les surprit.

Un élégant cabriolet s'arrêta, sous une pluie fine, au bas de l'étroit sentier menant à la bâtisse. Il en descendit une jeune femme à l'air décidé, qui escalada la pente en retroussant ses jupes et se fit connaître en s'adressant d'un ton direct à Diane :

— Maurille de Sombreuil. Vous avez bien connu mon frère, Charles.

Diane acquiesça, invita la visiteuse à pénétrer dans la maison, en lui disant :

— Venez vous réchauffer. Vous êtes trempée.

Maurille entra sans façons, ôta son manteau, défit le foulard qui lui enveloppait la tête, laissant ses cheveux se répandre sur ses épaules, et s'avança vers l'âtre. Avec un profond soupir d'aise elle souleva ses jupes devant les flammes. Elle était grande, jolie, et semblait d'une nature assez vive, du genre à ne pas y aller par quatre chemins.

— Vous paraissez surprise de ma visite, dit-elle, et je vous comprends. J'ai moi-même hésité à venir, mais j'ai fini par me décider, malgré la longueur du trajet, en me souvenant de votre idylle avec mon frère. Sans doute avez-vous appris sa triste fin ?

Diane hocha la tête. Maurille ajouta :

— Pouvez-vous me servir quelque chose de chaud. Du vin par exemple. J'aimerais bien un trempil... si ce n'est pas trop vous demander.

Diane laissa à Marion le soin des préparatifs et s'assit sur le coffre à sel, en face de la visiteuse, qui poursuivait :

— Peut-être me connaissiez-vous avant cette malheureuse expédition de Bretagne. L'épisode du verre de sang humain que les terroristes voulaient me faire boire pour sauver mon père de la guillotine a fait le tour du pays. Malgré mon écœurement, j'ai accepté ce marché. C'était du vin ! Mais la légende restera. Mon père n'en a pas été épargné pour autant. Malgré ses états de service, son titre de gouverneur des Invalides et sa réputation d'ami du peuple, auquel il a distribué des fusils — sans poudre, il est vrai — le 14 juillet 89, il a dû monter sur l'échaufaud, ainsi que mon frère Stanislas. Et cette année, c'est Charles qui disparaît. Me voilà seule à présent, ma bonne. Pas pour longtemps il est vrai : je vais me marier, abandonner mon domaine de l'Echosier, et...

Diane l'interrompit, la gorge nouée, pour lui demander des

nouvelles de François. Avait-il subi le sort de Charles ? Maurille l'ignorait.

— On n'est guère pressé, à Paris, de divulguer la liste des victimes. En revanche, ma bonne, je sais que le général Hoche avait promis la grâce aux adversaires qui mettraient bas les armes, mais les consignes de la Convention étaient formelles : pas de quartier !

Elle se retourna, releva sa jupe par-derrière, jusqu'à la ceinture, exposant au feu des fesses blanches et délicates.

— Je n'ai jamais autant regretté, dit-elle, que vous ayez repoussé les avances de Charles. Peut-être, amoureux de vous comme il l'était, seriez-vous parvenue à la retenir en Limousin. Il serait encore vivant aujourd'hui.

— Je le regrette aussi, dit Diane, mais que voulez-vous, je n'ai jamais pu prendre au sérieux sa façon de me faire la cour. Il était attendrissant de sincérité et de timidité, mais d'une maladresse...

— Et il y avait ce Jacques Brival, votre amant, je crois.

— C'est vrai, mais il ne m'est plus rien. A l'époque, je me disais qu'il me serait impossible de me donner à deux hommes à la fois... Venez ! Votre trempil va froidir...

Elles prirent place de part et d'autre de la table où le vin chaud sucré au miel fumait dans des gobelets de terre. Elles y jetèrent quelques morceaux de pain, imitées par Virginie et Marion. Félix s'assit près de Maurille.

— L'enfant de Brival, sans doute ? dit-elle. Il lui ressemble.

Elle prit le gobelet entre ses mains pour les réchauffer, soupira :

— Je veux des enfants. Cinq... Six... Je veux combler les vides occassionnés par la Révolution et la guerre. Mon fiancé, qui est aussi mon cousin, me rejoindra d'ici peu. Un ci-devant : le comte Charles-Louis de Villelume. Dès que nous aurons vendu mon domaine du Limousin, nous partirons pour la Bavière, en attendant le retour d'un roi. La famille de mon fiancé nous attend à Anspach.

Elle expliqua avec un luxe de détails comment elle était rentrée en possession d'une partie des biens qui avaient été confisqués à sa famille : le tiers environ, dont le château faisait partie. Elle était en pourparlers avec un couple de négociants de Limoges qui souhaitaient se rendre acquéreurs du domaine. D'ici un an, elle aurait, sans regret, quitté le sol de l' « ingrate patrie ».

— Dans vos épreuves, dit Diane, vous avez eu la chance de rentrer en possession d'une partie de vos biens. Nous aimerions qu'il en soit de même pour nous. Le château surtout nous manque, mais il a été vendu et nous n'avons pas les fonds nécessaires pour racheter les terres encore libres.

Maurille promena un regard compatissant autour d'elle.

— Au lieu de vous terrer dans cette masure, dit-elle, vous devriez vivre à Tulle, vous battre pied à pied pour reconquérir votre domaine. Que diable, ma bonne ! Il y a des hommes de loi qui ne demanderaient pas mieux que de prendre vos intérêts en main. Moi, je suis ainsi faite que je ne peux vivre sans lutter, souvent contre des moulins à vent, mais qu'importe ! Lutter, c'est déjà remporter une victoire. M. de Mirabeau avait raison : il faut de l'audace dans la vie, encore et toujours de l'audace ! Dieu merci, je suis dotée d'une ténacité et d'une énergie à toute épreuve, que mes malheurs n'ont fait que stimuler. Je vous livre mon secret : ne jamais verser une larme, ne jamais désespérer, ne reculer devant rien !

Elle réclama un de ces fromages qu'elle voyait suspendus à la poutre, le mangea sur une tartine et rôta derrière sa main. Soudain elle se leva, souleva le « petit Brival » par les aisselles et lui fit claquer deux baisers sur les joues.

— Il fera nuit dans moins de deux heures, dit Marion, et les routes ne sont pas sûres, surtout la nuit. Restez. Nous nous serrerons un peu.

Maurille refusa : elle avait prévu de coucher chez des cousins, à Eymoutiers. Elle avait de quoi se défendre en cas de surprise : deux pistolets dissimulés dans sa ceinture.

— Si vous croyez, ma bonne, que les brigands me font peur... La semaine passée, j'ai brûlé la gueule d'un vagabond, en revenant de Limoges. Le pauvre, il me menaçait de son bâton !

Elle embrassa les trois sœurs, leur promit de donner dès que possible des nouvelles de François, renoua son foulard autour de son visage.

Lorsqu'elle se fut envolée, un insupportable silence écrasa la masure.

Les nouvelles concernant François ne se firent guère attendre, mais elles étaient décevantes.

Deux lettres émanant de Pénières et de Brival se succédèrent à quelques jours d'intervalle, sans donner d'indications précises sur le sort du disparu, qui ne figurait pas sur les premières listes parvenues à la Convention. Elles précisaient que de nombreux soldats et officiers du corps expéditionnaire avaient éhappé au piège de Quiberon, soit en se jetant dans la mer pour rejoindre une unité anglaise croisant au large, soit durant le transfert des prisonniers à Auray, puis à Vannes, en s'évadant. Il y avait donc encore quelque espoir.

A mots couverts, Pénières donnait des nouvelles de Hyacinthe : ce naïf s'était fourvoyé dans un mauvais pas lors de l'affaire de Germinal : ce ridicule assaut livré par la réaction contre le faubourg Saint-Antoine. Sans la mansuétude de l'Assemblée désireuse de ne pas laisser les jacobins tenir de nouveau le haut du pavé, cet événement se serait soldé par un massacre. Pénières joignait à son courrier une coupure de gazette relatant cette péripétie.

Au début de l'automne, un autre visiteur se présenta au Pradeloux : le caporal Etienne Sauviat, que l'on appelait Tiénou.

Il était encore plus long et maigre que naguère, mais il avait pris de l'assurance et fumait la pipe. Les deux traités de Bâle, l'un en avril, l'autre en juillet, qui mettaient fin aux hostilités avec la Prusse et l'Espagne, et garantissaient à la France la rive gauche du Rhin, avaient permis à de nombreux militaires de retourner dans leur foyer. C'est ainsi que Tiénou avait obtenu une permission.

— C'est aussi pour toi que je suis revenu, dit-il à Marion. Après la fin des combats, je me la coulais douce en Alsace. Les filles y sont jolies et faciles, le vin et la bière y sont en abondance et la chère est plantureuse.

Il ajouta brusquement :

— Tu as reçu mes lettres ?

Elle les avait reçues, lues, mais elle avait négligé d'y répondre. Il fronça les sourcils, tapa la pipe contre le talon de ses sabots.

— Pourquoi ? Tu ne m'aimes plus ?

Les poings sur les hanches, suffoquée, Marion allait riposter — lui avait-elle jamais déclaré sa flamme ? — quand il sortit une petite boîte de sa poche, la lui tendit, disant :

— C'est un cadeau. Il te prouvera que je t'ai pas oubliée. C'est une bague. Je l'ai achetée en Allemagne. A l'intérieur, j'ai fait graver tes initiales et les miennes, avec une date : 1796.

— Pourquoi l'année prochaine ?

— Parce que ça pourrait être l'année de notre mariage.

— Ça se pourrait, mais ça ne sera pas.

Le cœur soulevé de dégoût, elle regarda ses mains rongées de gale sortir le bijou de la boîte. C'était une jolie bague ornée d'une perle qui jetait un orient chaleureux. Il fit semblant de n'avoir pas entendu la riposte de Marion et poursuivit :

— Tu la porteras le jour de notre mariage. Je l'ai achetée à Mayence, à une bourgeoise désargentée.

— Dis plutôt que tu l'as volée ! On sait comment se comportent les patriotes dans les villes conquises. Ils reviennent tous au pays avec ce qu'ils appellent des « souvenirs », mais qui n'ont pas dû leur coûter bien cher !

Ebranlé, il bredouilla :

— Qu'est-ce que ça peut bien te faire que ce soit une prise de guerre ? Dès que je l'ai eue en poche, cette bague, c'est à toi que j'ai pensé.

Marion haussa les épaules.

— Mon pauvre Tiénou, dit-elle. Tu continues à te faire des illusions. Il faut en prendre ton parti. Jamais je ne t'épouserai.

Il referma la boîte, la plaça dans sa poche. L'expression de son visage avait changé brusquement. C'était celui des mauvais jours, celui qu'elle n'aimait pas, qui l'inquiétait, avec cette façon qu'il avait de plisser ses paupières, de tordre la bouche pour un sourire narquois. Elle eut pitié de lui.

— Il faut me comprendre, Tiénou, dit-elle. Je ne peux pas épouser le fils de celui qui a causé une grande part de nos souffrances, qui s'est installé dans notre maison, qui ne cesse de nous narguer et de nous menacer comme s'il ne nous avait pas fait assez de mal. Tu me vois « nore[1] » chez Léonard Sauviat, le servant à table, vidant son pot, comme cette Madeleine ?...

Le visage de Tiénou se rembrunit encore.

— Celle-là... dit-il, elle ne perd rien pour attendre. Cette fichue garce est en train de ruiner mon père. Elle traite ma mère, mes frères et mes sœurs comme du bétail. Tout ça se réglera avant mon départ, je te le promets, et alors tu reviendras au château et tu vivras comme une reine.

Ils cheminèrent quelques instants en direction du Pradeloux. Il lui parla de ses campagnes, de la bataille qui lui avait valu ses galons, près d'une ville allemande dont il écorchait le nom. Marion aurait pu avoir l'impression qu'il avait à lui seul gagné la guerre et qu'il était appelé aux plus hautes destinées. Elle lui demanda s'il connaissait le sort réservé aux prisonniers français en Allemagne.

— Ton frère Louis-Amour, dit-il, est enfermé, comme beaucoup

1. Belle-fille, en occitan.

d'autres, dans la forteresse de Wesel, en Rhénanie du Nord. Il devrait être libre à l'heure actuelle, s'il est toujours vivant. Je te souhaite qu'il revienne vite. Il vous sera utile. Le bougre, il a bien gagné son grade de sergent-chef !

Au moment de se séparer, il se pencha vers elle pour l'embrasser. Elle lui échappa.

— Mon pauvre Tiénou, tu n'es pas beau à voir. Cette maladie de peau… Viens voir Florent, il te préparera un onguent avec ses simples et tu guériras.

La récolte de la petite pièce de chanvre que Florent avait ensemencée au printemps avec les graines prêtées par M. d'Ussel était terminée et l'on s'apprêtait à le faire rouir dans les eaux du Riou avant la rude opération du teillage quand, un soir de la mi-septembre, Félicien « Siouplaï » fit son apparition.

Il avait renoncé à cette habitude de s'annoncer par un air de chabrette. Marion crut défaillir en le voyant arriver sur sa mule à pompons. Elle était en train, aidée par Angélique, de lier les gerbes de chanvre pour les plonger dans l'eau ; toutes deux étaient un peu saoules à cause des effluves dégagés par la plante et, pour des riens, riaient comme des bossues. Félicien était passé par le Pradeloux, et Diane lui avait indiqué l'endroit où il pourrait trouver Marion.

— Eh bien ! dit-elle en se redressant, te voilà, mon Félicien ! Tu te fais rare depuis quelque temps.

— Ne me fais pas de reproche, s'il te plaît, dit-il. Je te croyais encore à Paris.

Elle chantonna : « Paris... Paris... » et éclata de rire, accompagnée en écho par Angélique.

— Par exemple ! dit-il, interloqué. Je ne vois pas ce qui peut bien te réjouir à ce point. Ma présence, peut-être...

— Détrompe-toi ! C'est le chanvre... Il paraît que les grives qui entrent dans une chènevière en ressortent saoules. Nous le sommes aussi, et nous n'arrêtons pas de dire des bêtises. Ne cherche pas à en profiter, sacripant !

— Je suis content, dit-il, de voir que tu as gardé ta belle humeur. Je préfère te voir ici que dans ta prison de Saint-Angel. Tu me raconteras ce qui s'est passé entre-temps.

— Alors il me faudra toute la nuit. Ce sera la deuxième que nous passerons ensemble. Tiens, polisson !

Elle l'embrassa à pleine bouche, si vigoureusement qu'il faillit culbuter dans la fougère.

— Eh là ! s'écria-t-elle, je te fais peur ? Tu devrais pourtant avoir l'habitude : toutes ces filles qui t'embrassent... Où allais-tu de ce pas ?

Il se rendait à Pérols pour un mariage qui devait avoir lieu le lendemain, jour du décadi. Il y aurait du beau linge. On le payait grassement, mais il aurait de l'ouvrage : une journée et une nuit à faire danser la bourrée à cette sacrée jeunesse à laquelle il ne fallait pas se contenter d'en promettre. Elle constata qu'il s'était laissé pousser des favoris et un trait de moustache qui donnaient un peu de dureté à son visage, mais il était toujours aussi séduisant, avec son regard brumeux, cet air de candeur qui donnait à son égard des envies de gentillesse, et même un peu plus.

Elle cueillit trois brins d'herbe et se les colla entre le nez et les lèvres supérieures. Angélique éclata de rire en se tapant sur les cuisses.

— Je n'aime pas tous ces poils ! dit Marion. Si tu veux me séduire il faudra te raser.

Il attacha sa mule à une branche d'aulne pour aider les deux sœurs à brasser le chanvre et à le placer en gerbes dans le fil du courant, maintenu par des pierres. Comme elles n'étaient guère habiles, il leur apprit la manière, en chantonnant.

— Pendant que tu étais en prison, dit-il, j'ai improvisé une chanson pour toi, dans la langue du pays. Une sorte de complainte à la mode ancienne. Je l'ai intitulée *La colombe prisonnière.* Si tu veux, je te la chanterai ce soir.

Ce soir... Il s'invitait sans façons — l'habitude d'être accueilli et retenu partout comme une apparition providentielle. Un peu dégrisée, Marion se dit qu'il allait vite dans ses désirs et elle se demandait, s'il restait vraiment, comment Diane prendrait cette décision. Elle s'interrogeait aussi, avec une délicieuse angoisse, pour savoir si elle se donnerait à lui. La nuit qu'ils avaient passée ensemble, allongés côte à côte dans la neige de la « montagne terrible », lui avait laissé le souvenir d'une adorable brûlure — cette nuit-là, s'ils avaient été seuls, elle se serait donnée à lui ; elle n'avait pas oublié la chaleur de son souffle dans son cou, de ses lèvres sur les siennes, mais elle se disait aussi qu'elle ne tenait pas à finir comme Estelle, victime de sa passion pour le musicien, déchiquetée par les loups, près de Chavanac où demeurait Félicien. Il n'était pas homme à s'attacher pour la vie ; dans les foires et les fêtes, jadis, elle ne le voyait qu'entouré de filles, comme l'Apollon musagète.

— Je te préviens, dit-elle. Nous n'avons que deux lits, et ils sont bien garnis. Il te faudra coucher à la paillade.

— Peu m'importe, si tu viens m'y rejoindre.

— Peut-être. Je ne sais pas. Nous verrons bien...

Elle regrettait déjà l'imprécision de son propos, qu'il allait prendre pour un encouragement. Que ne l'avait-elle éconduit, vive et franche comme elle l'était ? Avec Tiénou, elle n'y était pas allée par quatre chemins, mais elle ne pouvait se résoudre à voir le « cabretaïre » la quitter à la suite d'une querelle ou d'un refus formel, au risque de ne plus le voir reparaître.

Félicien aida les deux sœurs à se hisser sur sa mule pour les ramener au Pradeloux. Diane, sans trop de mauvaise grâce, accepta qu'il restât pour la nuit, à condition qu'il consentît à coucher dans la bergerie.

Après le repas, il invita la famille à se rassembler devant la maison, sur l'aire où l'on battait le seigle et le blé noir et que Florent avait débarrassée de la terre et des plantes folles qui l'avaient envahie. Il faisait une de ces nuits douces d'arrière-saison, assez fréquentes lorsque l'été s'attarde sur la montagne et commence à marteler l'or et le cuivre dont elle se recouvre. Il tira sa cabrette de la housse de cuir, la caressa comme pour la prier de donner le meilleur d'elle-même pour celle qu'il aimait.

Marion l'invita à chanter *La colombe prisonnière,* et il s'exécuta. Sa main dans celle de Diane, elle retrouva le souvenir des nuits glacées de Saint-Angel, le murmure du vent venu des libres espaces d'Auvergne qui ruisselait dans la forêt, en face de la forteresse où elles étaient captives. Félicien racontait dans sa chanson l'histoire d'une fille appelée Colombe, séquestrée par un méchant hobereau auquel elle refusait de céder, et qui ne restait en vie que parce qu'un jeune troubadour venait chaque soir lui chanter sa romance. Dans le silence qui suivit le dernier refrain, on entendit Diane et Marion renifler leurs larmes. Pour dissiper la sensation de tristesse qu'il avait suscitée, Félicien enchaîna avec une joyeuse bourrée.

— Et si nous dansions ? jeta Marion en se levant. Angélique, Diane, Florent, en place !

Dans l'ombre du grand hêtre qui commençait à jaunir, ils dansèrent presque sans se voir, lourdement, puis avec davantage de verve au fur et à mesure que la musique aigre et douce à la fois les pénétrait. Ils évoluaient sur les lignes d'une rigoureuse géométrie qui leur traçait les chemins d'un bonheur léger, aérien, fugace, en marge duquel ils abandonnaient leurs haillons de soucis, leurs reliquats de fatigue, les épines de l'angoisse plantées dans leur chair. Il leur semblait voler au-dessus de l'aire comme des apparitions dans une nuit de Galilée. Pour ne pas rompre l'enchantement né de l'heure, de la musique, du grelottement des clochettes attachées à ses chevilles, Florent renonça à lancer, pour ponctuer la danse, le cri de guerre venu du fond des temps, des époques où les hommes sondaient l'avenir du haut du temple de granit dressé sur la plus haute colline et sentaient palpiter le souffle de la guerre.

— Tiens ! dit Florent quand le musicien eut fait rendre un dernier accord à sa cabrette. Nous avons de la visite.

Peu à peu, tandis qu'ils dansaient, les abords de l'aire s'étaient peuplés d'ombres mouvantes : les enfants du château, ceux du village, assis au bord de l'aire, dans la première rosée, les adultes debout derrière, immobiles et muets.

— Ce soir, lança Félicien, on danse gratis ! Choisissez vos cavaliers et vos cavalières !

On vit s'avancer, le visage noir sous leur large chapeau, Amadieu le forgeron puis des paysans : Damarzy, Roussel, Deprun, Chamboux, Graffeuil... Les femmes suivirent. L'une d'elles demanda un « méniguet[1] ». Les danseurs se rangèrent sur deux files, les hommes d'une part, les femmes de l'autre, pinçant leurs cotillons pour leur donner une ampleur d'ailes déployées. Le musicien fit jaillir les premières notes tremblotantes du *Méniguet de Peyrelevade,* une de ses compositions.

La nuit faisait illusion : ce n'étaient plus des paysans et des paysannes alourdis de fatigue, mais des marquis et des marquises vêtus de nuit, dont on ne suivait les évolutions lentes et compassées que par leurs pieds nus qui se détachaient en clair sur la terre battue qu'ils effleuraient.

Ils dansèrent ainsi, une danse s'enchaînant à une autre, jusqu'à ce qu'une grosse lune rousse apparût sur les lointaines croupes des Monédières. Ils se retirèrent par petits groupes. Tiénou partit le dernier, comme à regret.

— Félicien, dit Marion en lui embrassant la joue, tu es un magicien. Raconte-nous une histoire à présent. Ne te fais pas prier. Je sais que tu en connais de quoi faire un livre.

---

1. Un menuet, en occitan.

— Je veux bien, dit-il, mais tant pis pour toi si tu dors mal cette nuit.

Ils se groupèrent autour de lui, Diane portant Félix endormi dans son giron. Comme Valentin jadis, lors des veillées d'hiver dans la bergerie, il raconta des histoires de « tornas[1] », ces apparitions qui hantaient les maisons abandonnées, de cercueils découverts par les voyageurs aux carrefours de la nuit, de chasse volante, de loups changés en hommes et d'hommes changés en loups, de tourbières où, certains soirs, des esprits malfaisants, les « échantis », faisaient voler de petites lumières.

Il devait être minuit passé quand il décida d'arrêter ses récits. Il dit en bâillant :

— S'il vous plaît, il faut que je me repose. La nuit prochaine, je ne dormirai guère.

Il s'attarda à caresser sa mule et à lui parler à l'oreille avant de gagner la bergerie où Marion lui avait préparé un lit de paille de seigle, avec deux couvertures et une chandelle.

A peine venait-il dc s'endormir, la porte s'ouvrit en grinçant. Dans la lumière du quinquet qu'elle tenait à la main, il reconnut Marion. Sans un mot, elle se déshabilla derrière une barrière de bois et, vêtue simplement de sa chemise, tremblantc de froid, elle vint se coucher dans sa chaleur. Elle dit en se pelotonnant contre lui :

— Cette nuit non plus, mon pauvre Félicien, tu ne dormiras guère.

Elle souffla le quinquet, obsédée par une inquiétude : alors qu'elle se dirigeait vers la bergerie elle avait aperçu, dans la clarté de la lune, une ombre tapie près de l'aire, à l'abri d'un sureau. Elle n'avait pas eu de peine à reconnaître Tiénou.

A la suite de cette incartade, Marion redoutait la colère de Diane, mais sa sœur ne souffla mot, comme s'il ne s'était rien passé. Ce n'est que le soir qu'elle lui dit sans la moindre acrimonie :

— Tu es assez grande pour être consciente de tes responsabilités. Je ne t'ai fait aucun reproche de ta conduite de la nuit passée, et je ne vais pas commencer. Cependant tu connais assez Félicien pour savoir qu'il n'y a rien à attendre de lui. Ce garçon a plus de passades dans une année qu'un chapelet n'a de grains. Imagine qu'il te fasse un enfant, nous serions dans de beaux draps !

1. Revenants.

Elle fut surprise de voir Marion pouffer de rire, de l'entendre déclarer :

— Un enfant ? Félicien ? Le pauvre... Il est tout en paroles et en chansons. Il ne s'est rien passé entre nous.

Une semaine ne s'était pas écoulée que Marion reçut un mot de Félicien. Il s'était alité à la suite d'une blessure : en revenant des noces de Pérols, une balle lui avait traversé la poitrine, évitant de peu le poumon. Il se demandait qui pouvait lui en vouloir à ce point. Quelque jaloux, sans doute...

— Je sais, moi, dit Marion. C'est un coup signé Tiénou. Il tient de son père cette manie de frapper les gens par-derrière. Je vais lui dire deux mots.

— N'en fais rien, dit Diane. Nous risquerions de nous attirer des ennuis. Laisse Félicien guérir de sa blessure et Tiénou cuver sa jalousie. Il se consolera de lui-même dès qu'il aura rejoint son corps.

— S'il croit m'impressionner et me conquérir par ces procédés, il se trompe ! dit Marion.

Félicien, lui, avait la manière pour plaire aux femmes : avant de prendre congé de Marion, il avait, pour lui plaire, rasé ses moustaches et ses favoris...

— Tenez, dit Eulalie, ma belle-mère a laissé cela pour vous.

Diane déplia le baluchon. Il contenait un humble trésor d'amour : une miniature représentant Jacques Brival enfant — il ressemblait étonnamment à Félix — quelques médailles bénites, une bague de trois sous, un chapelet, quelques vêtements d'adolescent retrouvés dans un coffre, une paire de draps élimés...

— Le testament de ma chère défunte, ajouta Eulalie, mentionnait également une importante somme d'argent, mais je n'en ai pas trouvé trace.

Diane se dit que cet argent n'était pas perdu pour tout le monde. Elle n'en fit pas la remarque à Eulalie, dans l'incapacité où elle était de prouver ce larcin.

Une nouvelle servante s'affairait dans l'appartement ; elle remplaçait Flavie que l'on avait reléguée à l'hospice. Le chat Philémon avait disparu lui aussi, jeté sans doute à la Corrèze avec une pierre au cou. Largement aérée, la chambre de la défunte ne sentait plus le médicament, la lavande et le thé froid : elle ne sentait rien.

— J'ai reçu de mon époux, dit Eulalie, des nouvelles qui vous intéresseront. La Convention a enfin obtenu la liste complète des émigrés fusillés sous l'uniforme anglais, à Quiberon. Votre frère n'y figure pas.

Elle lâcha comme un jet de fiel :

— Ne vous réjouissez pas trop vite, ma petite ! Beaucoup d'émigrés se sont enfuis à la nage vers les unités anglaises, après la reddition au général Hoche des dernières forces de Sombreuil. Beaucoup se sont noyés avant d'y parvenir. Il se peut que votre frère soit parmi ces derniers.

10.

LE GLAIVE BRISÉ

Londres : été-automne 1795.

L'océan était lourd comme du mercure et froid comme de la glace. Les vagues dissimulaient les fugitifs les uns aux autres, en dépit des chapeaux à plumes blanches qu'ils agitaient au-dessus de leur tête et qui se confondaient avec les crêtes écumeuses. Les chaloupes que le commodore sir John Warren devait envoyer au secours des malheureux tardaient à paraître ; dans l'attente des sauveteurs, il n'y avait rien d'autre à faire qu'à se maintenir sur place.

« Combien sommes-nous ? se demandait François en continuant à nager pour ne pas couler. Quinze cents ? Deux mille ? Que font parmi nous ces paysans, ces femmes, ces enfants, ce vieil homme en train de se noyer et que personne ne songe à soutenir ? Au lieu de se rendre aux républicains, qui les auraient peut-être épargnés, ils ont préféré nous suivre comme les moutons de Panurge ! »

Pour être plus libre de ses mouvements et plus léger, il avait laissé sur le rivage l'uniforme rouge de l'armée anglaise qu'il avait été contraint de revêtir à son départ de Londres. D'autres avaient imité son geste de prudence une fois à l'eau, et l'océan ressemblait à une de ces prairies où l'on étend la lessive, sauf qu'elle bougeait dangereusement, agitée par la marée et le vent qui, soufflant du large, gênait la progression des derniers fuyards. François n'avait gardé que sa culotte. Peu à peu, le froid qui l'avait saisi se faisait moins mordant. Ce qu'il redoutait surtout, c'étaient ces vagues qui le repoussaient vers la côte, le submergeaient, le projetaient sur d'autres fugitifs et suscitaient autour de lui des hurlements et des appels affolés.

Une femme, jeune encore, cheveux dénoués, seins nus, ses jupes en corolle autour d'elle, luttait désespérément sans quitter François du regard. Le souffle bref, elle parvint à lui lancer : « Monsieur, s'il vous plaît, aidez-moi ! Je n'en puis plus... » Il lui fit signe de s'accrocher à lui par-derrière, entendit un léger « merci », apprit qu'elle était mère de trois enfants qui avaient disparu, elle ne savait où ni comment. Une vague puissante les emporta et il ne la revit plus.

Les premières chaloupes de sir Warren arrivaient à force de rames. Prises d'assaut par les plus robustes qui se battaient pour escalader les bordages, elles furent bientôt chargées à couler bas et l'on se disputait encore des places. Les matelots avaient beau protester que l'on risquait de chavirer, les plus audacieux restaient accrochés et l'on devait trancher au sabre les mains crispées.

Mêlées au grondement des vagues et du vent, des appels de détresse fusaient : « Moi, monsieur, moi ! Je vais mourir ! Je suis le comte de... je suis le marquis de... Je suis l'ami du commodore Warren et du capitaine Keats... »

François, luttant à la fois contre les vagues, la fatigue et la panique, s'efforçait de se rapprocher le plus possible d'une des chaloupes qui effectuaient un va-et-vient entre le navire et la côte. Il observa que les soldats républicains debout sur les rochers, avaient renoncé à mitrailler les fugitifs, persuadés sans doute que peu d'entre eux échapperaient à la noyade. Peut-être le général Hoche, que l'on disait accessible à la pitié, avait-il donné l'ordre d'épargner ces malheureux. « Les royalistes vainqueurs, songeait François, auraient-ils fait preuve de la même clémence ? » Il se souvenait que, sur les chemins de Vannes et d'Auray, de nombreux soldats bleus avaient fermé les yeux sur l'évasion des prisonniers qu'ils convoyaient, quand ils ne les incitaient pas à prendre la fuite.

Interrompant son récit, François avale une gorgée de thé tiède, allume sa pipe. Véronique, la fiancée de Charles, s'est assise près de la fenêtre ouverte sur l'horizon du parc, moite des dernières ardeurs de l'automne. La larme qu'il a vue briller aux paupières de la jeune femme lorsqu'il a commencé son récit s'est effacée. Elle fixe un point précis du parc, comme pour échapper à l'émotion qui l'envahit.

— Si je vous importune, dit François, je puis arrêter.

— Non, mon ami. Je vous en prie. Je veux tout apprendre des événements auxquels vous avez été mêlé. Vous vous interrogiez sur le point de savoir si nos soldats auraient fait preuve d'une telle clémence...

— Je l'ignore, mais je sais que, pour riposter aux exécutions des émigrés et des chouans, nos chefs ont fait massacrer à coups de bâton environ deux cents prisonniers bleus.

— C'est atroce ! dit Véronique.

— Ma chère, dans cette affaire, les atrocités sont monnaie courante, hélas ! La guerre est atroce en elle-même, surtout lorsque ce sont les enfants d'une même patrie qui se déchirent. Quand on écrira l'histoire de ce temps, on constatera que c'est la guerre de Vendée, la Terreur rouge et cette Terreur blanche qui met le Midi à feu et à sang, qui donnent l'image la plus exacte de l'enfer.

Un souvenir poignant dans ce vertige d'horreur : le colonel Charles de Sombreuil, commandant la division de renfort, prisonnier, devisant sur un chemin de falaise, près de Saint-Pierre, à deux pas de Quiberon, avec le général Hoche. François les avait aperçus de loin ; ils cheminaient, les mains dans le dos, s'arrêtaient, repartaient. Hoche se tenait au bord de la falaise ; il aurait suffi d'une poussée exercée par Sombreuil pour que le vainqueur ne soit plus qu'un corps déchiqueté au milieu des rochers. Ce geste, il ne l'a pas fait. Qu'aurait-il changé d'ailleurs ?

— C'est la dernière fois que j'ai vu Charles, reprend François. Peu après je sautais dans la mer, et vous savez la suite.

Il ne s'était pas senti le courage d'imiter certains émigrés qui, par sens de l'honneur, s'étaient jetés du haut des falaises ou s'étaient traversé le corps de leur épée. Jusqu'au bout ils avaient espéré que les appels de détresse envoyés à l'Angleterre porteraient leurs fruits, qu'ils verraient débarquer de nouveaux contingents d'uniformes rouges, que de sévères canonnades forceraient les bleus à se retirer sur le fort Penthièvre repris aux émigrés à la suite d'une manœuvre audacieuse, que la victoire changerait de camp… Le cabinet de Saint-James restait sourd à ces suppliques : il n'avait envoyé que des vivres qui s'entassaient sur la plage et des milliards en faux assignats dont les bleus faisaient des feux de joie.

— Comment a-t-on pu en arriver là ? soupire Véronique. J'ai vu les nôtres embarquer dans l'enthousiasme, brandir les drapeaux blancs à fleur de lys, chanter des hymnes, proclamer que le retour à la royauté était proche, s'embrasser en pleurant de joie… En moins d'un mois, ce bel élan s'est brisé et la République est plus forte que jamais.

— Ce ne sont ni le temps ni les moyens qui nous ont manqué, et nous avons été jusqu'au bout animés de courage et d'esprit de sacrifice. La logique aurait voulu que la victoire fût dans notre camp et que la Convention vît ses jours comptés. Mais que vaut la logique devant l'inconséquence des hommes ? Seul un miracle aurait pu couronner de succès notre expédition. Dieu ne l'a pas voulu.

— Je me méfie de la sincérité du cabinet de Saint-James dans cette affaire. On ne se cache pas, dans nos milieux d'émigrés, pour affirmer que l'intention secrète de Pitt était à la fois d'affaiblir les royalistes français jugés un peu trop remuants et la République en les faisant se battre ensemble, et de faire de la France un vaste comptoir pour ses produits. On dit aussi que le gouvernement de Sa Majesté répugne à voir sur le trône de France le comte de Provence ou le comte d'Artois dans lesquels ils n'ont guère confiance. Qu'y a-t-il de vrai ?

— Pitt... William Pitt... Il est aussi énigmatique que le sphinx. Bien malin qui pourrait lire dans ses pensées.

François laisse de nouveau Véronique emplir sa tasse de thé et se renverse dans son fauteuil. Tout, dans cet appartement, lui rappelle le souvenir de Charles, proclame son enthousiasme pour ce qu'il appelait la croisade pour la libération de la patrie : son portrait, sa panoplie du temps de Coblence et de sa nomination au grade de colonel, son chapeau à trois cornes encore accroché à la patère dans l'attente d'une promenade dans le parc, ses livres, sa petite pipe, son briquet... Il se nourrissait d'illusions, comme tous ses compagnons d'armes tombés sous les balles républicaines, comme ceux qui ont pu échapper au massacre, comme lui, François.

A bord de l'unité qui le ramenait en Angleterre, au milieu des groupes de proscrits et de vaincus qui n'osaient échanger un regard, il s'interrogeait comme Véronique vient de le faire : « Comment cela a-t-il pu se produire ? »

Peu à peu, avec une impitoyable clarté, il lui apparaissait à l'évidence que cette expédition était vouée à l'échec.

Pourquoi, se demandait-il, le gouvernement de Pitt avait-il, au départ, suscité cette équivoque : nommer M. de Puisaye chef de l'expédition et M. d'Hervilly commandant des troupes, sachant que ces deux hommes, très différents de nature, se détestaient et se jalousaient ? Puisaye, lourd, embarrassé de sa personne, semblait-il, inapte à exprimer clairement ses avis ; Hervilly, petit homme vif et retors, vaniteux au point de grandir sa taille par des artifices. L'un voulant conjuguer ses forces avec les bandes de chouans commandés par Charette et Stofflet, qui n'étaient pas des enfants de chœur ; l'autre refusant avec hauteur de « chouanner ».

Durant la traversée de l'aller, alors que le commodore Warren échappait par des manœuvres habiles à l'escadre de Villaret-Joyeuse, leur cabine retentissait d'incessantes querelles. Après le débarquement, leurs dissensions n'avaient fait qu'empirer, malgré les espoirs de victoire rapide qu'avaient fait naître les premiers engagements.

Habitués à traîner leurs grègues dans les guérets, à mener une guerre de partisans, les chouans supportaient mal l'uniforme rouge dont on prétendait les affubler; ils répugnaient à la discipline, acceptaient mal les ordres de ces comtes, de ces marquis en perruque poudrée, portant les uns la cocarde blanche, les autres la noire, qui se disputaient les vivres, le logement, et toisaient ces paysans vermineux du haut de leurs épaulettes et de leurs plumets.

La campagne s'était engagée dans la plus grande confusion. Inférieures en nombre, les forces républicaines battaient en retraite, mais se reprenaient vite sous la conduite de Hoche et de son lieutenant, Rouget de l'Isle. On prenait d'assaut villes, villages et forts pour les reperdre aussitôt par la maladresse ou l'incurie de chefs qui voulaient se battre comme au temps de Rocroi ou de Fontenay et refusaient d'affronter les simples réalités de la guerre. Le désordre s'accroissait de la présence de ces femmes et de ces enfants dont s'encombraient les chouans. Pour comble, certains chefs royalistes se pliaient aux consignes du cabinet de Londres; d'autres à celles de l'Agence de Paris; d'autres enfin n'en faisaient qu'à leur tête. Quelques succès retentissants comme les prises de Vannes, d'Auray et du fort Penthièvre, ne faisaient pas oublier cette chienlit.

Lorsque la seconde division envoyée par Londres débarqua à Quiberon, précédant, annonçait-on, trois régiments anglais et de nouveaux contingents d'émigrés conduites par Charles d'Artois, la situation paraissait déjà désespérée. Hoche écrivait à la Convention : « *Les anglo-émigrés-chouans sont enfermés comme des rats dans Quiberon. Ils n'en sortiront plus.* » Comme pour conforter cette opinion, les bleus recevaient chaque jour des déserteurs vêtus de l'uniforme rouge : des prisonniers républicains ramenés du front d'Allemagne ou de Hollande en Angleterre et que les chefs émigrés avaient enrôlés dans leurs troupes avec une incroyable légèreté de jugement.

Hervilly mortellement blessé, Puisaye s'étant lâchement esquivé pour regagner l'Angleterre, Sombreuil avait remis son épée à Hoche, lequel lui avait laissé espérer un mouvement généreux de la République pour ces enfants perdus, mais Tallien, représentant de la Convention, répliquait : « Il existe des lois pour punir les traîtres. Nous demandons leur application ! »

Les républicains avaient fait près de cinq mille prisonniers; sept cent cinquante furent passés par les armes — Sombreuil était de ceux-là. Les mains liées dans le dos malgré ses protestations, il marchait à la tête du cortège des condamnés, à travers les rues de Vannes, en compagnie de l'évêque de Dol. Avant de faire face au peloton, il avait refusé de se mettre à genoux et d'avoir les yeux bandés, car il avait l'habitude, disait-il, de regarder ses ennemis en face.

— Voilà ce que je viens d'apprendre, soupire François. Nous avons, vous et moi, cette consolation : Charles est mort avec honneur. Il avait, avant de mourir, demandé que l'on épargnât ses compagnons d'armes. Cette dernière requête fut repoussée. Tallien, ce monstre, veillait...

Véronique se lève, fouille dans un tiroir, en tire un document : la copie d'une lettre adressée par Charles, avant sa mort, à sa sœur Maurille. François la lit, gorge nouée.

« *Bien des gens auront des doutes sur la journée qui nous a amenés ici, car nous avons été abandonnés par celui qui nous a mis aux mains de l'ennemi*[1]. *J'aurais pu me sauver comme lui, mais, s'il m'avait prévenu, j'aurais tout sauvé et ne serais parti que le dernier. Je succombe par devoir, pour les braves gens qui furent abandonnés. Réunis-toi à celle que j'allais adopter comme compagne et qui réunissait avec toi les meilleurs sentiments. Dis-lui bien que le soin de son bonheur eût été à jamais mon unique objet. Adieu. Mon cœur se brise et mes derniers soupirs me portent vers vous...* »

— Ne vous a-t-il pas écrit à vous aussi ? s'étonne François.

— Je l'ignore, mais je persiste à croire que sa dernière lettre n'a pu me parvenir, car le courrier passe difficilement entre la France et l'Angleterre. Cette lettre, je l'attends tous les jours. Elle me brisera le cœur, mais j'espère ardemment la recevoir.

Véronique ajoute :

— Si vous rencontrez M. de Chateaubriand, faites-lui part de votre témoignage. Il en fera sûrement son profit pour le jour où il décidera d'écrire ses mémoires.

Ils restent quelques instants silencieux, savourant la douceur du soir. Le souvenir de Charles est entre eux comme une petite veilleuse qui ne s'éteindra jamais. Ces vêtements, ces objets sont autant d'épaves qu'il a abandonnées sur la grève du temps avant de disparaître.

---

1. Le comte de Puisaye.

— Qu'allez-vous faire ? s'enquiert Véronique.

Il est partagé entre plusieurs partis : rester à Londres et continuer à servir sous l'uniforme rouge des Anglais ; partir pour l'Amérique et s'installer dans une des villes créées par les émigrés français ; battre les forêts du Canada avec les coureurs de bois pour faire de la fourrure ; rejoindre sa famille à Offenburg et partager avec elle le pain de l'exil ; tenter de retourner à Marsanges... Quelques mois auparavant, il a songé à solliciter un emploi dans les services du comte d'Artois, mais son ambition lui suggère une autre opportunité ; aller rejoindre le comte de Provence, qui se fait appeler Louis XVIII depuis la mort du dauphin et qui, sur l'échiquier de l'avenir, est le mieux placé pour occuper le trône de France. M. de Chateaubriand l'y encourage, non qu'il ait le moindre respect pour ce personnage, mais parce qu'il devine pour lui un destin royal.

— J'ignore encore quelle voie je vais choisir, dit François. Le plus facile serait pour moi de rester à Londres, mais cette ville me renvoie l'image de mes désillusions, de mes erreurs et de mes échecs. Je crois que je vais lui dire adieu à jamais.

— Dominique Revel... Milena Moorehead... murmure Véronique avec un sourire.

— Elles sont difficiles à oublier. Je retrouve leur présence un peu partout dans cette ville. Il faut avoir le courage de briser les miroirs quand ils deviennent importuns. Je vais donc me mettre en quête d'un navire en partance pour un de ces petits ports d'Allemagne ou de Prusse où les Anglais trouvent encore à écouler leurs produits en forçant le blocus. Mais vous-même...

— Charles avait décidé de rester à Londres le temps que durerait le combat contre les usurpateurs. Si Dieu le veut, une fois la royauté restaurée, nous reviendrons, mon père et moi, en Dauphiné pour y vivre sur ce qui nous reste de biens. Quant à mon père, la mort de Charles l'a profondément affecté.

Désemparé par la mort de son ami, écœuré par les dissensions et les maladresses qui ont conduit à la défaite, François s'est enfermé, dès son arrivée en Angleterre, dans un des quartiers les plus sinistres de Londres : Southwark, où vivent encore quelques-uns de ces émigrés pouilleux que les Anglais appellent des « french dogs ». Il habite un galetas, Rotherhithe Street, entre la Tamise et une petite forêt où il effectue de longues promenades pour oublier et s'oublier. Il vit là comme un proscrit, cuvant sa détresse et sa honte, sortant le moins possible pour éviter les insultes et les quolibets. « French dog! » Robinson sur son île de misère. Robinson sans Vendredi.

— Vous êtes l'objet de ma première visite, dit-il. Cette répulsion que j'éprouve à me replonger dans la société est peut-être un châtiment que je m'impose inconsciemment.

— Un châtiment! proteste Véronique. Quelle faute auriez-vous donc commise ?

— La pire qui puisse se concevoir en temps de guerre ! Le lâche que je suis s'est enfui, comme Puisaye, alors que ma conscience m'imposait de rester à terre, de partager le sort de Charles, de mourir à ses côtés.

Véronique s'approche, lui prend les mains.

— Mon pauvre ami, dit-elle, qui songerait à vous tenir rigueur de votre comportement ? Vous n'avez commis aucune lâcheté et votre conscience n'a rien à vous reprocher. Cette idée absurde risque d'empoisonner votre vie. Renoncez-y, je vous en conjure. Charles vous aurait approuvé ; je vous approuve. Quittez donc ce pays si telle est votre idée, mais, avant de partir, revenez me dire adieu.

Elle fouille dans un tiroir, en sort un objet, le lui tend.

— Un pistolet, dit-elle. Charles y tenait beaucoup et me l'a confié avant son départ. Il est à vous. Qu'en ferais-je, Seigneur ? Je souhaite qu'un jour il vous servc à prendre votre revanche sur les hommes qui vous ont trompé, les femmes qui vous ont déçu, les événements qui vous ont égaré... et sur vous-même.

Une visite à M. de Chateaubriand persuada François que le jeune vicomte, qui rêvait de devenir écrivain, s'intéressait à lui-même plus qu'aux autres hommes et aux événements.

Il écouta distraitement le récit de François, le jugea intéressant bien qu'incomplet, prit quelques notes et, à diverses reprises, étouffa un bâillement derrière sa main.

François passa le reste de ses jours, dans l'attente de son embarquement pour l'Europe, à se saouler dans les tavernes et les bordels, cherchant à s'oublier et ne parvenant à susciter dans le miroir qu'une image qui ne lui ressemblait pas mais qui l'obsédait. Il comptait sur le long voyage qu'il allait entreprendre pour apporter une diversion à ses idées noires. Déambulant à travers Londres qui, en ce début d'automne précoce, s'estompait dans la brume, le crachin et les fumées, il se disait que ce temps était à sa convenance : il oblitérait le soleil de Quiberon et l'océan lumineux qui brassait des cadavres autour des chaloupes.

Un gros temps d'équinoxe malmena le vieux navire chargé jusqu'au pont de barils et de ballots fermement arrimés. Au large de la Hollande, il essuya un coup de chien qui faillit rompre son gouvernail et le jeter sur la côte que surveillaient étroitement les soldats français et les patriotes bataves. Avec quelques voies d'eau dans le flanc, il parvint non sans peine à Brême par l'estuaire de la Weser, entre des étendues sinistres de sable et de marécages.

Par petites étapes, en voyageant par la poste, François arriva à Offenburg, inquiet quant au sort de sa famille. La conquête de la Belgique et de la Hollande, quelques mois plus tôt, avait jeté le trouble dans les principautés de l'Ouest allemand où l'on se demandait si les armées républicaines, dans leur élan irrésistible, se cantonneraient sur la rive du Rhin. Les traités de Bâle avaient dissipé ces craintes, et c'est une Allemagne paisible, baignée dans un automne mordoré, livrée aux travaux des champs, que François traversait.

Habituée à ses imprévisibles et interminables absences, Virginie l'accueillit sans animosité ni chaleur. Il n'attendait pas davantage d'effusions de la part de son fils, Adrien, qui avait eu quatre ans le mois d'avril précédent. Laurence, âgée de deux ans et demi, était le vivant portrait de sa mère dont elle avait l'indolence, la peau délicatement ambrée, les sourcils sombres et drus. François avait du mal à les considérer comme ses propres enfants ; ils lui demeuraient presque étrangers.

Sa présence ne changea rien au train de vie de la maison. On n'avait que de rares nouvelles de Bijou, le « Chevalier du Diable » ; il passait d'une garnison à une autre, marquant chacune d'elles d'exploits qui laissaient d'amers souvenirs — il avait récemment failli passer en conseil de guerre pour avoir souffleté en public un général autrichien qui dénigrait les militaires français ; plus encore que François, il était absent à sa famille.

Rosine, la sœur de Virginie, avait refusé la main d'un prince de Hohenlohe sous prétexte qu'il était protestant. M. Jean de Lamase, le patriarche, ne rêvait que de son retour en France, dans ses domaines du Limousin ; chaque jour, il allait flâner à cheval sur la rive du Rhin, s'arrêtait peu avant le pont de Kehl, observait à la jumelle la rive française comme un général avant l'attaque, se plaisant à regarder les soldats français jouer aux quilles et aux boules, suivant de l'œil les relèves de la garde chez les bleus.

Il amena un jour François avec lui et lui dit :

— Je suis conscient, mon gendre, de n'être qu'un vieux rabâcheur, mais comprenez mon obsession : je veux revenir en France dès que possible, obtenir par voie de justice la restitution de mes biens ou de ce qui en reste, sans doute peu de chose... Je m'y emploierai de toutes mes forces, à supposer que je vive assez longtemps pour voir se rouvrir cette frontière.

L'âge, les soucis, l'ennui avaient donné à son visage l'aspect d'un vieux parchemin gratté et regratté par les scribes, mais son regard avait conservé sa vivacité, son élocution sa fermeté, son allure sa majesté.

Il ajouta :

— Mon petit François, vous êtes le bienvenu parmi nous, et vous pouvez rester dans ma demeure aussi longtemps que vous le souhaiterez. Vous n'y trouverez pas le luxe et l'animation que vous avez dû connaître dans vos autres résidences, mais ma maison est la vôtre.

Bien que François l'en eût sollicité, il répugnait à parler de ses autres enfants : Rosine, capricieuse et indécise quant à son avenir ; Bijou, dont les excès l'irritaient ; Poulou, qui devait vivre une existence de Paillasse avec son écuyère ; Martial, qui passait des heures à jouer du violon dans sa chambre pour se préparer aux concerts et qui s'intégrait mal à la vie familiale. Son épouse devenait acariâtre. Seule, Virginie et ses petits-enfants comblaient sa solitude ; elle l'aidait à fabriquer et à vendre des brioches à la française, dont raffolaient les Allemands.

Partir... Rester...

Encore obsédé par les souvenirs de son équipée, François luttait mal contre cette autre obsession : risquer de sombrer dans l'ambiance quiète et délétère de cette famille qui vivait à la surface des événements, sans quitter de l'œil ce pont de Kehl qui avait fini par devenir le symbole du retour au pays.

François passa tout l'hiver à Offenburg, ayant obtenu sans peine du gouvernement anglais de revenir à la vie civile. Il vécut comme une marmotte, ne sortant de sa torpeur que pour s'enfoncer dans des romans français qu'il picorait de-ci de-là chez des vétérans de l'émigration qui se distrayaient par ce subterfuge de leur incurable nostalgie. Il s'enivrait de bière et de tabac qu'il fumait dans les grosses pipes de porcelaine de Bijou en regardant les embarcations descendre le Kinzing en direction du Rhin. Il allait parfois flâner dans les alentours du temple de Landratsant ou boire une chope dans un cabaret du Fischmarkt en regardant la neige ou la pluie tomber sur la vieille fontaine où venaient s'abreuver les chevaux.

Aux premiers jours du printemps, lui parvenaient deux nouvelles qui allaient bouleverser son existence et dissiper le bain de mercure dans lequel il s'enlisait : la Convention venait de nommer chef de l'artillerie à l'armée d'Italie un militaire corse nommé Bonaparte, avec mission d'attaquer les armées autrichiennes par le nord de la Péninsule ; l'éviction par le podestat de Vérone du comte de Provence, le presque roi Louis XVIII, qui, franchissant le Saint-Gothard à dos de mulet, accompagné de sa ridicule petite cour, avait pris la direction de l'Allemagne et venait de s'installer provisoirement dans un château appartenant au prince de Schwarzenberg, près de Fribourg-en-Brisgau.

Avec ce qui lui restait de son pécule, François s'acheta un cheval et un équipement de cavalier. Il embrassa toute la famille, étreignit longuement Virginie, de nouveau enceinte, incapable de proférer trois mots entre les sanglots qui secouaient sa lourde poitrine, ce qui libéra François de la perspective d'une scène d'adieu pénible et bavarde.

11.

RETOUR DE L'ENFER

Paris : automne-hiver 1795-1796.

Jamais il ne l'aurait reconnu. Et pour cause ! On l'aurait trempé dans un tonneau de goudron qu'il n'aurait pas été plus méconnaissable ; autant dire qu'il avait changé de peau. A l'entendre s'exprimer, on pouvait se demander s'il n'avait pas aussi changé de nature et de caractère. Il semblait même avoir grandi, mais c'était son uniforme serré, oblitéré de buffleteries d'un blanc de craie, son chapeau orné d'une plume blanche, qui créaient cette illusion. De plus, la barbe mangeait la moitié du visage et la gale ce qu'on en voyait. Un feu sombre et dur animait son regard.

Il salua militairement Hyacinthe et, d'une simple inclinaison de tête, la peuplade des commis aux écritures dont son intrusion avait interrompu les papotages et les rires, puis il dit, d'une voix dont il accentua la fausse sévérité :

— Et alors, monsieur de Marsanges, on ne reconnaît pas son frère ?

— François ! s'écria Hyacinthe.

— Tu es presque tombé juste : je suis son jumeau, Louis-Amour.

Ils s'étreignirent, Hyacinthe essuyant une larme de la pointe de son mouchoir de batiste et Louis-Amour séchant la sienne d'un revers de poignet. Un moment, ils restèrent à se regarder sans un mot tandis qu'autour d'eux scribes, scribouillards et scribaillons se poussaient du coude en pouffant derrière leurs mains. Hyacinthe les ayant rappelés à la plus élémentaire discrétion, ils se remirent à tailler en sifflotant plumes et crayons.

— Je te dérange peut-être... dit Louis-Amour.

— Tu plaisantes ! Pardonne-moi, mais nous avons tant à nous dire que je ne sais par où commencer. Attends-moi dans la salle de compagnie. Nous irons dîner ensemble. Il est près de midi.

Ils prirent une calèche, s'attablèrent chez Rénalus, rue des Barres, derrière l'Hôtel de Ville, qui proposait d'excellents choux farcis à la mode de la Corrèze. Comme le temps était doux, ensoleillé, avec de molles foucades de vent qui détachaient les feuilles des saules, ils dînèrent à la terrasse, avec la Seine à quelques pas.

— Ce vin, dit Louis-Amour en faisant tourner son verre dans le soleil, tu n'imagines pas combien il m'a manqué. J'ai vécu des années dans un trou de rat, en compagnie de fantômes à demi nus comme moi, qui se battaient pour un morceau de pain et buvaient une eau pourrie.

Il savourait à petites gorgées, les yeux clos, léchant à coups de langue les gouttelettes accrochées à ses moustaches. Il avait envie de parler, Hyacinthe le devinait, mais, comme lui-même l'heure précédente, il ne savait par où commencer ; les mots ne lui venaient pas et, s'ils lui venaient, il avait de la peine à articuler. Il se disait qu'il devrait peut-être commencer comme dans les romans, mais il craignait que son récit ne sonnât faux. Il biaisa et s'écria joyeusement :

— Il semble que la Révolution t'ait réussi, citoyen Marsanges ! Mazette ! Cette cravate, cette montre... Tu donnes dans l'anglomanie ?

— J'ai eu beaucoup de chance dans mes épreuves, sergent, répondit Hyacinthe sur le même ton. Je devrais achever de pourrir sous la chaux vive, dans le cimetière de Picpus, avec ma tête à côté de moi, mais le sort en a voulu autrement. Aujourd'hui, je vis bien, mais en sursis, avec une épée de Damoclès au-dessus de ma tête. J'ai un compte à régler avec ce régime qui a fait éclater notre famille et fait de nous des proscrits. Je ne renonce pas à ma vengeance, mais je ne suis pas pour autant un terroriste. Tu me connais.

Il fronça, les sourcils.

— Au fait, dit-il, comment m'as-tu déniché ?

— Par l'intermédiaire de Brival. Je l'ai rencontré hier. Il m'a accueilli comme si j'étais Jonas sortant du ventre de la baleine. Il m'a présenté à quelques amis députés, m'a retenu à souper et donné ton adresse en me recommandant le secret. Je lui ai parlé de Diane. Il a fait celui qui n'entendait pas. Est-ce fini entre eux ?

— Il s'est marié en laissant Diane dans l'ignorance. Depuis, ils sont séparés. Diane vit à Marsanges avec ses sœurs, son fils Félix, et Florent qui a veillé sur ce qui reste du domaine en leur absence.

Des graviers d'émotion dans la gorge, ils parlèrent de Marsanges. Louis-Amour rejoindrait la Corrèze au plus tôt. Hyacinthe l'assura qu'il serait surpris par les changements : Sauviat au château, la famille contrainte de se replier sur le Pradeloux... Ils devraient s'organiser pour ne pas se marcher sur les pieds...

Louis-Amour éclata de rire. Durant sa détention, dans la forteresse de Wesel, au cœur du pays de Clèves, au nord-ouest de Düsseldorf, il avait vécu dans les pires conditions : une cave sans lumière, de la paille pourrie et vermineuse en guise de matelas, une nourriture qui permettait à peine de survivre, une promenade d'une heure chaque jour sous l'œil des sentinelles, la bataille constante contre les rats, la gale qui gagnait tout le corps, les cadavres que l'on enlevait le matin, les représailles féroces pour des vétilles...

— Nous étions sans nouvelles des événements, ajouta Louis-Amour, sauf lorsque quelque émigré parvenait à visiter un prisonnier et à lui glisser la gazette qu'il portait dans son chapeau.

La guerre n'était pas loin. De temps à autre, on entendait tonner des batteries sans savoir qui les servait. Les prisonniers avaient appris, au mois de novembre précédent, que vingt mille impériaux à la solde de l'Angleterre tenaient la rive droite du Rhin, entre Wesel et Arnheim, et tentaient d'effectuer leur jonction avec le duc d'York ; d'autres nouvelles annonçaient une offensive sur la Hollande des armées républicaines, et l'espoir avait commencé à renaître. Puis, de nouveau, le silence et la nuit...

— Je suis surpris que tu n'aies pas tenté de t'évader.

— J'ai essayé, bien sûr, en compagnie d'un compatriote, Gaillot. Nous avons pris la clé des champs, mais on n'a pas tardé à nous rattraper. Le traitement qu'on nous a infligé nous a ôté l'envie de recommencer.

L'annonce du traité de Bâle avait mis du baume au cœur des captifs, mais ils avaient dû attendre longtemps leur libération. Louis-Amour était arrivé à Paris en compagnie de Gaillot.

— Ce qui nous a le plus manqué, ajouta Louis-Amour, c'étaient les nouvelles. Nous avions l'impression d'être à jamais oubliés de tous.

— Nous ne t'avons pas oublié, nous, mais comment te faire parvenir des nouvelles, ignorant où tu te trouvais ? De même pour François. Tout ce que nous savons, c'est qu'il a participé à l'expédition de Quiberon et qu'il a failli y laisser sa peau. A l'heure qu'il est, il doit être en Angleterre. Il a été très courageux.

Le visage de Louis-Amour s'était altéré. Il roulait nerveusement entre ses doigts une boulette de mie.

— Qu'as-tu ? demanda Hyacinthe. Tu sembles fâché.

— Je te rappelle que je me suis battu, moi, dans les armées de la République, que j'ai gagné ces galons de sergent sur les champs de bataille du Palatinat et de Rhénanie, contre les impériaux et parfois les émigrés. Une frontière nous sépare, François et moi. Je n'oublie pas les épreuves que la Révolution a imposées à notre famille, et à moi-même en particulier, mais, après des débuts difficiles, j'ai trouvé dans l'armée une autre famille. La poule mouillée que j'étais, à Landau, au temps du siège, est devenue un véritable soldat.

Il lui raconta la fin du siège, les campagnes auxquelles il avait participé. Il s'enflammait en parlant avec des gestes, lançait des jurons et des éclats de voix qui faisaient se retourner les clients et les passants. Les saules, sur le quai, paraissaient en frémir de bonheur. Il s'arrêta brusquement, comme si quelque ressort venait de se briser en lui. Il regarda son verre vide et dit :

— Nom de Dieu, citoyen, tu as juré de me laisser mourir de soif ! J'ai encore dans la gorge le goût de la bière germanique. Il faudra des tonneaux de vin pour le faire passer.

Hyacinthe commanda une autre bouteille et deux cognacs. Un luxe.

— J'aime t'entendre parler, dit-il. Continue mon frère.

Louis-Amour vida un verre, soupira d'aise et dit :

— Il est difficile de parler de la guerre avec le gosier sec, et j'ai besoin de remplacer les pintes de sang que j'ai perdues. Un fameux sang de Corrézien ! Quand je le voyais couler, je me disais, au bord de la syncope : « Mon gars, cette fois-ci, tes heures sont comptées ! » Une bonne bouteille suffisait parfois à me remettre sur pied, mais pas à me débarrasser de la vermine qui me bouffait le pubis et le crâne, de la vieille vérole que je traînais depuis Landau, de la gale et de la dysenterie. Je maudissais la guerre, mais, chaque fois que le clairon sonnait, je me jetais sur mon biscaïen, et sus à l'ennemi ! On leur en a foutu des piles, aux impériaux et aux émigrés ! Rien ne pouvait résister à notre élan.

— Allons ! Reconnais que l'héroïsme n'était pas seulement de votre côté.

— C'est vrai, tonnerre de Dieu ! Ces salauds nous en ont fait baver, mais nous sommes les plus forts. Une ardeur inexplicable nous poussait, malgré la faim qui nous tenaillait le ventre, le froid qui nous gelait les membres, la pluie qui ne nous laissait pas un poil de sec, les boulets qui labouraient la terre autour de nous. La vue d'un drapeau ou d'un uniforme ennemi nous donnait envie de mordre. Nous étions comme des fauves.

Il avala un autre verre, le savoura, les yeux clos, avec un grommellement de volupté, accoudé à la table.

— Avant, dit-il à voix basse, les femmes me faisaient peur. Eh bien, quand j'ai commencé à baiser cette salope qu'est la guerre, je me suis découvert insatiable. Des femmes, tonnerre de Dieu, j'en ai connu, des gretchens potelées et peu farouches, mais je n'ai pas joui d'elles comme je jouissais en me lançant à l'assaut d'une batterie hongroise !

— Où as-tu été fait prisonnier ?

— Dans un foutu patelin de merde, sur une hauteur : Wald-Algesheim, il me semble. Un rude engagement, citoyen ! Nous y avons laissé des plumes. Nos grenadiers ont foutu le camp, mais nous, les Corréziens, nous avons tenu bon. Nos cinq compagnies ont arrêté l'élan des armées impériales, mais, débordés de toutes parts, nous avons dû lâcher pied. Blessé à la cuisse, je n'ai pu suivre la retraite. Un morticole prussien s'est mis en tête de me scier la jambe ! Et je ne te parle pas des traitements que nos gardiens nous infligeaient...

— On dit pourtant qu'ils traitent mieux leurs prisonniers que les Anglais.

— Foutaise ! Ça ne peut pas être pire.

Emu, Hyacinthe posa sa main sur celle de son frère qui sursauta et dit en riant :

— Attention, citoyen ! Tu risques d'attraper la gale !

Il tira sa bouffarde et sa blague en vessie de porc, bourra le fourneau avec application, en silence.

— Mon frère, dit Hyacinthe, nous ne sommes pas du même bord, mais je me refuse à penser que nous soyons des ennemis. Cette frontière dont tu parlais, je ne la vois pas et elle n'existera jamais.

— Qu'en sais-tu ? Si je t'avais reconnu sous le drapeau de Condé, je t'aurais tiré dessus sans hésiter. Heureusement, tu te contentes de faire de la politique, et moi je ne comprends rien à ce jeu. Je n'ai même pas le goût de « jacobiner ». Vous, les « politiqueurs », de quelque bord que vous soyez, un jour ou l'autre vous êtes les dindons de la farce. Nous, les militaires, nous vivons dans un monde de pureté et d'innocence, sans nous poser de questions, gouvernés par des sentiments plus forts, plus profonds, plus sincères que les vôtres. Nous avons des ennemis ; vous n'avez que des adversaires. Mais ça, tu ne peux pas le comprendre tant que tu n'es pas dans la mêlée.

Les jambes allongées sous la table, l'œil mi-clos, il tira les premières bouffées.

— Que comptes-tu faire dans l'immédiat ? demanda Hyacinthe.

— Tonnerre de Dieu, si je m'écoutais je reprendrais du service, et en route pour la gloire ! Mais la paix est signée. Alors, repos ! Moi et mon camarade Gaillot, nous allons rester à Paris pour y prendre quelques jours de bon temps. Après, je me rendrai à Marsanges, histoire de dire deux mots à cette crapule de Sauviat, de faire la bise à mes sœurs, de me rendre utile, puis je demanderai ma réintégration. Gaillot m'accompagnera. Je lui ai tant parlé de Marsanges et de mes sœurs qu'il m'en rebat les oreilles. Le bougre... Je crois qu'il est un peu amoureux de Marion.

Hyacinthe avala cul-sec son verre de cognac et ressentit soudain un léger vertige. Cet homme, ce soldat qu'il avait en face de lui, comment se pouvait-il que ce fût ce Louis-Amour, l'ami des fleurs et des abeilles, qui rêvait de son mythique drosera, le correspondant de Mme de Genlis, le timide, le doux Louis-Amour ?

— Eh bien, dit Louis-Amour, qu'as-tu, mon frère. Le cognac ne te réussit pas ?

— Pardonne mon trouble, dit Hyacinthe, mais j'ai du mal à te reconnaître. Il semble que tu sois un autre homme.

Louis-Amour cracha une salive jaune et éclata de rire.

— Tu ne te trompes pas, citoyen ! dit-il. Je suis vraiment un autre homme...

Durant la quinzaine que Louis-Amour et son acolyte Gaillot passèrent à Paris, Hyacinthe n'eut guère l'occasion de les rencontrer.

Il leur avait trouvé, près du Palais-Royal, rue des Bons-Enfants, un modeste meublé où ils baugeaient comme des sangliers, n'y revenant que pour dormir ou parfois, le jour, lorsqu'une bonne fortune leur advenait. Ils rentraient ivres presque tous les soirs, chantaient, se querellaient, se battaient et empêchaient les voisins de dormir. La logeuse avait tenté de les raisonner ; ils faillirent la violer ; elle leur ordonna de quitter sa maison, leur offrant même le mois de loyer qu'ils avaient acquitté : ils refusèrent. Un autre soir, alors que le vacarme redoublait, elle prévint les argousins ; ces derniers, informés des états de service des deux trublions, se contentèrent de leur conseiller plus de calme, acceptèrent de boire un verre, d'entonner *le Chant du départ* et de crier « Vive la République ! » malgré l'interdiction faite par décret d'employer ce terme en public.

Informé de ces esclandres, Hyacinthe conseilla à son frère de retourner dès que possible en Corrèze. Il avait écrit à Diane pour annoncer son arrivée. Il avait obtenu un passeport pour lui et Gaillot. Les deux compères pourraient quitter Paris quand ils voudraient.

— Marsanges... maugréa Louis-Amour. Il m'arrive d'oublier la promesse que je me suis faite d'y retourner dès ma libération. S'il ne tenait qu'à moi, je resterais à Paris puis je regagnerais mon régiment, mais ce grand échalas de Gaillot me tanne pour que nous prenions la route de la Corrèze. Il lui tarde de voir Marion, le bougre ! Pas vrai, Jean-Marie ?

Courbé sur son siège, le sergent-chef Jean-Marie Gaillot hocha la tête. Originaire de Lubersac, en Corrèze, il avait pris du service à titre de volontaire dans le troisième bataillon, s'était retrouvé sur les champs de bataille du Rhin, à Landau puis prisonnier à Wesel en compagnie de Louis-Amour. C'était un grand garçon maigre et nerveux, au visage long et glabre, aux yeux bleus, où passait le plus clair de ses sentiments. Peu loquace en compagnie, bien que sachant lire et écrire, il était intarissable avec Louis-Amour et manifestait un assez bon jugement. Timide, il semblait toujours embarrassé de ses membres et de ses mains gâtées par la gale. Robuste malgré sa maigreur, il pouvait porter des charges de mulet. Au combat, il ignorait la peur.

Leur amitié remontait à Landau, au temps du siège. Ils avaient parlé de fleurs et d'abeilles. Jean-Marie connaissait les plantes par leur nom et possédait des ruches. Son véritable nom était Gaillot de La Rivière. Un ci-devant.

— Eh là, « l'Echalas » ! s'écria Louis-Amour. Tu dors ? Regarde ce que mon frère nous offre : une bouteille de bordeaux ! Apporte trois verres. On va trinquer.

Ils parlèrent gravement, en évitant les motifs de friction, de l'insurrection royaliste qui venait d'éclater en Normandie, de la victoire des armées républicaines à Nonancourt, dans l'Eure, de la prise de l'île d'Yeu par les Anglais qui y avaient débarqué le comte d'Artois, des menées royalistes agitant la capitale...

— Tout cela m'inquiète, dit Louis-Amour. Je crains bien que ce traité de Bâle ne soit qu'une duperie. Tu entends, « l'Echalas » ? Nous n'allons pas tarder à y revenir, à la riflette !

La veille de leur départ pour la Corrèze, Louis-Amour et Jean-Marie Gaillot furent invités par Brival à un souper civique auquel assistaient Pénières et un autre député corrézien, Jean Borie. Brival semblait très à l'aise et jouait les Lucullus avec largesse et autorité —

la dot confortable de sa femme s'ajoutant à son traitement de député et, disait-on, à certains trafics de biens nationaux (on l'accusait de faire partie de la « bande noire » des spéculateurs), lui donnaient une enviable aisance.

Brival et Louis-Amour n'avaient parlé que brièvement de Diane, l'essentiel de leur entretien portant sur les prochaines élections destinées au remplacement de la Convention qui battait de l'aile et s'obstinait à défendre ce qui restait des institutions républicaines. Le député avait expliqué à ses invités que l'on avait rédigé une nouvelle Constitution, dite de l'An III, comportant plus de trois cents articles et dont on attendait une ère nouvelle. A la fin du mois d'octobre, l'assemblée agonisante serait remplacée par deux assemblées dont Brival et Pénières avaient bon espoir de faire partie : le Conseil des Cinq-Cents et le Conseil des Anciens, un directoire de cinq membres étant chargé de l'exécutif afin d'éviter toute tentation de dictature de la part d'un général ou d'un homme politique ambitieux. La mesure de maintien de deux tiers des députés sortants suscitait la colère des contre-révolutionnaires qui escomptaient un changement radical du régime parlementaire et le retour à l'Ancien Régime.

Plongés dans la fièvre électorale, les trois parlementaires raisonnaicnt de l'avenir comme si les jeux étaient faits. On avait porté des santés à la nation, à ses généraux, à ses soldats, à la victoire contre les « Britishs » ; on avait fait circuler d'odorants coffrets de cigares de Cuba en buvant du café de Moka et des alcools raides.

Brival, au cours du repas, avait poussé du coude Louis-Amour et lui avait montré, à la table voisine, un petit officier maigrichon, verdâtre de teint, cheveux plats en oreilles de chien, qui s'exprimait avec un accent bizarre.

— Regarde-le bien, citoyen. Voilà le général qui a chassé les Anglais de Toulon. Un curieux personnage, robespierriste à tout va, qui a bien failli, après Thermidor, passer en jugement. Lavé de tout soupçon, il a été rayé des listes de l'armée après avoir refusé de participer à la pacification de la Vendée. Il semble que sa carrière, qui avait brillamment débuté, n'ait été qu'un feu de paille. Et pourtant il a cette lumière dans l'œil qui me ferait penser le contraire...

Louis-Amour et Gaillot retrouvèrent Hyacinthe le lendemain de ces agapes et lui racontèrent les ambitions des trois parlementaires corréziens. Hyacinthe se montra sceptique.

— Je crois qu'ils nourrissent des illusions. Leur règne s'achève et la nation n'y perdra rien. Ces phraseurs, ces ambitieux ne laisseront pas leur nom gravé sur le marbre. Les électeurs vont les balayer !

— Sauf s'ils se retrouvent, dit Louis-Amour, parmi les « perpétuels » qui profiteront du décret des deux tiers.

Il faisait allusion à la mesure dont Brival l'avait entretenu la veille : les deux nouvelles assemblées destinées à relayer la Convention seraient renouvelables par tiers, ce qui, dès le début de l'exercice, maintiendrait les deux tiers des élus précédents (on les appelait les « perpétuels ») et assurerait la pérennité de l'ancienne assemblée. L'indignation des royalistes se manifestait par des placards, de tumultueuses réunions de sections, des adresses véhémentes à la Convention. L'atmosphère de la capitale se détériorait de jour en jour.

— Cela promet un beau charivari pour les élections, dit Louis-Amour. Je regrette de partir et je t'envie d'y assister, mais je n'aurais pas aimé voir le fossé des opinions s'élargir entre nous. L'armée interviendra sûrement en cas de troubles sérieux, et qui sait si, moi et « l'Echalas », nous n'aurions pas dû prendre du service dans les troupes campées aux Sablons et à Meudon. Quant à toi, tu vas sûrement ressortir tes jolis pistolets de leur coffret...

— J'y pense, dit Hyacinthe d'un air sombre, et cela ne me réjouit guère, mais je dois faire mon devoir et honorer ma promesse.

— Citoyen, tu n'es pas dans le bon sens de l'histoire. Que l'on trouve à leur opposer un général énergique et les royalistes seront écrasés comme à Quiberon et en Normandie. Constitutionnels et absolutistes ne peuvent s'entendre dans vos réunions ; comment pourraient-ils mener à bien une insurrection ? C'est la chienlit contre l'anarchie ! Tout compte fait, mieux vaut que nous regagnions la Corrèze.

Le moment du départ arrivé, il remercia son frère pour le pécule destiné au voyage des deux compères et la somme qu'il lui confiait pour la famille, s'ajoutant à celle que Brival lui avait remise pour Diane et Félix. Cela faisait un joli magot.

Ils s'étreignirent, essuyèrent une larme, dissimulèrent leur émotion derrière des éclats de voix et des rires qui sonnaient faux.

— Et maintenant, dit Louis-Amour d'une voix étranglée, salut citoyen, et gare aux faux pas ! En route, « l'Echalas » !

Depuis son éviction de l'entourage de Mlle Lange, Hyacinthe vivait dans un univers qui lui donnait l'impression de se désagréger autour de lui, comme dans un cauchemar : il escaladait une paroi abrupte, s'accrochait aux aspérités qui, une à une, cédaient et menaçaient de le rejeter au fond de l'abîme.

Il ne s'était jamais senti aussi seul dans cette ville qui fumait comme un solfatare avant l'éruption, sentait la poudre, couvait en permanence des menaces d'émeutes. Un monde vacillait et lui, Hyacinthe, restait immobile comme dans l'œil d'un cyclone en voie de formation ; seul avec ses nostalgies dérisoires, son absurde emploi de scribe, ses aventures sentimentales décevantes. Des relations qu'il s'était faites dans la section Le Pelletier, tenue par les royalistes, aucune ne méritait le nom d'amitié.

Il éprouvait le sentiment d'être relié encore par un fil ténu, invisible, fragile, à son ancienne maîtresse.

Il n'était pas retourné chez elle, ne lui avait pas donné signe de vie et n'en avait pas reçu. Une seule fois, flânant le long du fleuve, il avait poussé jusqu'à l'hôtel de Salm, un soir où il savait qu'elle recevait ; au spectacle des calèches, des attelages somptueux, de la foule pressée dans les jardins illuminés *a giorno,* de la musique de Mozart qui semblait ruisseler des frondaisons mordorées, des éclats de voix et des rires de femmes, il avait ressenti une telle impression de détresse qu'il s'était juré de ne plus s'égarer volontairement dans ces parages, et il avait tenu parole.

En revanche, il ne se privait pas d'aller applaudir la comédienne au Théâtre-Français, et parfois il avait le sentiment poignant que certaines tirades passionnées auraient pu lui être dédiées. Il ne perdait rien des moindres nuances de la diction — souvent d'une emphase excessive — des mouvements un peu trop vifs, de la manie qu'avait la comédienne de rejeter à tout bout de champ un pan de sa tunique derrière elle. Le regard de myope d'Elise semblait parfois chercher dans le public celui d'un spectateur, comme pour le prendre à témoin de la sincérité de son émotion, et Hyacinthe cherchait absurdement à le capter.

Il prêtait une oreille indifférente, en apparence, aux potins concernant la vie privée de la comédienne. Les gazettes ne se privaient pas d'en faire état, comme si le sort de la France eût dépendu de ces ragots.

Le père de Michel-Jean Simons, richissime carrossier belge, ayant eu vent de l'inconduite de son rejeton compromis avec cette « aventurière » qui osait se montrer en scène vêtue à la grecque, l'avait sommé de réintégrer le domicile familial. Michel-Jean faisant la sourde oreille, le « Crésus bruxellois » décida de se rendre à Paris et de ramener son fils, par les oreilles s'il le fallait. Avertie de la tempête prochaine, Elise prévint une de ses amies, comédienne comme elle, Julie Candeille, superbe Junon prodigue de ses charmes et de ses ardeurs ; toutes deux concoctèrent une mise en scène pour circonvenir le père noble. Elles firent si bien, à force de bonnes manières, de sourires, de cajoleries, que le carrossier sentit fondre ses préventions et ses velléités paternalistes. Après quelques réticences, il sombra à la fois dans les bras de Julie et dans les délices de Capoue. On en était au point de parler d'un double mariage[1] et on ne se privait pas de colporter ces vers piquants :

Le sieur Simons devant la foule
Veut jouir du luxe étalé
Je conviens que sur l'or il roule
Mais n'est-il pas aussi roulé ?

Dans la vacuité de son existence, la mémoire de Hyacinthe dérivait de temps à autre vers le souvenir d'Adélaïde de Montchamp qui, d'une main de moins en moins sûre et dans une syntaxe de plus en plus relâchée, lui adressait encore des billets qui le laissaient perplexe. Il souhaitait garder intacte la nostalgie des heures lumineuses de la Folie

1. Il eut bien lieu, peu de temps après.

Montchamp, les images de paradis qui s'épanouissaient en lui, plus émouvantes que les toiles du « bon Frago ». Cependant, à aucun moment, il n'envisagea de renouer avec sa vieille maîtresse qu'un simple signe de lui eût suffi à ramener à Paris. Elle s'ennuyait, écrivait-elle, dans son « ermitage normand », à regarder paître ses troupeaux et les nuages venus de la mer cingler vers Paris. Elle lui suggéra dans une lettre de venir la rejoindre ; il ne répondit pas et elle cessa de lui écrire.

L'affaire désastreuse du faubourg Saint-Antoine, cette ridicule expédition de béjaunes qui jouaient à la guerre, avait laissé à Hyacinthe un goût d'amertume qu'il rêvait d'effacer. Il avait une revanche à prendre ; contre lui-même, d'abord.

Les préparatifs d'une nouvelle insurrection royaliste, contrariée par la catastrophique descente de Quiberon et stimulée par l'incurie galopante de la Convention thermidorienne, lui paraissaient davantage dignes de crédit. Les propos sévères de Louis-Amour ne l'avaient pas découragé. Il suivait assidument les réunions, évitant de se mettre en avant de crainte de perdre son emploi par une imprudence, mais se réservant, au moment opportun, de s'incorporer à l'une de ces unités en voie de formation pour renverser la Convention et proclamer le retour du prétendant au trône, Louis-Stanislas-Xavier, comte de Provence.

Dans sa quasi-totalité, la Garde nationale était acquise à la cause des rebelles. Purgée par la convention de ses éléments « terroristes », après les événements de Prairial et l'écrasement de la faction jacobine et des éléments populaires suspects, elle se composait principalement de « ventres dorés », artisans, commerçants qui ne répugnaient pas à marcher sous les drapeaux à fleurs de lys. Ces quelque quarante mille bourgeois aguerris faisaient l'exercice comme une troupe de ligne. Il manquait un chef véritable, mais on se flattait de convaincre le commandant des forces de la Convention, le gros général Menou, de changer de cap au moment favorable. Ou s'attachait dans le même temps à détourner de leur mission les hommes de troupe campés dans la plaine des Sablons — le chansonnier Ange Pitou y travaillait déjà, à sa manière.

Octobre avait amené dans Paris, avec des pluies interminables, de singuliers oiseaux migrateurs : des chouans, des Vendéens qui cachaient armes et cocarde blanche sous leur manteau, émigrés rentrés en foule à la faveur du laxisme conventionnel, prêtres transformés en meneurs d'hommes et prêts au suprême combat contre la République. L'agence royaliste de Paris, animée par le redoutable abbé Brottier, était devenue ouvertement l'officine de la contre-Révolution.

Partisan d'une monarchie constitutionnelle à l'anglaise, Hyacinthe se heurtait parfois aux « ultras » de sa section qui réclamaient un retour pur et simple à l'absolutisme et rêvaient d'une Saint-Barthélemy de patriotes. Cet important point de friction entre les conjurés s'estompait devant la nécessité d'une union pour la victoire.

Ces rumeurs de contre-révolution s'amassaient comme des nuées d'orage au-dessus de Paris. Le peuple, déçu dans ses aspirations jacobines à la suite des événements de Prairial et de l'impitoyable répression des émeutes de la faim, mais répugnant à se mêler aux rebelles royalistes, se tenait coi, attendant que prissent fin les atermoiements de la Convention.

Les responsables de la rébellion comptaient sur les gazetiers pour inciter l'opinion à considérer leur action d'un œil favorable. Ces folliculaires se réunissaient en divers endroits de la capitale pour élaborer une stratégie. Les quelques journaux qui gardaient l'étiquette révolutionnaire se trouvaient affrontés à une meute de « journaillons » qui employaient le même langage qu'eux afin de mieux troubler et circonvenir la population, mais ne défendaient pas les mêmes idées.

Le 12 vendémiaire (3 octobre, ancien style), au lendemain du débarquement des forces anglo-émigrées sous la conduite du comte d'Artois à l'île d'Yeu, une importante réunion des conjurés fut annoncée au Théâtre-Français. Hyacinthe décida de s'y rendre.

Il venait de prendre connaissance d'un décret de la Convention ordonnant « aux pères, fils, frères, oncles, neveux ou époux des émigrés... de cesser toutes fonctions administratives, municipales, judiciaires, sous peine de forfaiture ou de faux ». Il se retrouvait donc sur le pavé et décida de demander à Brival et à Pénières raison de cette mesure qui rappelait la Terreur.

Cette réunion le déçut amèrement. Elle était présidée par un vieux gentilhomme égrotant et timoré, le comte de Nivernais, qui bredouillait des propos confus après avoir déclaré à ceux qui lui proposaient le fauteuil du président : « Vous voulez donc me conduire à la mort ! »

Franchie la place circulaire sur laquelle ouvrait le théâtre, Hyacinthe s'était trouvé en face d'un groupe de jeunes traîneurs de sabre, collet haut et air arrogant, qui filtraient le public. Il pénétra dans l'enceinte derrière un groupe de chouans qui puaient et menaient grand bruit dans leur jargon. Interloqué, il marqua un arrêt en constatant que les parterres et les loges étaient médiocrement garnis ; il distinguait, à travers la pénombre qui baignait la salle, quelques spectres installés sur la scène, visages livides dans la lumière des rares chandelles. Des orateurs se succédaient, maniant de surprenants paradoxes : il était question de mettre la Convention hors la loi, d'aller en faire le siège. Autant de ratiocinations et de rodomontades qui laissèrent Hyacinthe pantois.

— Je vous observe depuis un moment, dit une voix dans son dos. Vous ne semblez guère soulevé d'enthousiasme.

En se retournant, Hyacinthe distingua des traits qui ne lui étaient pas inconnus, mais sur lesquels il était incapable de mettre un nom. Prudemment, il répondit d'un sourire sec. A la tribune, le président bêlait :

— Nous sommes ce soir, mes amis, engagés dans une passe dangereuse. Nous risquons de voir d'un moment à l'autre surgir la garde prétorienne de l'assemblée. Eh bien, je vous l'affirme : dans ce péril, je sens fondre les glaces de mon âge. Nous saurons faire front !

Quelques bravos accueillirent cette déclaration. La réunion se termina sans que la Convention eût fait intervenir la garde. Le public reflua mollement aux accents sans conviction du *Réveil du peuple* et de *Richard, ô mon roi.* Hyacinthe se retirait à son tour en se disant que l'insurrection débutait mal, lorsque la voix mystérieuse l'interpella de nouveau.

— Décevant, n'est-ce pas ? Nos conventionnels peuvent dormir sur leurs deux oreilles.

— Mais enfin, monsieur, dit Hyacinthe, que me voulez-vous ? Je ne vous remets pas et...

— Vous me connaissez fort bien, monsieur de Marsanges, mais il y a si longtemps que nous ne nous sommes rencontrés... Suivez-moi.

Ils s'arrêtèrent entre deux porteurs de torches qui grésillaient sous le crachin.

— Seigneur ! s'écria Hyacinthe, bouleversé. Vous, Laclos...

— Je vous pardonne de ne m'avoir pas reconnu plus tôt. J'avoue que j'ai bien changé. Vous, pas.

Hyacinthe étreignit son ami, considéra avec émotion ce visage altéré de martyr, aux yeux battus, aux lèvres décolorées. Avec son manteau sur le bras, Laclos ressemblait à saint Barthélemy portant sa peau d'écorché vif à travers les neiges d'Arménie. Il n'était que l'ombre de ce qu'il avait été.

— Mon bon ami, dit Hyacinthe, riant et pleurant à la fois, vous ne savez pas combien vous m'avez manqué dans les épreuves que j'ai traversées. Qu'êtes-vous donc devenu ?

Laclos le prit par le bras, l'entraîna vers un locatis qui les conduisit à son domicile. Il habitait au numéro 3 de la rue du Faubourg-Poissonnière, avec sa femme et ses enfants, un appartement modeste.

— Je vous croyais aux Indes, dit Hyacinthe, et vous étiez à Paris !

— ... et en prison. J'en suis sorti récemment après quinze mois d'internement. Comme pour M. de Sade on avait égaré mon dossier, que l'on n'a toujours pas retrouvé. On a eu enfin l'idée de le demander à la section à laquelle j'appartenais avant Thermidor, et l'on a découvert un feuillet attestant de mes services et de mes qualités. J'y étais désigné comme « *un homme de génie, très froid et très fin, auteur des* Liaisons dangereuses, *orateur...* ». Une main anonyme avait rayé « *homme de génie* » ! Aujourd'hui je suis pauvre, mais, Dieu merci, libre et plein de projets.

Durant sa captivité, il avait poursuivi son étude sur les boulets creux, fait publier au début de l'année un *Traité de l'éducation des femmes,* un pamphlet intitulé *De la guerre et de la paix,* mais n'attendait pas de ces ouvrages autant de succès que de ses *Liaisons.* Pour subvenir à ses besoins, il écrivait des articles économiques non signés. En dépit de ses requêtes pressantes, il n'avait pu obtenir sa réintégration dans l'armée. Son frère s'était mieux débrouillé : il avait décroché un poste de consul à Smyrne.

— Pensez-vous toujours aux Indes ?

— Un rêve, mon ami, qui ne se réalisera jamais, j'en ai bien peur.

Trois ans auparavant, Laclos avait reçu sa nomination de gouverneur général des Etablissements français des Indes, avec comme mission de susciter des ennuis aux Anglais. Il devait pour atteindre cet objectif s'emparer du cap de Bonne-Espérance et de Ceylan. Ensuite, avec le concours du roi Tipo-Sahib, adversaire déterminé de l'Angleterre et ami de la France, envahir le Bengale.

Laclos éclata de rire.

— Quel programme, mon cher ! Et combien utopique. Vous me voyez, moi, Laclos, à la tête des armées indiennes ? Tipo-Sahib manifestait son enthousiasme pour la Révolution, plantait des arbres de la Liberté dans sa capitale, Seringapatam, sans trouver les échos et l'aide qu'il attendait. La Convention n'avait pas les moyens de ses ambitions. Le rêve héroïque tournait court et nos navires restèrent à quai. Dommage ! Je serais peut-être à l'heure qu'il est premier ministre de Tipo-Sahib, à moins que ses adversaires ne m'aient empalé sur un bambou, à la mode du pays. Si j'avais survécu, quel livre j'aurais pu rapporter de cette aventure !

L'intérieur était modeste, froid, mal éclairé, sans doute par mesure d'économie. Mme Laclos avait abandonné sa chaufferette pour se porter aux devants du visiteur. C'était une jeune vieille femme encore svelte, aux cheveux grisonnants sous le bonnet tuyauté, aux yeux cernés d'un ourlet mauve. Elle servit spontanément le café et les liqueurs.

Autour de la demeure, Paris dormait d'un sommeil agité. Sous la pluie glacée, des groupes déambulaient en chantant et en cognant aux portes. Laclos paraissait soucieux. Il avait revêtu une vieille houppelande, coiffé un bonnet rond, portait à ses lèvres, d'une main tremblante, le café qu'il buvait à petites gorgées. Il déposa sa tasse sur le guéridon, se renversa en soupirant dans son fauteuil.

— Mon bon Hyacinthe, dit-il, je suis heureux de vous avoir retrouvé. Vous me rappelez les heures radieuses du Palais-Royal au temps où régnait en ces lieux le prince d'Orléans. Et les bonnes soirées de la « Folie Montchamp » ! J'ai l'impression aujourd'hui de vivre dans un autre univers, dans une autre époque, qui me sont également étrangers, mais peut-être est-ce moi qui ai changé. J'ai du mal à me reconnaître, à rentrer dans ma peau, à me situer par rapport aux événements. Ai-je tout raté de ma vie ? Suis-je devenu inutile et impuissant ?

— Allons donc ! La main qui a rayé « homme de génie » sur le document de la section a eu tort. La postérité se souviendra au moins des *Liaisons* et de son auteur. Mon cher, vous êtes immortel !

— J'en doute. Qu'ai-je écrit depuis ce livre, qui soit digne de survivre dans la mémoire des hommes ? Mes frères francs-maçons ne me connaissent plus (il est vrai que j'étais inscrit à la loge « La candeur » : tout un programme !). J'ai échoué en politique et mon passé d'orléaniste me colle encore à la peau comme une tunique de Nessus. J'ai perdu toute crédibilité au point que, si je signais mes articles, personne ne les prendrait au sérieux.

— On vous attribue pourtant certains pamphlets politiques.

— Ils ne sont pas de ma plume, je vous en donne ma parole.

Laclos ajouta d'un ton amer :

— Je vous le répète : échec sur toute la ligne ! Même l'armée ne veut plus de moi. Tout au plus s'intéresse-t-on dans les états-majors à mes théories sur le boulet creux et les fortifications, mais je ne compte pas sur ces travaux pour m'assurer gloire et fortune. Dans ma vie familiale, même échec : je n'ai réussi qu'à rendre ma femme et mes enfants malheureux.

La voix de Mme Laclos leur parvint de la cheminée.

— Veux-tu te taire ! dit-elle. Je suis la femme la plus heureuse du monde. Tu es un mari parfait.

Elle se leva pour l'embrasser et servir une autre tasse. Laclos ajouta :

— A ce que j'ai cru comprendre, mon bon ami, vous êtes vous aussi resté fidèle à vos convictions. Loin de moi l'idée de vous en tenir rigueur. La fidélité et la constance dans les sentiments deviennent des qualités si rares... Vous allez donc vous mêler aux insurgés ?

— C'est une attitude dictée par les convictions dont vous parlez, mais sachez que je ne suis pas un fanatique et que la violence me répugne. En revanche, je me reconnais un fâcheux penchant : celui de ne pas réfléchir suffisamment avant de me laisser aller à des prises de position équivoques. En prairial, dans l'affaire du faubourg Saint-Antoine, j'étais aux côtés du général Kilmaine...

— Et demain vous vous engagerez avec les chefs de la subversion ! Une affaire bien mal menée et qui risque de s'achever comme la précédente, mais dans le sang cette fois. Certes, la Convention est incapable de prendre des décisions énergiques, mais l'armée est avec elle, et les patriotes vétérans de 89 lui sont acquis. Les forces insurrectionnelles ont le nombre pour elles, mais ce ne sont pas les « ventres dorés » de la Garde nationale, les chouans, les Vendéens, une poignée de « muscadins » et d' « incroyables » commandés par des généraux félons et incapables qui vont renverser le régime. Ils ne sont même pas d'accord sur la forme de gouvernement qu'ils devront adopter : monarchie constitutionnelle ou absolue ? Acceptera-t-on l'allégeance aux Anglais ? Savez-vous ce que le prétendant a écrit à ce sujet ? « *J'éprouverais une bien douce satisfaction de devoir mon trône, ma gloire, le salut de mon royaume, à un souverain aussi vertueux que le roi d'Angleterre et à des ministres aussi éclairés que les siens.* » L'Agence royaliste de Paris, quant à elle, ne fait nullement confiance au cabinet de Saint-James.

— Nous verrons bien. Notre premier objectif est de mettre à bas la Convention. Le subterfuge de sa part qui consiste à garder dans cette assemblée les deux tiers des députés lors des prochaines élections est une malhonnêteté et un signe de désarroi. Cela nous incitera à nous battre avec plus de foi et d'ardeur.

— La foi, l'ardeur... soupira Laclos, ne se manifestaient guère à cette grotesque réunion du Théâtre-Français. On y respirait plutôt les prémices d'une débâcle.

C'était bien l'avis de Hyacinthe, mais il se refusait à en faire l'aveu. Il consulta sa montre, sursauta.

— Pardonnez-moi, dit-il en se levant, je dois vous quitter. Demain la journée sera chaude et je devrai me présenter frais et dispos à mon bureau.

Il présenta ses civilités à Mme Laclos, serra son hôte contre lui.

— Demain, dit Laclos en le raccompagnant jusqu'à la rue, sera le 12 vendémiaire. Encore une date, sans doute, que l'histoire n'oubliera pas. Je vous souhaite bon courage et bonne chance, mon ami, et dites-vous qu'il est des causes, aussi justes puissent-elles apparaître, qui ne valent pas mort d'homme.

12.

L'HERBE DU TONNERRE

Marsanges : automne-hiver 1795-1796.

Louis-Amour souleva le paquet de vieux vêtements que Marion avait sortis du coffre, les porta à ses narines, les respira longuement, yeux clos, puis les tendit à Jean-Marie Gaillot.

— Sens, « l'Echalas » ! Sens donc ! Cette odeur de sueur, de foin, de terre, c'est celle du paysan que j'étais, et elle vaut cent fois la bergamote. Le paysan sent fort, mais le soldat pue.

Il se retourna vers Marion, lui demanda de faire une grosse lessive de ces hardes tant qu'il restait un peu de soleil.

— A vos ordres, sergent ! répondit Marion.

Il lui avait fallu, ainsi qu'à toute la maisonnée, trois bonnes journées pour qu'elle s'habituât à la nouvelle apparence et aux singulières manies de Louis-Amour. Il avait pourtant fait en sorte de ne pas les déconcerter ni bousculer leurs habitudes : il mettait une sourdine à sa voix qui avait pris des intonations de commandement, évitait la brusquerie dans ses gestes et ses évolutions et, bien qu'il lui en coûtât, songeait à faire raser barbe, moustaches, cheveux, jusqu'à la cadenette nouée d'une faveur, qui était sa coquetterie.

Le premier soin des rescapés en arrivant au Pradeloux avait été de se décrasser dans un bain chaud, au coin du feu. Marion n'avait pu réprimer un cri de stupeur en les voyant rongés par la gale des pieds à la tête.

— Hélas ! dit Louis-Amour, c'est la maladie du soldat. Tous en sont atteints, et notre captivité n'a rien arrangé. Gare ! C'est contagieux. Nous allons traiter ça à l'huile d'olive, si nous en trouvons, ou à la racine de dentelaire. Ce sont les seuls remèdes que je connaisse. Mais, pour comble, il y a ces foutus morpions qui nous bouffent le pubis et les poux qui font la gigue sur notre crâne. Poils, cheveux, nous allons tout ratiboiser. Nous ne serons pas beaux à voir, mais nous avons mieux à faire dans l'immédiat qu'à courir la bergère.

Tondus comme des galériens, ils firent sensation. Toute la maisonnée se tenait les côtes. Comme ils n'étaient pas arrivés les mains vides, on fit bombance.

— Demain, dit Louis-Amour, j'irai dire deux mots à Sauviat.

— Il n'est plus maire, dit Diane, mais simplement agent de la municipalité cantonale, ou « cantonnière », comme on dit. Un autre malheur lui est advenu, plus cuisant encore : sa servante, Madeleine, dont il avait fait sa maîtresse, a levé le pied avec le magot dont il lui avait montré la cachette. Comme pour l'achever, des déserteurs sont venus lui vider sa cave. L'achat de l'étang du Diable avec l'argent de Hyacinthe n'était pas fait pour le consoler, car il le guignait. Il est dans une mauvaise passe, mais ce n'est pas moi qui le plaindrai. Ne le brusque pas, il a eu son compte d'épreuves.

— Je n'ai pas l'intention de le maltraiter, mais de lui demander asile au château.

Diane et Marion échangèrent un regard perplexe. Il poursuivit :

— Nous allons, « l'Echalas » et moi, rédiger et signer un ordre de réquisition pour le logis de Valentin. Ça nous suffira pour le temps que nous allons rester. Un mois, deux peut-être...

— Ce n'est pas légal, dit Marion. Il refusera.

— Ça m'étonnerait. J'en fais mon affaire.

Louis-Amour partit en carriole, un après-midi de soleil, en direction des landes du Longeyroux, accompagnés de Florent, de Félix et de Gaillot.

La charrière, molle encore des pluies nocturnes, traversait une montagne amicale où même les appels lointains des loups dans les forêts loubatières de La Chabanne et du Ventéjoux ne suscitaient aucune inquiétude.

— Tu vois, dit Louis-Amour à « l'Echalas », c'est ça, mon vrai domaine. On se fait trouer la peau pour conquérir quelques arpents de marécages dans les Pays-Bas, alors que chez nous des dizaines de milliers de familles pourraient vivre sans se marcher sur les pieds, dans le bonheur des simples sinon dans l'opulence. Ouvre bien tes mirettes, sergent ! Tu n'es pas au paradis, mais ça y ressemble.

Louis-Amour fit compliment à Florent de la bonne tenue des ruches. Ils parcoururent l'immensité de la tourbière que l'automne commençait à jaunir, visitèrent les ruines du hameau et de la chapelle où s'était réfugié naguère l'abbé Plazanet, ce vieux fou, et qui s'enfonçait de plus en plus dans le sol instable. Félix suivait d'un œil amusé la fuite des petites grenouilles rousses, le glissement des vipères à travers les molinies dorées, se penchait sur les minuscules jardins de tormentilles et de droseras tueurs d'insectes, des tapis de sphaignes profondes.

Comme ils côtoyaient une tourbière abandonnée, Louis-Amour dit à son neveu :

— Prends garde, petiot ! Quand tu te promèneras dans ces parages, évite ces trous. Si tu y tombes, tu n'en sors pas. La tourbière te dévore et on ne te retrouve jamais.

L'immense plateau parsemé de roches rondes comme les échines d'un troupeau que la tourbière aurait commencé à engloutir, déroulait ses espaces de « touradons[1] » et de « tremblants[2] » sous un ciel délicatement ourlé de mauve vers le couchant.

— C'est un drôle de pays, dit Gaillot. Il y aurait beaucoup à faire.

— Eh bien, répliqua Louis-Amour, épouse Marion et viens vivre ici. Elle te plaît, ma petite sœur, hein, Casanova ? Tu veux que je lui glisse deux mots pour toi ?

— Inutile. Je peux le faire moi-même.

— Alors prends garde ! Une belle plante comme elle, ça ne s'arrache pas, ça se cueille avec délicatesse.

Le lendemain, le temps restant au beau, les deux sergents aidèrent à battre le blé noir sur l'aire, au fléau. Ils y mirent entrain et bonne humeur. Gaillot, qui avait une jolie voix, entonna une chanson de moissonneur du pays de Lubersac. Quand il s'arrêtait de battre pour se reposer et boire un coup, il disait à Marion en s'asseyant près d'elle :

— C'est plaisir, demoiselle, de vous voir travailler. J'ai une sœur qui vous ressemble et à qui le travail ne fait pas peur. Un jour, si vous voulez bien, je vous la présenterai. Nous habitons une grosse maison qui est dans la famille depuis des siècles. On y entre par un porche majestueux, qui porte un blason et une date. Vous accepteriez de me suivre ?

— Nous verrons... répondait Marion.

1. Motte d'herbe.
2. Tourbière en formation.

Elle songeait à Félicien. Le cabretaïre était amoureux d'elle ; il le lui répétait à chacune de ses visites. Il était venu aider à moissonner le seigle, puis à le battre, et il était, chaque fois, resté deux jours et trois nuits ; ils avaient dormi ensemble dans la bergerie ; il la caressait, gémissait dans son épaule, délirait sans parvenir à la prendre. « C'est que je t'aime trop, disait-il, que je te porte trop haut... » Il lui importait peu, à elle, d'accéder à la suite de Félicien au domaine des purs esprits : elle voulait être aimée comme une femme et non comme une déesse ; l'encens dont il l'enveloppait risquait de la faire éternuer. Elle lui avait révélé le fond de sa pensée à l'occasion de sa dernière visite, une quinzaine avant le retour des deux sergents ; il n'était pas revenu depuis ; il boudait et elle se disait sans amertume que les jeux platoniques étaient terminés.

Gaillot ? Il ne lui déplaisait pas. Lors de leur première rencontre, il lui avait paru quelque peu emprunté et godiche, avec ses longs silences, ses regards perdus, son air de n'être jamais à sa vraie place et de déranger, mais elle apprenait de jour en jour à le connaître, parvenait même à le mettre en confiance et à le faire s'exprimer autrement que par des monosyllabes. Il n'avait rien de séduisant avec sa maigreur noueuse de paysan, ses longs bras tendineux armés de lourdes paluches, son visage sévère, mais il avait de beaux yeux qui, parfois, savaient s'exprimer avec éloquence.

Lorsque Marion le badigeonnait avec la mixture fabriquée par Louis-Amour, il était au paradis et le manifestait par des rougeurs pires que la gale.

— Sauviat, dit Diane, c'est de la graine de sauvage. Je vous conseille de prendre un pistolet.

Louis-Amour éclata de rire. Lui et Gaillot en avaient vu d'autres. L'ordre de réquisition suffirait, et il ferait beau voir que Sauviat le méprisât.

Debout dans leur uniforme bien propre, aux buffleteries éblouissantes, ils attendirent dans la cour, au soleil, le retour du maître de maison, qui s'était rendu à Meymac. Louis-Amour faillit ne pas le reconnaître quand il descendit du cabriolet, vêtu comme un bourgeois, coiffé d'un chapeau rond trop grand pour sa tête, qui accentuait la maigreur de son visage. Il considéra d'un œil perplexe ces deux militaires tondus comme des œufs. Louis-Amour fit les présentations avec un sourire narquois :

— Sergent-chef Jean-Marie Gaillot, citoyen de Lubersac. Moi, vous me connaissez : je suis le sergent Louis-Amour Marsanges, pour vous servir.

Sauviat ouvrit une bouche en forme de four qui découvrait deux incisives mal plantées. Louis-Amour ? Allons donc !

Il annonça qu'il n'était pas d'humeur à plaisanter et piqua une froide colère en lisant le billet de réquisition. Il en avait vu, des billets de ce genre, avec de grosses signatures d'officiers et des tampons.

— Pas valable ! laissa-t-il tomber. Allez vous faire foutre !

— Eh là ! protesta Louis-Amour. C'est ainsi que vous traitez deux héros de la République ?

— Héros, mon cul ! lança Sauviat. Revenez avec un billet en bonne et due forme, et nous verrons ce que je peux faire pour vous. N'oubliez pas les tampons.

— Nous les avons oubliés sur le Rhin, mais les signatures sont authentiques. Nous aménagerons demain. Faites en sorte que les lieux soient en état de nous recevoir. Nous ne vous le dirons pas deux fois, monsieur le ci-devant maire.

Ils gratifièrent Sauviat d'un impeccable salut militaire avant de se retirer.

— Alors, dit Diane, comment vous-a-t-il reçus ?

— Très mal. Tu avais raison : s'il avait eu un fusil, il nous aurait mis en joue. Demain, nous prendrons nos pistolets.

Ils avaient vu juste : Sauviat les attendait avec son fusil au poing, mais il abaissa le canon avec une grimace de stupeur en constatant que les deux sergents, toujours en tenue, portaient chacun un bouquet. Ils passèrent devant lui sans un regard et sans un mot, comme s'il n'existait pas, allèrent déposer les fleurs et se recueillir sur la tombe des Marsanges.

Lorsqu'ils reparurent dans la cour, leur mine avait changé. Ils piquèrent droit sur Sauviat qui, encadré de deux sauvages mal rasés armés de serpes, les tenait de nouveau en joue.

— Avez-vous préparé le logis ? demanda Louis-Amour.

— Tu peux aller coucher à la paillade ! ricana Sauviat. Décampez, vauriens, si vous ne voulez pas prendre du plomb là où je pense !

— Je sais que vous n'hésitez pas, dit Louis-Amour, à tirer sur des gens désarmés, au besoin par-derrière, mais nous avons de quoi vous répondre.

Il montra la crosse de pistolet qui dépassait sa ceinture et Gaillot fit de même. Sauviat jura en abaissant le canon de son fusil.

— C'est bon, dit-il. Je capitule, mais je vous préviens que vous ne tarderez pas à décamper. Les gendarmes se chargeront de vous botter les fesses.

Il leur jeta la clé de la maison du régisseur ; Gaillot la ramassa pour aller ouvrir la masure qu'ils trouvèrent dans un état lamentable, encombrée de gravats, de vieilles planches, de monceaux de fanes de haricots et de gerbes de vimes : on entendait les rats courir en couinant à l'étage. Dans l'arrière-salle, ils découvrirent un lit à l'ancienne provenant du château, avec des quenouilles joliment tournées, un ciel de lit, des rideaux et le matelas qui allait avec. Pour chasser le frais et l'humide, ils firent une flambée. Ils seraient là comme des princes. Il ne manquait pas même la table, les bancs, le coffre, un seau de bois avec la couade pour puiser l'eau, dans la bassière.

— Cette nuit, dit Gaillot, nous ne dormirons guère. Il va falloir faire la chasse aux rats.

Assis dans le cantou, les mains tendues vers la flamme, Louis-Amour paraissait songeur. Il alluma sa pipe à une brindille.

— Ce n'est qu'une étape, dit-il. Le plus difficile reste à faire. Nous avons enlevé une redoute ; reste à investir et à prendre la forteresse. Je ne voudrais pas quitter Marsanges sans la certitude que les miens se réinstalleront au château. Sauviat est au bout du rouleau. Si nous lui offrions la forte somme pour vider les lieux. Il accepterait. Mais où trouver l'argent ? C'est une autre affaire, mais j'ai ma petite idée.

Le soir même, il écrivait à Hyacinthe une lettre que Florent, le lendemain, allait porter à la poste de Pérols.

Grâce à la mixture élaborée par Louis-Amour qui avait très vite renoué ses relations avec les simples, et aux précautions qu'ils observaient pour éviter la contamination, la gale dont souffraient les deux sergents avait rapidement régressé jusqu'à disparaître. On eut quelque inquiétude en voyant des rougeurs apparaître aux coudes de Félix, mais ce n'était qu'une fausse alerte due à la mauvaise qualité du pain.

Malgré certaines contraintes, on vivait assez bien au Pradeloux. Moitié sérieux, moitié badin, Louis-Amour avait proclamé :

— Vous devez nous considérer jusqu'à nouvel ordre, moi et « l'Echalas », comme des pestiférés. Interdiction de toucher à des objets que nous aurons manipulés, de prendre nos vêtements autrement qu'avec des pincettes, de nous embrasser. Tu entends, Marion ?

Que je ne te trouve pas en train de te laisser faire des politesses de trop près par Gaillot !

Bien que la saison n'eût guère été propice, Louis-Amour, moitié par goût, moitié par désœuvrement, s'était remis à herboriser. Il se faisait accompagner de son neveu qui se livrait à ce passe-temps avec autant de plaisir que son oncle qui, non content de lui révéler la nature et les vertus des plantes, accompagnait son enseignement de récits fantastiques ou cocasses nés le plus souvent de son imagination, où les simples, devenus des personnages, se mêlaient aux amours et aux folies des hommes. Florent avait rapporté d'Ussel de belles grandes feuilles de papier vierge dont ils firent un herbier destiné à remplacer celui que Louis-Amour avait perdu dans l'incendie de son atelier.

— Je crois comprendre, disait Louis-Amour, que notre petit Félix restera attaché à ce pays. Il est curieux de tout ce qui l'entoure. Quand je lui montre une plante il veut tout de suite savoir son nom et ses propriétés. Un oiseau ? Il veut apprendre d'où il vient, où il va, à quelle famille il appartient. Je commence à lui raconter une histoire et il veut tout de suite en connaître la fin. Si elle ne lui convient pas, il en invente une à son goût.

Félix avait une autre passion : le dessin. Il griffonnait aux mines de couleur — cadeau de Jean-Marie — des univers imaginaires qu'il découpait en morceaux pour en faire la distribution autour de lui : un habit pour son oncle, un coffre pour Marion, un lit pour Diane... Il dessina même, de mémoire, le portrait d'une vieille dame à bonnet tuyauté, assise dans un fauteuil, en qui Diane, non sans émotion, reconnut Mme Brival.

Après la récolte des pommes de terre et des raves, la pluie d'octobre referma sur le plateau ses draperies grises et froides. Le temps prenait une dimension insolite, s'étirait interminablement en journées vides. Louis-Amour et Jean-Marie passaient des heures à jouer aux cartes dans leur nouveau logis où Sauviat les laissait en paix. Ils fumaient, buvaient sec, s'ennuyaient. Certains jours où les pluies observaient une trêve, ils descendaient à l'auberge de Pérols pour faire la fête, secouer leur torpeur et celle des paysans qui composaient la clientèle, susciter des rixes, avant de reprendre, ivres, à la nuit tombante, la direction de Marsanges.

Louis-Amour songeait à regagner Paris pour se faire affecter dans l'armée d'Italie qui allait entrer en campagne contre les Autrichiens. Il se donnait des fêtes de soleil et de guerre qu'il tentait vainement de faire partager à son compère.

— La guerre..., soupirait Gaillot. Elle te tient ferme, la gueuse. Ne joue pas trop avec elle. Toi et moi, nous avons payé assez cher pour savoir que la maladie qu'elle donne est plus tenace que la gale ou la vérole. Si nous ne lui résistons pas, elle nous aura jusqu'au trognon...

Que Louis-Amour parte s'il le désirait, lui, il resterait. Marion n'était pas étrangère à cette décision. Il ne s'était pas encore ouvert à elle de ses sentiments et de ses intentions. Telle Louis-Amour la lui avait présentée durant leur captivité, telle il l'avait découverte : plus belle, plus vive, plus intelligente encore qu'il l'avait imaginée. Il avait appris que l'idylle entre elle et le cabretaïre avait fait long feu — si feu il y avait eu. Marion était libre, il l'était aussi. Quant à se déclarer, c'était une autre affaire ; il ne pouvait s'y résoudre.

— Tête de mule ! grondait Louis-Amour, tu vas te décider, oui ou non ? Il faudrait peut-être que je m'en mêle ou que ma sœur fasse le premier pas ! Tonnerre de Dieu, est-ce que tu es un homme ?

Louis-Amour s'en mêla et les affaires prirent une heureuse tournure. Un jour clair où Marion gardait son troupeau en compagnie de Félix et du vieux labrit de Florent, il s'assit près de sa sœur et lui dit :

— Le petit jeu entre toi et Jean-Marie, je le trouve un peu longuet. Surtout, ne fais pas l'innocente. Tu sais que « l'Echalas » se ronge d'amour pour toi. Il a une façon de te regarder... Si tu n'as pas décidé de te faire nonne ou de rester célibataire, c'est un parti convenable. Ce n'est pas Casanova ni Crésus, mais je le connais bien : un garçon sans malice, honnête, courageux, de bonne famille. Il vaut bien « ton » Félicien, cette lavette !

— Jean-Marie ? Un oiseau de passage. Dans peu de temps vous plierez bagage, et salut la compagnie ! La guerre vous tient bien.

— Moi, peut-être. Pas lui.

— Un ivrogne.

— Ça, pour lever le coude, je t'accorde qu'il ne connaît pas son maître, mais avec un peu de patience et d'autorité, tu peux lui faire passer ses envies.

Marion avoua qu'elle ne ressentait guère d'attirance pour cet escogriffe taciturne, que l'idée de partager son lit ne l'exaltait pas outre mesure. Elle lui raconta ses déboires sentimentaux avec Philippe Désormeaux, le piège où le marquis de Sade l'avait fait tomber, les soupirs langoureux dont Pénières l'entourait. Quant à Félicien, elle regrettait amèrement qu'il ne sût pas se comporter en homme.

— Félicien... dit-elle. C'est un poète. Il vit dans un rêve ; il m'idéalise. L'épouser serait une duperie et j'y ai renoncé. Je ne me vois pas non plus épouser ton compagnon. J'ignore pourquoi.

Louis-Amour toussa, dit avec embarras :

— Peut-être pourrais-tu essayer...

— Essayer ? Tu veux dire...

— Je veux dire... Je veux dire... C'est le premier pas qui compte. Nous ne sommes pas dans un roman de Mme de Genlis ou de Fiévée. Notre mode de vie nous oblige parfois à regarder les réalités en face, à dissiper les écrans de fumée des nobles sentiments. Parlons franc ! Couchez ensemble une fois et, si ça ne marche pas, on n'en parle plus. Sinon, affaire conclue, on prépare la noce !

— Toi, au moins, tu n'y vas pas par quatre chemins !

— Et j'ai raison. Habitude de soldat. Alors, tu acceptes ?

Elle voulait, avant de mettre ce projet à exécution, en parler à Diane. Elle s'en ouvrit à sa sœur le soir même, dans le lit où elles dormaient côte à côte, bien serrées pour se réchauffer. Diane resta un moment silencieuse, puis elle donna son avis :

— Que veux-tu que je te dise ? Fais ce que bon te semble. Mais sois prudente et ne t'engage pas trop vite. Je ne souffrirais pas qu'il t'arrive de nouveau malheur par la faute d'un homme.

— C'est bien, dit Marion. Ce sera donc pour demain soir.

Il n'était pas besoin de les observer longtemps pour comprendre que ces deux-là avaient envie de vivre ensemble.

Marion et Jean-Marie ne se quittaient pour ainsi dire plus ; à table, ils se tenaient accotés ; en promenade, ils s'arrêtaient pour s'embrasser et prenaient souvent la direction du moulin abandonné du Nadoulet. Diane et Louis-Amour suivaient avec un intérêt discret et amusé l'évolution de leurs rapports qu'ils voyaient d'un bon œil s'épanouir. Ils attendaient sans impatience le moment que les amoureux auraient choisi pour révéler leurs intentions ; ils ne paraissaient guère pressés.

Parfois, lorsqu'ils se trouvaient seuls, ils se disputaient. Elle lui disait :

— Je n'ai guère confiance. Jure-moi que tu me seras fidèle.

Il jurait, crachait par terre. Croix de bois, croix de fer.

— ... que tu ne boiras plus.

— Une chopine par jour et ça ira.

— ... que tu me feras des enfants. J'en veux six.

Il était d'accord, à condition qu'elle accepte de vivre avec lui à Lubersac. Là, ça tournait à l'aigre. Lui faire quitter Marsanges après qu'elle s'y fut accrochée avec ténacité ? Il rêvait ! A Paris, elle avait repoussé d'excellents partis ; ce n'était pas pour aller s'enterrer dans une ferme sinistre, jouer les maritornes, obéir au maître de maison...

— C'est Marsanges ou rien ! disait-elle.

— Alors ce sera rien !

Ils se tournaient le dos, ne s'adressaient plus la parole durant des heures, faisaient mine de s'ignorer. « Querelle d'amoureux ! », songeait Diane. Elle se réjouissait de voir Marion maintenir son exigence, de crainte de se retrouver, Louis-Amour parti lui-même, et peut-être aussi Florent, seule à Marsanges entre un enfant et une innocente. Elle se disait qu'elle préférerait partir elle-même. A moins que Hyacinthe et François... Mais là elle ne se faisait guère d'illusions.

Une nuit suffisait souvent à réconcilier les amoureux, à qui Louis-Amour avait abandonné la maison de Valentin pour se retirer dans la bergerie ; d'autres fois, la querelle durait et menaçait de se durcir jusqu'à la rupture. Il fallait alors que Diane ou Louis-Amour intervînt pour les ramener l'un vers l'autre.

Un jour de la mi-octobre, Jean-Marie leur fit une surprise.

Au petit matin, il s'éclipsa en carriole, accompagné de Florent, pour se rendre à Sornac. Avec ce qui restait de son pécule, il acheta à la foire un bon vieux bélier placide que le « langueieur[1] » déclara non ladre. Il rapporta pour Marion un fichu de mousseline et pour les autres de menus cadeaux. Ils débarquèrent au Pradeloux à la nuit tombée, fiers comme les prêtres d'Israël promenant le veau d'or sous le mont Sinaï. Ce fut une fête. On installa dans la bergerie le petit dieu de laine grise ; on lui livra les brebis et il se tira de sa mission avec honneur. Cette acquisition éviterait de louer le mâle de Lacaze ou de Durieux et d'espérer pour février ou mars des agnelages dont on tirerait un bon prix dans les foires des environs.

Jean-Marie, qui s'y entendait en matière d'élevage, leur dit :

— Il faut tenir la bergerie bien propre. Cela évite des maladies comme le fourchet ou le crapaud. Vous avez su choisir vos sujets : des Limousins à longues pattes pour la neige et la bruyère. Evitez d'aller

1. Personnage qui, sur les foirails, examinait la langue des animaux pour repérer une maladie éventuelle.

garder par temps de pluie : l'humidité reste dans la laine. Ne faites jamais pâturer votre troupeau dans les « mouillats » : l'herbe des marécages risque de donner la cachexie à vos bêtes. Ne gardez pas trop longtemps les vieilles brebis ; dès qu'elles sont suffisamment grasses, vendez-les.

Parlant de l'élevage, lui, le taciturne, il était intarissable, et chacun en faisait son profit.

Au début d'octobre, il aida Florent à castrer les mâles pour en faire des doublons qu'on pourrait vendre au printemps. Il persuada le « baïlero » de s'intéresser de plus près à l'élevage ovin, parfaitement adapté selon lui au plateau ; il lui conseilla de se débarrasser de la chèvre Rochette, qui faisait plus de dégâts qu'elle ne rapportait et dont le lait était moins utile à présent que Félix prenait une nourriture d'homme.

— Avec les ruches, le troupeau, un peu de chanvre, vous échappez à la misère, ajoutait-il. Si vous pouvez tenir un troupeau de cent têtes, ce sera presque l'opulence.

Marion intervenait :

— Ce sera l'opulence si tu restes. Si nous retournons au château, nous ferons de grandes choses. Autant que nous sommes, le travail ne nous fait pas peur. Alors, tu restes ?

Il ne répondait pas, sombrait de nouveau dans ses absences. Une lettre de son père le sommait de se rendre à Lubersac, l'accusait de négliger sa famille et de se la couler douce. Il décida de partir ; Marion insista pour le suivre ; il refusa. Comme elle l'accusait de vouloir l'abandonner, il protesta : ce n'était qu'une visite d'affection qu'il devait à ses vieux. Elle vécut quelques jours dans l'angoisse, persuadée qu'il ne reviendrait pas et elle redoutait, s'il revenait, qu'il lui dît : « On a besoin de moi à Lubersac : il faut que j'y retourne. » C'est ce qu'il lui annonça dès son retour à Marsanges, une semaine plus tard. Elle lui jeta au visage :

— Tu préfères ta famille à la mienne ? Eh bien, pars et ne reviens jamais !

Le lendemain, après un entretien avec Louis-Amour puis avec Diane qui ne parvinrent pas à le convaincre de rester, il fit son baluchon. Lorsque Marion alla le chercher pour le repas de midi, il n'était plus là ; elle s'alita et, de trois jours, refusa toute nourriture.

Pour Florent aussi les choses tournaient au drame, et pour des raisons identiques.

Depuis que Manon lui avait fermé sa porte, ses rencontres avec Victoire s'espaçaient. Comme il ne disposait pas de la somme nécessaire pour prendre pension à l'auberge, ils passaient le peu de temps qu'ils restaient ensemble à flâner dans la ville ou dans les campagnes d'alentour qui leur ouvrait ses abris de feuillages et ses granges abandonnées pour de brèves et décevantes étreintes. Comme Victoire l'avait redouté, sa maîtresse, de moins en moins sollicitée et au bord de la ruine, lui avait donné congé. Elle vivait chez ses parents tout en préservant ses petites économies, destinées à la création du commerce de frivolités, mais, comme elle ne savait ni lire ni écrire en dépit d'un bref séjour chez les Ursulines, elle ne pouvait envisager seule ce projet ; en revanche, avec le soutien de Florent, elle voyait déjà couler un pactole, mais Florent tardait à se décider, son idée étant de l'épouser et de s'installer avec elle à Marsanges.

Vers la mi-août, au temps où l'on moissonnait le seigle, il était allé avec la carriole chercher sa bien-aimée à Ussel. « Tu verras, lui avait-il dit, on fera une petite fête. » Il avait fallu déchanter : depuis les débuts de la Révolution, on avait renoncé au défilé à travers le village de la gerbe enrubannée de viorne et de clématite, piquetée de houx, que l'on posait ensuite au milieu de la table où se tenait le repas commun, entre le maire et le châtelain. Finis les jeux, les danseries, les chansons et les rires ! Pour respecter la tradition, on posait simplement une poignée de grains au milieu de la table où les paysans fatigués aspiraient tristement leur soupe.

Déçue par cette « fête », Victoire l'avait été de même par ce « désert » peuplé de « sauvages » où Florent avait imaginé de la faire vivre, elle, fille de la ville ; habituée aux souliers fins et aux robes élégantes héritées de sa maîtresse, elle ne concevait pas de marcher pieds nus ou chaussée de sabots crottés bourrés de paille, de porter les cotillons brunâtres des paysannes. Elle exprimait ses répugnances par des silences obstinés, des bouderies sans fin, si bien que Diane finit par confier à Florent :

— Elle est jolie, ta Victoire, et pas sotte, mais elle n'acceptera pas de vivre au milieu de nous et comme nous. A toi de choisir.

Il ne s'y décidait pas. Sa vie était à Marsanges et ses amours à Ussel. Quitter Marsanges, abandonner ses bienfaiteurs alors qu'il était le seul soutien fiable de la famille, il ne pouvait s'y résoudre ; rompre avec Victoire lui était également insupportable. Il temporisait, se rongeait de scrupules et d'angoisses.

Le voyant dans cette pénible alternative, Diane lui dit :

— Mon petit Florent, dis-toi bien que nul contrat ne t'attache à nous et que tu es libre. Si tu pars, nous ne t'en voudrons pas. Notre famille est ta famille et notre porte te sera toujours ouverte.

Il décida de repousser sa décision au printemps.

Octobre qui s'achevait s'étirait en journées vides qui ressemblaient à de fausses nuits froides et pluvieuses.

Privé de la présence de Gaillot, Louis-Amour passait le plus clair de son temps à chasser, à flâner sur la berge de l'étang du Diable, à suivre de l'œil les premiers vols d'oies sauvages. Deux à trois fois par semaine, il se rendait à Pérols pour y retrouver la plantureuse servante d'auberge dont il avait conquis les faveurs faciles et mercenaires. Au retour, on l'entendait chanter en approchant du château, s'arrêter dans la cour pour insulter Sauviat. Le départ de Gaillot l'avait accablé ; l'annonce par Diane de celui de Florent lui parut une trahison ; il le lui dit en termes si âpres que le « Baïlero » préféra se retirer plutôt que de risquer une rebuffade.

Quelque temps auparavant, Louis-Amour lui avait dit :

— Je vais te montrer où l'on trouve l'herbe du tonnerre. Pour la Saint-Jean d'été, tu en cueilleras un bouquet que tu attacheras à la porte de la bergerie. Je ne crois guère à ces superstitions de bonne femme, mais sait-on jamais ? Il paraît que ça protège les étables, les bergeries et les granges du feu du ciel. On dit aussi que ça porte chance. Jusqu'à ce jour, elle ne nous a guère favorisés...

Et voilà que cet écervelé de Florent menaçait de quitter Marsanges pour une mijaurée !

La première neige tomba début novembre sur des paysages d'or et de cuivre. Elle se retira au bout de quelques heures vers ses nids d'Auvergne. Suivit un temps froid et cru. La lumière délicatement bleutée des matins de gel se répandit sur le paysage du plateau et de la vallée, laissant çà et là, aux abords du Riou, un poudroiement de fleurs de givre.

La première semaine du mois, Félix, qui avait insisté pour accompagner Florent et Louis-Amour partis inspecter les ruchers du Longeyroux, contracta une maladie.

Alité avec une forte fièvre, il passa une mauvaise nuit, s'agitant et gémissant dans son cadre de bois. Le lendemain, lui si peu prolixe, il se mit à raconter des histoires abracadabrantes. Diane redoutait qu'il eût attrapé la « picote », appelée aussi variole, mais Louis-Amour, qui avait connu de nombreux cas de ce genre dans l'armée en campagne, inclinait pour une simple fièvre. Pour la juguler, il eut recours à une vieille pratique consistant à envelopper les pieds du malade avec des oignons pilés serrés dans une touaille.

— Je me souviens aussi, dit-il, que notre mère nous faisait boire une sorte de vin à base de reine des prés, mais nous n'avons pas cette plante en réserve. Elle nous donnait aussi des tisanes de sauge et d'origan, et là, nous en avons. Si la fièvre persiste, il faudra prévenir Mazeyrat, médecin à Pérols. Je le connais. Il viendra.

Le lendemain, la fièvre avait empiré. Le visage de l'enfant virait au rouge ; ses lèvres blanchissaient et il transpirait avec une telle abondance qu'il fallait changer sa chemise et ses draps plusieurs fois dans la journée. Etait-ce l'effet des tisanes ? Le soir, la fièvre était tombée et il dormit paisiblement une partie de la nuit, mais au matin la fièvre le possédait de nouveau.

Prévenues par la rumeur, les femmes du village vinrent aux nouvelles, apportant l'une un petit sachet contenant de la poussière recueillie dans la chapelle de la Vierge, à Eygurande, qu'il fallait mélanger aux tisanes ; une autre une fiole d'eau puisée à la fontaine de Saint-Setiers ; une troisième un étui contenant des prières, qu'il fallait attacher au cou du malade ; la dernière confia à Diane un « corporal », linge bénit dont on devait envelopper le corps pour éloigner la fièvre. Diane les remercia d'avoir joué les rois mages, mais, sur les conseils de Louis-Amour, elle renonça à utiliser ces remèdes miraculeux qui pouvaient être pis que le mal.

L'état du malade ne faisant qu'empirer, Louis-Amour envoya Florent prévenir le médicastre de Pérols.

— C'est un gringalet, dit-il, et il ne paie pas de mine, mais il est, dit-on, assez bon médecin. Tu trouveras cet ivrogne à l'auberge, à boire et à battre la carte, ou chez lui en train de dormir. S'il fait des manières pour te suivre, dis-lui que c'est moi qui t'envoie. S'il persiste à refuser, dis-lui que je viendrai moi-même le chercher par la peau des fesses. En dernier recours, tu lui mets ça sous le nez.

Il lui tendit un pistolet.

Florent n'eut pas à montrer ce viatique. Il retourna à Marsanges deux heures plus tard, le médecin en croupe. Mazeyrat était un homuncule sec comme une poignée de fanes de haricots. Ses gros yeux injectés de sang larmoyaient au moindre courant d'air. Il pleura beaucoup, ayant eu froid tout au long du trajet. Marion lui prépara un trempil tandis qu'il réchauffait dans le cantou sa carcasse d'oiseau.

— Alors, grommela Louis-Amour, tu te décides ? Qu'est-ce qu'il a, le petit ?

— La fièvre, répondit le médicastre sans se retourner. J'ai vu sa tête et ça me suffit. C'est une fièvre intermittente, la maladie du pays, tu devrais le savoir.

— Je me fous de tes discours. Examine-le. Tu es là pour ça, non ?

— Ne te fâche pas. Rien ne presse. Je me demande pourtant s'il s'agit d'une fièvre simple, d'une fièvre pernicieuse à forme céphalique, pectorale ou abdominale ou bien d'une fièvre rémittente continue, pseudo-continue, mais sûrement pas larvée. Ce qui est sûr, c'est que votre petiot a une fameuse fièvre.

— Nous le savions déjà, tonnerre de Dieu ! Vas-tu l'examiner, oui ou non ?

Mazeyrat chaussa ses lunettes et, avec des gestes d'insecte, découvrit le petit corps, colla son oreille au ventre et à la poitrine en murmurant des propos inaudibles. Puis il recouvrit le corps, l'écouta respirer, ôta ses bésicles et réclama un nouveau trempil.

— C'est le dixième cas que l'on me soumet depuis une semaine, dit-il. Ne vous tracassez pas. Il s'en tirera, le bougre ! Il est costaud. Donnez-lui une infusion de café mélangé à du jus de citron.

— Où veux-tu que nous trouvions là, tout de suite, du café et du citron ? ronchonna Louis-Amour. Tu n'as pas un remède plus simple ?

Le médicastre éternua, avala à petites gorgées son trempil, soupira :

— J'ai apporté ce qu'il faut, mais c'est bien parce que c'est de ton neveu qu'il s'agit. Quand vous n'aurez plus ni café ni citron, faites-lui boire une décoction de buis. Ce n'est pas ça qui manque ! L'effet devrait être efficace et rapide. Sinon, conduisez ce chérubin à l'hôpital d'Ussel.

— A l'hôpital ! rugit Louis-Amour. Tu veux donc le tuer !

— Moi, ce que j'en dis, c'est pour vous rendre service.

Il souleva son chapeau de martre pour remercier Marion de ses trempils, boucla sa trousse, refusa l'argent qu'on lui proposait. Louis-Amour paierait une tournée à l'auberge.

— Maintenant, dit-il à Florent, tu me reconduis. Je veux arriver avant la nuit et elle est presque là. Bien le bonsoir, messieurs et dames. Et toi, sergent, n'oublie pas que tu me dois une chopine !

Félix mit quelques jours à se remettre. Ses premières paroles furent pour demander une croûte de pain frottée d'ail et de lard, puis ses feuilles et ses crayons de couleur.

— Eh bien, petit, dit Louis-Amour, tu peux te vanter de nous avoir fait une fameuse peur !

A quelques jours de là, Louis-Amour revint de Pérols avec une nouvelle qui l'illuminait de la tête aux pieds : il venait d'apprendre en battant la carte que Sauviat voulait vendre le château. Il avait déjà bradé le cheval et la calèche à un notable de Meymac, proposé au notaire de Pérols une forêt limitrophe aux deux communes, bazardé chez un brocanteur d'Ussel quelques-uns des vieux meubles restant au château. Sa femme, Marguerite, se plaignait à qui voulait l'entendre que, depuis le départ de la servante-maîtresse, il « tournait grigou » et lui mesurait les sous pour le nécessaire. L'aînée de ses filles, voyant fondre sa dot, avait été contrainte de rompre ses fiançailles avec un officier communal de Millevaches.

— Le château, dit Louis-Amour, doit en principe être vendu aux enchères à Tulle. Dès demain, j'irai me renseigner à bonne source et tâcher d'obtenir une option.

— A qui bon ? dit Diane. Nous n'avons pas de quoi le racheter.

Il se gratta la tête.

— C'est vrai, mais j'ai ma petite idée. Le pire qui puisse arriver c'est que ces biens tombent entre les mains d'un bourgeois qui viendrait à son tour jouer les châtelains sous notre nez.

Il était à peine parti pour Tulle, chevauchant Socrate sous une haute volée de neige calme, quand Marion annonça une visite. C'était le piéton : il venait de remettre un document officiel à l'agent communal de Marsanges, Léonard Sauviat, et avait une lettre pour Diane. Elle émanait de Jacques Brival. Elle songea un instant à la jeter au feu sans la lire, mais elle se reprit, la lut, et son visage s'altéra. Elle se laissa tomber sur le banc, la lettre dans son giron, et se mit à sangloter, la tête entre ses mains.

— Marion... gémit-elle. Mon Dieu, Marion... Hyacinthe !

13.

LES MARCHES DE SAINT-ROCH

Paris : octobre 1795.

Depuis plusieurs jours, il pleuvait sans discontinuer sur Paris. L'atmosphère de la ville était sinistre. Fleuve de boue, la Seine charriait des débris divers et des troncs d'arbres que l'on crochetait au passage. La ville s'éveillait dans une brume lourde et s'endormait dans un crachin épais et gluant qui suintait interminablement dans la clarté des réverbères.

Depuis son éviction du bureau de la juridiction criminelle, le temps que Hyacinthe ne consacrait pas aux assemblées de la section Le Pelletier, il le dispersait entre les tripots et les académies de jeu.

Singulièrement, les périodes troublées, loin d'interrompre les réjouissances publiques, ne faisaient que les stimuler : les théâtres refusaient du monde ; aux bals du Tivoli, d'Idalie, de Monceau et autres « jardins de plaisir », on se marchait sur les pieds ; les restaurants à la mode affichaient « complet » ; le numéraire coulait comme une source intarissable.

Hyacinthe avait de nouveau revêtu l'habit sombre et discret qui l'avait fait surnommer le « Chevalier noir » ; plusieurs heures durant, de jour et de nuit, il écumait les salles de jeu ; il y retrouvait parfois quelque ancienne relation de Mlle Lange, enrichie dans l'agiotage, le trafic de biens nationaux, la fourniture aux armées ou les charrois, qui gagnaient avec indifférence et perdaient avec le sourire. La tricherie aidant la chance, il réussit quelques coups splendides en se disant qu'il ne roulait que des trafiquants ou des concussionnaires et que tout remords serait mal venu.

Le fruit de ses gains — un magot de prince — rangé dans un coffret, il vivait modestement, ne dépensant que pour le nécessaire en se disant qu'il trouverait, le jour où il déciderait de se ranger, une jeune et jolie personne sérieuse et fidèle qui l'aiderait à le dépenser. Rien ne pressait ; en attendant qu'il se décidât, les filles du « Camp des Tartares » ne demandaient qu'à charmer sa solitude, au moindre prix.

En ce début d'octobre (vendémiaire, nouveau style), des rumeurs de guerre civile couraient la capitale. Les royalistes pavoisaient en toute impunité, tenaient ouvertement leurs réunions, publiaient leurs idées. Le temps des terroristes — « idoles du peuple », « charlatans en chef » — semblait bien révolu ; les « porte-queue » des demi-dieux de la Révolution, les « bouchers subalternes, hommes tigres, lécheurs de guillotine », se terraient.

La vacuité du pouvoir avait ouvert les vannes de la rébellion. Les éléments populaires les plus avancés, les dix mille jacobins, les soixante députés de la Montagne décrétés d'accusation, déportés, la Convention semblait prête à se livrer pieds et poings liés à la contre-Révolution. Le général Menou, désigné par l'Assemblée pour défendre la légalité républicaine, ménageait la chèvre et le chou en attendant de basculer dans la rébellion.

Laclos, que Hyacinthe venait de rencontrer au Palais-Royal, l'avait mis en garde contre une prise de position prématurée. En apparence contre toute logique, l'écrivain lui avait dit :

— Cela me chagrine de vous voir prêt à sacrifier votre vie pour une duperie. La cause que vous défendez avec tant de conviction est perdue d'avance.

— Mon bon ami, avait riposté Hyacinthe, ne niez pas l'évidence. L'équilibre des forces penche en notre faveur. Contre plusieurs dizaines de milliers d'insurgés armés, que vaudront un bataillon de patriotes et les quatre mille soldats réguliers des Sablons ?

— Certes, le nombre est pour vous, mais qui sont-ils, vos insurgés ? Des gardes nationaux ? Ils sont nombreux, mais ces bourgeois, ces « ventres dorés », que pèseront-ils en face des troupes de ligne et des canons, alors qu'ils sont mal armés et peu formés au combat. Et si vous comptez sur les « muscadins » et les « merveilleux » vous risquez d'être déçus. Croyez-moi, la partie n'est pas jouée.

— Les canons, dites-vous ? Nous irons les chercher aux Sablons.

— M'est avis que la Convention y aura pensé avant vous.

Laclos posa familièrement sa main sur celle de Hyacinthe et poursuivit :

— J'ai dîné l'autre soir avec Brival et quelques-uns de ses amis au restaurant Berger. Nous avons parlé de vous. Brival vous estime. Il regrette que vous vous engagiez aveuglément dans cette aventure.

Il aimerait vous rencontrer afin de vous épargner des déboires.

— Ce serait inutile, mon bon ami. Mon choix est fait.

Encore bouleversé, Brival revint occuper son siège à la Convention. Il avait assisté, sur la terrasse des Feuillants, à une émouvante cérémonie, en compagnie de Pierre-François Réal, conseiller de Barras, et du général Berruyer, à l'occasion de la remise de fusils aux vétérans des sans-culottes, les « patriotes de 89 », comme on disait. Il avait vu les larmes de ces braves couler dans leurs moustaches au moment de jurer de défendre la liberté et la République jusqu'à la mort. Il avait regardé les trois bataillons s'éloigner sous la pluie, dans le roulement des tambours et le tonnerre de *La Marseillaise,* en direction des postes qui leur étaient assignés. L'assemblée pouvait compter sur cette garde prétorienne.

Peu après, alors qu'ils passaient à proximité du pavillon de Flore, encore ceints de leur écharpe, les deux députés et le général étaient assaillis par un groupe de femmes qui les suivaient depuis la terrasse des Feuillants et qui, de loin, avaient assisté à la cérémonie.

— Comment ! s'écriaient-elles, vous armez ces coquins de terroristes, ces buveurs de sang ! Vous allez les lâcher dans Paris où ils vont tout piller et saccager ! Que ne les envoyez-vous aux frontières ?

Brival, leur ayant imposé silence, leur expliqua que ces braves étaient des gens du peuple, comme elles ; ils ne causeraient aucun trouble, leur mission étant de s'opposer aux insurgés aristocrates. Il tourna quelques jolies phrases sur la République, si bien qu'elles l'acclamèrent d'une seule voix.

— Toi au moins, dit Réal, tu sais parler au peuple, et au beau sexe en particulier. C'est bien toi qui as aidé Mlle Elisabeth à quitter les Tuileries le 10 août, suspendue à ton bras. C'était, dit-on, du dernier galant.

— Une pauvre enfant sans défense, dit Brival. Je craignais contre elle quelque excès du populaire.

Paris, en ce 12 vendémiaire, présentait un aspect sinistre, pire qu'un jour de décadi ou de fête, quand la population émigre dans les campagnes. La plupart des boutiques ainsi que de nombreux cabarets et restaurants avaient fermé leurs rideaux et leurs portes. On ne voyait circuler, sous les rafales de pluie, que de rares voitures, des patrouilles, des piétons qui se hâtaient le long des murs couverts de mots d'ordre contre-révolutionnaires. Toutes les sections insurrectionnelles tenaient séance sans désemparer, souvent dans une ambiance de chienlit : les uns étaient partisans d'une attaque convergente sur le Palais National où siégeait l'Assemblée, d'autres, derrière le général Danican, une des têtes de l'insurrection, prônaient la temporisation et la défense. Des roulements de tambours mouillés, qui rendaient un son lugubre, accompagnaient la chute du jour qui laissait des traces de sang et de feu au-dessus de Vincennes.

Comme ils pénétraient dans la cour du Palais, Réal dit à Brival :

— Je me souviendrai de cette journée : elle a débuté comme une bataille et se termine comme une veillée d'armes. La nuit sera agitée. Quant à demain, je crains le pire...

— Si je suis sûr des patriotes que nous venons d'armer, répondit Brival, je le suis moins des chefs chargés de notre défense et de celle des institutions. Le général Despérières s'est alité en prétextant une maladie. Quant à Menou, qui sait quel tour nous prépare ce ci-devant ?

Avant d'entrer en séance, ils allèrent manger un morceau et boire un punch brûlant. Dans la lumière froide des quinquets, l'assemblée ronronnait, somnolait, secouée parfois par les éclats de voix des montagnards qui réclamaient, face à l'insurrection, des mesures énergiques.

Fort tard, la soirée s'anima avec l'apparition du général Menou, tout frémissant d'indignation : il venait, disait-il, d'éviter un incident qui aurait pu déclencher les hostilités. La section royaliste Le Pelletier ayant proféré des menaces à l'égard de l'Assemblée, il avait reçu l'ordre de marcher sur elle avec trois colonnes et de l'artillerie. Il avait trouvé l'immeuble du ci-devant couvent des Filles Saint-Thomas occupé par une foule menaçante d'environ huit cents sectionnaires en armes. L'un d'eux s'était avancé vers lui en s'écriant : « Que voulez-vous ? Nos armes ? Nous ne les emploierons que pour défendre la République. Les canons que vous braquez sur nous sont ceux que nous vous avons laissés. Qui sont ces hommes que vous envoyez contre nous ? Les terroristes que nous avons, en Germinal et en Prairial, désarmés sur vos ordres. Vous nous reprochez l'exercice de nos droits alors que nous avons, au prix de notre sang, protégé la liberté de vos délibérations. Pourquoi venir violer les nôtres ? »

Loin de rendre les armes comme on leur en intimait l'ordre, les sectionnaires avaient présenté les baïonnettes. Le conventionnel Laporte, qui avait reçu comme instruction de désarmer les insurgés, était sur le point d'ordonner l'assaut, mais Menou s'était interposé, menaçant de percer le flanc au premier qui oserait faire un pas vers ces « messieurs » les insurgés. Laporte s'était résolu à retirer son ordre et à commander le retrait des forces en présence : les patriotes avaient obéi ; les sectionnaires, restés sur place, chantèrent victoire.

— Menou, s'écrièrent des voix de montagnards, tu es un traître. Vas-tu enfin choisir ton camp ?

Le gros Menou fit front avec maladresse, proclamant qu'il refusait de marcher à la tête des « patriotes de 89 », ces brigands, ces scélérats... L'assemblée répondit en lui donnant congé et décida que, pour défendre les institutions, on ferait appel à des généraux fidèles à la République.

— Voilà une bonne chose de faite, dit Pénières. Jamais ce Menou ne m'a inspiré confiance. Il faut se méfier des faux amis plus que des adversaires déclarés. Comment aurais-je oublié qu'au cours d'une émeute ce gros bonhomme a interdit que l'on chantât *La Marseillaise,* qui lui écorchait les oreilles ?

Au milieu de la confusion, le conventionnel Bentabolle proposa de remplacer le général félon par Paul-François Barras, ci-devant vicomte, régicide, homme de Thermidor, plus connu par sa vie de sybarite et ses activités de prévaricateur que pour ses qualités militaires, mais ardent patriote et républicain irréprochable ; c'était lui qui, avec le concours du jeune Bonaparte, avait chassé les Anglais de Toulon ; après la chute de Robespierre, il avait été nommé par la Convention commandant en chef des forces chargées de la défense de Paris. Sous les ovations, on le désigna au titre de commandant en chef des forces de l'Intérieur avec, comme second, Bonaparte, « général sans emploi, sans solde, sans rations, presque sans moyens d'existence », disait-on, rayé des cadres de l'armée pour avoir refusé de participer à la pacification de la Vendée. On leur adjoignit un sabreur redoutable, Joachim Murat, et un officier d'avenir, Guillaume Brune.

— Brune, dit Brival, je le connais bien. Il est comme nous originaire de la Corrèze. Jadis, il exerçait les professions d'imprimeur et de journaliste. Il avait une assez belle plume ; il a maintenant du panache. On peut lui faire confiance.

— Me voilà tout ragaillardi ! déclara Pénières. L'Assemblée paraît enfin décidée à agir énergiquement. Il était temps.

— Désormais, ajouta tristement Brival, c'est l'armée qui a la parole et la décision. Il ne nous reste qu'à la regarder agir. Je ne sais si nous avons lieu de nous en réjouir sans réserve. Sortons un moment. J'ai besoin de respirer.

— Eh bien, dit le général Louis-Michel Thévenet, dit Danican, que penses-tu de cette victoire, l'ami ?

Hyacinthe considérait avec circonspection le commandant en chef de l'insurrection qui tournait autour de lui comme une toupie, la pointe de son sabre raclant le parquet. Il l'estimait pour avoir dénoncé à la Convention les atrocités des soldats bleus en Vendée et le méprisait pour ses travers : brouillon, étourdi, prétentieux, incapable de mener une troupe au combat.

— Une victoire ? répondit Hyacinthe. C'en est peut-être une, mais, sans l'intervention de Menou, c'eût été une défaite.

Il n'était pas d'accord sur la stratégie de Danican ; avec des troupes cinq fois supérieures à celles des patriotes il aurait dû attaquer, renverser sur un coup d'audace le régime abhorré ; au lieu de cela, il laissait aux conventionnels le temps de se retrancher et de se procurer renforts et munitions. C'est ce qu'il dit au général. La riposte fut méprisante :

— Tu n'entends rien à la stratégie. Lorsque le moment sera venu nous attaquerons par la rive droite et la rive gauche. Lafond et Maleuvrier, au Théâtre-Français, sont prêts à se mettre en marche. Nos colonnes massées sur la rive droite ne tarderont pas à les imiter.

— Nous n'avons pas de canons !

— Des sectionnaires sont partis pour les Sablons. Ils vont circonvenir les troupes de ligne et ramener quarante pièces d'artillerie. Que veux-tu de mieux ?

Hyacinthe constatait avec une amère satisfaction que son avis sur cette stratégie était partagé par un nombre important de sectionnaires ; ils prenaient Danican à partie, lui reprochaient de faire le jeu de la Convention et même de trahir. Impavide, il laissait dire, signait des ordres de mission, jetait des consignes à ses officiers, sûr de son affaire au point de demeurer sourd à toute suggestion et à toute critique.

— Toi, dit-il à Hyacinthe, tu vas te rendre à Saint-Roch et tu y attendras les ordres. J'interdis la moindre provocation et la moindre initiative. Le premier coup de feu ne sera pas tiré par nous. Il ne faut pas que l'histoire nous attribue la responsabilité d'une effusion de sang, s'il s'en produit une.

— Qui commande à Saint-Roch ? demanda Hyacinthe.

Danican parut surpris et contrarié.

— Je n'en sais rien, dit-il. Personne. Pour le moment...

Hyacinthe n'eut guère de chemin à parcourir. Il prit la rue des Petits-Champs puis la rue Saint-Roch et pénétra dans l'église par la grande entrée de la rue Saint-Honoré.

Le quartier semblait déjà tout entier aux mains des insurgés. Des cavaliers à étendard blanc passaient au trot sous la pluie ; des groupes de gardes nationaux transis sous leur chapeau ruisselant patrouillaient en bon ordre, saluant au passage des énergumènes pris de vin qui cognaient aux portes en criant qu'il fallait s'armer, descendre dans la rue, égorger les terroristes que la Convention venait de mobiliser. Au loin, sur la place du Carrousel et dans les jardins des Tuileries, aux portes de l'Assemblée, les tambours des sectionnaires battaient la générale.

A défaut d'un chef, tous les occupants de Saint-Roch paraissaient avant tout soucieux de se dérober à des responsabilités qui les dépassaient. Ils occupaient cette position avec une centaine de « collets verts », de prêtres, de gardes nationaux, de même que le Théâtre-Français, l'hôtel de Noailles et autres lieux. On faisait circuler des vivres, du café et du vin en se moquant des patriotes pour lesquels la Convention, dans son affolement, n'avait rien prévu en matière de ravitaillement. Dans le bourdonnement des voix, des groupes palabraient, debout ou assis sur des bancs ; d'autres dormaient le long des murs.

— Danican a raison, déclarait un jeune garde national. Dans la mesure du possible, évitons tout affrontement. Amenons plutôt les soldats de la ligne à fraterniser avec nous. Nous savons le langage qu'il convient d'employer. Si nous leur parlons patrie, liberté, république, ils fondent de bonheur. Ne leur ménageons ni les embrassades ni les douceurs. Invitons-les à boire la chopine en leur donnant du « citoyen » gros comme le bras. Nos femmes et nos filles iront faire un brin de causette aux sentinelles, leur caresser les moustaches et, si ces bougres leur volent un baiser, n'en faisons pas une affaire d'honneur. Gagnez une douzaine de patriotes et le reste suivra. Ils ne savent plus à quel saint se vouer. Ils se sont laissé enlever sans broncher deux pièces de canons parce que nous leur assurions que nous ne nous en servirions que pour défendre les institutions. Ceux des Sablons vont nous abandonner les leurs, sans faire d'histoire, je l'espère. Il y en a quarante ! De quoi réduire en cendres le Palais National et ses occupants en bouillie lorsque nos amis s'en seront retirés. Souvenez-vous du mot d'ordre : fra-ter-ni-ser !

Hyacinthe avait reçu un fusil, une vingtaine de cartouches et une giberne. Terrassé par la fatigue et l'insomnie, il s'assit contre la base d'une colonne, sous un bénitier, et s'endormit aussitôt. Des bruits de voix le réveillèrent ; à leur tonalité sourde, il comprit que les nouvelles n'étaient pas bonnes.

— Nous revenons des Sablons, disait un traîneur de sabre à collet vert. Trop tard pour les canons ! Un nommé Murat, venu avec trois cents cavaliers nous a devancés. Mes amis, sans canons, nous sommes perdus. Il y en a deux, tout près de là, qui nous menacent ; les autres ont été postés aux différentes issues du Palais National, prêts à tirer contre nous, souvent à feu masqué. Impossible de tenter un assaut contre la Convention.

— Il n'y a pas lieu de désespérer, dit un garde national. Nos tireurs sont postés dans les maisons autour de l'église et pourront faire feu sur les canonniers. Si nous leur enlevons ces deux pièces la situation peut se retourner à notre avantage.

Le siège de Saint-Roch avait été confié au jeune général, adjoint de Barras, Bonaparte ; il venait d'arriver à cheval et l'on pouvait l'apercevoir, caracolant au milieu de ses troupes. Brune, lui, tenait la place du Carrousel ; Danican venait de lui envoyer un message demandant à la Convention dc capituler ; peine perdue, les jeux étaient faits.

La Convention s'apprêtait à recevoir, arrivant dans le cortège triomphal de Joachim Murat et de ses canonniers, sept cents fusils, des cartouches et des gibernes destinés à armer les députés.

Au même moment, l'émissaire des insurgés, les yeux bandés, précédé de deux aides de camp de Brune, était conduit dans l'ancienne chambre de la reine pour y être entendu par une trentaine de membres des comités gouvernementaux. Son exposé débutait par des propos lénifiants : si les insurgés avaient pris les armes, c'était pour s'opposer aux exactions des patriotes de 89 ; il convenait que l'assemblée apportât des apaisements à la population en renvoyant des terroristes à leurs foyers ; il se poursuivait par des menaces : en cas de refus, l'assemblée serait prise d'assaut et mise hors la loi.

Rapporté à l'assemblée, l'ultimatum fit sensation : certains proposèrent d'envoyer l'émissaire devant un peloton ; d'autres souhaitaient parlementer avec les généraux rebelles ; d'autres enfin préféraient attendre les événements : l'attaque des colonnes qui faisaient mouvement vers le Palais. Brival s'écria, au comble de l'exaspération :

— Quoi ! Vous céderiez à la menace et vous traiteriez avec ces bandits ? S'il en était ainsi, la postérité vous traiterait de couards et de traîtres. Toi, Boissy d'Anglas et toi, Bailleul, qu'avez-vous à répondre ?

Personne ne se soucia de répondre à ce défi. L'Assemblée discuta longuement avant de décider de renvoyer l'émissaire avec promesse qu'on aviserait la population qu'elle ne risquait aucun danger du fait des patriotes de 89.

A peine l'émissaire s'était-il retiré, des cris et des coups de feu retentirent au-dehors. La séance reprit dans une atmosphère tendue, traversée de roulements de mousqueterie et de tonnerres d'artillerie. Des représentants qui s'étaient rués au-dehors, sabre au clair, resurgirent et demandèrent des officiers de santé pour soigner les blessés conduits dans le salon de la Liberté.

Très pâle, d'une voix brisée par l'émotion, Legendre déclara :

— Mes amis, apprêtons-nous à mourir dignement, en bons fondateurs de la République !

— Nous n'allons pas nous laisser égorger ! s'écria Pénières. Aux armes !

Qui avait ouvert la fusillade ? On ne le sut jamais. Certains avaient vu des tireurs postés aux étages du restaurant Venua, mais qui étaient-ils ? L'émotion culmina lorsque l'on apprit que les sectionnaires de Lafond, partis du Théâtre-Français, abordaient le quai Voltaire et se dirigeaient vers le pont Royal.

Les armes distribuées, Pénières soupira :

— Imbécile que je suis ! Me voilà bien embarrassé de ce fusil, moi qui n'ai fait que tirer les palombes en Corrèze.

— Ne te tracasse pas, dit Brival. C'est la même chose, sauf que le gibier a changé de nature. Au moins ne mourrons-nous pas sans résister.

Certains députés protestaient : ils n'étaient pas des soldats et refusaient de tirer sur des citoyens égarés.

L'opération de fraternisation engagée par les sectionnaires n'avait pas fourni les résultats escomptés. Patriotes, soldats de la ligne s'étaient gardés de tomber dans le panneau. Invités avec le sourire à boire chopine dans les cabarets d'alentour, ils n'avaient pas rechigné mais, aux premiers accents du rappel, ils avaient tiré leur révérence aux sectionnaires de Le Pelletier (les « Frères Saint-Thomas »), heureux de s'être gobergés gratis. Les canons amenés par Murat avaient pris position aux endroits stratégiques et, mèche allumée, les canonniers attendaient les ordres.

Sous le ciel sinistre de vendémiaire d'où tombaient par moments des bourrasques glacées, l'attente des insurgés de Saint-Roch devenait insupportable.

Les nouvelles arrivant d'heure en heure faisaient alterner espoir et crainte. On était en pleine confusion. Des marches de l'église où il avait pris position au milieu de sectionnaires, de « ventres dorés » de la garde bourgeoise et de quelques prêtres, Hyacinthe suivait le déroulement des opérations qui, pour l'heure, se bornaient à des échanges de quolibets entre les deux partis. Les sectionnaires étaient persuadés, à tort, de l'efficacité de la fraternisation, mais les patriotes de 89 et les soldats accueillaient leurs avances avec un sourire narquois et des railleries.

Les premiers coups de feu partirent non de l'église mais des fenêtres des demeures voisines tenues par des royalistes. Les occupants de Saint-Roch se mirent à l'unisson, mais la fusillade cessa lorsque l'on vit surgir, panache au vent, ceint de tricolore, Barras en personne, accompagné d'un cavalier : Bonaparte. Les bras écartés, il somma les insurgés de mettre bas les armes : on ne voulait pas leur mort ; c'était assez de sang répandu... Un garde national, sabre au clair, s'avança vers lui en levant son arme, mais un député détourna le coup et, de nouveau, la fusillade éclata, sur les marches de l'église comme aux fenêtres. Blessé, le cheval de Bonaparte s'écroula avec son cavalier.

Hyacinthe avait eu le temps d'observer la situation. Deux canons menaçaient la position des insurgés : l'un d'eux, posté dans le cul-de-sac Dauphin, n'était guère dangereux car il ne pouvait qu'entamer une encognure de l'église ; en revanche, celui que Bonaparte avait installé rue Saint-Honoré toucherait de plein fouet la façade de l'église.

Devant l'anarchie et la carence du commandement, il décida de donner de son propre chef l'ordre de se replier dans la nef quand la terre parut s'ouvrir et vomir des laves brûlantes. Touché à l'épaule, il s'écroula et perdit connaissance durant quelques instants. Lorsqu'il revint à lui au milieu d'un entassement de blessés et de cadavres, il constata que les sectionnaires, profitant de ce que les canonniers rechargeaient la pièce, avaient par leurs tirs creusé des vides dans les rangs ennemis et tentaient un assaut pour s'emparer du canon. Il reprit son fusil, le rechargea, tira, rechargea, tira de nouveau à travers le nuage de fumée et l'odeur de la poudre.

Il se rendait compte que toute résistance était désespérée, mais rien ni personne n'aurait pu le persuader de renoncer à se battre. Ses gestes étaient devenus étrangement automatiques : il déchirait la cartouche avec ses canines, crachait l'amertume de la poudre, tassait la balle à l'écouvillon, tout cela avec une dextérité et une rapidité de vétéran. Les balles crépitaient, les éclats d'obus se fracassaient en crissant contre la pierre, les hommes tombaient en hurlant autour de lui sans qu'il se décidât à battre en retraite.

Soudain, touché de nouveau, à la main droite cette fois, il s'écroula sur les marches, regarda son poignet à demi arraché, surpris de ne pas éprouver une douleur plus intense, tout au regret de devoir cesser le combat. Il se dirigea en chancelant vers l'entrée de l'église, se heurta aux défenseurs qui tiraillaient en peloton du côté de la rue Saint-Roch, se renouvelaient chaque fois que la fusillade creusait des vides dans leurs rangs. Il parvint à s'asseoir sur une marche encombrée de morts et de blessés, et, peu après, sombra dans une nuit fuligineuse, traversée d'éclairs et de tonnerres.

Brival s'avança vers Bonaparte qui, les mains dans le dos, le regard fixe, surveillait le canon qu'il avait flanqué de fusiliers afin que la pièce, entre deux tirs, ne pût être prise d'assaut.

— Ça tourne au massacre, dit le député. Pourquoi ne pas faire une nouvelle sommation à ces enragés ?

Bonaparte répliqua sèchement que c'était son affaire et tourna les talons. Brival se porta en direction de Pénières qui menaçait de son fusil deux patriotes en train de retirer à un cadavre de sectionnaire à collet noir ses bottes et ses habits. D'autres conventionnels, la taille ceinte de tricolore, soutenaient une femme qui, s'étant avancée trop près du front de bataille, s'était écroulée, blessée à mort.

— Tonnerre de Dieu ! jura Brival, cette tuerie ne cessera donc pas ?

Il s'était refusé, de même que Pénières, à tirer un coup de feu contre ces fous d'insurgés, et il pouvait constater la même attitude chez tous ses collègues. Surgissant au moment où un patriote s'apprêtait à faire feu sur un prêtre qui se lamentait, mains jointes, sur le parvis, il avait détourné le coup sans s'attirer de reproche. Sa taille et son verbe imposaient. Pénières songeait : « Qu'il ait le courage de s'avancer vers les insurgés pour réclamer leur capitulation, personne n'oserait tirer sur lui et il serait peut-être entendu. »

C'est ce que Brival s'apprêtait à faire, un mouchoir blanc à la main, lorsque Pénières lui jeta d'une voix brisée :

— Hyacinthe... Hyacinthe de Marsanges... C'est lui, là-bas, sur les marches. Blessé. Peut-être mort.

Brival attendit que le nuage de poudre se dissipât. Il s'écria :

— C'est bien lui ! Je lui avais pourtant conseillé la prudence. S'il n'est pas mort, ça ne vaut guère mieux. Le canon va le réduire en bouillie, et nos fusiliers l'achèveront. Il faut le sauver tant qu'il en est temps.

Pénières eut du mal à le retenir en lui criant qu'il se ferait tuer pour rien.

La bataille se poursuivait avec le même acharnement de part et d'autre. Les sectionnaires attendaient que le canon eût craché son feu d'enfer pour sortir par groupes de l'église où la plupart s'étaient retirés, et faire un feu roulant sur les patriotes assaillis en outre par les tirs venus des fenêtres et qui visaient de préférence les canonniers ; à chaque sortie, ils faisaient des victimes, et il fallait que Bonaparte se démenât pour trouver des hommes capables de servir la pièce. Comme atteints de démence, certains sectionnaires se précipitaient vers la gueule encore fumante et s'écroulaient à quelques pas, foudroyés. On entendit au loin chanter *La Marseillaise*. Les sectionnaires répliquèrent par *Le Réveil du peuple*.

Pénières, qui s'était éloigné de quelques pas, resurgit en criant :

— Les Marseillais viennent nous prêter main-forte. Le général Vachot est à leur tête.

Ils progressaient en rangs serrés, au pas de charge, droit sur le lieu du combat, écartant la foule comme une proue ardente, chantant et criant qu'ils allaient donner l'assaut à ces enragés. Brival reconnut au premier rang le conventionnel Cavaignac, Rouget de l'Isle et le général Berruyer qui avait eu son cheval tué sous lui.

— S'ils veulent prendre l'église d'assaut, dit Pénières, ils se feront massacrer. Ils ne sont pas assez nombreux et ce n'est pas leur chant qui va renverser ces murs comme ceux de Jéricho !

Poussés par un élan implacable et une froide détermination, les Marseillais continuaient à progresser au milieu des corps et des flaques de sang qui fumaient au ras du sol. Un feu de file en coucha une dizaine ; ceux qui restaient ripostèrent puis tentèrent une série d'assauts qui vinrent mourir en écume de sang et de cris sur les marches de l'église.

Le canon n'ayant plus de canonnier, un vide s'ouvrit autour de lui ; les sectionnaires firent une nouvelle tentative pour l'enlever mais durent battre en retraite sous un feu roulant. Le commandant Yon, commissaire de la République, ramena la pièce à grand-peine dans les rangs des patriotes où elle disparut. Il se trouva parmi les Marseillais quelques soldats qui avaient l'habitude de l'artillerie ; ils pointèrent la pièce juste en face de l'entrée principale de l'église ; la première décharge fit voler la porte en éclats et faucha un groupe de défenseurs.

Profitant de l'effet de stupeur que ce coup au but avait provoqué, Vachot commanda l'assaut et Saint-Roch tomba en quelques minutes. Il ne restait à l'intérieur que quelques spectres hargneux, barbouillés de sang et de poudre, qui rendirent les armes. Lorsque Vachot demanda à rencontrer le chef, on lui répondit que personne ne commandait. Les chefs étaient ailleurs, on ne savait où.

Hyacinthe luttait contre la mort. Conduit par les soins de Brival à son domicile du Palais-Royal, il ne reprit conscience que deux heures plus tard, alors que la nuit était tombée. Un bol de bouillon fumait à son chevet, devant une chandelle. Dans un halo de vapeur il découvrit un visage de femme gonflé de larmes : celui de Marie, une voisine de palier qui faisait parfois son ménage et ses courses. Il essaya de se dresser sur ses coudes, mais retomba en gémissant. Un bandage lui enveloppait l'épaule et le torse ; un vertige se creusa en lui quand il constata que sa main droite était remplacée par un pansement. Le fait de se trouver chez lui le rassura. Les meubles, les objets qui se dégageaient de la pénombre semblaient lui faire des signes d'amitié : la petite bibliothèque, la table de jeu minuscule où il s'exerçait seul ou avec des amis, la montre que lui avait offerte Adélaïde de Montchamp, petite larme de lumière suspendue au dossier d'une chaise, le pistolet de Sombreuil, le portrait d'Elise Lange découpé dans une gazette et épinglé au mur, qu'un petit filet d'air frais faisait palpiter, une bouteille de whisky entamée de la veille, posée sur la table...

— Soif... parvint-il à articuler. A boire...

Les mots avaient du mal à sortir de sa gorge engluée d'une grosse salive à goût de sang. Il refusa le bouillon, réclama la bouteille d'alcool.

— Non, dit Marie, ce n'est pas indiqué. En revanche ce bouillon vous fera du bien. Je l'ai préparé pour vous.

Il avala une gorgée, la vomit et, sentant qu'il replongeait dans l'inconscience, accrocha le poignet de Marie. Dès qu'il fermait les yeux, il se sentait baigné intérieurement d'une étrange lumière qui semblait l'aspirer. Il songea qu'il serait doux de mourir ainsi, vidé de son sang, prêt pour lc grand voyage. Libéré de son fardeau d'erreurs, d'illusions et de regrets.

Le souvenir lui revint brusquement des visages de Brival et de Pénières penchés vers lui, puis de l'orage de feu qu'il venait de traverser, des chants qui grondaient encore dans ses oreilles. Il réclama Brival et Pénières.

— Ils ne tarderont pas à revenir, dit Marie. Tâchez de dormir.

Ils revinrent tard dans la nuit, surpris de retrouver leur ami encore vivant. Ses lèvres bougèrent et leur sourirent quand ils se penchèrent vers lui. Il parvint à leur faire comprendre que leur présence le rassurait, qu'ils étaient ses amis, que jamais il n'oublierait ce qu'ils avaient fait pour lui, qu'il regrettait cette folie, que désormais... Il se tut, ferma les yeux.

— C'est la fin, murmura Brival, un caillot d'émotion dans la gorge. Je l'aimais bien, ce petit Marsanges. Il ressemblait à Diane. Quand elle apprendra...

Hyacinthe redressa la tête. Il eut un regard de détresse en murmurant le nom de sa sœur.

— Rassure-toi, dit Brival, nous lui écrirons pour lui donner de tes nouvelles. Tu reviendras à Marsanges dès que tu seras guéri.

— Diane... répéta Hyacinthe. La cassette... dans mon coffre... pour elle... pour eux... la clé... dans ma poche...

— Tu la lui remettras toi-même, dit Pénières d'un air faussement enjoué.

Les mots parvenaient maintenant au moribond de loin, avec entre eux des espaces de silence et une lumière à la fois ardente et douce d'où se dégageaient des signes mystérieux, des sortes de graffiti dont le sens lui échappait. Baigné dans une sérénité parfaite, il se sentait soulevé par un souffle ample et puissant, emporté vers ce puits de lumière qui l'aspirait irrésistiblement.

— Pauvre ami, dit Pénières. Son cœur a cessé de battre.

Brival se laissa tomber sur une chaise et dit, en prenant sa tête à deux mains :

— Cette insurrection, quelle absurdité ! Tout ce sang, tous ces morts, pour rien. Pour rien !

Ils retrouvèrent sans peine la cassette : elle contenait une petite fortune en numéraire, quelques bijoux, une reconnaissance de dette de jeu par un ci-devant dont l'adresse était indiquée avec le montant de la somme due : deux cents livres. Ils trouvèrent un billet qu'ils décachetèrent et lurent ; il disait :

« *Ceci est mon testament. Je désire que mes biens soient entièrement dévolus à ma famille, à Marsanges, en Corrèze. Elle en usera à sa convenance. Qu'elle sache que je ne l'ai jamais oubliée et que mon désir sincère était de revenir vivre en ces lieux où je suis né. Ma vie n'a pas été exemplaire, mais je me suis toujours attaché à vivre en paix avec ma conscience. Je demande pardon à ceux que j'ai abusés et j'accepte en toute humilité le châtiment que Dieu me réserve.* »

— Je ferai le nécessaire, dit Brival, pour que cet argent soit acheminé dès que possible à Marsanges, et je trouverai un acquéreur pour ces meubles et ces habits qui ne valent pas grand-chose.

— Pauvre Hyacinthe, soupira Pénières. Au moins sa mort n'aura-t-elle pas été inutile.

Ils prirent une voiture pour retourner au café Venua où se tenait une réunion des conventionnels de la Montagne.

La nuit était encore traversée de lourds courants fiévreux. L'insurrection, sur tous les points d'attaque, s'était disloquée et effilochée. A la barrière des Sergents où, quelques siècles auparavant, la Fronde avait pris naissance, des irréductibles avaient édifié des barricades que les patriotes et les soldats de la ligne avaient enlevées sans peine. Des ombres affolées passaient sous les rafales de pluie, dans la lumière froide des réverbères. Des chariots où l'on avait entassé pêle-mêle les cadavres des deux partis, roulaient le long des quais.

— Sinistre bilan ! dit Brival. Aux dernières nouvelles, cette folie aura fait plus de quatre cents victimes. Désormais, la réaction est brisée. Elle n'a plus rien à espérer.

— Triste victoire, soupira Pénières. C'est celle de l'armée plus que la nôtre. Nous nous sommes contentés de parader et de palabrer. Et demain...

— ... Demain, la vie reprendra comme avant. Le peuple s'est tenu à l'écart de ce mouvement et il a eu raison. Les cabarets, les restaurants, les théâtres, les lieux de plaisir rouvriront leurs portes comme si rien ne s'était passé. Vendémiaire... Ces événements ne resteront dans la mémoire des hommes que comme un frisson sur l'eau.

14.

LES CHÂTEAUX D'EXIL

Prusse-Orientale (en route pour Varsovie) :
4 janvier 1801.

Journal de François

Mon projet, au départ d'Offenburg, où j'ai trouvé refuge après le débarquement manqué de Quiberon et mon bref séjour en Angleterre, se réalisa très vite et au mieux de mes intérêts. Par le truchement d'un agent royaliste de passage dans la famille de mon épouse et qui se rendait à Vérone à la Cour du prétendant[1]*, je rédigeai une lettre destinée à me faire admettre dans l'entourage du prince comme gentilhomme chargé d'un office dont la nature m'importait peu, ou même comme simple valet, l'essentiel étant que je pusse survivre dans la tourmente qui balayait l'Europe, de la Vendée aux marches de l'Orient.*

Pour faciliter et hâter l'acceptation de ma requête au « comte de l'Isle », ainsi que Louis XVIII se faisait appeler pour préserver son incognito, j'eus recours à un subterfuge. Mon émissaire, avec qui je m'entretins une journée entière, m'avait révélé les grandes ambitions et les petites insuffisances du prétendant, ainsi que son goût, immodéré et injustifié à mon avis, pour le poète latin Horace. C'est ainsi que l'idée me vint de truffer ma requête d'une citation de ce poète dont je trouvai les œuvres dans la bibliothèque de mon beau-père, M. de Jean de Lamase. J'eus la chance de tomber sur un quatrain qui me parut propre, non seulement à donner au prince l'illusion qu'il avait découvert un quidam passionné par son poète

1. Le frère de Louis XVI, Louis XVIII.

préféré, mais encore à la flatter, car je le savais sensible à la flagornerie. Ce quatrain, je l'ai encore en mémoire :

Rends enfin sa lumière, ô Prince, à ta patrie,
Ton radieux visage, à peine a-t-il, chez nous,
Lui comme le printemps, le ciel de l'Hespérie
S'éclaire, et du soleil les rayons sont plus doux...

La réponse ne mit pas trois semaines à me parvenir : elle comblait mes vœux. Je pris aussitôt la poste et, une dizaine de jours plus tard, sans m'attarder à la contemplation des sublimes paysages alpestres, je pénétrai dans l'antique cité de Vérone.

La demeure qui servait de refuge à l'illustre exilé se situait sur une hauteur dominant la ville, en un lieu nommé Orto del Gazzola. C'était une de ces villas où jadis les bourgeois venaient prendre le frais durant l'été. L'intérieur était élégamment vétuste, les jardins luxuriants et baignés par l'ineffable lumière de la Vénétie.

Ce décor laissait le prince indifférent ; il ne s'intéressait qu'aux affaires et n'attendait rien d'autre de l'avenir que son installation sur le trône de France, ce dont il n'a jamais désespéré, même dans les pires traverses, comme celles que nous allions subir. Rongé par la goutte bien qu'il eût à peine atteint la quarantaine, ce gros homme faisait honneur à la table plus que de raison, ne pratiquait aucun exercice, sortait rarement dans son jardin. Son visage bouffi avait pris la teinte d'une vieille chandelle et il empestait. Il ne se séparait jamais de son épée qu'il traînait du matin au soir sur le parquet de son appartement.

Le prince eût aimé attacher à son service direct ce gentilhomme qui citait Horace avec tant d'à-propos, mais son premier conseiller, François d'Avaray, jaloux de ses prérogatives et redoutant quelque esprit supérieur qui le supplantât, avait fait en sorte (« Pour vous mettre à l'épreuve », me dit-il viva voce*), de me confier un vague emploi de majordome (« un* magiordomo *», disait-il, avec une emphase italienne qui m'amusait). J'étais en fait une sorte de factotum, ce qui autorisait le souverain à m'inviter sans déchoir à lui lire, pour faciliter son sommeil, quelques poèmes du bon Horace que j'appris ainsi à détester pour sa nature de courtisan autant que pour la platitude de ses vers.*

D'Avaray n'avait guère de sympathie pour moi et je le lui rendais au centuple. On aurait dit que cet ancien maître de la garde-robe de

Monsieur, devenu en exil son favori et son conseiller, ce petit homme acariâtre, chétif, toussotant[1] *eût eu pour fonction essentielle de balancer la cassolette d'encens sous les narines de son maître. Il était parvenu à écarter de l'entourage du prince la belle, ardente et capicieuse Mme de Balbi, favorite et confidente, sinon maîtresse du prince qui eût été incapable de l'honorer, dont l'influence le rendait malade de jalousie.*

La petite cour vivait chichement des cent mille livres de rentes que versait au prétendant le roi d'Espagne Charles IV. Pourtant l'étiquette y était strictement observée.

Les mauvaises langues murmuraient que l'Orto del Gazzola aurait pu s'appeler le Palais de l'Ennui. Jugement sévère et exagérée. On s'y déplaçait à pas feutrés quand le prince était à sa correspondance ou à son conseil; on y parlait bas, afin de ne pas troubler ses méditations horaciennes ou sa méridienne, tandis que, moi, dans la pénombre tiède de ma chambre où flottait l'odeur des jardins et des eaux, je caressais de petites servantes à la peau couleur d'ambre. Non, personne ne semblait s'ennuyer dans cet été vénitien plein de chants de cigales, sauf le prétendant, lorsque les événements qui devaient hâter son retour à Paris marquaient le pas, sauf aussi les antiques illustrations de la noblesse de France — les Castries, Flaschlanden, Jauvourt, Crussol, Guiche et l'évêque d'Arras, Mgr de Conzié, qui papotaient ou somnolaient sur les bancs de l'antichambre.

Le beau sexe, curieusement, était absent de l'entourage princier. L'épouse de Louis, Marie-Josèphe de Savoie, séjournait à Turin. Elle ressemblait, disait-on, au mieux à un pruneau, au pire à une guenon. De la couche du prince, elle n'avait connu que la fraîcheur des draps et ce que les convenances exigeaient; elle lui préférait la tendre compagnie de Jeanne-Marguerite de Gourbillon, une aventurière qui semait amours et scandales dans son sillage.

Le prince me faisait parfois appeler pour lui parler d'Horace. C'était le plus souvent à l'occasion d'une étonnante cérémonie qui se renouvelait plusieurs fois par semaine. Pour soigner ses maux de gorge et ses fortes coliques, il avait adopté un remède consistant en bains de pieds, lavements, libations de limonade. Réciter les vers d'Horace tandis que le patient tendait son gros derrière à la servante

---

1. Il mourut d'un mal de poitrine à Madère.

ou trempait ses pieds déformés dans la bassine d'eau brûlante était pour moi un supplice.

Le prince me disait :

*— Heureusement, mon bon Marsanges, que j'ai ce cher Horace pour me consoler de mes misères. Dites-moi l'*Ode à Lycé*, je vous prie, celle qui commence par ce vers :* « Du lointain Tanaïs quand tu boiras les eaux... »

Il n'était pas prêt de boire les eaux de la Seine ! Le Directoire qui avait remplacé la Convention l'inquiétait moins que ce petit général corse dont il feignait de ne pas se rappeler le nom ; il envahissait l'Italie au pas de charge avec ses armées de sans-culottes et de va-nu-pieds pour y remporter sur les Autrichiens des victoires qui étaient autant de camouflets. Les beaux jours de Vérone étaient comptés.

Un matin où, selon leur habitude, le prétendant et son favori répétaient la cérémonie du sacre, une nouvelle terrible nous parvint. Le podestat de Venise informait le « comte de l'Isle » d'avoir à évacuer le territoire de la Sérénissime République dans le plus bref délai. Il convenait de partir vite et discrètement pour échapper aux innombrables créanciers à l'affût.

Nous quittâmes la Vénétie en traversant le Saint-Gothard sous les dernières neiges d'avril, pour nous acheminer vers Riegel, dans le duché de Bade, où le vieux Condé commençait à prendre racine parmi les militaires émigrés. Le prince se voyait déjà à cheval, caracolant à la tête de l'armée qui allait forcer la frontière et le mener à Paris. En attendant, nous fûmes hébergés dans un cadre enfin digne du prétendant : le château de Schwarzenberg.

J'interromps ici mon récit en raison de la fatigue d'une longue marche dans les neiges de Courlande. Réduite à quelques fidèles, la maison du prince sommeille dans cette auberge de grand chemin, entre Mittau et Varsovie. Je vais souffler ma chandelle et tâcher, malgré le froid, de trouver le sommeil.

Suite de mon journal. A l'étape du soir, en Courlande,
ce 12 janvier 1801.

Abusé par l'accueil qui lui était réservé, le « comte de l'Isle » se conduisait dans sa nouvelle retraite en souverain. Une attitude qui déplaisait à la fois au prince de Condé, qui souhaitait rester maître de la situation sur le plan militaire, et au maréchal autrichien Wurmser, qui venait de se faire étriller par Bonaparte en Italie et eût préféré que ce gros homme encombrant allât faire étalage de ses ambitions sous d'autres cieux. La distraction favorite du prince était d'apostropher des bords du Rhin les soldats républicains et de leur crier : « Je suis votre roi, votre père à tous ! », au risque de recevoir en guise de réponse une décharge de mousqueterie.

Le désarroi s'abattit de nouveau dans l'entourage du prince lorsqu'il fallut lever l'ancre une nouvelle fois. Pour quelle destination ? Nous n'en savions rien. Le prince se résolut à en appeler à l'hospitalité de Catherine II de Russie. En attendant une réponse qui tardait, nous nous installâmes dans une auberge de Dillingen, en Sarre, où nous faillîmes, au mois de juillet, nous laisser surprendre par une brusque avance des Français.

Nos pérégrinations nous conduisirent dans le duché de Brunswick, au cœur des Allemagnes, où le duc consentait à nous accueillir. Le prétendant s'attendait à être hébergé dans le somptueux château ducal de Blackenberg ; il dut déchanter : on lui donnait asile chez l'habitant, comme un simple pèlerin.

Le propriétaire, un brave homme de brasseur, loua trois chambres au « comte de l'Isle » ; il fallut s'entasser dans ce gîte de fortune ou chercher refuge dans d'autres demeures. J'héritai d'une soupente basse de plafond où je recevais tantôt la visite des rats, tantôt celle d'une fille du brasseur qui s'était prise pour moi d'affection et même d'un sentiment plus ardent.

J'étais surpris de constater avec quel détachement le prétendant acceptait cette situation humiliante. Pourvu des maigres subsides anglais et russes, contraint de renouer ses relations avec les agences royalistes et les cours d'Europe, il organisait son existence comme si les événements allaient enfin tourner en sa faveur. Il me dit :

— Mon bon Marsanges, le jour approche où nous repasserons triomphalement la frontière à la tête de nos troupes, où Paris nous rouvrira ses portes. Ce jour béni, vous aurez le choix entre revenir vivre dans vos terres ou demeurer à mes côtés. Je n'oublierai jamais vos services et votre fidélité.

— Votre Majesté est trop bonne, répondis-je. Je lui resterai fidèle jusqu'à la fin de mes jours.

Et je lui citais de mémoire en poème de ce pédant d'Horace, qui mettait le prince au comble du bonheur.

Le prince n'avait guère le temps de s'ennuyer. Il écrivait aux quatre coins de l'Europe, procédait à des nominations, faisait et défaisait des ministres, élaborait les termes d'une nouvelle constitution... Il avait exigé, aussi incommode que cela fût, de maintenir l'étiquette, et un petit Versailles déployait ses fastes dérisoires dans la maison du brasseur. Un tel ridicule devenait attendrissant.

Nous reprenions espoir. Les armées républicaines reculaient ; l'ouest de la France restait sur pied de guerre ; les bruits d'un débarquement anglais en Provence prenaient corps ; les agences royalistes dispersées à la suite de la fronde de Vendémiaire se reconstituaient...

Au cours de cet été de 1796, j'appris, par une note adressée au prétendant par l'Agence de Londres, la mort, sous les balles des soldats de Bonaparte, à Saint-Roch, de mon frère bien-aimé, Hyacinthe. Bien que je ne l'eusse pas revu depuis des années, je pleurai sa mort et me réfugiai dans le souvenir des jours heureux que nous vécûmes en Corrèze. Marsanges... Le reverrai-je un jour ? Ces images de mon passé s'éloignent de moi comme d'un navire qui aurait pris le large vers des horizons lointains. Qu'est devenu ce qui reste de ma famille ?

L'espoir reprit de plus belle lorsque nous apprîmes que le général Pichegru avait été nommé président du Conseil des Cinq-Cents, mais un coup d'Etat renversa la situation. De plus, la paix de Campoformio, entre la France et l'Autriche, nous obligea à reprendre notre exode à travers une Europe hostile. Il était loin, le temps de l'émigration joyeuse, de la vie facile, des espoirs fous, des petites cours qui fleurissaient dans l'insouciance autour des princes ; nous respirions alors un air de vacances d'autant plus grisant que nous le croyions précaire. D'Avaray évoquait parfois ces barons allemands chaussés d'escarpins à talons hauts, coiffés d'une perruque démesurée, vêtus à l'ancienne mode, qui rabâchaient les souvenirs des guerres de jadis. Il se laissait aller à avouer son affection pour la princesse Cunégonde (elle se laissait appeler « Cucu »), épouse du prince Clément-Wenceslas, qui avait fait de sa somptueuse demeure de Schönbornlust, proche de Cologne, une volière d'émigrés.

Paul Ier de Russie, le nouveau tsar successeur de Catherine, avait accepté à contrecœur, sur les instances de son frère, Nikita Panine, grand ami de l'Angleterre, de recevoir le prétendant sur son territoire et d'admettre dans son armée des troupes de Condé. Il nous assigna une résidence lointaine, dans la province de Courlande, au nord-ouest de la Prusse, dans les parages de Riga, non loin de la mer Baltique : le château de Mittau[1].

Nous fîmes le voyage en Berline, au cœur d'un mois de février glacial, sous la tutelle d'un proche du tsar, le comte Shouvalov, chargé de nous convoyer et de régler les frais du voyage. Parfois, au milieu des plus effrayantes solitudes, les voitures s'enfonçaient dans des congères, s'égaraient, brisaient leurs essieux dans des fondrières. Nous touchâmes aux rives du fleuve Niemen vers le milieu du mois de mars et pûmes passer non sans difficulté sur l'autre rive, en Lituanie.

Nous nous enfonçâmes de nouveau dans des plaines interminables en direction de Riga. Le château se trouvait à moins d'une journée de voiture, au sud. Schouvalov nous laissait entendre dans son mauvais français que cette résidence était digne de Versailles. Croyant à une hâblerie de sa part, nous ne fûmes pas trop déçus.

Sans pouvoir se comparer au palais du Roi-Soleil, l'ancienne résidence des ducs de Courlande, d'une belle architecture classique, abandonnée depuis quelques mois, permettait de loger à l'aise les quelque cent personnes composant la suite princière. Commandée par le général Fersen, gouverneur de Mittau, la petite unité de gardes envoyée par le tsar présenta les armes et fit sonner sa fanfare. Le prince s'enivra de cet encens.

Je fus logé au même étage que le prétendant, assez près de lui pour être le témoin de l'ordonnancement de ses journées et de ses nuits et assez loin pour n'en être point importuné. Une grande cheminée où le feu brûlait constamment, un vaste lit à l'ancienne, quelques meubles de nécessité donnaient à cette pièce un air de confort un peu austère mais à ma convenance ; les fenêtres donnaient d'une part sur la cour du château et de l'autre sur la ville et les étendues enneigées de la Courlande.

Un des premiers soins du « roi de Mittau » fut d'inviter son épouse à le rejoindre. Elle vivait pour l'heure en Suisse avec sa chère Gourbillon ; elles trompaient leur ennui par des beuveries et des amours inspirées de Lesbos. Il exigeait qu'elle se présentât seule à Mittau. Quelle ne fut pas sa stupeur en voyant arriver, bras dessus, bras dessous, Marie-Joséphine et sa sémillante favorite. Le châtiment royal tomba comme la foudre : la tendre Gourbillon saisie par la garde et reconduite à la frontière tandis que la « guenon », comme nous l'appelions en aparté, laissait éclater sa rage.

1. Aujourd'hui Jelgava.

Peu après, nous vîmes arriver à la cour Marie-Thérèse, sœur de Louis XVI, nièce du prétendant, jeune femme de vingt-cinq ans environ[1]*, qui, après trois ans passés à la prison du Temple, avait été confiée aux Autrichiens, à la suite de tractations dont je n'ai pas gardé le souvenir. Ce fut ensuite le fils aîné du comte d'Artois, également neveu du roi guillotiné : Louis-Antoine, duc d'Angoulême, âgé de vingt-quatre ans. Ce chassé-croisé n'était pas fortuit ; des projets de mariage se dessinaient à Mittau.*

Le roi ayant demandé une entrevue au tsar Paul en avait reçu une réponse négative. Cette déception se fondit rapidement dans la vie animée de la petite cour.

Louis avait relancé le manège des nominations : il faisait des ministres, distribuait des titres nobiliaires, des distinctions, des charges. Avaray délira en apprenant qu'il devenait duc ; j'appris sans enthousiasme que j'étais nommé gentilhomme de la chambre, ce qui ne changea rien à mes appointements et à mes fonctions, mais me valut de la part de la valetaille des courbettes plus profondes et des attentions plus obséquieuses. Dans le même temps, reprenait le ballet des émissaires, le prétendant ayant renoué des rapports avec les cours d'Europe, ses ambassadeurs et ses agences. Le temps immobile qui régnait sur la Courlande nous aurait donné l'impression d'être figés à jamais dans un printemps acide et brumeux si l'activité de la cour ne nous avait laissé espérer un retour imminent.

Le mariage entre les deux cousins eut lieu le 10 juin 1799, sans que les époux eussent à partager le moindre élan de passion pour la simple raison que Louis-Antoine était, comme son oncle, impuissant et que l'« orpheline du Temple » s'intéressait moins aux émois de la chair et du cœur qu'aux élans mystiques. Le prétendant quant à lui jubilait : il venait de jouer un bon tour à la Cour d'Autriche qui semblait avoir envisagé, en unissant à l'archiduc Charles la fille de Louis XVI, de mettre la main sur le trône de France.

Je n'oublierai jamais le spectacle qu'offraient les jeunes époux : lui, visage long, lourd, inexpressif et n'ayant rien à exprimer ; elle, pâlotte, maigre, front dégarni, yeux bleus à fleur de tête, sans rien de la beauté rayonnante de Marie-Antoinette. Par avance, ils semblaient voués à la stérilité et à l'impuissance, à n'être que des fétus emportés par les tourmentes de l'histoire. Le prétendant et son entourage

1. Madame Royale. François se trompe : elle avait entre vingt et vingt et un ans.

semblaient d'ailleurs se moquer de l'avenir de ces êtres chétifs, instruments dociles de leurs intrigues et de leurs ambitions.

Les cérémonies terminées, l'ennui retomba sur Mittau, troublé par les éclats de Marie-Joséphine gémissant sur l'absence de sa chère Gourbillon et se consolant avec les rudes alcools de Courlande. La véritable reine était Marie-Thérèse. En dehors de ses prières, elle consacrait son temps à son oncle, était présente à toutes les cérémonies de l'étiquette. Le jeune prince, lui, s'effaçait dans son inexistence.

Nous ne vîmes qu'une fois le tsar Paul à Mittau ; il avait fini par céder aux instances transmises par l'ambassadeur, M. de Saint-Priest. Son séjour fut bref. Plus tard, on me rapporta qu'en partant il avait déclaré, parlant de son protégé : « C'est l'homme le plus nul et le plus insignifiant d'Europe. Il ne montera jamais sur un trône. » Dans l'entourage du prétendant, on mit cette réflexion sur le compte de la démence dont le tsar souffrait déjà.

J'appris d'un secrétaire d'ambassade une nouvelle qui, tout à la fois, me surprit et me remplit de joie : mon beau-frère Bijou, le « Chevalier du Diable », était devenu précepteur des enfants d'un riche propriétaire terrien de Saint-Pétersbourg.

La nuit tombe dans cette auberge perdue sur la route qui nous mène à Varsovie.

L'étape d'aujourd'hui a été l'une des plus rudes de notre exode, depuis que Paul Ier nous a signifié notre expulsion de Mittau. A trois reprises, le cocher de la berline de tête s'est trompé de piste et nous a engagés dans des solitudes sans fin de marécages hantés par les loups.

Jamais autant que ce soir, je n'ai ressenti la misère de notre condition. La neige de ces contrées ne ressemble guère à celle de ma province où, en quelque direction que se porte le regard, on découvre un hameau trahi par un fil de fumée et le clocher d'une église. Ici, l'immensité est comme la mort ; le froid nous plonge dans une torpeur profonde et nous fait pleurer des larmes de glace. L'auberge est silencieuse et le moindre bruit — un meuble qui craque, le grincement de ma plume — prend une résonance singulière. J'ai faim, j'ai froid, j'ai sommeil. Un seul espoir m'habite : retrouver le « Chevalier du Diable » à Saint-Pétersbourg. Il m'attend, mais, fidèle à mes engagements, je suivrai le « comte de l'Isle » jusqu'à son nouveau lieu d'exil : Varsovie.

Suite de mon journal.

A l'étape de Libau
sur la mer Baltique [1].

Au cours de cet été de 1799, nous passâmes par des alternances d'espérance et de désespoir en apprenant les nouvelles d'Europe. Nous eûmes ainsi un sursaut de joie à l'annonce d'un prochain débarquement anglais en Hollande, de nouveaux mouvements insurrectionnels dans l'ouest de la France et en Normandie. Le débarquement fut repoussé par le général Brune et l'insurrection tourna court.

Le prétendant fulminait, accusait son frère Artois qui jouait les souverains en Angleterre, de ne pas le tenir informé de ses projets et les chefs de l'insurrection de mal coordonner leurs actions.

Une autre nouvelle nous plongea dans la confusion : le retour d'Egypte de Bonaparte, suivi du coup d'Etat du 18 Brumaire, avait porté le jeune général corse au pinacle. Le prétendant se consola en se persuadant, avec son optimisme impertubable, que Bonaparte, comme Monk l'avait fait avec les Stuart, n'avait pris le pouvoir que pour lui préparer les avenues du trône ! Il dut vite déchanter : Bonaparte offrait la paix aux royalistes qui feraient allégeance, jamais aux princes qui avaient pactisé avec l'ennemi !

— Si ce matamore croit nous impressionner ! glapissait Avaray entre deux quintes de toux. Il sera balayé lorsque l'heure sera venue.

Les événements lui donnaient tort : l'édifice de la coalition se lézardait ; le tsar prenait ses distances avec ses alliés anglais à la suite du débarquement manqué de Hollande et, de conserve avec la Suède et le Danemark, constituait une alliance de neutralité. Dans le pacte tramé contre la France, seules se maintenaient l'Angleterre et l'Autriche.

De ce lumineux été de Mittau, il me reste le souvenir d'Olga, de nos parties de chasse à travers les marais, de nos courses en « kibik » sur les grèves brumeuses de la Baltique. Elle était la jeune épouse d'un notable balte enrichi dans le commerce des chevaux et des harengs, un barbon aussi jaloux de son épouse que le comte de Thunder Tem Tronck, dans le Candide *de M. de Voltaire, de la jolie Cunégonde. Ils habitaient une imposante demeure surnageant comme une île de pierres et de jardins des marécages entre la ville et la mer. Olga était*

1. Aujourd'hui Liepaja.

blonde, douce, docile à mes caprices; elle ignorait ma langue comme j'ignorais la sienne, mais les mots entre nous étaient superflus.

Tandis que le prétendant concoctait dans son exil des alliances plus ou moins heureuses entre les rejetons de diverses familles, régnantes ou non, un courrier signé de sa main partit pour la France dans le portefeuille d'un ecclésiastique de passage à Mittau, l'abbé de Lamarre, à l'intention du Premier Consul, Napoléon Bonaparte. Grâce à un secrétaire de mes amis, j'eus connaissance de cette missive : le « roi de Mittau » attendait toujours, en portant aux nues les exploits du général, une restauration de la royauté. Il ne pouvait effacer de sa mémoire l'exemple de Monk !

Tandis qu'il attendait une réponse, son épouse, Marie-Joséphine, parvint à intercepter le montant de la pension que le roi d'Espagne versait aux deux sœurs de Louis XV, qui venaient de mourir en exil, à Trieste. Elle quitta Mittau sous le faux prétexte d'aller prendre les eaux en Allemagne, en fait pour retrouver sa chère Gourbillon.

Pour couper aux colères du prétendant, je décidai de prendre le large avec Olga, dont l'époux avait eu la riche idée de partir pour la Cour de Russie afin d'y signer un traité de commerce. Elle m'attendait dans sa résidence d'été, à demi enfouie sous les neiges de février. Je la revois, nue au milieu des fourrures, devant la grande cheminée où brûlait un feu d'enfer. Nous restâmes là trois jours à nous livrer sans retenue à tous les jeux de l'amour.

Le printemps réveilla la guerre. Au cœur de l'été, les armées de Bonaparte, victorieuses des Autrichiens à Marengo, submergeaient la Bavière.

Le « roi de Mittau » s'épuisait en activités diplomatiques. Un jour où je le retrouvai dans son cabinet pour lui lire quelques poèmes d'Horace qu'il écouta, le regard perdu dans la danse des premiers flocons, je me hasardai à lui dire que ces excès de travail risquaient de nuire à sa santé.

— Mon bon Marsanges, me répondit-il d'un air las, je vous sais gré de votre sollicitude, mais ce sont mes excès de table et ma goutte qui me tracassent, de même que le sentiment de me démener en vain. Je ne puis plus supporter cette condition qui me condamne à vivre dans la honte plutôt que de mourir au champ d'honneur et de verser mon sang pour la gloire de la France.

Je ne parvenais pas à imaginer le « roi de Mittau » à cheval sur un champ de bataille, à la tête d'une armée d'émigrés, face aux hordes républicaines, d'autant que Bonaparte avait envoyé au prétendant une réponse sans ambages à ses nouvelles propositions : la France n'avait nullement besoin de ses services.

Une correspondance que j'eusse aimé avoir sous les yeux avant qu'elle ne déclenchât une catastrophe, c'est celle que cet imbécile d'Avaray adressa au duc d'Havré, et dont une espionne du Premier Consul, Mme de Bonneuil, qui venait d'arriver à Saint-Pétersbourg, eut connaissance : il y traitait le tsar Paul et son favori Rostopchine, de « sots » et d' « imbéciles ». Le résultat fut une missive de Paul intimant au « comte de l'Isle » l'ordre de quitter Mittau.

Comme je demandais au prétendant où il comptait se retirer, il me répondit d'une voix brouillée par l'émotion :

— Mon bon Marsanges, je l'ignore. Nous n'avons plus une pierre où poser notre tête. La Suède ? Le Danemark ? Le froid y est trop vif et je ne le supporte plus. L'Espagne ? L'Italie ? Ces pays sont trop loin de nous. Il nous reste la Prusse...

La nouvelle de notre éviction nous était parvenue le 20 janvier 1801, la veille de la cérémonie qui devait marquer la mort de Louis XVI et que nous devions célébrer dans l'oratoire du château.

Quelques jours plus tard, le comte de Fersen nous apporta nos passeports. Nous avions tous des noms d'emprunt. Les adieux à la garde furent empreints de la plus vivc émotion. Les larmes aux yeux, monté sur un cheval, le « comte de l'Isle » salua d'une allocution laborieuse ces soldats français revêtus de l'uniforme russe, qui ne pouvaient contenir leurs pleurs. La honte que le prétendant manifestait dans ses propos, j'en ressentais les échos au plus sensible de mon être, sous ce ciel gris de fer et ces foucades de vent noir chargé de l'odeur de pourriture des marécages. Jamais je ne m'étais senti aussi solidaire de cet exilé victime de son obstination à défendre ses droits, de sa fidélité à son devoir de souverain, de la nullité de ses conseillers, de sa propre maladresse. De ridicule qu'il était, il devenait pitoyable.

Le « comte de l'Isle » me laissa liberté de choisir mon chemin. Il me serra contre sa poitrine lorsque je lui annonçai que je comptais l'accompagner jusqu'à Varsovie, sans lui confier que mon intention était d'aller retrouver mon beau-frère en Russie et peut-être, comme beaucoup d'autres, y refaire ma vie.

J'apportai moins d'émotion aux adieux que je fis à Olga. Elle ne comprit pas les raisons de mon départ et, naïve et un peu sotte comme elle l'était, je crois qu'elle attend encore mon retour.

Pour notre première étape, nous trouvâmes asile chez un gentilhomme de Courlande qui s'excusa de ne pouvoir désobéir aux ordres du tsar et nous garder plus d'une journée en sa compagnie. Le 28 janvier, nous arrivâmes à Memel et trouvâmes refuge dans une auberge puante et glaciale, face à la langue de terre qui, le long d'une mer grise balayée par une tempête de neige, s'étire sur des lieues, au-delà de la ville.

C'est de là que j'écris, dans le cri des mouettes, en attendant que la tempête, en s'apaisant, nous permette de reprendre la route.

La petite cour de Mittau est réduite à quelques sujets qui semblent absents les uns aux autres, revêtus de fourrures, sans visage et sans voix : Marie-Thérèse, Avaray, la duchesse de Sérent, le vicomte d'Hardouineau, l'abbé Edgeworth... Des fantômes.

Suite de mon journal. A l'étape du soir, en la ville de Königsberg[1] début février.

Dans toute la journée d'hier, nous n'avons pas fait plus de trente « verstes[2] » pour parvenir à cette belle ville située à l'embouchure de la Vistule. Cette étape a été la plus éprouvante depuis notre départ de Mittau. J'ai bien cru que nous n'arriverions jamais.

Au départ de Memel, il y a trois jours, nous avons attendu, pour monter dans la berline attelée de quatre mauvais chevaux, que le temps se mît au beau.

Le premier rayon de soleil décida de notre départ. Nous étions escortés de quelques gardes plus morts que vifs, qui avaient refusé de rester à Mittau et souhaitaient retourner en France. Ils se tenaient à distance respectueuse, ombres confuses dans le lointain brumeux, et suivaient la voiture à la trace. Comment sont-ils parvenus à survivre dans cet enfer, je l'ignore. En montant dans la voiture, je les aperçus, massés dans une soupente proche de la porcherie (ils avaient dû coucher avec les animaux et dévorer leur nourriture !). Le « comte de l'Isle » faisait semblant de les ignorer, car il ne restait qu'un pécule dérisoire, la pension fournie par le tsar ne nous ayant pas été versée.

On nous avait conseillé, pour abréger notre route, d'emprunter l'étroite bande de terre qui sert de digue naturelle à une lagune, sur près de cent « verstes » : un choix qui faillit nous être fatal. La piste

1. Aujourd'hui Kaliningrad.
2. 1,067 km. Nouvelle mesure russe inaugurée au XVIIIe siècle.

n'était qu'une interminable fondrière dans laquelle une roue de la berline trop lourdement chargée se brisa. Il fallut attendre pour reprendre la route, dans une solitude absolue, sous une bise glaciale, que le postillon et son commis, aidés par les gardes qui nous avaient rejoints, aient réparé l'avarie.

Le ciel, jusqu'alors clément, se renfrogna. Venues de la mer, d'épaisses nuées couleur de cendre se ruaient vers les immensités marécageuses, libérant des bordées de neige. Notre postillon s'égara et nous constatâmes avec effroi que nous roulions sur les eaux gelées. Une sorte de pénombre funèbre nous cachait le moindre repère qui eût permis de nous orienter.

Las de fouetter les chevaux affolés, le postillon trouva plus prudent d'arrêter la berline sur un terre-plein en bordure des dunes, un site qui me rappelait mon périple en Hollande. Deux solutions se présentaient à nous : attendre, au risque de périr de froid, que cessât la tempête, ou gagner à pied le village de Néringa, qui ne devait pas se situer à plus de trois ou quatre « verstes ». De là, nous pourrions envoyer des secours pour débloquer la voiture.

L'abbé Edgeworth et le duc d'Avaray préférèrent rester en compagnie du postillon et de son commis. Ayant décidé de me joindre au cortège qui accompagnait le prétendant, je peinais, encombré de bagages, pestant contre le vent et la neige où je m'enfonçais jusqu'à mi-cuisse. A quelques pas devant, semblable à un ours de Sibérie, le roi progressait avec peine ; de temps en temps, il tournait vers moi son visage boursouflé, ses yeux larmoyants qui semblaient m'adresser un signal de détresse. Marie-Thérèse ne lâchait pas son bras ; elle était elle-même soutenue, ainsi qu'elle devait nous l'avouer, par des suppliques à la Providence. Nous dûmes nous arrêter à plusieurs reprises pour permettre au souverain de souffler, mais pas trop longtemps, de crainte qu'une congestion ne le terrassât.

Après deux heures de ce calvaire, alors que la nuit commençait à tomber, nous aperçûmes, à trois ou quatre cents pas une massive maison de pêcheur, close et déserte. Le village n'était pas loin. Une allée d'arbustes déchirés par le vent, couverts de givre, nous y conduisit. Il n'y avait qu'une seule auberge où l'on refusa de nous recevoir, sans doute parce que nous ressemblions davantage à des vagabonds qu'à des courtisans. Jugeant inutile de parlementer, nous dûmes sortir nos armes. A peine avions-nous pris place dans une mauvaise chambre sans chauffage, la maréchaussée vint nous rendre visite. Marie-Thérèse, qui connaissait quelques rudiments de langue russe, arrangea les choses au mieux et obtint même que l'on envoyât du secours à la berline. La voiture nous rejoignit le lendemain, fort avant dans la matinée ; elle transportait trois des gardes de Mittau qui n'avaient pas renoncé à leur service ; les autres étaient morts de faim et de froid dans les parages de Memel.

Après un frugal repas de harengs, de porc salé, de raves cuites à l'eau, nous avions l'impression, le soir venu, épuisés, d'être arrivés au bout du monde. De toute la nuit, la tempête ne cessa de mugir. Le roi se trouva malade de la gorge ; j'entendais sa voix sifflante, ses râles, et redoutais qu'un mal de poitrine ne l'emportât ; Marie-Thérèse fit preuve à cette occasion de présence d'esprit et de courage : elle réveilla le patron de l'auberge, obtint une tisane au miel, une bassine d'eau chaude pour que son oncle y baignât ses pieds glacés et meurtris, pria toute la nuit à son chevet.

Au petit matin, le prétendant se leva le premier ; il avait bien dormi et sa voix avait pris un air de gaieté qui me surprit.

L'aubergiste nous céda quelque nourriture pour la route. Nous repartîmes, la berline ayant été remise dans le droit chemin, par une matinée éblouissante, entre le miroir de la lagune et la mer couverte jusqu'à l'infini de vagues figées. De temps en temps, nous voyions galoper au loin des hordes de loups.

Le temps calme et clair nous permit d'arriver à Königsberg avant la nuit. Nous y trouvâmes refuge chez un gentilhomme qui, bravant les consignes du tsar, accepta de nous héberger le temps de reprendre des forces avant de repartir pour Varsovie.

C'est de Königsberg que j'écris, au deuxième étage de cette grande maison proche de la cathédrale qui dresse sa flèche contre un ciel opalescent et baigne dans une étrange lumière qui transfigure les êtres et les choses. Le feu ronfle dans le grand poêle de faïence qui occupe presque le tiers de la chambre. Des rires d'enfants montent vers moi, mêlés à l'aigre harmonie d'un clavecin dont la duchesse d'Angoulême joue à ravir.

C'est dans cette ville que M. de Caraman vint nous rejoindre, trois jours après notre installation. Il était porteur de nouvelles rassurantes : les courriers que Marie-Thérèse avait adressés de Memel à la reine de Prusse, avaient porté leurs fruits ; le roi Frédéric avait reçu du Premier Consul l'assurance que nous pourrions séjourner dans son royaume à condition que le « comte de l'Isle » renonçât à ses prétentions au trône ; le prétendant s'empressa de donner au roi de Prusse les apaisements nécessaires, bien qu'il réservât sa décision.

Au cours des repas, qui étaient joyeux et détendus, le prétendant plaisantait volontiers, et même la triste Marie-Thérèse se surprenait à sourire aux saillies de Caraman et d'Avaray. Au repas d'adieu, Avaray y alla même d'un conte fort plaisant : Les soupirs d'une puce enfermée dans un pépin de groseille ; *M. d'Hardouineau, verre en main, chanta la chanson de Henri le Grand, dont nous reprîmes en chœur le refrain :* « Charmante Gabrielle — Chantons un roi qu'on aime »...

— Mes amis, dit le prétendant, nos épreuves présentes touchent à leur fin. Dans quelques jours nous serons accueillis à Varsovie où d'autres épreuves nous attendent peut-être. Comment vivrons-nous ? Nos ressources s'épuisent et nous ne pourrons compter que sur nous-mêmes pour subsister. Une fois de plus, nous ferons confiance à la Providence : elle nous a souvent mis à l'épreuve, mais ne nous a jamais abandonnés.

Il ajouta à mon intention :

— Mon bon Marsanges, je vous sais gré de votre dévouement. A Varsovie, délié de tout engagement vis-à-vis de nous, vous pourrez donner libre cours à vos projets. Comme disait notre cher Horace...

Il cita un quatrain dont je ne me souviens plus, mais qui, malgré l'indifférence que je voue à ce poète, me tira les larmes.

(Ajout au journal de François, daté de 1814, en Russie).

Je ne puis m'empêcher, en relisant le récit de cet exode et des souffrances que nous avons subies, de songer à une page d'histoire que la France n'est pas près d'oublier : la retraite de Russie. En écoutant un officier du tsar la raconter, dans un salon de Moscou, l'autre soir, j'ai revécu notre odyssée, toujours surpris que nous y ayons survécu.

Varsovie, ce 30 février 1901,
palais Lazienki.

Le « comte de l'Isle » n'avait pas tort de redouter pour nous des difficultés financières. Outre les quelques modestes réserves qui nous restaient, nous ne pouvions compter que sur l'aide de Charles d'Espagne (environ 200 000 francs) et, au besoin, sur les quelque 20 000 florins comptés par l'empereur Frédéric à Mme d'Angoulême, au titre de l'héritage de la reine Marie-Antoinette.

En accord avec le prétendant, j'avais décidé de reporter aux beaux jours mon départ pour Saint-Pétersbourg où m'attendait le chevalier de Lamase. Je fus ainsi au fait des difficultés rencontrées par notre trésorerie. Il fallut s'endetter pour faire vivre les rescapés de la petite cour de Mittau, quelques émigrés qui, ayant eu vent de l'installation du prétendant en Pologne, faisaient son siège.

Ajoutons à ces difficultés l'accueil glacial que nous firent, au début de notre installation, les familles nobles de la ville. Nous n'étions les bienvenus ni pour le roi de Prusse ni pour ses sujets. La faute en était aux émigrés qui nous avaient précédés et qui s'étaient mal conduits, refusant d'honorer dettes et engagements. Les rares familles qui consentaient à nous ouvrir leur porte s'en faisaient un devoir plus qu'un plaisir ; nous nous attachions, pour ne pas les décevoir, à conformer notre tenue à notre condition. Cette rigueur porta ses fruits : on nous recevait de plus en plus volontiers. Lorsque la comtesse Zamoïska nous eut prêté son palais des bords de la Vistule, les notables revinrent sur leurs préventions et acceptèrent de nous recevoir. Nous trouvâmes peu de temps après à nous installer dans le palais Lazienki, offert par le roi de Prusse dont la générosité nous surprit et nous combla. Puis le successeur du tsar Paul, Alexandre, laissa entendre qu'il pourrait rétablir la pension versée naguère au prétendant. Une seule ombre au tableau : les victoires remportées sur tous les fronts par Bonaparte.

Indisposé plus que jamais par la goutte et la fraîcheur des nuits de Pologne, le prétendant ne quittait pour ainsi dire plus ses appartements ; il se contentait, lorsque le soleil paraissait, de s'installer sur une terrasse dominant les jardins ; il me conviait parfois à le rejoindre pour lui faire la lecture de son poète préféré. Parfois il consentait à se rendre aux réceptions ou aux soirées de gala données par des artistes français. Un cuisinier parisien renommé fit de sa table la meilleure de Varsovie et l'on se disputait l'honneur et le plaisir d'être de ses soupers.

Sur la route de Saint-Pétersbourg,
étape de Byalistock : le 5 avril 1801.

Une nouvelle liaison faillit me faire renoncer à mes projets.

Elle se faisait nommer Mlle Lélia et jouait dans la troupe des artistes français qui effectuaient une tournée à travers l'Europe sans se soucier des tumultes de la guerre. D'un talent inversement propor-

tionnel à sa beauté — un joli retroussis de lèvres sur une denture de jeune chien — elle n'interprétait que des rôles de second plan et se plaignait d'être en butte à la jalousie de l'actrice principale qui, elle, ne manquait pas de talent, mais dont le physique n'avait rien pour inspirer la passion. A la fin des représentations, Mlle Lélia recevait des invitations galantes et sa rivale des compliments.

Le séjour de la troupe dura un mois, entre mars et avril. J'avais du mal à soustraire Lélia aux sollicitations de ses admirateurs et à l'entraîner sans qu'on la reconnût dans ma chambre du palais Lazienki où nous passions le reste de la nuit et une partie de la matinée, alors que la plupart de ses collègues devaient se contenter d'une chambre d'auberge ou du logis d'un artisan.

Peu douée pour le théâtre, Lélia montrait dans nos rapports amoureux d'étonnantes dispositions que j'encourageai de mon mieux. Elle ne reculait devant aucune audace et, comme elle avait le corps fait à l'antique, souple et léger ou ferme et dense selon ses positions, je ne me lassais pas de nos jeux. Il m'arrivait de pouffer d'un rire cruel en songeant qu'à deux pas de là notre pauvre Marie-Thérèse restait allongée près de l'époux qui l'avait rejointe, froids et immobiles tous deux comme les gisants de la cathédrale Saint-Jean de Varsovie, à moins qu'elle ne fût en prière dans son oratoire.

Sans être vraiment sotte, Lélia n'avait pas l'esprit nécessaire à rendre son commerce agréable ou fécond. Franchi le cap de sa beauté et de son charme, ayant satisfait aux premiers échanges de la passion, je me trouvais en présence d'une femme muette ou bavarde. A la regarder évoluer, répéter les quatre phrases de son rôle, faire des toilettes d'oiseau et se pomponner, on se disait que l'on passerait sa vie à ce spectacle ; à l'écouter jacasser, on lorgnait vers la sortie.

Je faillis me laisser circonvenir par la belle. Si la troupe n'était restée que deux ou trois jours à Varsovie, mon destin en eût été changé ; elle y demeura un mois plein, ce qui me sauva : la lassitude me gagna très vite, alors que Lélia croyait notre amour éternel.

Aux premiers jours d'avril, alors que les campagnes autour de Varsovie se dépouillaient de leur dernière neige, je pris mes dispositions pour un départ discret. Je fis porter mes bagages dans une auberge, à quatre verstes de la cité en direction de Byalistock. J'accompagnai ensuite Lélia au théâtre en songeant qu'une femme n'est jamais aussi séduisante qu'au moment des adieux. Ce soir-là, elle me parut très en beauté, comme si elle avait pressenti ma décision et qu'elle voulût la compromettre par une offensive de charme. A travers un brouillard de larmes, je la regardai surgir dans la lumière des chandelles et me faire un signe discret de la main.

Elle ne savait pas qu'elle m'adressait un geste d'adieu. Exit Lélia...

Lorsque je pris congé du « comte de l'Isle », il écoutait sa nièce jouer des airs de Haydn au clavecin, dans le grand salon, en présence de quelques intimes somnolents, dans l'odeur du tabac à priser et des premières roses de la saison.

Quand je m'inclinai devant lui, le « roi » ne bougea pas de son fauteuil ; il laissa simplement sa grosse main tomber sur le pommeau de sa canne dont l'extrémité — c'était une de ses manies — s'enfonçait entre son pied et sa chaussure. Je lus dans son regard une expression de regret et redoutai qu'il ne citât en guise d'adieux un vers de son cher Horace, ce qui m'eût obligé à répondre par une autre citation.

— Faites un voyage agréable, mon beau Marsanges, me dit-il. Lorsque je régnerai, revenez en France. Il y aura toujours une place pour vous dans mon entourage. Que la Providence guide vos pas.

Ayant regagné ma chambre, je déposai sur ma table de travail une lettre et un coffret contenant un modeste collier de perles, à l'intention de mon amie. Puis je m'éloignai dans la nuit, mon passeport en poche. En chevauchant, solitaire, sous une pluie tenace, en direction de Radzymin, sur la route de Byalistock où je me trouve en ce moment, je songeais à la nouvelle existence qui commençait. Je me disais que peut-être je ne reverrais jamais mon pays. Mon itinéraire passé, cette longue et terrible errance, cette ligne de vie sans cesse brisée par les événements et les hommes, semblait faire place à une interminable ligne droite.

M'établir en Russie n'était pas pour me déplaire : de nombreux Français des deux sexes et de toutes conditions y avaient déjà ancré leur destin, parfois sans esprit et sans espoir de retour. Ils y avaient trouvé une société, un espace, des ambitions à leur mesure. Moi, je ne partais pas à l'aveuglette : le chevalier de Lamase se chargeait, m'avait-il écrit, de trouver pour moi une place de précepteur comparable à la sienne, qui lui procurait une vie aisée et agréable. J'avais de même écrit à Virginie pour lui annoncer ma décision ; dans sa réponse, elle annonçait ses préparatifs de départ.

Longtemps je me suis bercé de cette illusion : retourner à Marsanges, y finir mes jours au sein de cette famille dont je ne sais plus rien, qui m'est pour ainsi dire devenue étrangère. Je me souviens de ce que disait mon père, peu avant sa mort : « Mon petit François, *je connais ton esprit porté aux aventures. J'étais ainsi, jadis, et c'est aux Amériques que j'ai vécu mes heures les plus exaltantes. Mais dis-toi que l'aventure a la forme d'une circonférence : elle ramène toujours au même point et, ce point-là, c'est ta famille et le pays où elle est née. »*

Il aurait pu dire, le bon Ambroise : « presque toujours ». Adieu donc, Marsanges ! Adieu, Diane, Marion, Virginie, Julie, Louis-Amour, et toi aussi, Florent. Adieu, mes chéris. Je ne vous oublierai jamais.

15.

LE DÉSERT RETROUVÉ

Marsanges : novembre 1795.

Cette mi-novembre n'était qu'une longue procession de journées molles et fraîches, sans neige ni pluie ni vent, mais avec des tumultes noirs du côté de l'Auvergne. Un hiver arrêté sur le bord de la route, oublié à peine parti. Le soleil terne semblait jeté comme une pièce d'argent sur une table recouverte de chanvre écru, peu avant que l'amas de cendre tassée sur l'horizon des Monédières ne submergeât le ciel au-dessus du plateau.

On sortait le troupeau de brébiales tous les jours. Louis-Amour et Florent firent quelques fructueuses parties de chasse, tuant même quelques loups qu'ils allèrent se faire payer à Meymac : 250 livres pour une louve non pleine, 200 pour un loup adulte et 100 pour un louveteau. L'argent ainsi récolté leur permit de s'acheter un autre fusil et des munitions.

A peine étaient-ils en vue de Marsanges, faisant péter joyeusement leur nouvelle arme pour annoncer leur retour, que Brival descendait de cheval, accompagné d'un autre cavalier qui semblait être son secrétaire et qui portait un sac de voyage.

Diane, aidée de Virginie, était en train de filer le chanvre sur l'aire. Plus émue qu'elle ne voulut le laisser paraître, elle se porta au-devant du visiteur, marqua un recul lorsqu'il se pencha pour l'embrasser, se contentant de lui tendre la joue. Dans sa pelisse de martre un peu élimée aux entournures, il lui paraissait plus grand encore que d'habitude et plus majestueux. Choqué de sa réserve il lui dit :

— Rassure-toi, ma visite sera brève, mais elle était urgente. Tu dois comprendre ce qui m'amène.

— Sûrement pas l'envie de me revoir.

— Garde tes sarcasmes. C'était la mort de ton frère Hyacinthe.

Elle le fit entrer. Louis-Amour et Florent achevaient leur toilette ; ils paraissaient très gais. Le reste de l'argent était sur la table. Le secrétaire déposa son bagage à côté. Angélique apporta une bouteille de cidre des Monédières et des verres.

— Il fait bon voyager, dit Louis-Amour. C'est un début d'hiver splendide. Les vieux n'ont jamais vu un temps pareil.

Il parlait pour rompre le silence qui devenait insupportable. Brival avala une gorgée de cidre, fit la grimace.

— Excusez-nous, dit Louis-Amour, ce n'est pas du vin de député, mais une boisson de pauvres.

— Pauvres... dit Brival. Il semble que vous ayez cessé de l'être. Si nous étions au temps de la Nativité, vous pourriez me prendre pour l'un des rois mages, sauf que je ne suis pas ici à l'occasion d'une naissance, mais d'une mort. Vous savez laquelle.

Il ouvrit le sac de voyage, aligna sur la table une cassette, des documents, de menus objets dont une pipe et une jolie montre.

— Voilà... soupira-t-il. C'est l'héritage que vous laisse votre malheureux frère. La chance lui a souri peu avant sa mort. Il était riche. Je ne puis m'empêcher de penser qu'il avait le pressentiment de sa fin et qu'il ne voulait pas, au moment de vous quitter, vous laisser dans le besoin. Louis-Amour, ouvre cette cassette.

Il demanda où était son fils. Diane lui répondit qu'il gardait le troupeau en compagnie de Marion près du Riou et pria Angélique d'aller le chercher. Elle se pencha sur la cassette ouverte, mit ses mains devant son visage et dit simplement :

— Mon Dieu...

— Un véritable trésor ! ajouta Louis-Amour.

— Voici le testament et le détail du compte, dit Brival. Rien que du métal, ou presque. Les assignats, c'est ce qu'il avait dans sa poche lorsque nous l'avons ramené chez lui mourant.

— Vous nous raconterez comment cela s'est passé, dit Louis-Amour. Votre courrier laissait entendre que mon frère s'est laissé piéger dans l'affaire de Vendémiaire et massacrer par les canons de Bonaparte, devant Saint-Roch...

Brival enleva sa pelisse, s'assit, réclama de l'eau à la place du cidre et commença à raconter, les yeux tournés vers la porte où Félix ne tarderait guère à paraître. Lorsqu'il l'aperçut, courant devant Angélique, il se leva et dit :

— Sait-il que je suis son père ?

— Il ne sait pas ce qu'est un père, dit Diane. Fais comme si tu étais un ami de la famille.

Félix s'arrêta sur le seuil, interdit ; il semblait chercher dans ses souvenirs qui était ce géant souriant, aux joues roses et bien rasées, vêtu comme un bourgeois. Il dit simplement, en s'avançant :

— Bonjour, monsieur.

Lorsque Brival l'eut pris dans ses bras et soulevé jusqu'à lui, il cacha son émotion sous un flot de paroles :

— J'ai quatre ans... Je commence à lire et à écrire... Je monte tout seul Socrate... Dans deux ans, j'aurai un fusil...

Brival éclata de rire, l'embrassa sur les deux joues.

— En attendant, dit-il, je t'ai apporté des cadeaux. Regarde !

Le secrétaire était revenu avec un autre bagage contenant du chocolat, des pralines, une trompette de bois, des livres d'images... A genoux sur le banc, Félix inventoria ce trésor, face à Brival qui ne le quittait pas des yeux et guettait sur son visage les marques du plaisir ou de la déception. La bouche pleine de chocolat, il demanda le nom du roi mage.

— Brival. Jacques Brival.

— Comme la dame de Tulle ?

— C'était ma mère.

Diane interrompit ce duo avant qu'il ne dérivât vers des révélations qu'elle ne souhaitait pas que Félix entendît ; elle le pria d'aller jouer dans la cour, demanda à Virginie de servir un « mérindé [1] ».

— Du pain, des grillons... dit Brival, ému. Le « mérindé ». Cela me rappelle le temps des grands travaux, avant les événements. Tu te souviens ? Nous nous installions par temps chaud sous un arbre, en bordure du champ ou du pré. J'aimerais cette fatigue et ce réconfort. Mais à quoi bon s'attendrir ? Pour moi, ce temps est révolu.

Il s'ébroua, lança joyeusement :

— Foin de jérémiades. Nous avons à parler. Si je ne suis pas indiscret, qu'allez-vous faire de cet argent ?

— On peut dire qu'il arrive au bon moment, dit Louis-Amour. Nous avions décidé de racheter le château à Sauviat, mais il nous manquait l'argent nécessaire. Nous pouvons maintenant nous porter acquéreurs. Pour le reste du domaine, nous aviserons plus tard.

La vente aux enchères était prévue pour la mi-décembre. Brival serait à Tulle à ce moment-là ; il s'occuperait des formalités et ferait en

1. Collation de seize heures, à la campagne.

sorte que la mise à prix soit au plus bas et qu'il n'y ait pas ou peu d'enchérisseurs.

— Cette vente vient au bon moment, expliqua-t-il. Les acquéreurs de biens nationaux craignent d'avoir à restituer ce qu'ils ont acquis à bon compte, et les prêtres ne cessent de leur répéter qu'ils sont en état de péché mortel. Les prix commencent à baisser. Vous aurez de quoi racheter le château, et il vous restera même assez d'argent pour repartir d'un nouveau pied, si vous en avez la volonté et le courage.

— Ce n'est pas ce qui nous manque, dit Diane, mais...

Elle parut repousser des préoccupations importunes et poursuivit joyeusement :

— On n'accueille pas le roi mage avec du mauvais cidre ! Florent, il doit rester quelques bouteilles de vin de Vars. Portes-en une. Et le fond de jambon, tant que tu y seras. M. Brival doit avoir faim et soif.

Brival se coupa une tranche de pain, une lamelle de jambon et dit d'un air songeur :

— Hyacinthe... Je l'avais mis en garde contre tout engagement intempestif, mais il n'en faisait qu'à sa fantaisie. Il manquait davantage de jugement que de courage. Je le regrette, il aurait fait, comme toi, Louis-Amour, un bon soldat de la Révolution.

Il enchaîna avec les élections tandis que Diane lui servait à boire. Il avait été réélu brillamment et faisait partie, ayant passé la quarantaine, du Conseil des Anciens. Pénières, plus jeune, siégeait au Conseil des Cinq-Cents. A ces deux assemblées on avait adjoint un Directoire exécutif de cinq membres et des ministres. Bonaparte avait été nommé commandant en chef des armées de l'intérieur. En voilà un qui ne manquait pas d'ambition et ferait son chemin ! Brival éclata de rire en articulant d'une voix nasillarde :

— Na-po-léon-né Bouo-na-par-té ! On l'appelle « La paille au nez » !

Il apprécia en connaisseur le vin du bas pays qui, disait-on, prenait du bouquet en montagne, fit honneur au pain rassis, aux grillons et au jambon, réclama un morceau de tome.

— *Sancta simplicitas !* dit-il, les yeux mi-clos. Voilà un moment dont je me souviendrai.

Il ajouta :

— J'aimerais faire une petite promenade. Diane, veux-tu me suivre ? Ne vous tracassez pas pour cette nuit. Mon secrétaire et moi irons nous faire tremper une soupe et coucher à Pérols.

Un léger vent du sud effleurait les dernières frondaisons rousses des chênes qui rendaient un son métallique. Il faisait à peine frais. Le soleil blanc, net comme une pleine lune, amorçait son déclin au-dessus de la montagne. Brival prit la main de Diane et ils descendirent ainsi vers le village. Brival parla avec une émotion sincère de cet enfant qui lui ressemblait, regretta qu'on le laissât dans l'ignorance de son géniteur. Diane répliqua sévèrement :

— De quoi te plains-tu ? Ta femme t'a donné de beaux enfants.

Il avoua qu'il n'était pas heureux, qu'il avait eu plus de chance dans sa carrière que dans sa vie privée. Son épouse et lui se querellaient pour des futilités. Ils vivaient séparés depuis peu et il songeait même à divorcer.

Diane proposa d'éviter le village et de rendre visite à Marion. Pénières avait confié à Brival, avant son départ de Tulle, une lettre pour sa bien-aimée. Lui non plus n'était pas heureux avec sa « gretchen ».

Il s'arrêta quelques instants pour contempler les lointains de la vallée plongeant par ressauts successifs vers les Monédières dont les croupes se dessinaient en lignes brumeuses sur le gris profond du ciel.

— Je t'ai vue soucieuse, tout à l'heure, dit Brival. Qu'est-ce qui te préoccupe ?

Ils s'assirent côte à côte sur une roche qui faisait le gros dos dans la bruyère. Elle ne le repoussa pas quand il lui prit la main.

— Ce trésor de Hyacinthe, dit-elle, est un merveilleux cadeau. Pourtant tout risque d'être remis en question. Je crains de me retrouver seule avec Angélique. François ne reviendra jamais. Il ne donne pas de nouvelles et nous ignorons même où il se trouve. Hyacinthe est mort. Je crains que Louis-Amour ne reparte pour la guerre. Florent nous quittera sans doute au printemps pour Ussel où vit sa bien-aimée. Quant à Marion...

— Comment ! Marion, elle aussi...

Elle lui raconta sa liaison avec Gaillot. Parti pour Lubersac, il lui écrivait chaque semaine pour la prier de le rejoindre et de l'épouser. Elle eût préféré qu'il vînt habiter Marsanges, mais il ne s'y plaisait guère.

— Marion finira par céder, dit-elle. Tu vois, il n'y a pas de quoi se réjouir. Tu me vois, seule avec Félix et Angélique dans cette grande masure ?

Il lui embrassa la main. Elle laissa sa tête aller sur son épaule, y retrouva l'odeur oubliée de ce grand corps d'homme, qui remuait en elle une tourbe de désirs confus, de souvenirs suscités par quelques détails du paysage : la grange abandonnée où ils s'enfonçaient dans un vieux foin, la bruge avec sa chambre d'amour au bout d'un labyrinthe de pistes compliquées, la forêt où ils s'étaient perdus un jour d'été... Elle le sentait aussi sensible qu'elle à cet état de rémanence, plongés tous deux, bien vivants, dans un domaine qui semblait les attendre depuis des lustres. Elle ne fut pas surprise de l'entendre dire :

— Il ne tient qu'à toi de renverser cette situation à ton avantage. Si je divorçais, accepterais-tu de partager ma vie ? Angélique pourrait te suivre. Nous l'occuperions à des soins ménagers. Il frémit de joie en l'entendant répondre :

— Peut-être. Qui sait ? Je ne puis rien te répondre encore.

Il la serra contre lui, s'exalta, se leva, se rassit, l'embrassa de nouveau. Il n'en croyait pas ses oreilles. Qu'elle accepte ! On garderait Marsanges où l'on installerait un régisseur ; elle y reviendrait et y séjournerait aussi souvent et aussi longtemps qu'elle en aurait envie... Tout lui semblait possible désormais. Elle rit nerveusement, l'arrêta d'un geste ; il allait un peu vite en besogne ; elle n'avait pas donné son accord.

— Mais alors, quand ? Dis vite ! Tu vas me faire mourir.

— Au printemps, nous aviserons. En attendant, reviens quand tu le voudras. J'aurai toujours plaisir à te recevoir. Tu auras ta chambre au château. Et maintenant, allons rejoindre Marion.

Marion lut la lettre de Pénières, rougit, la relut, prit Diane à part après avoir confié à « monsieur le député » le soin de rassembler les moutons.

— Que se passe-t-il ? dit-elle. Je croyais qu'entre toi et Brival...

— Ma petite sœur, j'ai une bonne nouvelle à t'annoncer : nous avons désormais la somme nécessaire pour racheter le château. Brival nous a ramené la cassette de Hyacinthe : une fortune en or.

— Mon Dieu, est-ce possible ? Nous, au château, comme avant...

— Brival nous aidera pour les démarches nécessaires. Sais-tu ce qu'il vient de me proposer ? De vivre avec lui après son divorce !

Marion pouffa de rire, tendit à sa sœur la lettre de Pénières ! Il lui faisait la même proposition.

— Décidément, dit Diane, nous vivons une grande journée. Notre château nous est rendu et deux députés demandent notre main !

Brival, à l'aide du labrit, avait rassemblé le troupeau comme un véritable « baïlero ». Il avait de la boue à ses bottes mais paraissait radieux.

— Qu'avez-vous ? dit-il en fronçant les sourcils. Je vous trouve bizarres.

— Ne t'inquiète pas, dit Diane en lui sautant au cou, je t'expliquerai plus tard.

Louis-Amour partit pour Tulle avec Florent. De retour, en compagnie d'une sorte de vagabond pêché en cours de route, il tendit un document à ses sœurs et leur dit :

— Brival a bien fait les choses. Le château est à nous. Avant Noël nous aurons aménagé. Nous l'avons payé moins cher que je ne pensais. Il n'y avait pour renchérir qu'un marchand de Limoges et un mercier de Tulle. Ils ont renoncé avant l'extinction des chandelles. Sauviat commence à plier bagage. Regardez...

Ils s'avancèrent jusqu'à la petite butte de fougères qui dominait le village et le château. Une charrette à hautes ridelles attendait dans la cour, déjà chargée de mobilier. Ils convinrent de veiller à ce que ce grippe-sou de Sauviat n'emportât que ce qui lui appartenait et laissât en place le mobilier qu'il avait trouvé en s'installant ; Louis-Amour s'en chargerait. Il faudrait aussi, avec l'argent qui restait, récupérer les meubles, les tableaux, les livres que Sauviat avait bradés à des marchands d'antiquités ou de curiosités de Meymac et d'Ussel ; on confierait cette mission à Florent. Ils voulaient retrouver leur cadre de vie tel qu'il était du temps du comte Ambroise.

Avant le souper, alors que Diane ranimait le feu sous la marmite avec une bourrée de genêt, Louis-Amour lui dit :

— C'est curieux, l'idée de revenir au château ne semble guère te réjouir.

— Elle me rejouirait si j'étais certaine de ne pas m'y retrouver seule entre Félix et Angélique !

— Je sais... Ces menaces de départ...

— Si seulement tu restais, toi ! Mais je t'observe. Tu t'ennuies et tu ne tarderas guère à nous annoncer ton départ, toi aussi.

— Qui sait ? Des liens très forts m'attachent à vous et à ce pays. Certes, ce n'est pas comme avant, quand je vivais avec mes plantes et mes abeilles. Parfois je me dis que je suis à la porte d'un petit paradis où j'hésite, Dieu sait pourquoi, à pénétrer. Vois-tu, la guerre me colle à la peau comme la tunique de Nessus. Ne me demande pas de choisir, là, tout de suite. Attendons le printemps.

Le vagabond ramené par Louis-Amour était vêtu d'une défroque moitié civile, moitié militaire. Il mangeait goulûment, les coudes largement étalés sur la table, indifférent à ce qui se passait et se disait autour de lui, se resservant sans y être convié, crachant des débris entre ses cuisses — l'une de ses jambes avait été amputée au niveau du genou à la suite d'une attaque de gangrène. Il y avait dans son comportement quelque chose du pauvre Picharou, mais avec un air plus farouche et, devant son assiette, des mines de chien.

— Il s'appelle Désiré Lenoir, dit Louis-Amour. Nous étions ensemble à Jemmapes, lui dans le corps des volontaires du Cher. Ensuite il est parti avec Hoche pour la guerre de Vendée, où il a perdu sa jambe. Vous n'avez rien à craindre de lui.

Désiré Lenoir ne parut s'intégrer au cercle convivial que lorsque Louis-Amour eut posé devant lui la bouteille de « blanche » rapportée de Tulle. Il s'en servit un plein verre, la savoura avec un petit bruit de lèvres gourmandes.

— Eh bien, caporal, dit jovialement Louis-Amour, tu es moins bavard que je ne pensais. En cours de route, tu n'arrêtais pas de bavasser, et maintenant on dirait que tu as avalé ta langue.

— Ma langue, dit Lenoir, est toujours bien pendue, sergent, mais j'aime pas faire deux choses à la fois, comme manger et parler. Mes amis, c'était un fameux balthazar ! Ce poulet rôti, foutre-Dieu... Je crois bien que j'en ai mangé plus de la moitié à moi tout seul. Faites excuse, mesdames, mais j'avais comme on dit la conscience basse.

Il rota puissamment, sortit de sa poche une vessie de porc pleine d'un tabac noir, bourra un vieux brûle-gueule au fourneau rongé par le feu, vida son verre cul-sec, le remplit de nouveau et, en sautillant, sa béquille à la main, alla s'asseoir dans le cantou, suivi de Félix qui semblait fasciné.

— Sacré garnement ! s'écria jovialement Lenoir, ça t'amuse de me voir sauter comme un merle bancal ! C'est cette foutue guerre qui a bouffé ma guibole, l'os compris. Cette garce a autant d'appétit que moi. Et pourtant, si elle voulait encore de l'estropié que je suis, j'hésiterais pas ! On a connu de fameux moments, hein, sergent ?

L'infirme prit Félix sur sa cuisse valide, alluma sa bouffarde à un tison, renversa en arrière sa tête couturée de rides profondes, envahie par une barbe grisonnant jusqu'aux oreilles et, comme porté par le nuage de fumée qui faisait tousser Félix, parut s'enfoncer dans sa rêverie. Il murmura :

— Comme au bivouac... Tu te souviens, sergent, de ce qu'on chantait sur l'air de *Madame Véto?*

D'une belle voix grave qui semblait ramener des souvenirs poignants du fond de sa mémoire, il se mit à chanter :

Le roi de Prusse avait promis
De venir souper à Paris
Mais pour se rendre à notre avis
Il s'en retourne en son pays
J' l'en avons fait prier
Par nos braves canonniers...

— Et celle de Vendée, sergent, tu la connais?

Toi, brigand de Vendée
Qu'un prêtre mène au combat
Ta dernière heure a sonné
La France a levé le bras...

La chanson achevée, il marmonna :

— La Vendée, foutre-Dieu, c'était l'enfer! Tirer sur des Prussiens m'a jamais fait peur, mais sur des compatriotes égarés, c'est une autre affaire. J'ai jamais pu. Choisi pour être d'un peloton, du côté de Niort, j'ai tiré en l'air. Tu vois, si j'avais pas perdu ma jambe, je crois que j'aurais déserté. Je t'envie, sergent, tu peux reprendre du service quand tu veux. Alors pars, foutre-Dieu! La patrie a besoin d'hommes de ta trempe.

— Inutile de lui donner ce genre de conseil! dit sèchement Diane.

— Faites excuse, balbutia Lenoir. Ce que j'en disais...

Il trompetta comme une grande nouvelle l'annonce de son coucher et se dirigea vers la bergerie.

— Non, dit Louis-Amour. Reste encore un peu.

L'infirme ne se fit pas prier. La maisonnée dormait depuis des heures qu'ils continuaient de parler par-dessus les braises qui leur faisaient des masques de tragédie. Ils auraient pu passer là des jours et des nuits, fumant des pipes, buvant des verres de « blanche », ranimant les cendres tièdes du passé, faisant remonter des souvenirs comme du fond d'un puits.

Quand Lenoir se leva en chancelant, Louis-Amour lui dit :

— Au lieu de courir le monde au jour la journée, de coucher

chaque nuit au « Bœuf couronné », pourquoi ne t'arrêterais-tu pas ici ? Malgré ton infirmité, il y a de quoi t'employer.

— Foutre-Dieu, ça me déplairait pas, d'autant que ta sœur Angélique est bien de mon goût. Je les aime grasses, robustes et peu causantes. Mais c'est pas possible. Il faut que je parte pour l'Italie où il se prépare de grandes choses. L'envie me démange d'entendre le son du canon, le piétinement des troupes, le tambour et les chansons. Si j'ai un conseil à te donner, fous le camp, sinon tu finiras par crever dans ce trou. Bonne nuit, sergent !

Le lendemain, quand Marion se leva, elle constata que Lenoir avait disparu en emportant une tome, ce qui restait de la miche entamée et de la « blanche ». Elle alla porter la nouvelle à Diane qui l'accueillit avec un soupir de soulagement.

— Bon débarras ! dit-elle. Ce bonhomme mange comme un ogre et il pue. J'espère qu'il est parti pour tout de bon.

— Rassurez-vous, dit Louis-Amour, qui venait de se lever à son tour, il ne reviendra jamais. Ici, il n'y a pas assez de soleil pour lui et la guerre est trop loin.

Au lendemain du départ de Désiré Lenoir, Florent se mit en campagne. Il découvrit une commode chez le forgeron Amadieu, la monumentale bibliothèque dans la grange de Monteil qui s'apprêtait à en faire du petit bois, l'armoire prélevée dans la chambre de Diane (son « pigeonnier », jadis) dans un appentis jouxtant la masure d'un ancien métayer des Tourdonnet... Il racheta le tout, paya recta et annonça qu'il prendrait livraison sous peu.

Sa prospection terminée dans le village, il partit pour Ussel.

Il n'avait pas revu Victoire d'un mois. Il lui écrivait en évitant d'évoquer les projets qu'elle avait conçus ; elle répondait avec la même réserve, assez singulière de sa part, de brefs billets qu'elle devait faire rédiger par un écrivain public.

Quand il eut recensé chez le libraire les ouvrages ayant appartenu à son maître, placé les colis dans la carriole, il se rendit chez Victoire après avoir laissé son bagage à l'auberge des Trois-Pigeons. L'après-midi tirait à sa fin dans une lourde bordée de vent noir qui sentait la neige et la fumée. Victoire n'était pas chez elle ; il fut surpris d'apprendre qu'il pourrait la trouver chez son ancienne maîtresse ; on lui claqua la porte au nez avant qu'il ait pu obtenir des informations plus précises.

Il hésita avant de se résoudre à aller frapper à la porte de Manon, de crainte d'essuyer une rebuffade, comme lors de sa dernière visite, où elle lui avait fait sentir combien il était importun. Il passa et repassa devant la demeure dans l'espoir de voir apparaître son amie. Il y avait de la lumière aux vitres et des voitures dans la cour. Il soupa à l'auberge et décida de faire une autre tentative, quitte à se faire éconduire de nouveau.

Il faisait nuit noire lorsqu'il sortit de l'auberge. Des flocons commençaient à tournoyer dans le vent. La ville semblait déserte. Entassés sous des porches, des gueux le regardaient passer dans la lumière jaune des quinquets. Il croisa une patrouille de la Garde nationale, dut montrer le vieux passeport dont il ne se séparait jamais en voyage. Parvenu devant le domicile de Manon, il se planta dans l'encoignure d'une porte, de l'autre côté de la rue.

Soudain un souvenir amer lui revint à l'esprit : celui d'une soirée passée en compagnie de M. Ambroise de Marsanges, ici même ; il neigeait comme cette nuit ; il y avait les mêmes lumières aux fenêtres, les mêmes bruits de voix et de rires ; M. de Marsanges arpentait le pavé en se demandant s'il allait se risquer à monter frapper à l'appartement de sa maîtresse qui lui avait annoncé son absence ; il avait eu cette audace et s'en était repenti.

Après avoir longtemps hésité, Florent escalada dans le noir l'escalier, reconnut la rampe de corde gluante et froide, les odeurs d'urine et de cuisine de pauvre émanant du logis de l'artisan, le craquement des marches disjointes... Parvenu à l'étage, il colla son oreille à la porte, perçut des rumeurs de fête, une voix d'homme qui palabrait avec gravité au milieu des rires et tenta, mais en vain, de reconnaître celui de Victoire. Il se dit qu'on l'avait peut-être mal renseigné, qu'elle pouvait être ailleurs.

Quand Florent tira le cordon, la rumeur baissa d'un ton. Des pas se rapprochèrent et des voix de femmes se firent entendre. La porte s'ouvrit sur Victoire : elle était décoiffée, les épaules nues, et contenait entre ses doigts un sein échappé de son corsage.

— Toi ! dit-elle. Que veux-tu ?

— Je venais te chercher. Tu as reçu ma dernière lettre...

— Trop tard, mon petit Florent. Beaucoup trop tard. Adieu !

La porte se referma brusquement, sans qu'il pût ajouter un mot. Interloqué, il tira de nouveau le cordon, à plusieurs reprises, sachant que, quoi qu'il fasse, quelle que pût être la réaction de Victoire, elle était perdue pour lui. Cette insistance exprimait autre chose qu'une requête : un mouvement de vindicte. M. Ambroise, lui aussi, était resté longtemps à manifester sa présence — il avait entendu de la rue le bruit aigrelet de la sonnette.

Il allait réitérer sa tentative quand la porte se rouvrit sur la silhouette d'un homme de haute taille, élégant et qui fumait un cigare.

— Pardon, monsieur, dit Florent. Pourrais-je voir Mlle Victoire ?

L'homme lui posa une main sur l'épaule en riant.

— Bien sûr, mon garçon, mais pas ce soir. Demain, peut-être, mais auras-tu assez d'argent pour obtenir ses faveurs ?

— Mais monsieur, je la connais bien et...

— Allons, bonsoir, et tâche de ne pas insister, sinon je te décolle les oreilles.

De nouveau la porte claqua. Figé comme dans un cauchemar, Florent perçut une bordée de rires avant de se retirer. A l'auberge où veillaient quelques noctambules, il commanda une chopine, la vida, les pieds dans la cheminée, possédé soudain par une sourde alacrité : l'impression d'avoir échappé au bon moment à un piège. Il se répétait : « Cette fille n'est qu'une putain, une vulgaire putain ! Comment ne l'ai-je pas compris plus tôt ? » Il sourit en songeant qu'il lui avait peut-être gâché sa soirée. Soudain, libéré de l'alternative qui le déchirait, il se délectait au souvenir d'une ancienne lecture : « *Il faut toujours rester disponible pour de nouvelles passions.* » Ce n'est qu'une fois revenu dans sa chambre et s'être enfoui sous les couvertures, qu'il fondit en larmes et dut se lever pour vomir un vin amer.

Le matin, la ville était frileusement tapie sous la neige. Florent déjeuna sans appétit, sous l'œil de la patronne occupée à écorcher un lapin. A contrecœur et presque à son corps défendant — mais il éprouvait un besoin impérieux d'en savoir plus — il dit à la femme :

— J'avais une commission pour Mme Marie Troubady, Manon si vous préférez. Mais il y avait du monde chez elle hier soir. Une fête de famille, peut-être...

Elle éclata de rire.

— Drôle de famille, mon garçon ! Des fêtes comme celle d'hier il y en a presque tous les soirs depuis quelque temps, et ça dure parfois jusqu'au matin, au point que des voisins se sont plaints à la police. Cette pauvre Marie... Elle était au bord de la misère, abandonnée par ses pratiques. Faut dire qu'elle n'a pas embelli. Alors elle a décidé de faire de son appartement un lieu de rendez-vous, si vous voyez ce que j'entends par là. Il y vient de beaux messieurs cousus d'or, surtout des gens de passage.

— Elle avait une petite servante, jadis.

— Victoire ? Elle l'a renvoyée puis l'a reprise et elle l'emploie à des tâches moins honnêtes. D'autres filles viennent parfois lui tenir compagnie, quand la pratique est abondante et fortunée. Sauf votre respect, cette maison est devenue un bordel. Et dire que cette catin, cette « impudique » jouait les déesses Raison au temps de Robespierre...

Diane l'observait du coin de l'œil. Il n'ouvrait pas la bouche ; quand on l'interrogeait, il répondait évasivement ou par monosyllabes. Elle décida d'en avoir le cœur net. Alors qu'ils se trouvaient seuls dans la bergerie, elle lui demanda comment s'était passé son voyage à Ussel. Il lâcha la fourche de bois, s'approcha d'elle, laissa tomber sa tête dans son épaule et dit en hoquetant :

— C'est une putain, maîtresse, une vraie putain ! Dire que j'aurais pu vous quitter pour aller vivre avec elle, cette garce, cette...

— Las... las... Je comprends ce que tu éprouves. Maintenant, la page est tournée. Il faut être courageux et te dire que toutes les peines s'oublient. Tu trouveras une compagne à ta convenance.

Elle ajouta en le serrant plus fort contre elle :

— Mon petit Florent, nous avons eu très peur de te perdre. Qu'aurions-nous fait sans toi ? Mon frère risque de nous quitter.

— Il vous quittera sûrement. J'ai surpris l'autre soir une conversation avec Lenoir. Ils ont projeté de se retrouver en Italie. La guerre... Ils en sont comme fous.

— Et toi, dit Dianc, si tu cs pris par la conscription, il faudra bicn que tu partes !

— Non, maîtresse. Plutôt aller rejoindre un parti d'insoumis. Ainsi je resterai près de vous.

Un jeudi d'après le premier dimanche de l'Avent une lettre de Jean-Marie Gaillot jeta la consternation dans la maisonnée : il venait chercher Marion.

Avant qu'elle ait eu le temps de répondre, il était là, sûr de lui et de son affaire. On avait assez tergiversé ; il avait décidé de précipiter les événements. A Marion de décider : d'accord pour l'épouser, elle le suivrait à Lubersac ; pas d'accord, il repartirait seul et tout serait dit ; hésitante, il lui laissait trois jours de réflexion ; elle demanda une semaine et il accepta non sans réticence.

Il expliqua qu'il n'était pas venu à bout de l'opposition de ses parents pour se laisser embarquer dans des incertitudes et de fausses promesses. Une fois la décision prise, le mariage serait célébré avant la fin de l'année. Il aimait poser des jalons, s'entourer de certitudes.

Marion jugea qu'à défaut d'avoir l'air plus aimable que par le passé, il avait meilleure mine que lors de son retour en Corrèze. « L'Echalas » était devenu un homme robuste, aux joues pleines, au teint frais, à la chevelure soignée. Alors qu'il semblait naguère embarrassé de son corps efflanqué, il trouvait tout naturellement sa place où il fallait qu'il fût ; autant il paraissait taciturne, autant il manifestait à présent aisance et autorité dans la conversation. C'était un autre homme ; il fallait tourner autour de lui pour savoir comment le prendre ; même Louis-Amour s'en laissait imposer.

Les quelques jours qu'il passa à Marsanges, Gaillot ne perdit pas son temps. Accompagné de Florent et de Louis-Amour, il parcourut le domaine, de l'étang du Diable aux pâturages du Riou, se faisant préciser les superficies, les limites exactes, appréciant en connaisseur la qualité de la terre, prospectant les tourbières, jugeant de tout avec hauteur, disant :

— Comment avez-vous pu vivre avec de si faibles revenus ? Il faudrait amender les sols, faire des brûlis, penser à de nouveaux produits. En Creuse, on commence à semer du trèfle. Pourquoi pas ici ? L'élevage du mouton, qui convient à ces terres, devrait produire davantage. Il faudrait introduire de nouvelles races, procéder à des essais...

— Pourquoi ne viens-tu pas t'installer ici, répliquait Louis-Amour. Si je pars, Marion et toi serez avec Diane les maîtres du domaine.

Gaillot secouait la tête avec un air de suffisance et de mépris. Il n'était pas fait pour la montagne : dure à travailler, climat rigoureux, excès de terres incultes... A Lubersac, il vivait sur une terre facile à exploiter : pâturages à perte de vue, sans mouillères, bien irrigués, convenant aux bovins... Là était sa place ; il « sentait » ce pays, pouvait dialoguer avec lui, alors que la montagne lui tenait un langage inconnu, barbare : un langage de pauvre.

Un soir, après le souper, il réunit toute la maisonnée et, la table débarrassée, y étala les documents cadastraux qu'il avait pu glaner chez les notaires des environs et dans ce qui restait des archives familiales. Tout y était, ou presque tout car Ambroise de Marsanges ne s'était jamais soucié d'inventorier son domaine, et on l'eût surpris en lui révélant que telle ou telle parcelle était son bien propre.

— Votre domaine est immense, dit Gaillot, mais il ne vaut pas tripette.

— Aurais-tu l'intention de t'en rendre acquéreur ? demanda ironiquement Louis-Amour.

Gaillot fit semblant de ne pas entendre. Il passa en revue les pièces de terre les plus rentables, qu'il avait recensées avant la réunion, sur plusieurs feuillets, avec leur superficie approximative, leur nature, leur rendement éventuel. Il ne dissimula pas longtemps ses projets.

— Je ne compte pas, dit-il, sur une dot en numéraire et en biens mobiliers pour Marion. Vous êtes des seigneurs, mais des seigneurs misérables.

Piqué au vif, Louis-Amour répliqua :

— Eh ! nous le savons. Qu'as-tu besoin de nous le rappeler ?

— ... des seigneurs misérables, poursuivit Gaillot, sans qu'un trait de son visage eût bougé. Nous devrons donc nous contenter de quelques biens immobiliers immédiatement négociables. Je pense notamment à l'étang du Diable. Correctement aleviné, protégé du braconnage, il serait d'un honnête revenu pour un bourgeois de Meymac. J'en sais qui en feraient leur profit. Il faudrait aussi vendre quelques centaines de sétérées de bois. Ça intéresse des charbonniers à qui j'en ai parlé. Enfin j'ai un preneur pour votre bruge du Nadoulet dont l'herbe est assez bonne, sans trop de joncaille...

— C'est tout ? demanda Louis-Amour d'un ton ironique. Le château ne t'intéresse pas lui aussi ?

— Trop de réparations. De plus, il n'a pas assez belle allure pour des parvenus du haut pays et il est trop important pour des laboureurs.

Il ajouta, en se versant un verre du vin qu'il avait apporté, car il se méfiait de celui qu'on lui servait à Marsanges :

— Je suis persuadé que vous faites une bonne affaire. Je soumettrai ces conditions à mon père. Il s'entend à ce genre de tractations.

— Il faudra y réfléchir, dit Louis-Amour. Marion, Diane, qu'en pensez-vous ?

Elles hochèrent la tête en échangeant un regard morne. Elles n'en pensaient rien, sinon, comme leur frère, que cela demandait réflexion.

— Votre réponse dans trois jours, dit Gaillot. Je n'ai pas le temps d'attendre le déluge.

— Que devient Marion dans cette affaire ? demanda sèchement Diane. Il ne semble pas qu'elle fonde d'amour pour toi.

— L'amour... l'amour, dit Gaillot en se frottant le nez. J'ai assez montré par ma patience que je tiens à elle.

— Et toi, petite sœur, qu'en penses-tu ?

Marion prit sa tête à deux mains, fondit en larmes et quitta la pièce.

A Marsanges, Gaillot se conduisait en maître. Les membres de cette famille présentaient une somme d'incompétence et d'irresponsabilité qui le dépassait. Convaincu que sa promise attendait sa venue, il avait retrouvé sans vergogne ses habitudes, la prenait toutes les nuits dans le lit installé au-dessus de la salle commune, sous le chaume, au milieu des guirlandes d'aulx, d'oignons, des monceaux de fanes de haricots. Elle n'avait pas résisté à ce bel homme qui, entre deux étreintes, lui présentait une image idyllique de sa future existence à Lubersac : l'ouvrage, certes, ne manquait pas, mais elle se reposerait en faisant l'école aux frères et sœurs de son époux. Il voulait des enfants ; il en voulait beaucoup ; il faudrait faire vite étant donné leur âge à tous deux.

— Tu seras heureuse, disait-il. Ici, tu vis comme une souillon ; là-bas, tu seras comme une reine. Au moins, est-ce que tu m'aimes ? Pourquoi ne dis-tu rien ?

Elle ne s'interrogeait guère sur le point de savoir si elle l'aimait ou non. Il lui donnait du plaisir et, dans ses bras, elle se sentait à l'abri de toutes les vicissitudes du destin. Si seulement il avait résolu de venir vivre à Marsanges... Elle se blottissait contre lui, le respirait, l'écoutait. Muette.

La veille de son départ, à trois jours de l'avant-dernier dimanche de l'Avent, il lui dit d'un ton autoritaire :

— Prépare ton bagage et fais tes adieux. Nous partons demain matin. Nous avons assez lanterné.

Elle n'eut pas le courage de s'opposer à cette décision pour laquelle, sûr de son affaire, il avait négligé de la consulter. Ni Diane ni Louis-Amour ne parurent surpris, tout semblant réglé d'avance. Il y eut quelques larmes, de gros silences, comme si la fatalité venait de frapper d'un trait de foudre toute la famille et l'eût transformée en statues de pierre.

Lorsque la carriole de Gaillot eut disparu derrière les bouquets de houx fleuris de neige fraîche, Diane prit le bras de Louis-Amour et lui dit :

— J'ai peur pour notre sœur. Je la connais trop bien pour savoir qu'elle ne sera pas heureuse. Ton ami Gaillot, c'est de la graine de despote.

Romulus avait disparu depuis trois jours et Julie l'avait cherché en vain. Gaspard avait raison : cela devait arriver. Elle le promenait en ville, tantôt en laisse, tantôt libre ; les hommes menaçaient de l'abattre d'un coup de fusil ; les femmes se signaient sur son passage ; les enfants lui jetaient des pierres. Il faut dire qu'on n'avait pas vu de loups dans les rues de Meymac depuis le terrible hiver de 1794 à 1795 et qu'il y avait de quoi, en voyant celui-ci déambuler, l'échine basse, à côté de la boulangère, se sentir des frissons dans le dos. Les autorités toléraient ces promenades, Julie ayant démontré qu'il était domestiqué et pas plus dangereux que le molosse du notaire.

Romulus était devenu un bel animal : pelage gris profond, yeux jaunes pailletés d'or, museau d'une extrême finesse, oreilles pointues. Il était docile, mais parfois, la nuit, sans doute alerté par des appels lointains, il grattait la porte en gémissant.

— Tu ne peux pas le garder indéfiniment, lui répétait Gaspard. Tu ne comptes tout de même pas l'amener avec nous à Brive ?

Elle s'entêtait : elle l'emmènerait, ou alors Gaspard partirait seul, et elle reviendrait vivre à Marsanges. Elle avait une manière bien à elle, avec la logique indiscutable des simples, de résoudre les difficultés. Il s'indignait : elle lui préférait donc cette bête immonde ? Elle répondait qu'elle les aimait tous les deux ; ils lui apportaient l'un l'amour, l'autre l'affection.

Elle perdit Romulus un jour qu'elle le promenait sur la grand-place, près de l'ancienne abbaye. Il était en train de tourner sans son collier, autour de la fontaine, cherchant où uriner, lorsqu'une bande de garnements firent irruption, armés de fronde. D'une fenêtre une femme cria :

— Visez-la bien, cette sale bête ! C'est le diable !

L'un d'eux visa juste ; atteint d'une pierre au flanc, Romulus poussa un gémissement aigu, fit front, oreilles dressées, gueule ouverte, puis déguerpit malgré les appels de Julie. Le temps pour elle d'arrêter l'élan des garçons et Romulus avait disparu. Elle passa une partie de l'après-midi à le chercher à travers la ville, à l'appeler et à questionner les habitants qui lui riaient au nez.

— C'est mieux ainsi, dit Gaspard pour la consoler. Il est sans doute retourné à sa forêt natale. Tu sais bien qu'on ne peut pas garder un loup, à moins de le mettre en cage et de le rendre ainsi malheureux.

Il eut tort d'ajouter :

— Si tu le revois un jour, ce sera sur les épaules d'un chasseur.

Elle se raidit, cogna des poings contre la poitrine de Gaspard. Le lendemain matin, elle quitta la boulangerie de bonne heure sans qu'il s'en inquiétât. Son travail terminé, laissant la boutique à la garde du mitron, il partit en direction de l'endroit où, le printemps précédent, ils avaient découvert le louveteau. Durant quelques heures, il suivit les pistes familières, sondant les profondeurs végétales, sifflant et appelant. Il aperçut un couple de loups assis sur une croupe rocheuse, sous le mont Bessou, mais renonça à leur envoyer de la chevrotine. Il retourna à sa boutique sans avoir relevé la moindre trace de Julie ni de Romulus. Il n'eut pas davantage de succès le lendemain. Le troisième jour, alors qu'il songeait à effectuer une battue, il remarqua des traces de sang sur une branche, dans les parages où ils avaient déniché Romulus. Sous la souche de hêtre, le nid était désert. Il siffla, appela, sans résultat. Il allait se retirer lorsque, de très loin, semblait-il, lui parvint une voix plaintive qui prononçait son nom et qui provenait d'un amas de roches rondes et grises, festonnées de bruyères. Blottie dans une brèche, Julie tenait sa main droite blessée, serrée contre elle, enveloppée dans un pan de son tablier. Elle paraissait tellement terrorisée qu'il renonça à la corriger.

— Folle ! s'écria-t-il. Tu devrais te souvenir de la façon dont est morte la compagne de ton frère Hyacinthe, Estelle : dépecée par les loups, près de Chavanac. Est-ce que tu te souviens ?

Elle hocha la tête en reniflant ses larmes.

— Alors pourquoi es-tu partie sans rien me dire ? Nous aurions pu le chercher ensemble, ton protégé. Comment t'es-tu fait cette blessure ?

— Un chien. Des gens m'ont poursuivie. Ils voulaient me battre.

Il examina la blessure, fronça les sourcils. Ce n'était pas une morsure de chien. Alors, un loup ? Elle ne savait pas mentir ; elle avoua que c'était bien un loup : Romulus. Il la mena chez le chirurgien qui nettoya la plaie avec de la « blanche », l'enduisit d'une pommade, lui fit un bandage. Il se fit raconter les circonstances de l'accident et hocha gravement la tête : on avait signalé des cas de rage dans la région : des chiens mordus par des loups ; un fermier était mort, près d'Ambrugeat, à la suite d'une morsure de chien...

— Surveillez bien son état, ajouta le chirurgien. Donnez-lui de la poudre de mouron rouge dans de l'eau, avec du sel et un gros d'alun. Si c'est la rage, vous le saurez dans trois ou quatre semaines. Vous pouvez la conduire à Aigurande, dans la Creuse et lui faire toucher les reliques de saint Hubert, mais je ne crois guère à ces superstitions. En tout cas, si ça ne fait pas de bien, ça ne fait pas de mal.

Gaspard conduisit Julie au saint guérisseur. Avec son couteau il gratta la statue à l'endroit identique à celui où Julie avait été mordue, plaça la poudre dans un sachet pour la faire prendre en tisane à sa compagne. Il venait de découvrir qu'il tenait à Julie plus qu'il ne pensait.

De trois semaines, le mal ne présenta aucune aggravation. Gaspard se dit qu'elle était tirée d'affaire, mais le chirurgien hésitait à se prononcer.

— Nous en sommes au moment critique, dit-il. Surveillez-la bien. Au moindre signe de dérèglement, venez me voir, mais je vous préviens : si c'est la rage, le poison monte au cerveau, et il n'y a rien à faire.

Surveiller Julie était difficile, tant son comportement était imprévisible ou aberrant, mais, depuis qu'ils vivaient ensemble, Gaspard en avait pris l'habitude. Qu'elle parût soudain abattue, qu'elle s'enfermât en plein jour dans sa chambre durant des heures, volets clos, qu'elle mangeât comme un oiseau ou dévorât, cela n'avait rien d'inquiétant. Gaspard commençait à douter des vertus de saint Hubert et du mouron rouge lorsqu'il constata qu'elle répugnait à boire, qu'elle s'appuyait aux meubles pour se déplacer, qu'elle devenait irascible. Diagnostic sans appel du chirurgien : c'était bien la rage. Gaspard en fut comme foudroyé.

— Je vous plains, mon garçon, dit le chirurgien. Le mal va prendre une méchante tournure. Elle aura des accès de folie furieuse et se mettra à baver un liquide jaunâtre, infect. Veillez à ne pas l'approcher de trop près : le mal est contagieux. Le mieux est de la confier à l'hospice. Avec le métier que vous faites, vous risquez de contaminer votre pratique.

Gaspard rédigea un mot pour les Marsanges, qu'il fit porter par son mitron, puis il effectua les démarches nécessaires pour faire admettre la malade à l'hospice. Il était temps : les crises de démence de Julie avaient atteint une intensité insupportable : elle ne supportait plus la présence de son compagnon, lui jetait des objets au visage, se roulait sur le plancher en gémissant ; il l'entendait hurler la nuit, attachée à son lit, tandis qu'il préparait sa fournée, et il pleurait.

Louis-Amour vint aux nouvelles. Il demanda à voir sa sœur, ne la reconnut pas dans cette folle squelettique, exsangue, dont toute l'énergie passait dans ses hurlements et les efforts qu'elle faisait pour se libérer.

Elle mourut le lendemain. Louis-Amour se proposait de ramener le corps à Marsanges ; on l'en dissuada : par sécurité, on le jetterait dans la fosse commune, recouvert d'une couche de chaux vive.

Gaspard fut le seul à pleurer Julie. Elle avait toujours mené dans sa famille une destinée marginale, sans véritable affection de part et d'autre ; elle ne se plaisait que dans une solitude peuplée de créatures un peu sauvages comme elle ; c'était dans sa nature, et ce n'était pas une nature facile — Gaspard lui-même, qui partageait quelque peu ses affinités et faisait preuve de patience, en savait quelque chose. Louis-Amour l'interrogea sur ses projets.

— La boulange, répondit Gaspard, c'est fini pour moi. Je n'en avais d'ailleurs pas vraiment le goût. Une place m'attend à la magnanerie de Le Clere, dans le bas pays. Je ne reviendrai jamais dans la montagne. Adieu, l'ami.

Louis-Amour quitta Marsanges au printemps.

Il avait longtemps hésité ; si longtemps que Diane et Marion se plaisaient à croire qu'il avait renoncé à son projet, d'autant qu'il n'en parlait jamais, comme s'il l'avait oublié. Il n'en était rien. Il avait frémi en apprenant que Bonaparte, qui venait d'épouser la veuve Beauharnais, avait été nommé commandant en chef de l'armée d'Italie, début mars ; il s'était exalté en lisant, dans *Le Moniteur,* que le général venait d'entrer en campagne. Il lui gardait rancune de la fusillade de Saint-Roch, mais il persistait dans son admiration pour les talents militaires du petit général qu'il avait aperçu à Paris, auquel on aurait donné trois sous pour aller consulter un médecin, mais qui se révélait homme de tête et meneur de troupes. Désiré Lenoir partageait son enthousiasme ; il avait confié à Louis-Amour : « Suivons ce petit Corse. Foutre-Dieu, il nous mènera au bout du monde ! »

L'annonce des victoires sur les Autrichiens acheva de le décider. Il dit à Diane :

— Comprends-moi. Je me plais ici, parmi vous, et je reviendrai si j'en réchappe, mais j'ai l'impression d'avoir déserté. Je ne suis pas de la première jeunesse, mais je peux encore rendre des services à ma patrie. Le caporal Lenoir est encore dans la région. Nous avons bu un coup ensemble lors de mon dernier voyage à Ussel. Il m'attend à Brive. De là, départ pour l'Italie ! J'en ai le cœur déchiré, mais il faut que je parte. C'est écrit dans ma destinée.

Alors que Diane et Marion semblaient accepter cette décision comme une fatalité, Florent regimba âprement, reprochant à Louis-Amour son égoïsme. Louis-Amour le prit par le col de sa chemise, le secoua, lui jetant au visage avec une odeur de vin :

— Il aurait peut-être fallu que je demande l'avis de mon valet, que j'en fasse à sa convenance, que je reste pour le soulager dans sa tâche ? Dis donc, blanc-bec, pour qui me prends-tu ?

Diane tenta de les séparer. Louis-Amour la repoussa d'un geste brutal en s'écriant :

— Ce galapiat ! Il oublie qu'il nous doit tout, que nous l'avons gardé par pitié. Il aurait dû finir dans une maison de force où peut-être on lui aurait appris le respect qu'il doit à ses maîtres. Répète un peu que j'ai tort de partir ! Répète-le !

— Tu as mille fois tort, répondit froidement le « baïlero ».

Il supporta sans une plainte, sans un geste, les deux gifles que lui administra Louis-Amour. Ce dernier allait récidiver quand il se sentit saisi par-derrière, soulevé, couché le nez contre la table avec, au-dessus de lui, le visage furibond d'Angélique. Si Marion n'avait pas retenu son bras, elle lui aurait fracassé une cruche sur le crâne.

— Tu es allé trop loin, dit Diane. Florent est des nôtres et je le considère comme mon frère. Il peut nous quitter quand il veut, mais il reste. As-tu songé à ce que nous deviendrions sans lui ?

Elle ajouta d'un ton âpre :

— Tu es resté quelque temps sans boire, et voilà que ça te reprend.

— Pardonne-moi, dit Louis-Amour, soudain dégrisé.

— C'est à Florent que tu dois des excuses. Tu l'as offensé.

— Laissez, maîtresse, dit Florent. Cela n'a guère d'importance.

— Je te demande pardon, dit Louis-Amour. Le misérable que je suis vous demande pardon à tous. J'ai tort, je le sais, mais je ne souffre pas qu'on me le dise. C'est plus fort que moi : il faut que je parte, sinon la honte me poursuivrait. En restant, je serais malheureux et vous en pâtiriez vous-mêmes. Pourtant, Dieu sait que je vous aime. Même toi, mon petit Florent.

Ils s'embrassèrent avec effusion. Attiré par le bruit, Félix, qui jouait au soleil avec le vieux labrit, surgit. Louis-Amour le prit dans ses bras.

— Petit Marsanges, lui dit-il, garde-toi bien d'imiter ton oncle. La guerre ne mérite pas la passion qu'on lui porte. C'est une mégère, une ogresse, une dévoreuse d'hommes. A ceux qui voudront t'y entraîner plus tard, tu répondras non. Promets-moi !

— Laisse-le, dit Diane. Il est trop innocent pour comprendre. Quand pars-tu ?

Comme à regret, il répondit :

— Demain.

Louis-Amour parti, le château parut vide et triste à ses habitants au point qu'ils regrettaient presque la ferme du Pradeloux où ils nourrissaient l'espoir de retrouver le berceau de la famille et les souvenirs qui s'y rattachaient. Ils avaient réinstallé l'essentiel du mobilier, repeint les murs à la chaux et encaustiqué les lambris pour effacer ce qui aurait pu rester de la présence des précédents occupants, accroché à leur place portraits de famille et panoplies indiennes rescapés du pillage et du massacre. Peu à peu, ayant retrouvé leur cadre et leurs habitudes, ils se disaient qu'ils n'avaient plus rien d'important à ambitionner.

Depuis le départ de Louis-Amour, ils avaient reçu deux visites qui leur avaient causé beaucoup d'émotion, mais aucune joie véritable.

Brival avait pris en charge, depuis Paris, le retour du corps de Hyacinthe ; Diane, accompagnée de Florent et du forgeron Amadieu, était allée chercher à Meymac le corps de sa sœur que l'on avait finalement refusé de voir jeter à la fosse commune. Ils avaient enfoui les deux cercueils côte à côte, près des autres disparus. Florent avait gravé des noms et des dates sur des plaques de granit longues et pesantes pour préserver les dépouilles des loups qui, la nuit, venaient parfois gratter la terre du petit cimetière.

Brival, qui faisait parfois de longs séjours à Tulle, ne manquait pas, chaque fois, de se rendre à Marsanges.

Le parlementaire n'était pas avare de nouvelles. Le gouvernement régnait sans éclat et la Révolution semblait avoir vécu ; ses dons d'orateur ne trouvaient guère d'occasions de s'exercer à la tribune. On avait remplacé les assignats dévalués par des mandats territoriaux qui ne valaient guère mieux. Après l'exécution de Stofflet et de Charette, la guerre de Vendée laissait s'éteindre ses dernières braises. Brival voyait d'un mauvais œil l'ascension dans l'opinion d'un illuminé, un certain Gracchus Babeuf, qui avait entrepris de « révolutionniser » la population en prônant l'égalité absolue entre citoyens, de faire de tous des « impropriétaires ». Il n'aimait pas non plus Bonaparte, un « sabre » férocement ambitieux ; son départ pour la campagne d'Italie le rassurait, mais le Corse gardait un œil sur le pouvoir et l'on pouvait tout redouter d'un retour victorieux.

Le départ de Marion l'attrista ; celui de Louis-Amour suscita sa colère. Il restait deux jours, parfois un peu plus, partageant le lit de Diane, s'excusant souvent auprès d'elle de n'avoir fait que dormir, vaincu par la fatigue, les soucis, l'air vif de Marsanges... Parfois il était repris par ses anciennes obsessions : las de la politique, il viendrait s'installer à Marsanges, ferait de ce domaine une exploitation modèle à l'égal de celle du comte Jean d'Ussel, une enclave paradisiaque au sein de cette sauvagerie. Diane l'écoutait d'une oreille distraite, se laissait porter par ces vagues d'utopie qui la changeaient des réalités accablantes qu'elle vivait. « Oui, se disait-elle, qu'il vienne vivre avec nous. Je serai toujours là pour l'attendre. »

Au début de l'année, Brival amena Pénières à Marsanges. La mine du pauvre Jean-Augustin en apprenant le départ de Marion et l'annonce de son mariage, prévu pour le mois de juin ! Il lui avait apporté des cadeaux : un châle de cachemire, des boucles d'oreilles en corail, une robe, des mouchoirs de batiste et, connaissant sa gourmandise, des chocolats dont Félix et Angélique firent leur profit. Il errait comme une âme en peine dans le château et les environs. Malheureux en ménage, mal dans son amitié pour Brival depuis qu'il s'était rangé dans la section réactionnaire des Cinq-Cents, il avait attendu une consolation d'une idylle avec Marion, et Marion n'était plus là !

— Je vais le ramener à Tulle dès que possible, dit Brival. J'en ai assez d'essuyer ses jérémiades !

Il s'était pris pour Félix, qu'il appelait son « petit Brival », d'une affection proprement paternelle. Il le faisait monter avec lui à cheval, lui racontait des histoires, lui apprenait les chansons à la mode, s'émerveillait de ses progrès en matière de lecture, d'écriture, de dessin. Il disait : « Nous en ferons un homme de lettres ou un artiste. Surtout pas un homme politique ou un militaire ! »

Il revint un jour avec des nouvelles de François, qui avait suivi le destin du prétendant, cette « baudruche » de comte de Provence, dans son exil, en Courlande. Il l'avait appris à la suite de la saisie en mer d'une correspondance secrète.

Chaque fois que Brival remontait en selle pour regagner Tulle, Diane se disait : « Il faut que j'arrive à le persuader de ne plus revenir. Il ne divorcera jamais. Il s'amuse de moi et de son fils. Cette liaison n'ouvre sur rien. » Elle ne pouvait se résoudre à lui dire le fond de sa pensée ; il avait trop fait pour elle, pour eux ; il la jugerait ingrate et n'aurait pas tort. De plus il braverait cette opposition, certain que Diane, malgré ses réserves, était profondément attachée à lui. Diane se disait aussi que, Brival exclu définitivement de sa vie, la solitude de Marsanges se ferait plus pesante encore ; elle serait à jamais condamnée au célibat et à l'abstinence, à une fidélité irrémédiable envers cette famille de fantômes, cette masure et ces arpents de désert.

Marsanges baignait dans la nature juteuse de mai, pleine d'un vrombissement d'insectes, de sèves en travail, de vent doux — cette rumeur insistante qu'on appelle joliment dans le pays l' « abeillard ». Florent était occupé de ses ruches ; Angélique curait les levades ; Diane achevait de peigner le chanvre, tandis que Félix, à plat ventre dans l'herbe, crayonnait des oiseaux, des moutons et des arbres. De temps à autre, le vent apportait le tintement cristallin de l'atelier du forgeron Amadieu, et même sa voix de stentor lorsqu'il gueulait contre son fils qui lui servait de commis ; d'autres fois, c'était le tintement de la cloche animée par le nouveau curé, un « prestolet » jeune et timide qui passait le plus clair de son temps à jardiner et à se louer pour survivre.

Diane se dit que c'était peut-être lui qui se présentait à la grille, mais le visiteur avait un cheval et nullement l'allure d'un prêtre. Diane se porta à ses devants.

— Monsieur d'Ussel ! La bonne surprise ! Je pensais que vous nous aviez oubliés...

Il tourna deux réponses dans sa tête : la première pour dire qu'il avait eu beaucoup d'occupations et de soucis ; la seconde pour lui révéler qu'il ne pouvait l'oublier. Il choisit la première en attachant son cheval à un anneau de la fontaine.

Depuis sa dernière visite — il y avait des mois — il était passé beaucoup d'eau sous les arcadours du Riou. Exclu de l'armée en janvier 94 en tant que ci-devant, bien qu'il eût été, dès l'origine, partisan et soutien de la Révolution, Jean-Hyacinthe s'était retiré dans ses terres du Bech et de Châteauvert pour les mettre en valeur.

Diane n'ignorait rien de ce qu'il lui racontait de sa vie, mais elle le laissa parler car elle prenait plaisir à l'entendre. Il s'assit près d'elle, à même les marches, les jambes allongées au soleil, sa cravache frappant sa botte à petits coups. On l'avait sollicité pour un poste de vice-président du Directoire départemental et il avait accepté, malgré la suspicion de certains membres de cette assemblée.

— Savez-vous ce que l'on me reproche ? dit-il. D'avoir eu des complaisances pour les prêtres et pour les émigrés de retour dans leur foyer. Cette accusation, je ne fais rien pour m'en disculper. Mon souhait est que tous ceux qui ont quitté la France, ou les émigrés de l'intérieur, ceux qui se sont cachés pour protéger leur existence et leur famille, retrouvent leurs places et leurs biens, à condition qu'ils n'aient pas porté les armes contre la République. Mais cela n'est pas possible. Quelques acquéreurs de biens nationaux restituent leurs acquisitions sans trop de mauvaise grâce de crainte d'avoir péché contre la religion et surtout d'être contraints à la restitution si les royalistes reprennent les rênes du pouvoir.

Il dessina l'espace autour de lui de la pointe de sa cravache avant de poursuivre ?

— Vous, les Marsanges, vous avez eu la chance de retrouver votre château et une partie de vos terres, à croire que la Providence veillait sur vous. La Providence et quelques âmes compatissantes... Cette chance, les Tourdonnet ne l'ont pas eue : ceux qui ont acquis leur château en ont fait une carrière et il n'est plus que ruine. Les écuries installées dans de splendides salles voûtées sont aujourd'hui ouvertes à tous les vents. Et il y en a d'autres dans le même état à travers la région. Cette Révolution a fait de grandes choses, mais elle a laissé s'accomplir bien des méfaits : ces demeures ruinées, ces églises mutilées ou pillées... La postérité nous reprochera d'avoir laissé commettre ces actes de vandalisme, et elle aura raison, mais que faire lorsque la barbarie et la bêtise se déchaînent ? J'ai risqué ma vie en voulant défendre une statue de saint Roch contre des énergumènes. Aujourd'hui, je me dis que mon sacrifice aurait été inutile. Ajouté à d'autres, ce geste aurait pu être efficace, mais où étaient-ils, ceux qui auraient été assez fous pour sacrifier leur vie à la défense de la beauté, de l'intelligence, de la foi : de l'homme, tout simplement ?

« Voilà un beau discours, songeait Diane, mais a-t-il fait tout ce chemin pour me parler du vandalisme ? »

Il ajouta en la voyant sourire :

— Je vous ennuie ? Si... Si... Je le sens. Pardonnez-moi de me laisser porter par des sujets qui me tiennent au cœur... J'ai appris la mort de Hyacinthe et de Julie...

Il poursuivit sur ce registre un peu geignard et Diane se demandait où il voulait en venir quand, se redressant, il monta d'une marche pour se trouver à son niveau et lui dit :

— J'ai assez parlé de moi ; j'aimerais que vous me parliez de vous.

Sur un ton mi-amusé, mi-sérieux, elle fit un état de la situation qui, pour n'être point brillante, n'était pas comparable à celle qu'avec sa sœur elle avait connue à Saint-Angel, à Paris et au Pradeloux. Sa vie avait retrouvé ses assises ; elle eut une image juste en comparant sa famille à un arbre qu'un hiver rigoureux a privé de quelques branches maîtresses, qui, fendu, démembré, brûlé par la foudre, met encore sa verdure de printemps, mais qui ne retrouvera pas sa vigueur passée.

Il hocha la tête et elle comprit que ce n'était pas ce qu'il souhaitait entendre. Elle ajouta :

— C'est la même chose pour les sentiments, sauf que l'arbre, je le crains bien, ne reverdira plus jamais. Il reste cette pousse : mon petit Félix, et elle est vigoureuse.

— Brival... Le voyez-vous toujours ? Vous pouvez me parler à cœur ouvert, mon enfant, mais si ma question vous importune...

— Je ne vous dirai rien, monsieur, parce qu'il n'y a rien à dire.

Il dut se contenter de cette réponse sibylline alors qu'il souhaitait une grosse confidence toute chaude, quelques larmes peut-être, à tout le moins quelque réaction montrant que Diane n'était pas devenue inaccessible aux mouvements du cœur. Le « monsieur » lui déplut ; il lui fermait Diane comme une porte qu'on claque.

— Soit, dit-il. Je respecte votre réserve, mais faites-moi une faveur : ne m'appelez point « monsieur », mais Jean.

Elle rit sans répondre, se leva, prétextant qu'elle avait à préparer le repas de midi. Il bondit de bonheur lorsqu'elle lui dit :

— Jean, m'aiderez-vous à le préparer ? Vous restez dîner, bien entendu.

Tandis qu'ils épluchaient les légumes, il lui dit :

— Je ne vous ai guère parlé de ma vie familiale, et pourtant il s'y passe des choses graves. Mon épouse est au plus mal. On lui prête six mois à un an de vie. Elle souffre d'un mal qui la ronge du dedans et sur lequel les médecins ne peuvent se prononcer. Cela ajouté à la mort de notre fils chéri fait que je vis une sorte de calvaire.

Il laissa reposer son couteau, regarda le chemin aboutissant à l'allée de hêtres par où allaient surgir Florent et Angélique. Il murmura d'une voix brisée.

— Je serai bientôt veuf. Veuf et seul. Cette idée m'accable. Diane, si vous vouliez...

Elle reçut cet aveu comme une commotion, résista lorsqu'il chercha à la prendre contre lui. L'arrivée de Florent la tira d'embarras. Elle n'aurait pas répondu car elle ne savait que répondre. Jadis, alors que M. d'Ussel s'offrait d'aider la famille, elle avait pensé qu'il pouvait bien entrer quelque calcul dans cette avance, puis une longue absence avait autorisé Diane à se dire qu'il avait renoncé à la conquérir.

Le repas fut détendu. Félix, d'un mouvement plein de générosité, avait fait don à l'invité d'une somptueuse calèche en trois couleurs. M. d'Ussel s'extasia : cet enfant était très doué ; on en ferait un artiste ! Un refrain que Diane avait entendu de quelqu'un d'autre...

M. d'Ussel intéressa la tablée en contant ses expériences des nouvelles méthodes d'exploitation. Esprit inventif, il avait fait fabriquer une machine à vapeur destinée aux labours ; elle avait explosé à la première tentative, ce qui ne l'avait pas découragé. La seconde machine, confiée à un forgeron de Bort, habile en l'art de la mécanique, avait tracé sans encombre un premier sillon avant de tomber en panne.

— Si je m'obstine dans cette technique, dit-il, c'est que l'avenir, dans ce domaine comme dans d'autres, est à la vapeur. Comment admettre que, dans un siècle, nous continuerons à moissonner à la faucille et à battre au fléau ? On rit de mes ambitions, on me traite d'utopiste, mais je sais que le futur me donnera raison. Je ne suis pas de ces beaux esprits qui agricolisent dans les bureaux ou les salons et qui ne sauraient distinguer un épi de blé d'un épi de seigle. A ceux qui se rient de mes expériences, je cite les frères Montgolfier et Pilâtre de Rozier.

Il ajouta joyeusement :

— Florent, j'espère que tu n'es pas de ceux qui se moquent de mes expériences ? Viens donc me retrouver au Bech quand tu en auras le loisir et l'envie.

Avant son départ, il fit le tour de quelques parcelles, jugea en connaisseur de l'état du seigle et du blé noir. L'hiver avait été clément, le printemps précoce, et la moisson s'annonçait abondante. Il estima satisfaisant l'état de la bergerie, incita Florent à récolter les airages, ces humus gras piétinés par le passage du troupeau, qui constituaient un excellent engrais, jugea exemplaire l'état sanitaire des brébiales. Il promit de fournir à Florent de la semence de trèfle, une culture qui donnait de bons résultats en Creuse.

Le pied à l'étrier, il dit à Diane :

— Mon enfant, si mes confidences vous ont blessée, oubliez-les. Si mes visites vous importunent, j'y renoncerai. Pourtant, dites-vous que j'éprouve depuis longtemps pour vous un sentiment plus fort et plus profond que l'amitié ou l'affection. Je ne vous en dis pas plus...

Il prit la main qu'elle lui tendait, la porta à ses lèvres. Sa promenade l'avait ragaillardi ; il semblait avoir semé en route dix ans de son âge. Elle répondit prudemment :

— Revenez quand il vous plaira, Jean. Vous serez toujours le bienvenu.

16.

LES FEUX DE LA SAINT-JEAN

Marsanges : été 1796.

Rien n'avait laissé prévoir son retour. Et elle était là, son baluchon à la main, son visage coloré par la chaleur et l'émotion, une rosée aux tempes et sur la lèvre supérieure, qui lui faisait une petite moustache de soleil.

— Marion ! s'écria Diane. Que fais-tu ici ? Tu devais te marier ces jours-ci, il me semble ? Que s'est-il passé ? Tu t'es enfuie ?

Marion hocha la tête, peu préoccupée par les conséquences de son escapade, plutôt ravie de se retrouver au château, de serrer ses sœurs contre elle : Diane qui paraissait désemparée, Angélique qui gémissait comme un chiot en la caressant, Florent en train de trier les graines pour les semis de chanvre, et Félix qui tournait autour de ses jupes dans l'espoir d'en voir surgir un jouet ou une friandise, alors qu'elle lui répétait d'une mine contrite : « Je n'ai rien pour toi, mon pauvre drôle, rien... »

Ses lettres ne disaient que des choses banales : quelques lignes pour parler de la pluie et du beau temps, des récoltes, des bêtes...

— Je pensais que vous auriez compris en les lisant, dit-elle.

— Qu'aurions-nous compris ? Tu ne disais rien !

— Je ne pouvais pas en dire plus. Jean-Marie m'obligeait à lui montrer mes lettres, me les faisant corriger ou réécrire au besoin, et c'est lui qui les confiait à la poste. Je suppose que vous m'avez répondu ? Vos lettres étaient confisquées ; je n'en ai reçu aucune. Un jour, je vous ai écrit pour vous confier mes malheurs, et j'ai fait expédier ce courrier par un valet en qui j'avais confiance : il l'a remise à son maître. J'ai cru que Jean-Marie allait me tuer ; je porte encore les marques de sa colère. C'est ce jour-là que j'ai décidé de fuir avant le mariage.

— Tes malheurs, dis-tu ?

— Tu n'en as pas idée... Non content de me prendre de force, plusieurs fois dans la nuit, Jean-Marie me faisait travailler le jour comme une esclave, même le dimanche. Des ordres, et encore des ordres ! « Va curer l'écurie ! Prépare la pâtée pour les cochons ! Tire du vin à la cave ! » Toute la journée comme ça ! J'ai veillé à ne pas être enceinte, et je ne le suis pas, Dieu merci ! J'ai profité d'un jour où il était à la foire d'Objat pour lui tirer ma révérence, en lui laissant un mot qui n'est pas piqué des vers.

— Malheureuse ! Il reviendra te chercher.

— Qu'il revienne ! Je le recevrai avec un fusil. C'est dit dans la lettre. Il n'insistera pas, il sait qu'il n'a aucun droit sur moi.

— Et sa famille, comment te traitait-elle ?

— Des porcs gras qui se targuent de quartiers de noblesse dont je n'ai vu trace nulle part. Je n'étais ni plus ni moins que leur nouvelle servante, et je ne leur coûtais que le gîte et le couvert. Les servantes... Ils n'ont jamais pu en garder une plus d'un mois : elles filaient toutes avant d'avoir touché leur dû. Le jour où le père Gaillot a découvert mes livres il m'a battue avec sa ceinture et menacée, s'il me surprenait à perdre mon temps en lecture, de me jeter dans la mare. Il m'a dit en montrant mes livres : « Va jeter tout de suite cette saloperie sur le fumier ! »

Venue à pied de Lubersac par Uzerche et Bugeat, Marion avait couché à Treignac chez le marchand de châtaignes qui, le lendemain, l'avait raccompagnée sur une lieue en carriole afin de ménager ses forces.

— J'ai hésité à revenir à Marsanges, dit-elle. Tu te souviens de ce que Brival m'a proposé : postuler pour enseigner à l'Ecole centrale qui vient d'ouvrir à Tulle et qui manque de personnel.

Diane, un feu de colère dans le regard, fit claquer sa main sur la table. Comment sa sœur avait-elle pu songer à leur faire cet affront ? Marion écrasa une larme au coin de son œil, expliqua qu'elle craignait de déranger un ordre rétabli à grand-peine ; elle avait honte de ce nouvel échec sentimental ; elle craignait des représailles de la part de Gaillot...

— Tu es folle ! s'écria Diane. Complètement folle ! Si tu savais comme cette grande masure est triste depuis que tu nous as quittés... Félix te réclamait tous les jours. Nous lui expliquions que tu étais en voyage et que tu ne tarderais pas à revenir. Tu as vu comme il t'a fait fête ?

Marion demanda des nouvelles de Louis-Amour. Il écrivait peu, des lettres souvent à peine lisibles, écrites sans doute sur un tambour ou un genou, au milieu du vacarme, du mouvement des camps, dans la fatigue du bivouac. Il les assaisonnait d'un brin de vantardise : il avait battu les Autrichiens à Montenotte, à Dego, à Lodi, les Sardes à Millesimo et à Mondovi. Il semblait avoir épousé la victoire ; elle le prenait par la main, l'entraînait toujours plus avant, pieds nus, le ventre creux, trois ou quatre cartouches dans la giberne ; il lui faisait l'amour dans le tonnerre des batteries, la lourde chaleur de la plaine du Pô, dans les bourrasques de pluie et parfois, quand ils avaient pris une ville, dans le lit d'un notable. Les Sardes avaient mis bas les armes et le duc de Modène n'avait pas tardé à l'imiter. On était entré dans Milan derrière Bonaparte, le 15 mai ; le général l'avait complimenté pour son entrain, son courage, et lui avait conféré le grade de sergent-chef. Une des lettres du nouveau promu s'insurgeait contre les excès déshonorants commis par les soldats de la République, à Pavie ; sa dernière, datée du 4 juin, annonçait le siège de Mantoue, dernière ville tenue par les impériaux. Ah ! que la guerre était jolie sous le soleil du Piémont, quand les soldats ne pensaient qu'à la victoire...

— J'ai comme un pressentiment, dit Marion, que nous le reverrons sans tarder.

— A lire ses lettres, on croirait plutôt qu'il attend son bâton de maréchal.

— Cette campagne d'Italie ne durera guère. Tout va trop vite. Les Gaillot en parlaient souvent, à la veillée. Ils piquaient de petits drapeaux sur une carte de l'Italie où se bat un frère cadet de Jean-Marie. Ils assuraient que les impériaux ne tarderaient guère à mettre bas les armes, quand Bonaparte les aurait battus sur le Pô et Jourdan sur le Rhin. La guerre terminée, Louis-Amour nous reviendra. J'en suis certaine.

— Il nous reviendra peut-être, dit sombrement Diane, mais avec un bras ou une jambe en moins. Pouvons-nous souhaiter cela ?

Marion avait mésestimé l'attachement que lui vouait Jean-Marie Gaillot.

Elle était installée depuis trois jours au château quand il surgit comme un diable de sa boîte, l'arme au bras, l'air hargneux. Campé au milieu de la cour, il appela Marion à tue-tête. N'obtenant pas de réponse, il tira en l'air puis sur une fenêtre de l'étage. Florent ferma en hâte les volets du rez-de-chaussée, décrocha un fusil au râtelier et le chargea. Diane alla chercher les pistolets et enferma Félix et Angélique dans le cagibi.

— Laissez-moi lui parler, dit Marion. Il vous tuerait si vous interveniez. C'est un homme dangereux.

— Tu lui parleras si tu veux, dit Florent, mais en notre présence. Il comprendra vite qu'il n'a aucune chance de s'en sortir, sinon de filer doux.

— On voit bien que vous ne le connaissez pas... dit Marion.

Elle s'avança vers le milieu de la cour, suivie à deux ou trois pas de Diane et de Florent qui portaient ostensiblement leurs armes.

— Marion, dit Gaillot, j'ai à te parler. Vous deux, décampez !

Il avait une mine de chien enragé. La sueur faisait briller son visage et le haut de sa poitrine. Il ajouta :

— Je suis venu chercher ma femme.

— Montre-nous l'acte de mariage, dit Diane, et tu pourras la reprendre.

— Le mariage ? Il aura lieu dans quelques jours, comme prévu. Le maire nous attend.

— Il attendra longtemps, dit Florent. Pour se marier, il faut être deux.

— Toi, le valet, dit Gaillot d'un air menaçant, ferme ta gueule ou je te la bourre de chevrotine.

— Tu en garderas pour moi aussi, dit Diane, mais tu n'en auras pas le temps.

Marion fit un pas vers Gaillot, lui ordonna de remettre son arme à la bretelle. Il lui obéit de mauvaise grâce. Elle lui parla doucement, lui confia qu'elle l'avait aimé sincèrement, mais qu'il l'avait abusée. Elle avait accepté d'être sa femme, pas son esclave et celle de sa famille. Il lui avait promis une existence de reine ; on avait fait d'elle une souillon. Il l'écouta en silence, regardant la pointe de ses chaussures, le visage soudain rasséréné.

— J'ai eu des torts envers toi, dit-il. Je m'en repens. Tout ça est la faute de mon père : il n'a jamais su se conduire avec les femmes que comme un garde-chiourme. Mais tout ça va changer, je te le promets. Allons, fais ton bagage. Le char à bancs nous attend au bout de l'allée.

— C'est trop tard, Jean-Marie. Ma vie est à Marsanges. Celui qui m'aimera et me demandera pour femme devra venir vivre ici. Plus jamais je ne partirai. Adieu, Jean-Marie, et bien le bonjour à ton père !

Soudain il parut retrouver toute sa hargne.

— Tu ne t'en tireras pas aussi facilement ! s'écria-t-il.

Il leva le canon de son arme contre la poitrine de Marion qui recula d'un pas, mais il n'eut pas le temps d'appuyer sur la détente : un coup de feu tiré par Florent lui faucha les jambes. Il jura, lâcha son arme. Marion s'en saisit et s'écria :

— Imbécile ! Tu es bien avancé.

En le soutenant aux épaules, ils le conduisirent jusqu'à la cuisine, l'allongèrent sur les dalles. La chair saignait sous la toile déchirée, mais les bottes de gros cuir avaient limité la blessure. Il perdit connaissance alors qu'on le déchaussait. Pour le faire revenir à lui, Marion lui fit boire de l'eau-de-vie. Quand il rouvrit les yeux, Diane lui dit :

— Tu t'en tireras sans trop de mal. Nous t'avons bandé les jambes, mais il faudra qu'un chirurgien examine les plaies. Estime-toi heureux et dis-toi une fois pour toutes qu'on ne brave pas impunément les Marsanges. Tu ne vas pas recommencer à nous importuner, au moins ?

— Non, dit-il d'un ton bourru, je te le promets.

— Tu renonces à Marion ?

— D'accord. J'y renonce.

Florent lui fit boire une tisane ; on lui proposa de passer la nuit au château : il refusa — son père risquait de s'inquiéter et de venir le chercher avec du renfort. Il affirma qu'il tiendrait le coup jusqu'à Lubersac. Florent le raccompagna jusqu'au village en tenant le cheval par la bride. Jean-Marie, au moment de se séparer, lui tendit la main et lui dit :

— Je ne t'en veux pas, mon drôle. J'aurais fait de même à ta place. Dis à Marion que je l'aime toujours autant et que, si elle change d'avis...

— Ne te fais pas d'illusions. Quand elle a pris une décision, elle s'y tient. C'est une vraie Marsanges.

Louis-Amour était en route pour Marsanges.

La poste aux armées avait bien fonctionné. A la mi-juin, quelques jours après avoir reçu la lettre qui annonçait son retour, il arrivait en char à bancs, en compagnie d'un ancien meunier rencontré à Ussel. Ils avait fait la tournée des cabarets et des auberges en cours de route pour fêter le retour au bercail de l'enfant prodigue. Comme il était tard, on s'était couché sans l'attendre. Il annonça son arrivée en hurlant dans la cour des chansons de bivouac, puis, sortant Socrate de l'écurie, il le monta à cru en faisant le tour de la fontaine. Marion le retrouva, hilare, au bord du bac, la tête ruisselante, incapable de se souvenir où il avait laissé son baluchon.

— Nous le retrouverons demain, dit Marion. Tu es dans un bel état, sergent !

— Sergent-*chef!* rectifia-t-il. Sans cette foutue blessure j'étais nommé capitaine en fin de campagne. Aide-moi à me lever, soldat !

Marion le guida en le soutenant jusqu'à son lit installé dans la pièce du fond, qui lui servait jadis d'atelier et de laboratoire. Il dormait déjà quand elle entreprit de le déshabiller.

Il était près de midi quand Marion se décida à le réveiller. Il se leva en grognant, promena autour de lui un regard égaré, gémit :

— Tonnerre de Dieu, quelle cuite ! Sacré meunier...

— Le dîner est prêt, dit Marion. J'ai fait des « tourtous [1] » en ton honneur, avec un civet de lièvre. Comme tu les aimes.

Il partit, titubant et bougonnant vers la fontaine, se mit nu pour

1. Crêpe de blé noir qui se mange en guise de pain.

faire ses ablutions. En s'asseyant à table, il essuya la lame de son couteau — un bijou italien nacré et damasquiné — sur son pantalon militaire et bredouilla, le regard bas :

— Faites excuse pour cette nuit. Je me suis laissé entraîner par ce foutu chien de meunier qui a une descente exceptionnelle. Ça ne m'arrivera plus. Juré !

— Cette blessure dont tu as parlé cette nuit à Marion, c'est grave ? Tu ne sembles pas trop en souffrir.

— Je n'en souffre plus du tout, dit-il en montrant sa main droite à laquelle manquaient deux doigts. Un cadeau d'un fusilier autrichien pendant le siège de Mantoue, alors que je saluais mon capitaine. A un poil près, ma tête y passait. Bonaparte m'a donné congé. Il m'avait à la bonne, le petit Corse. Maintenant je ne suis bon qu'à faire un paysan.

— Tu nous manquais, dit Diane.

Louis-Amour demanda ce que Marion faisait là alors qu'il la croyait à Lubersac, mariée à Gaillot. Quand on lui eut expliqué les raisons de sa présence, il jura qu'il irait dire deux mots à « l'Echalas ». Il parlait si haut et si fort que Félix se mit à pleurer ; il le prit sur ses genoux, le consola, lui dit à l'oreille d'aller dans sa chambre et de fouiller dans son bagage : il y trouverait un cadeau du roi de Sardaigne. Félix revint, radieux, tenant une énorme sucrerie poisseuse et multicolore qui représentait un ange ; il donna une aile à Angélique.

— Tout bien pesé, dit Louis-Amour en roulant sa première crêpe, je suis satisfait de ce qui m'arrive. La guerre... Je commençais à en avoir par-dessus les oreilles. Ce n'est plus de mon âge. Les forces qui me restent, c'est à notre domaine que je vais les consacrer. Ensemble, mes petits, nous allons faire de la bonne ouvrage !

Il se mit à ronchonner en mangeant son premier « tourtou ». Il irait conseiller à Monteil de rectifier ses meules : il y avait autant de grès que de farine dans ces crêpes et on s'y gâtait les dents.

Une autre idée lui vint au cours du repas. La Saint-Jean approchait ; on ferait une belle flambée au village — il y avait longtemps qu'on n'avait pas fêté le solstice d'été selon la tradition.

— C'est toujours interdit, rétorqua Diane. Par le gouvernement et par la religion. Ça risquerait de faire des histoires.

— Je m'en fous ! Ceux qui ne seront pas d'accord viendront me le dire. Nous sommes le 23 juin ancien style, il me semble. Alors il n'est que temps de s'y mettre. Florent, tu m'accompagneras cette nuit. Nous irons chercher des simples et nous les passerons au feu de la

Saint-Jean pour qu'ils protègent la maison. Tu te souviens, galapiat ? Les herbes du tonnerre...

— C'est de la superstition... murmura Florent.

— C'est de la tradition ! Et moi, je suis pour qu'on la respecte. Elle échappe à la fois au pouvoir et à la religion. Elle est un signe de liberté. Elle ne se laisse pas récupérer pour servir la cause d'olibrius qui ne rêvent que de faire du peuple un troupeau de moutons. Alors, vive la tradition et la liberté !

Satisfait de son petit discours, il réclama un verre de « blanche » que Marion jugea prudent de lui refuser, prétextant que la réserve était épuisée. Il grogna, mais n'insista pas. Il bourra sa pipe, alla en tirer quelques bouffées autour de la fontaine, puis il revint, le visage coloré de bonne humeur : il ferait le tour du village pour demander à la population de participer à la fête, d'apporter fagots et bûches pour allumer et alimenter le feu ; il fournirait le mât central que Marion décorerait à son sommet d'une gerbe ; Florent se rendrait à Chavanac pour prévenir Félicien « Siouplaï » d'être présent avec sa cabrette — on le paierait ce qu'il demanderait...

— Pour bien montrer au « prestolet » et au délégué cantonal, notre ami Sauviat, que nous les emmerdons, dit-il, nous construirons le bûcher entre l'église et la maison communale. Ils vont en faire une gueule !

— Et moi ? demanda Félix.

— Toi, petiot, on te fera un peu griller les fesses. C'est bon pour les vers et la fièvre.

Ce temps de juin manquait de franchise : chaud, mais avec des nuages de pluie qui menaçaient de tourner à l'orage. La pluie, on la sentait monter de partout, dominant de son odeur celle, composite, que le moindre rayon de soleil faisait naître de la lande et des lisières de forêts, en bordure des chemins, là où gîtent les vipères. Louis-Amour et Florent s'arrêtèrent sous un taillis de bouleaux, contre un joli talus d'avoine folle caressée par un soupçon de brise.

— Tu vois ce bouleau, au centre, celui qui est droit comme un « i » ? dit Louis-Amour. C'est celui qu'il nous faut. Tu viendras le couper ce soir et tu en profiteras pour cueillir les fleurs que Marion attachera au sommet. La tradition, galapiat, toujours la tradition ! Ça doit vouloir dire quelque chose, mais je ne sais quoi. Les vieux pourraient peut-être t'expliquer.

Il craignait la pluie pour la nuit de la Saint-Jean : ça serait un mauvais présage. « Quand il pleut pour la Saint-Jean, dit le proverbe, peu de vin et peu de pain. » Le vin, on en aurait toujours assez, mais le pain...

La nuit précédente, en compagnie de Florent, Louis-Amour s'était plongé dans la campagne encore moite de chaleur. Guidés par un rayon de lune et une lumière de lanterne, ils avaient cherché les « herbes du tonnerre » : sureau, aubépine, noisetier et ce simple indispensable. Le « trigalant[1] », auquel Louis-Amour tenait beaucoup, pour des raisons aussi mystérieuses que sa quête du droséra géant. Les arbustes s'aidaient de leurs odeurs pour établir leurs limites : les plus odorants, que l'on devinait à plus de vingt pas étaient les sureaux, les aubépines et, moins révélateurs de leur présence, sorbiers et églantiers. Louis-Amour laissa repartir Florent avec une première charge et poursuivit seul la collecte des simples dont il comptait faire une abondante provision pour les vendre au marché. C'était la bonne époque ; les fleurs avaient tout leur bouquet, toutes leurs vertus. Ces odeurs, mêlées à l'humidité que la dernière averse orageuse laissait traîner encore à l'orée des sous-bois de chênes et de hêtres, réveillaient en lui des émotions oubliées : celles des interminables collectes du printemps et du proche été de jadis, lorsque la nature, ivre de sa gloire et de sa puissance, laissait éclater son énergie dans le moindre brin d'herbe.

Louis-Amour ne rentra qu'à l'aube, exténué, portant sa cueillette dans des sacs jetés sur ses épaules, mécontent de ce que la mutilation de sa main droite l'eût gêné.

Il dormit jusqu'à midi, admira le mât et son bouquet avant que Florent ne les transportât avec l'aide de Virginie jusqu'au centre du village où un trou creusé dans le sol les attendait. Dans le courant de l'après-midi, des brumes d'insomnie encore dans la tête, Louis-Amour descendit jusqu'au village pour constater l'état d'avancement du bûcher : il était énorme, bâti en pyramide, les fortes branches au milieu, les fagots autour, les bûches formant le substrat ; le mât, avec sa coquetterie de bouquet à la pointe, était majestueux. Il se renseigna pour savoir si Sauviat et le curé s'étaient manifestés ; personne ne les avait vus.

Félicien arriva le lendemain ; il chevauchait une nouvelle mule

1. Le millepertuis.

appelée Rosette, qui avait de drôles d'oreilles toutes blanches. Il n'avait pas laissé repousser cette moustache qui avait tant déplu à Marion. Il n'était pas reparu à Marsanges depuis le concert qu'il avait donné sur l'aire du Pradeloux pour les gens du village, et marqua sa surprise de voir la famille réinstallée au château. Il fit à Marion une cour de dindon, s'étonna de la voir distante et ironique ; il n'insista pas et elle le regretta car il était de plus en plus séduisant avec son teint clair, ses longs cheveux d'Anchise noués d'un ruban sur la nuque, sa voix chaude qui faisait se pâmer les filles.

— Dommage, dit-elle à Diane, qu'il ne m'ait jamais traitée comme une femme. Je crois que je l'aurais suivi au bout du monde.

On attendit la tombée de la nuit pour allumer le majestueux édifice du bûcher. Un honneur qui revint à Louis-Amour, mais il confia le brandon enflammé à Félix. Tenant son oncle d'une main, le petit Marsanges mettait de l'autre le feu aux fagots et marquait un recul, effrayé par la vivacité et la chaleur brutale des flammes, criant de plaisir en regardant les bouquets d'étincelles monter et s'épanouir en gerbes dans le ciel noir.

Toute la population était présente, mêlée aux gens des villages et des hameaux d'alentour, hormis quelques grincheux qui suivaient les conseils d'abstention du curé ou de l'ancien maire. La nouvelle avait vite fait le tour du pays ; des points lumineux perçaient les espaces ténébreux de la vallée dont les reliefs se dessinaient à peine sous une lune voilée, d'un gris d'orage.

— L'orage... dit Louis-Amour. Nous aurons de la chance s'il nous épargne. Il me semble que je l'entends grommeler du côté des Monédières. Ça pourrait bien péter sans tarder...

— Regarde ! dit Diane, on a fait des feux partout. Là-bas, c'est Combe-Prunde. On dirait que ceux de la Pradasse s'y sont mis aussi, et ceux de la Madeleine, de la Vergne, peut-être... Là-bas...

— Là-bas, dit Louis-Amour, c'est ceux du Rebellier. Parole ! Il n'en manque pas un au rendez-vous !

Diane lui prit le bras, appuya sa tête à son épaule.

— Tu vois, petit frère, j'ai l'impression que, dans le pays, on se souviendra longtemps de cette soirée. Nous nous sommes permis de braver les interdits, de retrouver le geste et le sens de la liberté. Voilà la vie telle que je l'aime. Une véritable résurrection. Sans toi, cette fête n'aurait pas eu lieu.

— Si, dit-il, mais plus tard sans doute. On ne tue pas aussi facilement la tradition. Il y a toujours quelqu'un, quelque part, pour la préserver.

Il lui raconta ce qu'il avait appris à Tulle, entre deux verres, à l'auberge, le jour de la vente aux enchères. Un brave homme avait recueilli et dissimulé dans son grenier la statue de saint Jean-Baptiste que, chaque année, depuis le Moyen Age, on promenait sur un chemin dominant la ville : le tour de la Lunade ; la procession avait lieu en pleine nuit, avec des flambeaux, pour célébrer un anniversaire : celui de la cessation miraculeuse d'une épidémie de peste ou de choléra qui ravageait la ville.

— Chaque année, depuis le début de la Révolution et l'interdiction de cette cérémonie, ajouta Louis-Amour, ce vieux bonhomme place la statue du saint dans un baluchon, jette le baluchon sur son épaule et va faire tout seul le tour de la Lunade en observant chaque station du chemin de croix. Voilà un gaillard qui n'a pas froid aux yeux ! Tiens, ce soir, il doit être en train de la faire, sa balade nocturne, au nez et à la barbe des autorités...

Ils revinrent bras dessus, bras dessous vers le bûcher. Les vieux s'étaient assis autour du feu, sur de petits bancs, le dos tourné vers les flammes pour se protéger du « mal de la faucille » qui afflige ou guette les moissonneurs. Des femmes avaient apporté des bouquets de simples cueillis de frais ou trois tiges de « blé » qu'elles promenaient au-dessus du feu, à neuf reprises, afin que ces plantes perpétuent leurs vertus naturelles et que la récolte soit abondante.

— A toi, petit, dit Louis-Amour.

Il prit Félix dans ses bras, l'exposa neuf fois au feu, riant de le voir gigoter et de l'entendre crier.

— N'aie pas peur, mon petiot ! Respire bien la fumée et tu deviendras grand comme ta mère. Respire ! Respire ! Neuf fois... C'est bon.

— Neuf fois... dit Diane. Pourquoi neuf fois pour les plantes et pour les hommes ? Pourquoi faut-il sauter neuf fois le feu ?

— Ça, petite sœur, je l'ignore. Il n'y a que l'ancien sorcier de Peyrelevade, le père Germain, du Proux, qui aurait pu nous le dire. Il savait tout, celui-là. Un savant dans son genre. Dommage qu'il n'exerce plus.

Le brasier avait pris des dimensions impressionnantes, au point que les regards des vieux se tournaient vers les seaux pleins d'eau que l'on avait placés sur le seuil des maisons, avec une échelle, au cas où les étincelles mettraient le feu au chaume sec. Le feu, il paraissait grignoter le monde de la nuit de ses langues et de ses dents de lumière et de chaleur brutale. Entre l'église et les maisons, sur cette petite place où les Marsanges de jadis avaient fait dresser les bois de justice abattus par le comte Ambroise, de nouveaux groupes surgissaient, famille après famille, une lanterne à la main, comme pour une veillée de Noël ; ils restaient bouche bée, les enfants blottis dans les jupons de leur mère, attendant pour approcher, comme s'ils craignaient de troubler un rituel.

Un groupe de filles passa en rafale près de Louis-Amour ; elles le prenaient par le bras, insistaient pour avoir l'honneur de sauter les premières, leur main dans la sienne, au-dessus du brasier qui venait de s'effondrer, faisant jaillir une grandiose galaxie d'étincelles. Il regimbait en riant :

— Eh là ! mes toutes belles. Attendez au moins que le mât soit tombé. Avant, c'est dangereux. En attendant, dites à Félicien de nous jouer un petit air. Qu'est-ce qu'il peut bien faire, ce bougre de « Siouplaï » ?

Il ajouta, d'un air faussement sévère :

— Gare, mes belles ! Le curé a dit que nous allions célébrer ce soir un « sabbat de sorciers et de sorcières », et certains ajoutent que, des soirs comme celui-ci, les filles ont le feu où je veux dire. Montrons-lui que nous savons bien nous tenir.

Une délurée lui glissa à l'oreille :

— Dis-moi, ce feu dont tu parles, il faudra bien que quelqu'un vienne me l'éteindre.

— Toi, tâche de ne pas te trouver seule sur mon chemin, sinon je te montrerai qu'il n'est pas forcément besoin d'un seau d'eau pour éteindre un incendie.

— Toi, Louis-Amour ? Tu ne me fais pas peur, tu sais.

Cette réflexion et le regard ironique qui l'accompagnait le laissèrent songeur : ses rapports avec le marchand de craquelins n'étaient pas oubliés. Une image de lui qu'il aurait du mal à effacer, bien que la servante d'auberge de Pérols, cancanière comme elle l'était, ait tout fait pour la contredire. Il avait confié à Diane son intention de se marier et d'avoir des enfants.

Il chercha Félicien, le trouva en compagnie de Marion, assis tous deux sur le banc accolé à la maison de Sauviat dont toutes les issues étaient closes ; ils se tenaient par la main. Un beau couple. Félicien disait à Marion :

— Je ne te reconnais plus ! C'est à peine si tu me regardes. Tu sembles me fuir. Que t'ai-je fait ?

— Oh, pour ça, pas grand-chose. Je te croyais plus subtil. Je suis une femme, Félicien, et tu ne me traites pas comme une femme.

Honteux, il baissait la tête avant de répondre :

— Mon attitude demande explication, c'est vrai. Ce n'est pas facile. Je m'en veux de t'avoir donné des espérances que je n'ai pas tenues. J'ai connu bien des filles avant toi, et je peux te dire que je ne les ai pas déçues. Avec toi, tout se passe en dedans de moi. On dirait que tu me pénètres pour prendre ma force d'amour et qu'il ne me reste plus rien pour te prouver ma flamme. C'est un mal qui doit se guérir, avec de la patience et de la confiance, mais ça m'empêche de dormir et ça me prive du plaisir de te revoir.

Il ajouta en rougissant :

— Veux-tu que nous essayions de nouveau ?

— Si je veux... Mais je t'en prie, tâche de ne pas me faire espérer pour rien, une fois de plus !

Des clameurs les interrompirent. Le mât central venait de s'effondrer, traçant sur le sol une longue ligne brisée de braises ardentes. Des femmes se précipitèrent pour recueillir les cendres du bouquet sommital. Des enfants, saisissant des brandons, couraient à travers la foule en les agitant pour dessiner à travers la nuit de fugaces fulgurances. « Autant d'étincelles, disait le proverbe, autant de raves ! » Et des étincelles, il en pleuvait...

— Ça va être à moi, dit Félicien en se levant. Je vais jouer pour toi toute la soirée.

— C'est ce que tu dois dire à toutes tes amies.

— C'est vrai, mais ce soir je ne penserai qu'à toi, je le jure.

Tandis que les vieilles personnes jetaient chacune neuf cailloux dans le feu pour marquer, disait-on, leur présence, mais aussi pour fixer des limites à ce grand dévoreur de forêts, Félicien, les chevilles ceintes de grelots, s'installait sur une charrette prévue à son intention, dont le timon reposait sur une souche. Un essaim de filles l'entourait, battant des mains, réclamant l'une la bourrée de Pérols, d'autres un quadrille, le « Pélélé » ou le « Méniguet ». Leurs cris et leurs rires passèrent en bourrasque sur l'assistance dès que fluèrent les premières mesures. Des groupes se formèrent, et l'on vit des ruines d'hommes et de femmes qui pouvaient à peine marcher se donner la main, se mettre à battre du sabot, les poings aux creux des hanches. La musique de

Félicien ajoutait à la nuit douce et belle de juin une sorte de magie venue des temps où il n'existait ni curés ni fonctionnaires, où la liberté volait dans un ciel sans nuage ; cette musique, elle coulait comme une source et il semblait qu'elle dût ne pas avoir de fin.

C'est Diane et Louis-Amour qui eurent l'honneur d'ouvrir le bal. Florent se vit ravir par trois filles endiablées à la compagnie d'Angélique à qui l'on avait confié Félix qu'elle tenait somnolent sur ses genoux, image de pietà dans le flamboiement païen du brasier.

Le bal ne s'interrompait que pour la grande sauterie du feu. Seul ou en groupe, après que le bûcher se fut tassé sur lui-même, le plus souvent une fille ou une femme tenue à la main ou au bras par deux hommes, on s'élançait avec des cris et des rires, et gare à celle et à ceux qui faisaient par maladresse griller le bas de leur jupe ou de leur pantalon : cela portait malheur. Diane, Marion, Louis-Amour sautèrent les premiers et se retrouvèrent sans anicroche de l'autre côté de cette barrière de brandons. Les autres leur emboîtèrent le pas, jeunes ou vieux.

— Regardez-les ! dit Louis-Amour à Diane, ils se prennent tous pour les maîtres du feu. Ils le domptent comme les Espagnols leurs taureaux sauvages. Ils lui disent : « Feu, nous t'aimons bicn. Tu nous es utile et souvent nécessaire, mais souviens-toi que nous sommes les plus forts. Dans le ciel, le soleil est ton maître, mais tu nous dois service et obéissance sur terre. Allons, monstre, courbe un peu l'échine ! » En fait, ce qu'ils lui demandent là, ce n'est pas un témoignage d'asservissement mais d'allégeance.

Diane haussa les épaules : Louis-Amour avait beaucoup d'imagination. Elle dit :

— Crois-tu vraiment qu'ils pensent tout ce que tu dis en sautant le feu ? Pour eux, ce n'est qu'un jeu innocent, sans signification.

— Qu'importe, petite sœur ! L'essentiel est qu'ils respectent la tradition et qu'en eux cette voix parle, même s'ils ne l'entendent pas ou feignent de ne pas l'entendre.

Il ajouta :

— Si je parviens à joindre mon amie, Mme de Genlis, je lui décrirai par le menu cette fête : cela lui servira pour un de ses romans, car elle fait feu de tout bois. Elle souhaitait en écrire un qui se passât à Uzerche. J'ignore si elle a réalisé ce projet.

Il ajouta *ex abrupto :*

— Tonnerre de Dieu, que j'ai soif ! L'année prochaine, si nous en avons les moyens et si le curé et les gendarmes ne pointent pas leur nez, nous mettrons une barrique en perce sur la place du village.

Marion s'était rapprochée de Félicien après son neuvième saut, tandis qu'il reprenait la cabrette qu'il venait de laisser respirer. Elle écarta les filles qui lui faisaient comme une cour, se hissa jusqu'à lui, lui dit à l'oreille :

— Je vais te dire un secret, mon Félicien : je t'aime.

— Je t'aime aussi, ma Marion, mais ce n'est pas un secret.

— Tu n'as pas oublié ta promesse ?

— Si l'impatience pouvait s'inscrire sur mon front, tout le monde pourrait en témoigner.

— Et elle dirait quoi, ton impatience ?

— Elle dirait : « A l'aube, je ferai l'amour dans la bruyère avec Marion. »

Le bal reprit avec un entrain renouvelé tandis que les derniers vieillards se retiraient derrière leur lanterne. L'un deux, ancien meunier du Riou-Bas, dit à Louis-Amour en lui posant la main sur l'épaule :

— Tu nous as rendu l'espoir. J'étais de ceux qui auraient bien voulu voir tous les nobles pendus à la lanterne. J'oubliais qu'il y en avait comme vous qui ne voulaient de mal à personne et qu'il était injuste de leur faire toutes ces tracasseries. Je suis toujours partisan de la Révolution, mais je suis aussi pour une vraie justice.

— Merci, meunier. Moi, j'ai fait le chemin inverse, et nous nous retrouvons dans l'amitié. Tonnerre de Dieu, ça compte, l'amitié ! Je suis comme toi un bon républicain qui ne met pas souvent les pieds chez le curé, sans pour autant renier mes origines, mais je me souviens du *Dies irae* qui dit : « *Tout ce qui a été caché reparaîtra.* » Souhaitons que ce soit le meilleur qui nous revienne.

Pour cette soirée, Louis-Amour avait tenu à garder sa tenue militaire, avec ses galons de sergent-chef, sa buffleterie passée à la pierre de craie. Il faisait impression lorsqu'il déambulait, sa pipe sous ses moustaches, expliquant lorsqu'on l'en priait où et comment il avait gagné ses galons, lâchant la fumée de sa bouffarde au nez des filles, riant avec elles, les invitant pour un tour de danse. Ceux qui l'avaient connu et ne le reconnaissaient plus disaient : « Maintenant c'est lui, le vrai maître de Marsanges. Il faut lui dire en l'abordant : « Je vous salue, monsieur le comte ! » Quand ces propos lui chatouillaient l'oreille, il fronçait les sourcils et répliquait : « Le premier qui me sert du “ monsieur le comte ”, je lui botte le cul. La première qui me fait la révérence, je lui flanque une fessée dont elle se souviendra. » Il avait alors un de ces regards terribles qu'il montrait pour amuser Félix.

Après que les vieux eurent quitté la fête, il fut des premiers à se retirer. Il n'était pas seul : une grande garce des Maisons, qui avait relevé le défi et lui avait ri au nez après avoir fait la révérence, avait agrippé son bras et ne le lâchait plus.

Lorsqu'il passa près d'elle, Diane lui dit d'un air narquois :

— Ainsi tu ne restes pas pour la ronde ? Je comptais sur toi pour me tenir la main.

— Ma main, dit-il, celle-là vient de la prendre et refuse de la lâcher. Excuse-moi, citoyenne !

Et il disparut derrière le gros orme de la place, en direction de la campagne et de la nuit.

Félicien jouait avec un entrain un peu fou tout ce qui lui passait par la tête. On avait déposé à ses pieds les bouteilles de vin que des garçons étaient allés voler dans la cave de Sauviat. Il était un peu ivre, au point de perdre le fil de ses musiques, le compte de ses couplets et de ses refrains, dc changer de rythme à tout instant. Il était au comble du bonheur et il aurait aimé le crier au monde autrement que par sa musique. Il regardait Marion. Il ne voyait qu'elle et il se disait qu'il n'avait pas le droit de la décevoir une fois de plus. Qu'il l'honore comme il convient à un homme amoureux, et elle serait le miel de sa vie ; il composerait pour elle des chansons qu'on chanterait dans toute la province et au-delà, des danses qui feraient sonner la terre de toute la montagne et dont on entendrait les échos jusqu'à Limoges.

Il sentit sa main sur la sienne ; elle lui dit :

— Il va bientôt faire jour. Regarde, les gens s'en vont les uns après les autres. Tu dois être mort de fatigue. Quand vas-tu t'arrêter ?

Autour du tapis de cendres et de feu, des femmes récoltaient des brandons encore vifs, les plaçaient dans des seilles pour les rapporter à la maison ou à l'étable afin de les protéger, ainsi que les troupeaux, contre les orages ; ils serviraient à tracer sur les portes ces grandes croix noires qui écartent le mal. Une fille poussait vers ce qui restait de feu une grosse pierre où la bonne Vierge et l'enfant Jésus, s'ils passaient par là, pourraient se reposer, et peut-être trouverait-on des traces de leur passage, par exemple des cheveux de l'enfant-roi. Certains recueillaient les cendres qui, répandues dans les champs, assureraient leur fertilité. Dans cette nuit magique, tout était bon à collecter, toutes les puissances, toutes les bontés du ciel et de la terre. C'était une aube de grande espérance.

Félicien regarda cette nuit qui était devenue une autre nuit, cette étrange lumière qui baignait la place du village, à la fois laiteuse et brillante, comme si la Vierge y avait secoué sa robe pailletée. Derrière le mur de nuages cachant les étoiles vers le sud, éclataient par instants des pétales de foudre qui se répandaient sur des lieues de ciel et de nuit. L'orage. Il n'allait pas tarder. On sentait sa respiration de fauve dans l'air tiède. La terre haletait lourdement sous la première rosée.

— Allons, viens, dit Marion. Laisse ta cabrette. On ne te la volera pas. Tu te souviens de ta promesse.

S'il s'en souvenait... Une angoisse délicieuse lui nouait la gorge et le ventre, lui mettait des sueurs aux tempes. Lorsqu'elle lui prit la main, il lui demanda où elle le conduisait.

— Pour cette nuit, dit-elle, nous n'avons pas besoin d'un toit ni d'une couverture, comme pour cette veillée du Puy Roudeix, tu te souviens ?

Ils prirent un sentier qui, derrière l'église, au-delà d'un champ d'orties et de menthes qui embaumaient, les conduisait vers des espaces nus de rochers et de bruyères. Ils n'étaient pas seuls à suivre ce chemin. Parmi les ombres furtives, ils reconnurent Florent qui les précédait de quelques pas, tenant une fille par la main. Par-ci, par-là, des couples allongés se caressaient avec des gémissements et des paroles de chansons, dans cette belle langue du pays qui sait dire des sentiments que l'autre langue, celle de la ville, dit mal ou ne sait pas dire. Ils s'éloignèrent en direction d'un gros rocher couronné par un sureau qui encensait de toutes ses fleurs. Ils étaient seuls ; personne n'était monté aussi haut qu'eux.

— Arrêtons-nous ici, dit-elle. On ne viendra pas nous déranger.

Et elle commença à se déshabiller.

Diane rejoignit Angélique et le petit Félix qui dormait dans son giron.

— Partons, dit-elle. Le jour va se lever et l'orage n'est pas loin.

— J'ai faim, dit Angélique.

— J'ai faim, répéta Félix, qui venait d'ouvrir les yeux.

Diane tendit la lanterne à sa sœur et lui demanda d'ouvrir le chemin. Elle serra contre elle Félix moite de sommeil, inerte et gémissant comme un chiot. Elle était lasse de trop de danses, de sauts à travers de feu, de cette ronde qui n'en finissait pas. Lasse de trop d'émotions et de bonheur. Tout en marchant, elle parlait à son fils, autant pour lui dire sa tendresse que pour combattre cette impression de solitude qu'elle refusait de sentir s'épaissir en elle et autour d'elle en cette nuit de communion et de promission. Sa solitude, elle avait envie de la lui raconter pour l'exorciser, sachant qu'elle parlait à un innocent qui n'avait faim que de pain et de lait.

— Demain, mon petiot, disait-elle, nous ferons de nouveau la fête. Tu verras, on ne se refusera rien de ce qui nous fera plaisir. Nous dînerons dehors, à l'ombre, comme au temps des moissons et des fenaisons, et tu pourras boire un peu de vin.

Elle s'arrêta pour souffler à la lisière d'un champ de bruyères qui embaumaient, où les abeilles n'allaient pas tarder à reprendre leur danse. Cette année encore, les ruches ruisselleraient de miel ; Louis-Amour et Florent seraient aux anges. Elle regarda longuement les éclairs qui poudraient de phosphore les massifs lointains en direction du sud, et elle murmura :

— Demain, mon amour. Demain, après l'orage...

La suite de la saga des Marsanges, libre au lecteur de l'imaginer, de l'infléchir à sa guise. L'auteur ne peut l'assister d'aucun repère stable, d'aucun jalon sur cette route incertaine qui se perd dans la confusion de l'histoire. C'est un adieu définitif qu'il fait à cette famille.

Exit donc, les Marsanges. Restent quelques personnages proprement historiques.

Jacques Brival a continué à manœuvrer et à louvoyer à travers les événements de la politique, se situant, avec sa légendaire habileté parmi les fidèles de Bonaparte puis de Napoléon, mais assez maladroitement dans sa vie matrimoniale, au point de vivre séparé de son épouse, qui ne partageait pas ses opinions ; à la Restauration, victime de sa réputation de régicide, il sera exilé en Suisse où il mourra en état de démence, non loin de son ami, collègue et compatriote, Borie… mais sans Eulalie.

Régicide lui aussi, Jean-Augustin Pénières fut exilé en Amérique, cette Amérique dont il avait toujours rêvé. Envoyé en Floride afin d'y effectuer une exploration, il y mourut de la fièvre jaune, à San Agustin. Lui aussi sans son épouse.

François Lanot, autre conventionnel corrézien (on l'appelait « La Hyène »), pourvoyeur de prisons et de guillotine, rejeté par ses compatriotes, finit par se suicider. Son compère, le sinistre pitre Jean-Charles Jumel, quitta définitivement la Corrèze où il avait été « parachuté » par l'abbé Grégoire ; après avoir un temps occupé la chaire de belles-lettres à l'Ecole centrale de la Corrèze, rejeté par ses pairs et par la population, il alla professer à Compiègne et chanta la gloire de l'Empereur ; sa femme resta à Tulle : on l'appelait « la Père Duchesne » ; elle mourut dans la misère et le mépris.

M. de Lamase père revint, étant parvenu, après d'incessantes démarches visant à le faire rayer de la liste des émigrés : une gymnastique qui nécessitait une souplesse d'échine dont il manquait.

Honnête homme par excellence, le comte Jean-Hyacinthe d'Ussel ne parvint pas à se ménager une place dans le concert des notables du département. Son épouse mourut en 1800.

De Manon — ci-devant Marie Troubady, ex-déesse Raison à Ussel — pas de nouvelles. La population méprisait l'« impudique » (les femmes surtout, bien entendu !). Elle tient dans ce roman la place qu'elle n'a pas tenue dans l'histoire.

Quant à Choderlos de Laclos, réintégré dans son grade de général, il n'écrivit plus rien de notable et mourut durant une campagne, en Italie. Comme quoi ses rapports avec la guerre furent des liaisons dangereuses...

TABLE DES CHAPITRES

OUVRAGES DE MICHEL PEYRAMAURE

Grand prix de la Société des Gens de Lettres
et prix Alexandre Dumas
pour l'ensemble de son œuvre.

Paradis entre quatre murs (Laffont).
Le Bal des ribauds (Laffont).
Les Lions d'Aquitaine (Laffont, prix Limousin-Périgord).
Divine Cléopâtre (Laffont, collection « Couleurs du temps passé »).
Dieu m'attend à Médina (Laffont, collection « Couleurs du temps passé »).
L'Aigle des deux royaumes (Laffont, collection « Couleurs du temps passé »).
Les Dieux de plume (Presses de la Cité, prix des Vikings).
Les Cendrillons de Monaco (Laffont, collection « L'Amour et la Couronne »).
La Caverne magique (La Fille des grandes plaines) (Laffont, prix de l'Académie du Périgord).
Le Retable (Laffont).
Le Chevalier de Paradis (Casterman, collection « Palme d'or »).
L'Œil arraché (Laffont).
Le Limousin (Solar ; Solarama).
L'Auberge de la mort (Pygmalion).
La Passion cathare : 1. *Les Fils de l'orgueil* (Laffont).
2. *Les Citadelles ardentes* (Laffont).
3. *La Tête du dragon* (Laffont).
La Lumière et la Boue : 1. *Quand surgira l'étoile Absinthe* (Laffont).
2. *L'Empire des fous* (Laffont).
3. *Les Roses de fer* (Laffont, prix de la ville de Bordeaux).
L'Orange de Noël (Laffont, prix du salon du Livre de Beauchamp).
Le Printemps des pierres (Laffont).
Les Montagnes du jour (« Les Monédières »). Préface de Daniel Borzeix.
Les Empires de cendre : 1. *Les Portes de Gergovie* (Laffont).
2. *La Chair et le Bronze* (Laffont).
3. *La Porte noire* (Laffont).
La Division maudite (Laffont).
La Passion Béatrice (Laffont).
Les Dames de Marsanges : 1. *Les Dames de Marsanges* (Laffont).
2. *La Montagne terrible* (Laffont).

Pour la jeunesse

Éd. Robert Laffont (collection « Plein Vent »)

La Vallée des mammouths (Grand Prix des Treize).
Les Colosses de Carthage.
Cordillère interdite.
Nous irons décrocher les nuages.

Éditions Belfond

Je suis Napoléon.

Éditions de luxe

Amour du Limousin (illustrations de J.-B. Valadié), Plaisir du Livre, Paris. Réédition (1986) aux éditions Fanlac, à Périgueux.
Èves du monde (illustration de J.-B. Valadié), Art Media, Paris.
Brive, commentaires sur des gravures de Pierre Courtois, éd. R. Moreau, Brive.
La vie en Limousin (texte pour des photos de Pierre Batillot, éd. « Les Monédières »).

Achevé d'imprimer le 19 février 1990
sur presse CAMERON,
dans les ateliers de la S.E.P.C.
à Saint-Amand-Montrond (Cher)
pour le compte des éditions Robert Laffont
6, place Saint-Sulpice, 75279 Paris Cedex 06

N° d'édition : 32311. N° d'impression : 10234/2436.
Dépôt légal : mars 1990.
Imprimé en France